바람직한
그
녀석

바람직한 그 녀석

초판 1쇄 찍은 날 § 2007년 11월 6일
초판 1쇄 펴낸 날 § 2007년 11월 16일

지은이 § 홍윤정
펴낸이 § 서경석

편집장 § 문혜영
편집책임 § 이종민
편집 § 한지윤

펴낸곳 § 도서출판 청어람
등록번호 § 제1081-1-89호
등록일자 § 1999. 5. 31
어람번호 § 제5-0169호

주소 § 경기도 부천시 원미구 심곡1동 350-1 남성B/D 3F (우) 420-011
전화 § 032-656-4452 팩스 § 032-656-4453
http://www.chungeoram.com
E-mail § eoram99@chollian.net

ISBN 978-89-251-1005-9 03810

바람직한 그 녀석

홍윤정 지음

도서출판
청람

프롤로그

아침 일찍부터 강린은 비공개로 설정해 놓은 미니홈피 일기장을 바라보며 휴, 한숨을 내쉬었다. 어제 인터넷으로 올린 일기인데 아무리 봐도 찜찜했다. 볼 때마다 기분이 나빠진다고 나 할까?

〈오늘 어이없는 소릴 들었다. 제발 외박 좀 하란다. OTL

문강희. 아무리 서른셋 노처녀라지만 사촌한테 그게 할 소리냐?

결혼이 뭔데? 남자가 뭐고 사랑이 뭔데?

무한경쟁 회사에선 자꾸만 미끄러지고, 오 년 동안 사귄 남자한텐 차이고.

나도 속상하다. 죽고 싶다.

꼬박꼬박 집에 들어가는 모범처자 소리, 누군 듣고 싶은 줄 알아?!〉

아무리 생각해도 기분 나쁜 말이었다. 요즘 같은 세상에, 서른셋에 미혼이라는 게 뭐 그리 대수라고. 결혼, 결혼, 결혼. 집에선 부모님들이, 회사에선 동료들이, 이젠 사촌인 강희까지 노래를 한다. 결혼하라고. 아주 귀에 못이 박힐 지경이다.

"짜증나."

사람들은 죄다 결혼이 의무인 것처럼 말한다. 그런 사람들 눈에 강린은 기간 내에 의무를 이행하지 못한 패배자로 보일 것이다. 인생의 패배자. 강린은 스스로에게 질문했다. 나는 정말 패배자일까?

"휴!"

한숨밖에 답이 없었다. 심란한 마음으로 강린은 멍하게 모니터를 바라보았다.

똑똑.

그때 난데없이 웬 노크 소리가 들렸다. 강린은 반사적으로 사무실을 빙 둘러보았다. 아직 정식 업무 시간은 한 시간이나 남아 있는 이른 시각이라 사무실은 텅 비어 있었다. 평소 부지런하기로 소문난 민희도 모닝커피 마시겠다며 휴게실로 향한 후라 사무실에는 그녀 혼자뿐이었다.

"들어오…….".

들어오라는 말이 채 끝나지도 않았는데, 문이 열렸다. 노크의 주인공은 낯선 사람이었다. 정확히 말하자면, 낯은 익은데 낯익은 사람이 아니고, 그렇다고 회사 직원도 아니었으며, 낯선 건 더더욱 아니었다(이게 뭔 소리야?).

"누구세…… 요?"

키가 큰 젊은 남자가 문을 열고 들어왔다. 강린은 얼떨결에 엉거주춤 자리에서 일어나 그를 올려다봤다. 낯익은 '낯선 남자'는 누구냐는 강린의 질문에는 대답할 생각이 없는 듯 아무 대답도 없이 사무실을 빙 둘러보았다. 혹시…… 스파이?

"저기요…….".

나가주실래요? 라고 말할 찰나였다. 사무실을, 왼쪽 끝에서 오른쪽 끝까지 샅샅이 쫙 둘러본 그의 시선이 마지막으로 강린에게서 떨어졌다. 철렁! 왜 그런지 알 수 없지만 강린은 가슴이 떨리기 시작했다.

남자는 굉장히 훤칠하고 잘생긴 이목구비를 가지고 있었다. 나이는 삼십대 초반쯤? 새끈한 양복을 깔끔하게 차려입은 그는 굉장히 늘씬하고 신사적으로 보였다. 이런 남자를 만나면 보통 여자들은 '와~ 멋있다'라고 생각하기 마련이다. 물론 가슴도 두근두근 뛰고. 그러나 강린은 조금 다른 차원의 두근거림을 경험하고 있었다.

'어디서 봤더라?'

분명히 그녀가 아는 사람이었다. 기분 나쁠 정도로 잘생긴 얼굴에 이 자신만만한 태도와 늘 우위에 있는 시선, 그리고 위로 쭉쭉 뻗은 몸매까지. 160cm도 안 되는 난쟁이똥자루에 테디베어라는 별명까지 붙은 오동통한 강린과는 사뭇 대조적이었다. 마치 그녀를 조롱하기 위해 태어난 사람—ex.백준현—처럼 그는…….

"헉!"

백준현이었다! 덩치가 좀 더 커졌고, 머리 길이가 더 길어졌으며, 눈가에 두어 개의 잔주름이 생긴 것만 빼면 스무 살 백준현과 똑같았다.

"여기가 기획실이죠?"

"……어, 네."

놀라 동그래진 눈을 그대로 뜬 채, 강린은 쭈뼛쭈뼛 몸을 움직였다. 어떻게든 얼굴을 가리고 싶었다. 대체 무슨 일로 여기 사무실까지 온 건지 모르겠지만, 녀석이 자신을 알아보게 하고 싶지 않았다. 강린은 고개를 숙이며 서둘러 제자리에 앉았다. 모니터에 시선을 두고 그녀는 물었다.

"무슨 일이신데요?"

뚜벅뚜벅뚜벅. 뒤쪽으로 그가 걸어오는 게 느껴졌다. 이쪽으로 오고 있었다. 윽! 뭐야?! 왜 이래?!

"문.강.린…….'

그가 중얼거리는 순간, 목덜미 근처로부터 훅, 남성용 코롱 냄새가 날아왔다. 낯익은 향내가 강린의 코끝을 공략했다. 그가…… 몸을 숙인 거였다. 강린은 그 자리에서 얼음이 되어버렸다. 오, 마이 갓. 강린의 모니터 정가운데에 미니홈피가 떠 있었다. 홈피 주인장의 실명도 떡하니 함께.

"훗! 오랜만이야, 문강린."

단단한 남성의 상체가 허리를 굽히며 강린의 등 위로 숙여왔다. 매끄러운 질감의 고급 슈트로 휘감은 강인한 팔뚝이 강린의 어깨와 볼을 가로질러 쑥, 너무나도 자연스럽게 내려왔다. 소리도 없는 절제된 동작으로 그녀의 책상 가장자리 근처에 손을 짚은 녀석은 잔뜩 긴장하고 경계한 강린의 어깨에 턱, 나머지 한 손을 올렸다. 순식간에 강린은 녀석의 품에 갇혀 버렸다.

"십 년 만에 만난 대학동창한테 '무슨 일이신데요'라……. 아주 창의적인 인사말이다. 음?"

"……여긴 웬일이냐?"

강린은 이를 악물고 나지막이 중얼거렸다. 혹여 모닝커피 마시러 잠깐 나간 민희가 불쑥 들어오지나 않을지, 눈으론 열심히 주위를 살피는 중이었다.

"운명이 날 여기로 불렀나 보지."

"흥. 운명 좋아하시네."

강린은 악감정을 잔뜩 싫어 비아냥거렸다.

"십 년 넘었지? 너랑 나랑 안 본 지."

"글쎄다. 안 세어봐서."

"벌써 서른셋이냐, 너?"

헉. 강린은 본능적으로 빳빳이 허리를 세웠다. 녀석이 차분히 그녀의 일기를 훔쳐보고 있었다. 강린은 서둘러 홈피 창을 닫고 한쪽 어깨를 움직여 녀석의 가슴을 뒤로 밀었다. 생각 같아선 멀찌감치, 한 100m 정도 떨어뜨려 놓고 싶지만. 불행히도 녀석은 꿈쩍도 하지 않았다. 오히려 그의 가슴 근육이 얼마나 딱딱한지 몸소 체험한 그녀의 어깨가 흠칫 떨었다.

"저리 비켜. 남의 일기는 왜 보고 난리야."

십 년이면 강산도 바뀐다는데, 백준현은 하나도 달라진 게 없다. 무매너 같으니라고.

"아, 참! 너랑 나랑 동갑이지. 깜빡했다."

"너 머리 나쁘냐? 어떻게 너랑 나랑 동갑이야? 너 12월생이잖아. 난 1월생라고. 거의 일 년 차이인데 동갑은 무슨 동갑. 웃기셔. 학교 다닐 때도 수십 번을 더 말했는데 기억 못하나 보지?"

차마 고개는 돌리지 못한 채, 강린은 눈매가 쪽 째지도록 뒤쪽을 노려보았다. 녀석은 비키라는 강린의 말 따윈 안중에도 없는 듯, 더 가까이 몸을 숙여왔다. 가까이 오지 말라고, 제발!

"이야~! 문강린, 감격인데? 네가 내 생일까지 기억하고 있을 줄은 꿈에도 몰랐는데 말이야."

"너 예뻐서 기억하고 있었던 거 아니거든?!"

끌끌, 녀석이 웃었다. 부드럽고 따스한 입김이 강린의 머리맡으로 떨어졌다. 부르르, 닭살이 돋는 것 같아 강린은 몸을 떨었다.

"그래. 말이야 그렇게 해야겠지. 대놓고 예쁘다고 말하면 좀 그렇잖아?"

저 깐죽대장. 여전하다, 여전해. 거의 십 년 만에 봤는데도 하나도 안 바뀌었다니. 정말 지독한 놈이다. 강린은 부글거리는 속을 진정시키며 신경질적으로 쏘아붙였다.

"너, 왕자병 아직도 안 고쳤니? 더 심해진 거 아니야?"

강린은 한쪽으로 몸을 기울여 녀석에게서 살짝 떨어졌다. 그러나 얼굴이 너무 가까이 붙어 있었다. 불편하게도, 준현은 그녀의 얼굴 높이까지 허리를 숙인 채 그녀를 바라보고 있었다. 뭐 하는 짓이냐?!

"왜? 속마음 들키니까 겁나?"

"뭐라고?"

하도 어이가 없어 강린은 코앞까지 다가와 있는 녀석의 얼굴을 뚫어져라 노려봐 주었다. 녀석은 강린의 눈을 빤히 바라보더니 빙그레, 살인미소를 지었다.

"그나저나 네 사촌, 좀 너무한 거 아니냐? 너무 솔직해도 탈이란 걸 모르나 봐."

"뭐?"

이 자식이 또 무슨 말을 하려고.

"아무리 사촌이라지만 지킬 건 지켜야 하는 게 도리지."

"헛소리 작작 하고 빨리 비키기나 하시지."

강린은 녀석의 잘생긴 낯짝을 째려보며 으르렁거렸다.

"모범처자라는 말은 솔직히 내가 들어도 가슴이 미어지더라, 문강린."

뭐, 뭐야?! 모범처자가 뭐 어쩌고 저째?! 설마 이 자식, 다 본 거? 강린은 두 눈을 부라리며 입술을 뻐끔거렸다.

"너, 너, 너……!"

"오 년이나 사귄 남자 친구한테 차인 부분에선 눈물이 앞을 가리더라. 아니, 어떤 간 큰 놈이 우리 강냉이를 걷어찬 거야? 바람이라도 피웠대? 아니면……."

녀석의 다음 말은 절대로 듣고 싶지 않았다. 정말이지 죽고만 싶었다. 창피해서, 쥐구멍이라도 있으면 들어가고 싶어서. 그런 그녀의 마음을 대변해 주듯 강린의 얼굴은 순식간에 시뻘겋게 달아올랐다.

도저히 참지 못하고 강린은 자리에서 벌떡 일어나며 소리쳤다.

"나가!"

그녀가 일어나자, 몸을 그녀 쪽으로 수그리고 있던 준현이 허리를 일으켜 세웠다. 그리고 그와 동시에 반만 유리로 되어 개방이 되어 있는 사무실 문이 벌컥 열렸다.

"일찍 왔네, 문강린? 좋은 아침!"

낙하산 직원 입장. 아니, 웬수보다도 못한 사촌 입장! 강희였다. 강린보다 석 달 위인 사촌언니이자 이 회사 사장님의 외동 딸, 문강희.

"어머? 손님이 있었네? 누…… 구?"

강희가 준현을 위아래로 훑어보며 물었다. 가식이 잔뜩 묻어 난 얼굴은 겉으론 상냥했다. 그러나 속으론 분명 음흉하게 준현 의 몸을 이리저리 뜯어보고 있을 것이다. 좀 괜찮다 싶은, 젊은 싱글남은 죄다 강린에게 갖다 대려고 혈안이 되어 있는 애이니 속내가 빤했다. 하지만 어림없지. 백준현 같은 놈은 이쪽에서 사절이라고.

"직원이십니까?"

준현이 웃음 띤 얼굴로 물었다. 강희는 붉으죽죽해진 강린의 얼굴을 수상쩍게 살피고는, 눈썹을 살짝 치켜뜨며 고개를 끄덕 였다.

"네. 디자인기획 팀장 문강희입니다만."

픗! 강희의 자기소개가 끝나자마자 준현이 웃음을 터뜨렸다. 그녀가 문제의 모범처자 발언을 한 그 당사자란 걸 눈치 챈 거 였다.

'문강희. 으…….'

강린은 속으로 앓았다. 자존심 상해 죽을 것만 같아 고개를 푹 숙였다.

"반갑습니다. 앞으로 여기서 일하게 될, 백준현이라고 합니 다."

엥? 여기서 일하게 될? 강린은 번쩍 고개를 들었다.

"아~!! 그, 백준현 씨?!"

뭔가 아는 듯, 강희가 고개를 끄덕이며 큰 소리로 말했다.

"이번에 우상그룹에서 스카우트되어 오신 분, 맞죠? 새 기획실장님."

기, 기획실장?!

"맞습니다."

"어머! 반가워요! 젊으시다더니, 정말로 젊으시네. 오늘이 첫 출근이세요?"

강희는 한 손을 내밀며 악수를 청했다.

"네."

"꿩장히 일찍 나오셨다."

"사무실도 미리 둘러볼 겸, 아침에 볼 사람도 있고. 겸사겸사 일찍 출발했죠."

강희의 손을 맞잡고 흔들며 준현이 대답했다. 아침에 볼 사람? 설마, 그거 강린? 여전히 얼이 빠진 얼굴로 강린은 백준현을 올려다보았다.

이, 이 자식이 새 기획실장이라고? 백준현이?!

"문강린 대리랑은 인사하셨나 봐요?"

강희가 특유의 화색 도는 얼굴로 물었다. 이런 과장 섞인 미소는 상대방의 속내를 떠볼 때 쓰는 강희의 필살기였다. 준현과 강린 사이에 흐르는 미묘한 갈등을 감지했다는 증거였다. 강린은 으흠, 속으로 신음하며 어금니를 사리물었다. 이놈과 자신이 동기동창이라는 사실은 정말이지 죽어도 알리고 싶지 않았다.

"네, 방금."

"아, 그래요?"

강희의 눈이 예리하게 빛났다.

"그런데…… 두 사람, 무슨 일 있었어요? 왜…….."

"실례합니다."

강린은 강희의 질문을 끝까지 다 듣지 않고 사무실을 나왔다. 충동적으로 휙 몸을 돌려 반유리 문을 열고 그녀는 어디론가 마구 달렸다. 그녀의 심장이 미친 듯이 뛰어대고 있었다.

제1장

그놈이랑은 진짜 얽히고 싶지 않아

삼분 후, 강린은 화장실 세면대 앞에 서서 웬수는 외나무 다리에서 만난다는 옛말을 떠올리고 있었다.

백준현. 군대에 입대하기 전까지 이 년간, 강린의 꿈 많은 대학 초년시절을 완전 지옥으로 만들어놓은 철천지원수. 당시 농지기 좋아하던 친구들이 '너희 사귀냐?' 는 둥, '사랑싸움하냐?' 는 둥, 놀려대기 일쑤였지만, 준현과 강린은 절대 그럴 수 없는 사이였다.

강린은 사사건건 잘난 척하는 녀석이 너무너무 싫었고, 녀석은 '못생긴 주제에 입만 산 여자' 라며 치를 떨었다. 맞다. 녀석은 강린을 못생긴 주제에 입만 산 계집애라고 몰아댄 적이 있었

다. 그것도 많은 사람들 앞에서. 그 일만 생각하면 아직도 두 손
이 부르르 떨린다. 혈압 급상승.

아무튼 강린은 녀석의 취향이 아니었다. 준현 또한 강린의 취
향이 아니었다.

물론 백준현의 생긴 모양새는 그때나 지금이나 최상품, 월드
클래스다. 허우대 멀쩡하고 귀공자풍의 꽃미남에 돈도 꽤 잘 썼
었다. 있는 집 자식이라는 분위기 물씬 풍기면서 달콤한 미소를
날릴라치면, 여자들 중 십중팔구는 쓰러졌다. 강린도 보통 여자
였던지라, 처음 보았을 때는 살짝 마음이 흔들리기도 했었다.
그러나 그건 놈을 전혀 겪어보지 않았을 때 잠깐 느꼈던 일시적
이고 단세포적인 감정일 뿐이었다.

녀석은 왕자병 말기환자에 지독한 바람둥이었다. 녀석의 옆
구린 빌 틈이 없었다. 하루가 멀다 하고 바뀌는 여자들이 다 어
디서 충당되는 건지, 대한민국 여학생들은 죄다 준현이 놈이랑
사귀고 싶어 안달이 난 것처럼 보였다. 완전 밥맛. 그런 놈이 뭐
가 좋다고, 들러붙어 떨어지지 않으려는 여자애들이 한심하고
불쌍하게 느껴지기까지 했다. 한 달, 아니, 하루라도 좋으니 준
현의 옆구릴 데울 수 있는 여친이 되고 싶다고 앓는 소릴 해대
던 친구들한테 강린은 냉정히 얘기해 주곤 했다.

"미친년. 밥 먹고 할 일이 없으니 별소릴 다 한다. 늬 엄마가
그러라고 등록금 붙여주시던?"

강린의 말을 듣는 순간 친구들은 눈살을 찌푸리며 뭐라 투덜

댔지만, 다 자기들을 위한 말이었다. 정신 차리라고, 준현이는 위아래 쭉쭉빵빵한 여자 아니면 거들떠도 안 본다고, 여자를 머릿속 든 것보다 얼굴과 몸매로 판단하는 족속이라고, 그러니 제발 두 눈 똑바로 뜨고 제정신 박힌 놈 알아보라고.

한 번은 이런 일이 있었다. 수업이 없어 동아리방에 들른 강린은 절친한 친구였던 소은이, 철철 울며 자살하겠다고 난리부르스를 치는 걸 목격했다. 당시 소은은 준현에게 홀딱 빠져 있었는데, 그날도 여자 친구와 데이트하는 준현의 꽁무니를 쫄쫄 따라다니다가 된통 당했다는 거다. 그것도 길가에서.

"못생긴 게 보는 눈은 있어가지고. 너, 나 좋아하냐? 나랑 사귀고 싶어? 그럼 살 빼. 살 빼고 얼굴 고쳐. 그러고 다시 와라. 응?"

싸가지 밥맛! 많은 사람들이 보는 앞에서 소은에게 그런 창피를 안겨주다니. 너무나 분개한 강린은 준현을 만나 따졌다. 그랬더니 놈이 그러더라.

"야, 땅꼬마 강냉이. 너 요새 욕구불만이냐? 네 남자 친구, 휴학하고 시골 내려갔다며? 거기서 말뚝 박는다던? 시골에 참한 처자 하나 짱박아놨대? 왜 남의 일에 참견하는 건데? 얼굴도 운동장만한 게 오지랖까지 넓어가지고. 네 얼굴만 보면 울화통 터진다. 꺼져라."

그때 강린은 박유철이라는 선배를 사귀고 있었는데, 집안이 어려워 휴학을 할 수밖에 없었던 유철은 학교 동아리실에서 숙식하면서 다음 학기 등록금을 목표로 열심히 아르바이트를 하고 있었다. 그러던 차, 때마침 시골집이 농번기로 일손이 부족하다는 소식을 듣고 잠시 시골로 내려가 있었다.

강린은 너무 화가 나 꼴깍 뒤로 넘어갈 뻔했다. 녀석이 먼저 휙 몸을 돌려 발빠르게 사라지지 않았다면, 아마도 혈압으로 툭 떨어졌을지도 모를 일이었다. 빌어먹을 놈.

그렇게 지옥 같은 대학 이 년을 보내고, 3학년 초. 녀석이 군대를 자원해 들어가자 강린은 뛸 듯이 기뻐했다. 잘난 녀석, 빽 써서 군대 안 들어가려고 용을 쓰다가 실패한 거 아니야? 의심까지 하며 얌전히 군대에 들어가는 녀석을 향해 회심의 미소를 지어주었다. 녀석의 군입대 위로모임이 있던 날, 잘 다녀오라고 웃어주기까지─놀랍지 않은가!─했다. 그런 그녀에게 녀석은 이렇게 말했지.

"나 없는 동안 얌전히 있어라. 일 내지 말고. 알겠냐, 강냉이?"

기분 나쁘게! 뭐? 일을 내지 마? 언제는 일을 냈다는 말인가? 참 어처구니없는 말이었지만, 당시 강린은 아무런 반박도 하지 못했다. 왜냐고? 녀석의 섹시한 엄지손가락이 통통한 그녀의 볼을 슬쩍 쓸어내는 엽기적인 일이 벌어졌기 때문이다. 지금 생각해도 소름이 돋을 정도로 끔찍이 닭살스러운 행각이었다. 웃기지도 않지. 지가 뭔데 볼을 쓸어내린단 말인가? 그것도 동기들이 다 보인 자리에서! 무슨, 내 여자다 찜해놓는 것도 아니고.

아무튼 그날의 '볼씀사건'은 강린 인생 최고의 엽기로 기억되고 있다.

녀석이 없는 이 년간의 대학 생활은 참말 밝고 밝은 나날의 연속이었다. 어찌나 좋던지. 녀석이 안 보이니 속이 다 후련했다. 아예 군대에 말뚝을 박아 절대로 사회에 나오지 않았으면, 하고 바라기까지 했다. 물론 군대에서 썩기엔 놈의 외모가 너무 멋지구리하다는 동창, 미연의 말엔 동의한다. 그러나 자꾸만 떠오르는 볼씀사건은 강린을 괴롭혔다. 잊어버리려 해도 자꾸 생각나는 그 손길 때문에 죽을 것 같았다. 결국 강린은 녀석의 외출, 외박 때마다 교묘하게 자리를 피하기에 이르렀고 그리하여 졸업 때까지 준현을 단 한 번도 만나지 않을 수 있었다.

들은 풍문으로, 녀석은 강린이 대학을 졸업하고 난 후에 학교로 복학했다고 한다. 군대를 갔다 온 이후 녀석은 훨씬 더 남자답고 멋있어졌다고 했다. 그 당시 꽤 잘나가는 회사에서 나름 실력을 인정받으며 열심히 사회생활을 하고 있었던 강린은, '흥! 알 게 뭐람. 그깟 자식!'이라고 응수해 줬다. 싹수 노란 자식, 멋있으면 얼마나 멋있겠냐는 그녀의 비아냥거림에 미연은 이렇게 말했다.

"아니야, 얘. 네가 못 봐서 그래. 지난번 94학번 모임에 가서 봤는데, 내 가슴이 다 뛰더라니까. 너 그때 안 온 걸 후회할걸? 완전 킹카 중에 킹카였다고. 애 티를 싹 벗어가지고 얼마나 늠름하던지. 그 우람한 가슴 근육 하며, 탄탄한 복부~"

"네가 드디어 미쳤구나. 그만 좀 해."

"게다가 얼마 전에 들은 얘긴데, 걔가 모 그룹 재벌아들이라는 거야. 열라 쇼킹하지 않냐? 그냥 좀 사는 집 애이거니 했지, 그 정도까진 몰랐잖아. 너도 까맣게 몰랐지? 완전 대박이지 않냐? 그 외모에 그만한 집안에. 진짜 거들먹거리면서 잘난 체할 수밖에 없었던 거지."

"말도 안 돼. 걔가 재벌 아들이면 난 대통령 딸이다. 어디서 그런 헛소릴 듣고 와서 지랄이야?"

"뭐야. 헛소리 아니라고. 진짜 믿을 수 있는 정보통한테 들은 거란 말이야."

"웃기고 있네. 정신 차려, 이것아!"

"아닌데……. 야야, 근데 걔가 너를 찾더라."

"뭐?"

"미운 정도 정이라고. 백준현, 그 녀석이 너를 찾더라고. 너는 왜 안 왔냐고 묻던데? 몸이 좋질 않아서 못 오게 됐다고 했더니, 많이 아프냐고 묻더라고. 걱정되나 보대."

"핫! 재수없어. 지가 뭔데 내 걱정을 해? 고양이, 쥐 생각하나. 됐다 그래라. 응?"

고양이와 쥐.

그렇다. 씁쓸한 말이지만, 고양이와 쥐가 준현과 강린의 관계를 가장 정확히 설명해 줄 수 있는 단어이지 싶다. 그는 늘 강린을 못 잡아먹어서 안달이었다. 정확한 이유도 없이. 있다면 뭐,

그녀가 못생기고 입만 산 주제에 절대 녀석한테 지려고 들지 않았다는 거, 그거 하나였을 것이다. 다른 여자애들처럼 껄떡거리며 놈의 손 한 번, 입술 한 번, 어깨 한 번을 바라며 쫓아다니지 않았다는 게 그렇게 큰 죄일까? 아마도 녀석의 자만심에 상처를 입은 건지도 모를 일이다. 기록적인 자신의 인기에 암적인 존재라고 판단, 그녀를 괴롭히기로 마음먹은 건지도.

하여튼 그 얘기를 들은 후부터 그녀는 94학번 모임엔 절대로 안 나간다. 백준현, 그 꼴 보기 싫은 녀석을 피하기 위함이었다. 미연을 비롯한 몇몇 동기들은 그녀가 나오길 종용했다. 앙숙이었던 백준현과 강린의 재회를 흥미롭게 기다리는 듯했다. 흥! 그러나 그런 일은 절대로 일어나지 않을 거라며, 강린은 코웃음을 쳐주었다. 녀석과는 죽을 때까지 만나고 싶지 않았다.

하지만 삼 분 전, 운명은 강린을 버렸다.

그 지긋지긋한 백준현이 그녀의 앞에 나타나다니. 그녀가 다니고 있는 회사로, 엄청나게 폼나게. 오호통재라! 우연의 일치도 이런 우연의 일치가 다 있을까? 도저히 믿을 수가 없었다. 녀석의 얼굴을 날마다 봐야 한다는 현실이. 녀석은 성공한 사회인이 되었고, 그녀는 겨우 친척 회사에 빌붙어 지내는 구린 상황이라는 사실이. 녀석은 너무나도 멋지고 능력있는 남자가 되었고 그녀는 노처녀라 불리며 기미, 주근깨도 모자라 주름에 둘러싸여 하루하루 좌절해 가고 있다는 사실이.

강린에게 자신의 꼬락서니를, 서른세 살에 직장에서도 집에서도 인정받지 못하고, 하다못해 남자 친구한테까지 차인 지금의 자신을 가장 보여주기 싫은 녀석이 있다면, 그건 바로 백준현, 그 녀석이었다. 그런데 하필 이때에, 이 거지 같은 상황 속에서, 거지 같은 백준현과 한 사무실에서 근무해야 하다니. 이런 미치고 팔짝 뛸 때가 어디 있겠는가? 정말이지, 참을 수 없는 존재의 가벼움을 뼈저리게 절실히 느끼고 있는 강린이었다.

강린은 화장실 세면대 앞에 선 채 커다란 거울을 노려보았다. 거울 속에는 피곤에 잔뜩 찌든 표정과 다크서클 진한 눈 밑, 흐트러진 머릿결과 촌스러운 카디건을 걸친 초라한 행색의 여자가 멍하게 이쪽을 바라보고 있었다.

서른셋 노처녀 문강린의 현주소.

휴, 긴 한숨을 내쉬며 강린은 중얼거렸다.

"못나빠진 것."

그때다. 강린을 뒤따라 화장실로 들어오며 사촌, 강희가 총알처럼 빠르게 물었다.

"문강린! 도대체 어떻게 된 거야?"

강린에 관한 한, 언제나 자식새끼 싸고도는 어미닭처럼 유별나게 행동하는 평소 성격다웠다. 이상하게 생각할 것 없다. 원래 문씨 형제자매들이 혈육에 대한 정이 각별하니까. 다만 강희에겐 자매가 없이 남동생만 둘이었고 강린에겐 아예 그나마도 없는 무남독녀다. 그래서 어릴 때부터 친자매처럼 자주 교류하고 자랐던 둘은 서로의 고민과 비밀을 공유하는 절친한 친구 사이일 수 있었던 거다. 절친한 친구 사이에 패밀리십까지 더해지니 당연히 그들은 각별한 사이가 될 수밖에 없었다.

"어떻게 되긴 뭐가 어떻게 돼?"

속으로 '주여!'를 외치며 강린은 가느다란 신음을 흘렸다. 강희의 추궁을 들어야 한다는 생각에 벌써부터 머리가 지끈거렸다. 강희의 별명은 사냥개였다. 콜롬보 사냥개. 한 번 물면 절대 놓지 않는.

"몰라서 물어?"

강희가 도전적인 동작으로 가슴 밑에 척 팔짱을 끼고 본격적인 심문에 들어갈 차비를 갖추었다.

"별일 아니야."

무심을 가장한 채 강린은 툭 소리를 내며 세면대 수도꼭지를 쳐들었다. 쏴아아— 물소리가 텅 빈 화장실 내부를 시원하게 울렸다. 좀 낫군.

"야, 네 볼이 빨개. 그래도 별일이 아니라는 거야?"

힉. 거기까지는 생각지 못했다. 불타오르는 두 볼. 어찌나 쪽팔리던지 창피해 죽을 뻔했던 아까의 일이 되새김질해 떠올랐다.

"오 년이나 사귄 남자 친구한테 차인 부분에선 눈물이 앞을 가리더라고."

정곡을 찌르던 녀석의 말도 함께 떠올랐다. 아! 나쁜 놈. 오징어땅콩도 아니고, 남의 실연을 어떻게 그렇게 대놓고 아무렇지도 않은 듯 말할 수 있을까? 잔인한 놈. 동정심이라곤 눈곱만큼도 없는 놈!

물론, 미친 듯이 사랑한 건 아니었다. 목숨 걸고 죽기 살기로 사랑한 건, 정말이지 절대로 아니었다. 하지만 그래도 오 년이다. 오 년이란 긴 세월 동안 한 남자와 커플로 지내왔다. 말이 오 년이지, 남녀관계에서 오 년이면 짧은 세월은 아니다. 그렇게 긴 세월을 함께했던 남자에게서, 다른 여자가 생겼으니 그만 헤어지자는 말을 들었을 때.

그 심정이란 당해보지 않은 사람은 모른다. 도저히 말로는 표현할 수 없는 참혹함, 그 자체다. 육 개월이 지난 지금까지도 강린의 그 상처는 다 아물지 못했다. 올해는 꼭 결혼시키겠다고 벼르고 벼르던 아버지에게 남자 친구와 헤어졌다는 말을 차마 못하고, 이 핑계 저 핑계 대며 지금까지 버텨온 그녀의 심정이 오죽하겠는가 말이다. 썩어 문드러졌다. 시커멓게 다 타져 재만 남았다.

'그런데 뭐라고?'

강린은 부르르 떨려오는 두 주먹을 불끈 쥐었다. 촤르르— 쏟아지는 물줄기가 그녀의 손 안에서 부서졌다.

"자, 빨리 말해. 시간 없어."

준현에 대한 분노에 왕몰입하고 있던 강린은 갑작스레 들려오는 강희의 목소리에 퍼뜩 정신을 차렸다. 강희가 손목에 두른 비싸디비싼 명품시계를 들여다보고는 고고하고 우아한 턱 끝을 세우는 중이다. 뭐냐? 진짜 심문이라도 하겠다는 거냐?

"어떻게 두 사람이 그렇게 찰싹 달라붙어 있었던 거야? 네 볼은 또 왜 이리 빨갛고?"

"취조해? 무슨 말투가 그래?"

"별일 아니라고 발뺌할 생각 마. 내 육감은 별일 아닌 게 아니라고 말하고 있으니까."

"그놈의 형사 콜롬보 놀이. 증말!"

강린은 눈살을 확 찌푸리며 거울 속의 강희를 향해 강렬한 눈빛을 쏘았다.

"남들이 봤으면 오해했을 거야, 분명히. 완전 딱 달라붙어서 얼굴까지 마주 보고. 키스할 것 같은 분위기였잖아!"

얼음. 아주 짧은 찰나, 강린의 온몸이 얼어붙었다. 땡!

"아니거든!"

강린은 강희에게 터무니없다는 식의 표정을 지어 보였다. 한쪽 콧잔등을 씰룩거리며 살짝 위로 당긴 후 이를 가는 식의. 말도 안 돼! 키스는 무슨 키스! 준현이 강린에게 그런 흑심을 품을 리도 없지만 키스라면 강린 역시 사절이었다. 어디 할 사람이 없어서 준현이 같은 놈과!

'왜? 키스니까 그 녀석이랑 해야 하는 거지!'

여성적 본능이 강린의 뇌에서 자기 목소리를 냈다. 허허! 딴은 그렇다. 키스나 되니까 그놈이랑 해보는 거지. 그 녀석에게 기대할 수 있는 건, 그게 전부 아닌가?

"혹시 새로 온 실장이 너한테 껄떡대던?"

말도 안 되는 생각으로 머리가 복잡해진 사이. 강희가 상체를 숙이며 조심스럽게 물어왔다.

"뭐?"

말도 안 된다는 말을 하려는 찰나였다. 강희가 자신이 물은 질문에 대한 답을 스스로 내렸다.

"아니지. 그 사람, 그렇게 눈이 낮을 것 같진 않았어. 잘생겼잖아. 그 정도 인물이면 A+급이었다고."

혼자 의문 제기하고 결론 다 내리고, 일인극 하는 사람처럼 중얼거리는 강희를 향해 강린은 잔뜩 얼굴을 찡그리며 발끈했다.

"너 지금 나 무시하냐?"

"그럼 널 유혹하려던 걸까? 사장 조카라서?"

"어쭈? 이젠 삼류소설까지."

강린은 쏟아지는 물줄기 속으로 뻗은 손을 신나게 비벼대며 신랄하게 대꾸했다.

"말 되잖아. 넌 사장 조카. 새로 온 실장은 야망 많은 사내. 사장 딸은 이미 결혼한 몸이시니, 미혼인 사장 조카를 유혹한다. 어때? 기가 막히지 않아?"

"그래, 기막힌다. 기가 막혀서 말이 안 나와."

말을 말아야지. 쯧쯧. 고개를 살래살래 흔들며 강린은 혀를 찼다.

"딱 자세가 그랬단 말이야. 유혹하는 자세. 네 등을 뒤에서 살짝 안고, 얼굴은 거의 붙인 상태인데다가……."

"잠깐 사이에 자세히도 봤다."

강린은 묘하게 흐르는 강희의 말머리를 뚝 잘랐다.

"내 눈이 워낙 좋잖냐."

"오지랖이 넓은 게 아니고?"

"그거야 뭐, 기본이고."

자랑스럽다는 듯 강희는 눈썹을 씰룩거렸다. 으이그~

"그래서? 새로 오신 실장님이 너한테 뭐라고 했다는 거야?"

"아, 진짜! 그만 해. 하긴 뭘 했다고 자꾸 그래!"

버럭 강린이 고함을 질렀다. 짜증을 안 낼 수가 없었다. 앞으로 다른 이도 아닌, 백준현의 밑에서 일을 해야 한다는 사실이 그녀를 암담하게 만들었다.

"너 상당히 신경질적이다. 왜 그러는데? 정말 그 새 실장이……."

묻는 강린의 목소리는 호기심이 잔뜩 서려 있었다. 정말 강적이다. 전혀 굴하지 않고 첩보에 힘쓰는 문강희. 에라, 모르겠다. 짜증이 북받치자 강린은 확 싸질러 버리고 말았다.

"동창이야!"

"……?"

"동창이라고. 됐냐?"

"동…… 창?"

그래, 믿을 수 없겠지. 젊은 나이에 대기업에서 쭉쭉 잘나가, 일성어패럴 같은 건실한 기업으로부터 스카우트 제의까지 받은 백준현이 큰아버지 회사에서 빌붙어 비리비리 일하고 있는 강린과 동창이라는 걸 어느 누가 쉽게 믿겠나. 못 믿겠지. 암!

'속상해……'

피부도 거지 같고 머리는 푸석푸석, 윤기라곤 전혀 없는 메마른 입술까지. 강린은 피폐라는 단어를 온몸으로 표출하고 있었다. 위아래로 쫙 빼입고 나타나서 뭇 여성들의 시선을 한몸에 받는 백준현과는 완전 대비되는 모습이다. 그 녀석 앞에서 이런 꾀죄죄한 모습을 보였다니 정말 자존심이 팍팍 상했다.

"그런데 왜 아까는 말 안 했어? 아까 통성명할 때 그 사람도 너도, 동창이란 소리 안 했잖아."

너 같으면 말하고 싶겠냐? 하고 툭 싸질러 주고 싶었지만, 강린은 꾹 참았다. 강린은 물기 묻은 손으로 머리를 정리하며 아무렇게나 대답했다.

"낸들 알아?"

"네가 모르면 누가 알아?"

"몰라. 아무튼 아는 체하고 싶지 않은 애야."

"어딘지 수상쩍은데."

여전히 께름칙한지 강희가 고개를 갸우뚱거렸다.

"수상쩍을 게 뭐 있어. 걔랑은 원래 학교 다닐 때부터 사이 안 좋았어."

"아니, 왜? 잘생겼구만."

"넌 남자를 얼굴밖에 안 보냐?"

"응."

너무나 당연하다는 듯이 강희가 말한다.

"문강희!"

"아니, 궁금하잖아. 저렇게 멀쩡하게 잘난 사람을 왜 싫어하는데?"

"사람 싫은 데 꼭 이유 있어야 돼?"

"대부분 있지 않나?"

"난 없어. 걘 무조건 싫어."

"거참, 희한한 일일세."

강희는 고개를 갸우뚱거리며 강린을 자세히 뜯어보았다. 아무리 생각해 봐도 수상했다. 다른 건 몰라도 그런 쪽에 있어선 귀신 같은 직감을 갖고 있는 강희였다. 분명 이 찜찜하고 야릇한 기분엔 숨겨진 원인이 있을 것이다.

왜냐고? 왜 그렇게 확신하는 거냐고? 싫어하는 사이치고, 너무 허물없는(?) 자세였으니까!

백 실장의 가슴과 강린의 등이 찰싹 붙어 있었고, 잠깐 스치듯 보았던 준현의 눈빛은 예사롭지 않았다. 당황해 화장실까지 내달려 차가운 물을 만지는 강린의 태도 역시 수상쩍었다. 붉게 달아오른 두 볼은 분명 강린이 흥분해 있었다는 증거.

"다른 사람들한텐 말하지 마, 우리 동창이란 거."

"왜?"

"하여튼 말하지 마. 걔랑은 업무적인 일 외엔 얽히기 싫다고."

아— 뭔가가 있다는 생각이 자꾸만 강희를 부추겼다. 그 뭔가가 뭔지 알아보라는 부추김. 전신에서 꿈틀거리는 이 콜롬보 기질이 그녀를 내몰았다. 빨리 두 사람 사이에 감도는 긴장감이 뭔지 알아내라고. 우~ 갑자기 지루했던 회사 생활이 재미있어지겠다는 생각에 온몸이 짜릿했다.

"오케이. 알았어. 오늘은 이걸로 마무리하지 뭐. 시간은 많으니까."

킥킥. 장난스럽게 웃으며 강희는 툭, 강린의 어깨를 쳤다.

"뭐?"

"수상하지만 이번 한 번은 그냥 내가 넘어가 주지 뭐."

"뭐가 수상하다고 그래?"

"하지만 다음번엔 절대 아니다. 다음에 또 그런 장면이 목격될 시엔, 각오하라고."

"그럴 일은 절.대. 없을 거야. 걱정하지 마."

강린은 투지에 불타 이를 악물며 대답했다. 하지만 그녀의 속은 곧 심란함으로 도배가 되어버렸다. 그 녀석 밑에서 일해야 한다는 사실이 절망적으로 다가왔다. 어깨가 축 처지고 고개가 힘없이 떨어졌다.

"이만 가자. 아무리 낙하산이라도 일은 해야지."

강희가 강린의 등을 두드리며 씩 웃었다.

"뭐? 낙하산?"

강린이 있는 대로 인상을 쓰고는 사촌언니를 찌릿, 째려보았다.

"야, 문강희! 입은 비뚤어졌어도 말은 바로 하라고 그랬다. 낙하산은 너잖아. 난 정식 시험 치고 입사했다고."

"사장 딸이나 사장 조카나. 남들 눈엔 다 같은 낙하산이지."

"그래도 난 아니거든?! 나 이래 봬도 대원물산에서 오 년이나 근무했던 사람이야. 이거 왜 이래?"

"아우! 알았어, 알았다고. 왜 화를 내고 그래?"

강린이 다른 건 몰라도 커리어에 대한 자부심이 대단하다는 건, 강희도 잘 알고 있었다. 한국대 경영학과를 나와 대원물산이라는 거대기업 정식사원으로 입사했을 때만 해도 강희는 늘 강린과 비교당하곤 했었다. 아버지인 문 사장이 강린을 회사로 끌어들이려고 무진장 애를 썼었던 것도 사실이다.

하지만 강린은 몇 년 버티지 못하고 대원물산을 나왔고, 그 이유는 승진에서 매번 미끄러지는 불운 때문이라고 했다. 여자라는 이유로 불이익을 당해야 했던 거다. 아무리 남녀평등, 능력 위주라 해도 여전히 어느 한 곳에서는 사회적 관행과 편견이 존재한다는 걸 몸소 체험한 것이었다. 강희 역시 아버지의 회사로 들어오기 전에 일했던 회사에서 불평등을 겪었기 때문에 강린의 마음을 충분히 이해할 수 있었다.

"네가 억지를 부리니까 그렇지. 내가 낙하산이라며. 낙하산이란 말, 나 진짜 싫어하는 거 너도 알잖아. 제발 조심 좀 해주라. 응?"

"어우, 알았다는데 왜 자꾸 쌍심지야. 아침부터. 웃어. 웃으라고. 즐거운 월요일이잖아."

강희는 재빨리 배시시, 해맑은 미소를 지으며 강린의 팔을 툭 건드렸다. 화가 났다면 화 풀어라는 애교 섞인 행동. 강린이 문씨 자손치고는 비교적 유순한 편이었지만 한 번 화가 나면 헐크처럼 변하는 특성이 있다는 걸 알기에 순간적으로 발휘하는 센스였다.

"먼저 들어가. 난 휴게실 가서 커피 한 잔만 더 마시고 들어갈게."

잔뜩 독이 서린 목소리로 강린이 말했다.

"그럴래? 알았어. 그럼 나 먼저 들어갈게."

강희는 일부러 밝게 대꾸하며 화장실을 나섰다. 활기찬 동작으로 씩씩하게 복도를 걷는 강희는 그러나, 곧 눈살을 찌푸렸다.

'수상해, 진짜 수상해. 확실히 뭔가 있어.'

✳

그 일이 있고 일주일 후.

다행히 강희는 약속을 지키고 있었다. 강린의 입장에선 정말 다행이었다. 악몽 같은 녀석을 다시 만난 것도 충격이었는데, 비참한 꼴을 보이는 것도 짜증인데, 두 사람이 동창이라는 사실을 만천하에 까발리기는 싫었다. 백준현도 일말의 양심은 남아 있었는지, 그 뒤로 지금까지 일주일 동안 사람들 앞에서 강린과 동창 사이라는 사실을 밝히지 않았다.

그래도 배알이 꼬이는 건 어쩔 수 없는 일. 사촌이 땅을 사도 배가 아프다는데, 백준현이 실장이 됐으니 속이 쓰릴 수밖에. 강린은 무슨 핑계를 대서든 그와의 대면을 피하려고 기를 썼다. 아침엔 아홉 시 땡 종칠 때까지 휴게실에서 놀고, 점심시간 되면 총알처럼 나가 업무 시간 일 초 전에 모습을 드러냈다. 그러다 보니 팀 회의할 때 빼곤 결코 녀석의 얼굴 볼 일이 없었다. 할렐루야!

하지만 그녀의 앙큼한 작전은 일주일이 지나고 곧바로 좋났다. 바로 오늘.

오늘도 열심히 휴게실에서 다른 직원들과 수다를 떨다가 아홉 시가 되기 딱 일 초 전, 사무실로 들어간 강린. 그녀는 동료 직원으로부터 사장님의 호출이 있었다는 메시지를 전해 들었다. 난데없는 호출에 강린은 놀랐다. 업무 시간에는 개인 잡무를 보지 않는 걸로 유명한 문 사장이니 사적인 일로 보자는 건 아닐 것이고, 무슨 일일까? 강린은 급히 사장실로 쫓아 올라갔다.

똑똑. 비서와 형식적인 눈인사를 교환하고 사장실 문을 두드렸다.

"들어와."

낮게 깔리는 묵직한 문 사장의 목소리를 들은 후에야, 강린은 사장실 문을 열고 사무실 안으로 들어섰다.

"부르셨어……."

고개를 숙이려던 강린은 순간, 얼어붙고 말았다. 사장실에는 사장 혼자가 아니었다.

"어, 왔니?"

"아, 예. 사장님……."

어떻게 된 일이냐고 물어야 하는데. 목구멍이 꽉 막힌 듯 말이 안 나왔다. 문 사장과 함께 있는 이는 다름 아닌 그 녀석, 백준현이었기 때문이다.

녀석은 소파에 느긋하게 앉아 그녀를 향해 싱긋 웃어 보였다. 매우 여유로운 몸짓이었다. 그녀가 올 것을 미리 알고 있었다는 듯. 어쩜 저리도 얄미운지. 저도 모르게 강린은 아드득 이를 갈았다.

"백 실장이 네가 엄청 놀랄 거라고 하더니 그 예상이 딱 적중했구나."

"예?"

"그렇게 서 있지 말고 앉아라."

사람 좋은 얼굴로 허허 너털웃음을 짓는 문 사장은 꽤나 유쾌해 보였다. 강린은 얄밉기 그지없는 준현을 째려보며 조심스럽게 맞은편 소파에 걸터앉았다. 도대체 무슨 일로 그녀를 부른 것일까? 준현이 녀석이 무슨 꿍꿍이수작을 부리고 있는 거지? 강린의 머릿속이 이 생각 저 생각으로 복잡했다.

"뭘 그렇게 놀라? 알고 보니, 이만한 일로 놀랄 사이도 아니더구만."

"놀랄 사이도 아니라니요?"

이건 또 무슨……! 강린은 멀거니 문 사장을 바라보다 준현을 돌아봤다. 녀석은 의미심장한 미소를 지으며 강린을 빤히 바라보고 있었다. 그녀의 반응을 속속들이 전부 다 놓치지 않으려는 것 같았다. 뭘 어쩌라고?

"방금 백 실장한테서 들었다. 강린이 너, 백 실장과 동기동창이라며?"

헙! 강린은 순간, 깊은 숨을 들이마셨다. 아니, 그걸 왜 말했대? 무슨 짓을 하려고?!

절대적으로 밝히고 싶지 않은 사실이었다. 서른셋 젊은 나이에, 대한민국에서 내로라하는 기업의 과장까지 지내며 탄탄대로의 길을 걷고 있던 준현. 그래서 능력을 대외적으로 인정받아 중소기업이지만 굉장히 알진 기업, 일성어패럴 기획실장으로 스카우트되어 온 그가 그녀의 동기동창이라고 하면, 그녀는 뭐가 되느냔 말이다. 쪽팔렸다. 네 동창이 그리 잘나갈 때 넌 뭐 했냐는 식의 눈초리가 너무나 두려웠다. 가족들 보기도 민망하고, 큰아버지인 문 사장 보기 창피하고, 회사 사람들한텐 완전 개망신이었다. 그래서 일부러 아는 체하지 않았던 건데, 아니, 도대체 왜 밝힌 거람!

"깜짝 놀랐지 뭐냐. 두 사람이 아는 사이라니, 난 전혀 몰랐었다."

"전 큰아버지께서 이미 아시는 줄 알았어요. 이력 조사하면 출신 학교는 다 나오잖아요. 저에 대해선 이미 아실 테고."

그럴싸하게 대충 둘러댔다. 다행히 아직까진 문 사장 표정이 좋았다. 조카인 강린이 집안망신 시키고 있다거나, 뭐 그딴 식으로 생각하지 않는 듯했다. 참으로 다행이지 싶었다.

"물론 두 사람 모두 한국대 경영학과 출신이라는 건 알고 있었다. 하지만 그런 정보들이 머릿속에서 제각기 따로 놀았다고나 할까? 두 사람을 서로 연관시켜 생각하진 못했지."

연관시킬 수가 없었겠죠. 하드와 소프트, 모두 최신식 최고급인 백준현과 시금털털에 용도폐기처분 직전의 문강린을 연결지어 생각한다는 건 결코 쉬운 일이 아닐 겁니다. 네, 이해해요. 강린은 턱주가리를 주억거리며 속으로 중얼거렸다.

"그런데 백 실장과 네가 그리 잘 아는 사이라니 정말 잘되지 않았니?"

잘되었다고? 뭐가? 어떤 의미로 하는 말이지? 영문을 알 수 없는 강린은 의심스러운 눈으로 문 사장과 준현을 번갈아 보았다.

"백 실장, 다른 사람은 몰라도 우리 강린이는 내가 보장함세. 책임감도 있고 일도 잘하지. 이런 말 하면 어떻게 생각할지 모르겠지만, 우리 강린이 대원물산에서 잘나가던 아이였네. 내가 욕심나서 빼내온 거야. 학교 다닐 때부터 머리가 하도 영리해서 재목이다 생각했더랬지."

대원물산에서 잘나가긴 개뿔. 남자 후배에게 추월당한 서러움과 억울함 때문에 회사를 때려치웠다는 그녀의 전설(?)은 모르는 사람이 없을 것이다. 유독 선후배 사이가 돈독하여 모임이 활성화된 한국대 경영학과 아닌가? 한 사람 귀에만 들어가도 단번에 쫙 퍼지게 되어 있었다. 당시, 대원물산 같은 든든한 회사를 그만뒀다는 것 때문에 애들 사이에서 상당한 이슈가 되었던 그녀였다. 당연 백준현이 모를 리 없었다. 강린의 볼은 빨갛게 물들었다. 도대체 큰아버지는 왜 저런 쓸데없는 말을 하신담! 쪽팔려. 쪽팔려!

"저도 그렇게 생각하고 있습니다. 그래서 강린일 지목한 거고요."

잉? 저건 무슨 또 헛소리? 강린은 고개를 휙 돌려 준현을 바라봤다. 누가 누굴 지목했다고? 지목은 또 뭐야?

"저, 이게 다 무슨 말씀들이세요?"

조용히, 최대한 차분한 목소리로 강린은 물었다. 그러나 마음속 심정은 조용, 차분과는 심히 거리가 멀었다.

"아, 참! 내 정신 좀 보라지. 사람을 불러놓고 용건을 말하지 않았네."

문 사장이 이마를 손가락으로 톡톡 건드리며 하핫, 웃었다. 준현의 입가가 살짝 비틀리며 올라갔다. 강린은 점점 불안해졌다. 정황상, 뭔진 모르지만 분명 준현과 관계가 있다는 짐작이 들기에 충분했다. 강린이 지금, 현재 가장 얽히고 싶지 않은 남자가 있다면 바로 백준현이었다. 아랫입술을 이 끝으로 살짝 긁어 올리며 강린은 마주 잡은 두 손을 비틀어 쥐어짰다.

"너도 알다시피 우리 백 실장, 아직 회사 일에 익숙하지 않잖니?"

첫 번째 대목부터 강린은 인상을 찌푸렸다. 준현이 회사 일에 익숙하지 않다니. 무슨 그런 말도 안 되는 말을? 강린이 보기엔 잘하고 있었다. 너무 잘해서 얄미울 정도다. 입사 직후부터 그는 사원들의 관심과 호감을 독차지했고, 그 역시 그런 관심을 흡족히 받아들이는 것 같았다. 뭐, 워낙 왕자병이 심한 녀석이긴 하지만. 아무튼 새로운 회사에 대한 불편함이라든지 어색함 따윈 전혀 없는 것 같았다. 정식 출근한 지 겨우 일주일인데 이 정도면 됐지 뭘 더 바라랴?

"잘하고 있는 것 같던데요."

불편함이 잔뜩 묻은 목소리로 강린은 중얼거렸다.

"으음~ 아니야. 백 실장이 겉으로 티를 내지 않아서 그런 거다."

"그럼 아니란 말이에요?"

"실은 조금 적응하기 힘들다고 하는구나. 백 실장한테 거는 기대도 크고, 그래서 앞으로 내가 엄청 부려먹을 계획인데. 본격적인 일을 시작하기 전부터 이렇게 어려움을 겪고 있다면 문제가 큰 거지."

"그런 문제라면 별로 걱정할 필요 없을 것 같은데요. 시간이 해결해 줄 거라고 믿어요. 제가 아는 백 실장님은 어느 단체에서든 잘 적응하는 체질이거든요."

엄밀히 말하면 적응하는 건 아니다. 나머지 모두를 자신에게 적응시키는 타입이지. 사무실의 많은 직원들이 벌써부터 백준현의 페이스에 말려들었다. 특히 여직원들은 백준현이 혹시나 말을 걸어주지 않을까 기대하느라 업무는 뒷전이다. 한심한 여자들 같으니.

"여기에선 실장님이라고 하지 않아도 된다. 친한 친구 사이라면서 굳이 그런 말투 쓸 필요 없잖니. 백 실장이 불편해할 거다. 그냥 편하게 말 놔."

친한 친구 사이라고라고라고라?! 절대 아니거든요, 큰아버지? 그리고 저 인간이 불편해하든 말든, 그건 제 알 바가 아니라고요. 이렇게 말할 참이었다, 강린은. 그러나 잠시 우물쭈물하는 사이, 백준현이 먼저 나섰다.

"그런 점이 마음에 든다는 겁니다, 사장님. 강린이는 회사에서 사적인 감정을 개입시키지 않을 타입이거든요. 입도 무겁고 처신도 올바르죠. 이곳 일성어패럴의 면면에 대해 가장 잘 아는 사람이기도 하고요. 무엇보다 제가 믿습니다, 강린이의 능력을."

뭐라고 하는 거야? 저 인간 입에서 칭찬이 다 나오고? 잘못 들은 거 아닐까? 강린은 제대로 들었는지, 당장 이 자리에서 귓구멍을 후벼 파보고 싶은 충동에 사로잡혔다.

"허허허! 그렇군. 듣고 보니 우리 강린이만큼 적격인 사원도 드물구만 그래."

"말씀 중에 죄송하지만, 도대체 제가 뭐에 적격이란 말씀이세요?"

공손한 태도로 그녀는 물었다. 물론 서로 꽉 맞잡은 두 손은 초조하게 움직이고 있었다. 절대 편안한 상태가 아니라는 걸 증명해 주듯. 그런 그녀를 물끄러미 바라보고 있던 준현이 선선히 대답해 주었다.

"비서."

"뭐?"

녀석의 가벼운 말투가 귀에 거슬렸다. 심히. 마치 '아무리 뛰고 날아봤자 넌 내 손안에서 벗어나지 못해'라는 식이었다. 벗어나 볼 테면 벗어나 보라는 듯, 준현은 달콤한 미소를 입가에 매달고 싱글거렸다.

"비서라니요, 큰아버지?"

차분히 강린은 설명을 요구했다. 그러나 그녀는 모르고 있었다. 자신의 얼굴이 험악하게 일그러진 채라는 걸. 아니, 어떻게 기획실 직원에게 실장의 비서 일을 겸하라고 할 수가 있을까? 이건 말도 안 되는 처사였다.

"말 그대로 비서다. 백 실장한테 비서를 붙여줘야겠다는 생각이야. 앞으로 강훈이와 강혁이를 도와 많은 일을 해줄 백 실장이지 않느냐?"

강훈과 강혁은 문 사장의 아들들로서 강희의 남동생들이었다. 각각 서른하나, 스물아홉이고 직급은 전무와 영업팀장으로 준현보다는 높았지만 일적인 면으로 볼 때 햇병아리나 다름이 없었다. 그럼에도 최근 들어 문 사장은 자신의 사업체를 아들들에게 물려주기 위한 작업에 돌입한 듯했다. 얼마 전까지 기획실장 자리에 앉아 있던 강훈을 전무로 초고속 승진을 단행한 데에 이어 영업부 대리였던 강혁마저 팀장으로 승진시켰다.

반응은 의외로 잠잠했다. 문 사장은 내심 좋지 않은 여론을 예상하며 우려했지만 생각보다 회사는 조용했다. 일성어패럴과 같은 중소기업은 보통 가족 본위의 경영을 할 수밖에 없다는 사실을 다들 알고 또 인정하고 있었기 때문일 것이다.

일각에선 차라리 잘되었다고도 말한다. 이미 한국의 패션시장은 악화일로에 들어서, 기존의 콘셉트로는 현상유지도 힘들 판이니 이참에 아예 경영혁신을 단행해 젊은 피를 수혈 받는 것도 나쁘지 않다는 것이다. 일리가 있었다. 위로는 명품 수입브

랜드가 짓눌러 오고, 아래로는 보세패션이 치고 올라오는 현 시점에선 분명한 결단이 필요해 보였다. 그리고 그 결단력이 가시화된 실체가 바로 백준현이었다.

"강훈이가 기획실장으로 있었을 땐 비서 운운 한 번도 하지 않으셨으면서 새삼스럽게 무슨 말씀이세요?"

강린은 불안하게 웃으며 미약하게나마 저항했다.

"그 녀석은 혼자서 부딪치면서 터득할 필요가 있었지. 아직도 많이 부족하다. 내 보기엔 더 많이 부딪치고 더 많이 배워야 해. 이론만 있지 실전은 많이 부족해서 항상 걱정이야. 부족해도 보통 부족한 게 아니지. 쯧쯧! 그런 녀석을 전무 자리에 앉힌 나도 참. 내 건강이 조금만 좋았더라도 강훈이 녀석에게 그런 막중한 직책을 떠넘기는 모험은 하지 않았을 거다. 덕분에 백 실장의 어깨가 많이 무거워진 셈이지."

준현 이야기만 나오면 저절로 미소가 지어지는지 문 사장은 또다시 허허, 사람 좋은 웃음을 시원스럽게 웃으며 준현의 어깨를 툭툭 두드렸다. 어지간히도 믿는 모습이었다. 녀석이 무슨 슈퍼해결사라도 되는 양. 너무 믿는 거 아니야? 심히 못마땅했다.

"당뇨 때문에 그러세요? 설마 악화된 건 아니시죠?"

걱정스레 강린이 물었다. 사십대에 이미 당뇨 판정을 받은 문 사장은 그럼에도 불구하고, 지금껏 사회생활을 남 못지않게 열정적으로 해왔었다. 십 년이 넘도록 지극정성으로 그의 건강을 챙겼던 아내 덕분이다. 하지만 그것도 젊었을 적 얘기. 나이가 육십이 넘으니 이젠 버티는 데에도 한계가 오는 듯했다. 슬슬 자식들에게 회사를 넘겨주기 위한 발판을 마련하려는 중이었다.

"심각할 정도는 아니니 걱정 마라. 너무 호들갑 떨지도 말고. 네 아버지가 알면 가만 안 둘 거다."

내과 전문의인 아우를 떠올리며 문 사장이 부르르 떨었다. 노파심의 대가, 잔소리의 최고봉인 문 원장을 당해낼 자는 아무도 없었다. 그 심정을 헤아리는 강린은 피식 웃을 수밖에 없었다. 그러나 백준현의 눈과 마주친 순간, 그녀의 미소는 얼어붙었다.

투명한 눈동자. 뜻 모를 미소가 삐딱하게 떠올라 있었다. 꼭 자신의 마음을 다 읽고 있는 것처럼 보여 강린은 불편했다. 강린은 입술을 살짝 깨물며 준현에게서 서둘러 눈을 뗐다.

"그래서 백 실장이 내겐 매우 중요한 사람이다. 비서가 필요할 만큼 막중하고 많은 임무가 주어질 것이고, 그에 대한 내 기대도 커. 하지만 공채 모집은 육 개월 뒤에나 있을 예정이다. 그 말은 그 사이의 공백을 누군가가 메워줘야 한다는 말이지."

준현의 눈빛이 어찌나 강렬한지, 뺨이 타버릴 것만 같았다. 그는 심히 뻔뻔한 시선으로 그녀를 관찰했다. 숨기려는 노력도 전혀 없었다. 너무나 정직하게 바라보아 오히려 강린이 더 불편할 지경이었다. 강린은 마른침을 꿀꺽, 억지로 삼켰다.

"그런 의미로 필요한 비서라면 저보다는 강희 언니가 더 적격이지 않을까요?"

"강희?"

"예. 강희 언니는 일솜씨 뛰어나고 회사 사정에도 정통해 있
잖아요. 백 실장님 비서로서 전혀 손색없을 거예요. 오히려 저
보다 더 잘할걸요? 원래 사람들 잘 챙기는 스타일이잖아요, 언
니가."

배시시 웃으며 강린은 제발 문 사장이 마음을 바꾸길 간절히
기도했다.

"잘 챙기는 게 아니라 간섭하는 거겠지."

평소 오지랖이 넓은 딸에 대해 못마땅해하던 문 사장이 얼굴
을 찡그렸다.

"안 된다, 걘. 내 딸 성격은 내가 더 잘 알아. 지 남편도 하인
부려먹듯 부려먹는 애인걸. 비서 일은 체질상 안 맞을 거야. 게
다가 걘 디자인 전공 아니냐."

"그래도 저보다는 나을 것 같은데요."

아슬아슬 흔들리는 눈빛으로 강린은 애원하듯 매달렸다.

"자넨 어떻게 생각하나?"

문 사장이 준현을 돌아보며 의견을 구했다. 급히 강린은 준현
을 돌아보았다. 문 사장이 지금까지 보여준 태도로 보아, 이번
일은 전적으로 준현의 의견에 따르게 될 것 같은 불길한 예감이
강린을 휘감았다.

'말해. 문강희가 낫겠다고. 어서!'

어떻게 말을 꺼내야 할까 살짝 고민하는 듯, 준현이 머뭇거리는 사이, 정말로 줄기차게 강린은 텔레파시를 보냈다. 어차피 녀석도 뚱뚱보에 말만 많은 강린과 얽히고 싶지 않을 터. 좋은 게 좋은 거라고, 제발 놈이 지금이라도 정신을 차려 강린을 비서로 원한다는 추천을 번복해 주길 간절히 바랐다.

이윽고 그가 입을 열었다. 매력이 줄줄 흘러 한강을 이루고도 남을, 섹시한 녀석의 입가에 벌꿀만큼이나 달콤한 미소가 서렸다. 순간, 그녀는 깨달았다. 원수와는 텔레파시, 즉 정신적 교감이 불가능하다는 것을.

"디자인 기획팀장을 비서로 활용한다는 건 인력 낭비죠."

문강희는 기획실 산하 디자인 팀장이었다.

제2장

졸지에, 정말 졸지에

준현은 살짝 어이가 없어지려고 했다. 아무리 그가 밥맛 없이 굴긴 했어도 대학동창이고, 친구다. 나름 좋은 의도로 그녀와 가까워지려 노력하는 그에 반해, 강린은 끊임없이 이 상황에서 벗어나기 위해 발버둥을 치고 있었다. 계속 지켜보고 있자니 화까지 나려고 했다.

생각해 보니 강린은 언제나 그랬던 것 같다. 대학 때부터 쭉. 누구에게 무슨 소리를 들었는지 그녀는 처음부터 준현을 바람둥이 한량과로 낙인찍어 버린 듯했다. 그리곤 자꾸만 준현을 튕겨내려고만 했다. 당시, 그가 자꾸만 엇나가게 행동하고 짜증을 냈던 건 아마도 그 때문이었을 것이다.

관심받지 못한 것에 대한 투정.

강린은 대학 때에도 인기가 많았다. 발랄하고 영리한 눈동자에 새치름한 미소, 넉넉하고 다정다감한 성격 때문에 그녀에겐 적이 없었다. 남녀노소 가릴 것 없이 자기편으로 만들어 버리는 묘한 매력도 있었다.

대학에 입학해서 처음으로 그녀를 보았을 때부터, 그는 그녀의 매력을 알아보았다. 얼굴에 늘 빛을 달고 다니는 활달함이 그의 마음을 끌었다. 첫눈에 혹할 만큼의 미인형은 아니었지만 귀엽고 포근하고 친근하고, 그래서 절대 멀리하지 못하는 테디베어처럼 그녀는 그렇게 그의 시선을 붙들었다.

당장 그는 마음속으로 강린을 찍었다. 그리고 석 달 동안 공을 들여 강린에게 접근했다. 갑작스레 호감을 보이면 순진한 강린이 당황해할 것을 염려하여 그는 조심스럽게 다가갔다. 살짝 매력을 발산한 후 무관심한 척하는 식의 '치고 빠지는' 작전을 절묘하게 구사했다. 그렇게 석 달을 지나, 이만하면 넘어왔겠다 싶어 작업을 개시하겠다고 마음먹은 시점. 기습키스를 계획하고 프러포즈 이벤트와 커플링 반지까지 착착 준비해 가던 그에게 청천벽력 같은 소식이 전해졌다.

문강린이 같은 과 예비역 선배인 박유철과 사귀기로 했다는 거였다. 당시 박유철은 학과에서 톱을 달리던 수재였고 동아리에서도 하늘처럼 떠받드는 선배였기 때문에 많은 이들의 관심 대상이었다. 때문에 둘의 교제 사실은 단 하루 만에 순식간에 퍼져 그의 귀에까지 들어오게 된 것이었다.

그때부터 본격적으로 꼬이기 시작했던 것 같다. 강린과의 악연.

스르륵 엘리베이터가 열리자, 준현은 깊은 상념에서 빠져나왔다. 저벅, 그는 긴 다리를 뻗어 엘리베이터 안으로 성큼 들어섰다. 사장실을 함께 나선 강린이 그의 뒤를 따라 들어왔다. 준현은 팔을 뻗어 기획실이 있는 칠층 숫자 버튼을 눌렀다. 준현과 붙어 있다는 것 자체가 싫은 듯 벽에 딱 붙어 선 강린은 그의 팔이 움직이는 걸 불쾌한 눈길로 바라보았다.

스르륵 엘리베이터 문이 닫혔다. 윙— 십이층에 머물렀던 승강기가 서서히 안정된 속도로 내려가기 시작했다. 눈 둘 곳 없는 사람들이 으레 그러하듯 준현과 강린은 정면 숫자판을 응시했다.

늘씬하게 큰 키에 수려한 마스크, 서 있는 모습에서 당당함이 자연스레 묻어나는, 조금은 '특별'해 보이는 그, 준현. 준현의 가슴 근처에나 겨우 닿을 듯 작은 키에 오동포동한 두 볼과 나풀나풀 사방으로 삐친 자연 곱슬단발머리, 산 지 몇 년이나 된 듯한 낡은 청바지에 허벅지를 덮는 치렁치렁한 회색 카디건과 회사에서만 신는 굽 낮은 검정 로퍼, 온몸으로 '난 유통기한 지났음'을 표현하고 있는 그녀, 강린.

두 사람은 서로 멀찌감치 떨어져 서서 멍하게 엘리베이터 숫자판만 바라보고 서 있었다. 잠시 무거운 침묵이 흘렀다.

"이제 그만 하지?"

침묵을 뚫고 들려온 말. 잉? 무슨 소리야? 강린은 아까부터 줄곧 찌푸리고 있던 인상을 사정없이 더욱더 팍팍 구겨주셨다. 두 눈동자를 휙휙 돌리는 그녀는 자신의 귀를 습격한 준현의 혼 잣말이 자기를 두고 한 말임을 전혀 눈치 채지 못하고 있었다.

"도망치는 거 말이야."

뻣뻣하게 굳은 채로 고개를 꺾어 숫자판을 노려보고 있던 강린의 얼굴이 할리우드 스타(?) 처키를 닮아가기 시작했다. 준현이 자신에게 말하고 있음을 비로소 깨달은 것이었다.

"내가 무섭냐?"

뭐라고? 발끈한 강린의 눈동자가 휙 옆으로 돌아갔다. 고개는 고정된 상태에서 눈만 돌아가니, 귀신이 따로 없다. 그러나 준현은 살인적인 강린의 눈빛을 전혀 느끼지 못하는 듯 뻔뻔스러운 얼굴로 뺀질뺀질 웃고 있었다. 시선은 여전히 숫자판을 바라보고 있는 중. 부글부글 속이 끓자 강린은 양손을 꽉 쥐었다. 안 그래도 심기 무지 불편한 지금, 놈과 쓸데없는 말싸움을 하고 싶지 않아 강린도 똑같이 숫자판을 뚫어져라 노려보며 꽉 입을 다물었다.

그러나 인내심 발휘하고 있는 기특한 강린에게, 녀석은 또 시비를 걸었다.

"왜 무서워하는 거냐?"

이건 또 무슨 개가 풀 뜯는 소리야? 무서워하다니 뭘?

"예전부터 물어보고 싶었어. 왜 날 피하는 건지."

피했던 거 아니거든요?! 착각도 자유셔.

"서로 좋은 사이는 아니었지만, 그렇다고 네가 날 무서워할 일은 없었던 것 같은데."

"……"

속이 부글부글 끓었지만 강린은 꾹, 입을 다물고 있었다. 저 자식의 페이스에 말려들지 않으리라 결심 단단히 하며.

"뭐, 생각해 보니 유난히 나한테만 까칠하게 굴었던 것 같기도 하네. 다른 사람들한텐 '친절한 강린 씨'였다가도, 나만 보면 헐크로 변했던가? 갈고리라는 터무니없는 별명을 붙여주기도 했고."

그러는 넌? 그러는 넌! 테디베어에 난쟁이똥자루, 강냉이, 뚱뚱보라는 각양각색의 별명을 붙여줬었잖아, 인마.

"한때는 꽤 궁금해했었지. 왜 나한테만 그러는지."

네가 밥맛이니까 그런 거거든? 백준현. 강린은 속으로 빈정거리며 입술을 심술궂게 비틀었다.

"그래서 한 가지 결론을 내렸지. 네가 날 특별하게 여기기 때문이라고."

흥, 특별하긴 하지. 넌 무지 특별한 놈이거든, 백준현. 나에게 있어 네가 왜 특별하냐면……

"뭐? 뭐라고? 특별?!"

오케이, 백준현 승.

준현과는 말조차 섞고 싶지 않았던 강린은 그의 말에 냉큼 대꾸하고 말았다. 그럴 수밖에 없는 게, 정말이지 이런 황당한 소린 처음 들어본다. 너무 황당하고 어처구니없어 숨마저 턱턱 막히려고 했다.

"여자나 남자나, 왜 그런 심리 있잖아. 관심있는 이성한테는 까칠하게 구는 거."

"그 말은, 그러니까, 내가 너한테 이성적으로 관심이 있었다고?!"

어이없는 백준현, 이런 망발을 눈도 깜짝 안 하고 하다니!

"내가 누굴 사귀는지 제일 먼저 알아내서 소문낸 게 너였잖아. 내가 천하의 바람둥이에 싹수없는 놈이라며 다른 여자애들이 접근 못하도록 막은 것도 너고. 내 눈엔 그게 다 질투처럼 보이던데?"

"너 정말 심해졌구나?!"

강린은 콧구멍이 벌름거릴 정도로 다량의 이산화탄소를 내쉬곤 으르렁거렸다.

"너 왕자병이 심하다는 건 내가 진작부터 알고 있었지만. 안 본 새에 더 심해진 것 같다, 너! 병원에는 가봤니? 어떻게 그런 생각을 다 했니? 내가 널 좋아하고 있었다고?! 하! 기도 안 찬다. 왜? 왜? 왜 그런 생각을 했는데? 난 좋아하는 남자한테는 좋아한다고 말하는 타입이야. 마음과는 반대로 까칠하게 구는, 그런 구린 짓은 안 한다고. 솔직하게 좋아한다고 말하고 사귀자고 말하는 게 내 스타일이야. 나 지금까지 줄곧 그렇게 사귀어왔거든? 뭘 알고나 말해!"

어깨 흔들고 고개는 쭉 위로 내뺀 채로 서서 강린은 열렬히 강변했다. 준현의 말은 도무지 말도 안 되고, 이해할 수도 없었다. 녀석이 지금껏 자신에 대해 그리 생각했다는 것에 화가 나고 짜증이 일었다. 말도 안 돼. 말도 안 돼!!

그녀의 울화통 터지는 속내를 아는지 모르는지. 백준현의 기다란 속눈썹이 소리 없이 반쯤 내려앉았다. 그 밑의 까만 눈동자가 강린을 향한 것은 말할 것도 없다.

"아님 말고."

"뭐?!"

이 자식이, 지금 누굴 바보로 아나? 확 얼굴에 화기가 끓어올랐다. 찰랑찰랑, 붉은 열기가 턱을 지나 콧구멍, 콧구멍을 지나 이마 근처까지 치솟았다. 조만간 끓어올라 터질 활화산을 보는 듯 강린은 위태위태해 보였다. 사람 흥분하게 해놓고, 말도 안 되는 말로 시비를 걸어 사람 열 받게 해놓고 이대로 내빼시겠다? 하! 그거야 백준현의 전매특허지. 그 인간이 어디 가겠어?

"너……!"

너무 화가 나 손이 먼저 위로 올라갔다. 검지를 하늘에 대고 마구 찔러대며 뭔가 통쾌한 말을 씹어뱉어 줄 요량이었다. 그런데 그때 딩동댕— 소리를 내며 엘리베이터 문이 열리기 시작했고, 백준현은 양손을 척 자그르르한 양복바지 주머니에 넣으며 짐짓 커다란 목소리로 말했다.

"나머진 사무실에서 듣도록 합시다, 문강린 대리님."

'뭐라? 문강린 대리님? 갑자기 웬 존대?'

강린은 얼굴을 찡그리며 입을 열려고 했다. 그러나 역시 백준현이 약삭빠르게 그녀의 말을 가로챘다.

"내 방으로 오세요."

"무슨……."

무슨 소리냐고 막 따지려는 찰나다. 강린의 온몸은 그대로 얼어붙었다.

"어머, 실장님, 문 대리님! 벌써 내려오시네요."

같은 기획실 식구 유주희였다. 입이 좀 가벼운 편이라 그녀의 앞에서는 입조심을 단단히 해야 한다는 건 준현이 더 잘 알고 있을 것이다. 입사 첫날부터 애인 있는지 캐묻는 주희의 행동에 농담조로 '그렇다' 고 대답한 그의 말이 일사천리로 뻗어나가 단 하루 만에 온 회사 사원들에게 널리 알려진 경험이 있는 바. 그녀의 특기가 틈만 나면 여직원들과 삼삼오오 모여앉아 수다 떨기, 누구 씹기, 험담하기, 소문 지어내기라는 걸 그 누구보다도 더 잘 알고 있는 강린 역시 주희에게 준현이 자신의 동창이라는 사실을 알리고 싶진 않았다.

"근데 손이 왜……?"

강린과 준현을 번갈아 바라보는 주희는 뭔가 이상한 낌새를 느낀 듯 얼굴에 어색한 미소를 살짝 띠었다. '너희 도대체 뭐야? 방금 뭐 하고 있었어? 라는 얼굴이었다. 강린은 하늘을 향해 찔러대려 했던 검지를 슬그머니 꼬불쳐 내리며 배시시 웃었다.

"업무 시간인데 어디 가는 거야?"

"응. 자료 좀 찾으러. ……안 내리세요?"

준현을 돌아보며 주희는 물었다. 그녀의 눈초리는 의심으로 가득 차 있었다. 강린의 어색한 표정과 연기가 한몫했다고나 할까. 쯧쯧쯧, 준현은 강린을 향해 속으로 혀를 찼다. 저렇게 속마음을 숨기지 못해서야 어디…….

준현은 별달리 동요하는 기색없이 조용히 상대방에게 미소를 돌려주었다.

"내려야죠. 유주희 씨가 비켜주시면."

"아! 어머, 제가 실장님을 막고 있었구나. 죄송해요~"

호들갑스럽게 손뼉을 치고 고개를 이리저리 흔들며 뒤로 물러섰다. 자신이 준현의 앞을 가로막고 있었다는 걸 전혀 모르고 있었던 듯. 물론 그녀가 그의 앞을 막고 있었던 건 아니었다. 그저 그녀의 주의를 흩뜨리고 싶었을 뿐. 준현은 괜찮다는 의미의 희미한 미소를 주희에게 지어 보이고 그녀가 내어준 공간을 지나쳐 유유히 사무실을 향해 걷기 시작했다.

"대리님, 무슨 일이에요? 실장님이 왜 방으로 오라는 건데요?"

궁금한 건 성격상 절대 못 참는 유주희가 강린의 팔을 잡고 늘어졌다. 강린은 멀쩡하게 아무 일 없다는 듯 폼나게 걸어가고 있는 백준현의 멋지구리한 뒤태를 노려보며 주희의 팔을 확 뿌리쳤다.

"옷 늘어져. 이거 좀 놔봐!"

"대리님!"

"자료 찾는다며. 안 내려가?"

엘리베이터가 자동으로 문을 닫히려고 하자 주희는 냉큼 열림 버튼을 누르고 나머지 손으로 강린의 니트 소매를 또다시 붙들었다.

"대리님, 혹시 실장님한테 관심있어요?"

"뭐라고?"

"대리님, 설마 실장님을······."

"애가 진짜 왜 이래? 너 미쳤어?"

늘어지는 니트 소매를 휙 잡아당기며 강린은 신경질을 부렸다.

"아니면 실장님이 대리님한테? 그런 거예요?"

매우 다급하게 주희는 강린을 다그쳤다.

"아니야! 도대체 왜 이러니? 짜증나게."

"정말 아니죠? 진짜죠?"

확답을 받으려는 듯 주희는 커다란 두 눈을 부릅뜨고 재차 물었다.

"실장님 내 스타일 아니거든? 그럴 리 없겠지만, 실장님 쪽에서 쫓아다닌다고 해도 난 싫어. 됐냐?"

"휴! 안심이다. 됐어요, 그럼."

"되긴 뭐가 되니? 네가 실장 마누라라도 되냐? 왜 이렇게 난리부르스야?"

"마누라? 아아—! 그렇게 된다면야 오죽 좋겠어요. 제 인생 최대 목표가 바로 실장님 같은 남자 만나서 호강하고 잘사는 거라고요."

"기가 막혀. 실장, 애인 있다잖아. 네가 물어봤다며."

준현의 겉모습에 푹 빠져 허우적거리는 주희가 하도 한심해 강린은 혀를 쯧쯧 찼다.

"그게 뭐요? 애인이 무슨 평생의 족쇄라도 되나요? 골키퍼 있다고 골 안 들어가는 것 보셨어요? 요새가 어떤 세상인데 대리님은 참 고리타분하게. 결혼해서 애 줄줄이 낳고도 이혼하는 세상이잖아요. 죽자사자 사랑해서 결혼해도 이혼서류에 도장 찍으면 빠이빠이 잘도 헤어져요. 그런 마당에 여자 친구 있는 게 무슨 대수겠어요."

"허어— 너 정말 완전 뿅 갔구나?"

"실장님이 저한테 찍히신 거죠. 젊은 나이에 타고난 두뇌와 멋진 외모를 두루 갖추신 백준현 실장님. 두고 보세요, 조만간 제 남자 친구로 만들어 버리고 말 테니까요."

어쭈구리. 꽤나 큰 포부. 도대체 여자들은 왜 죄다 백준현한테 꼼짝을 못하는 거야? 백준현 어디가 그렇게 좋은데? 인물 하나 반드르르하고 능력 조금 있어주시는 남자들이 어디 한둘인가? 눈을 장식으로 달고 다니지 않고서야 어디 백준현처럼 싸가지없는 밥맛에 마초놈을 좋다고 쫓아다니는 거냐고! 여자들이 이러니 저놈이 점점 더 기고만장해지는 거잖아. 에잇, 짜증나!

강린은 카디건 소매를 만지작거리며 얼굴을 찌푸렸다. 안 그래도 구입한 지 몇 년 지난 후라 후줄근한 카디건이 한쪽 팔만 쭉 늘어져 더 볼품이 없었다. 이래서야 어디 패션회사 근무한다고 말할 수나 있겠는가? 오 년 동안 사귀었던 남자 친구가, 당연히 결혼까지 하게 될 줄 알았던 남자 친구가 다른 여자가 생겼다며 헤어지자고 말한 지 어언 육 개월. 그동안 너무 구질구질하게 하고 다닌 것 같았다. 누가 봐도 강린은 실연당한 여자, 혹은 여자이길 포기한 여자 같았다.

"문강린 대리, 안 들어오고 뭐 합니까?"

몸에 타이트하게 붙는 섹시한 정장 한 벌 구입해볼까, 나름 변신해 볼 구상을 하고 있을 때다. 닫혔던 사무실 문이 슬쩍 열리더니 양복에 휩싸인 역삼각형의 멋진 상체가 드러났다. 준현이다. 강린은 떫은 감 씹은 표정으로 '네, 지금 가요!' 하고 나름 상냥한 목소리로 대꾸해 줬다. 순전히 옆에 있는 유주희의 눈이 무서워서 그런 것이었지만.

"어머, 대리님! 그럼 저 내려갈게요."

아니나 다를까. 주희는 너무 오랫동안 엘리베이터를 붙들고 있었다고 여겼는지, 아니면 상사의 눈총이 무서워서인지, 서둘러 엘리베이터를 탔다. 준현은 그제야 씩 알 수 없는 미소를 얄궂게 짓고는 쏙, 사무실 문 안으로 그 모습을 감추었다.

휴! 못산다, 못살아! 사고라도 쳐서 아무 남자한테나 시집가라는 말이나 듣고 있는데다 남자 친구에겐 차였고, 회사에선 있으나마나 존재감 미미한 만년대리로 별 가치 없음이 판명된 지금. 더 이상 창피할 것도, 쪽팔릴 것도 없는 지금! 왜 하필 저 백준현 밑에서 비서질을 해야 하느냐고요, 왜!

"난 정말 쟤가 너무 싫다고요, 큰아버지!"

강린은 신음했다.

"왜 불렀어?"

쾅, 제법 큰 소리로 실장실 문을 처닫고 저벅저벅 조심스럽지 못한 걸음걸이로 들어온 강린은 다짜고짜 물었다. 헌옷을 벼룩시장에서 구입한 듯한 허름한 카디건은 벗어버리고, 가로 줄무늬가 있는 면 셔츠를 입은 채로 들어온 강린은 여전히 검은색 굽 낮은 로퍼를 신고 있었다. 입은 퉁퉁 부어 불만 가득한 모습으로 여전히 삐죽삐죽 머리끝이 하늘로 올라가고 있는 단발 파마머리가 강린을 한층 더 귀엽게 보이도록 했다.

책상 앞에 앉아 서류를 정리하고 있던 준현은 포부도 당당하게 들어오는 강린을 스윽, 고개를 들어 올려다보았다.

"왜 잘랐냐?"

"뭐라고?"

다짜고짜 묻는 강린에 대응해 역시나 다짜고짜 의미 모를 질문을 툭 던지는 준현. 강린은 안면근육을 험상궂게 일그러뜨리며 그를 삐딱하게 노려보았다. 준현이 그런 자신을 더 귀엽다고 여기는 줄도 모르고.

"네 머리 말이야. 원래 길었잖아. 학교 땐, 자른 거 한 번도 못 봤던 것 같은데."

자른 게 더 마음에 든다는 말은 쏙 빼고, 준현은 물었다.

"할 일 되게 없나 보지? 내 머리스타일에까지 관심을 쏟아주시고. 아이고, 황송해라."

눈알을 휘둥그레 굴리며 강린은 오버액션을 취했다.

"남자 친구랑 헤어지고 자른 거냐?"

"뭐?"

헉! 정곡을 콕 찔렸다. 마음에 안 드는 놈이 참 마음에 안 드는 말만 골라서 하고 있다. 도대체 이런 질문은 왜 하는 건데?

꽈악. 두 주먹에 저절로 힘이 들어갔다. 절대로, 실연당한 여자들이 으레 한다는 그 '머리 자름'이었다고는 말하지 않으리라! 강린은 찌릿, 준현을 노려보았다. 놈은 한쪽 입술만 슬쩍 올리는 특유의 미소를 거만하게 짓고 있었다. 어찌나 얄미운지, 당장 달려들어 확 손톱으로 긁어주고 싶을 정도였다.

"여자들은 이상해. 머리 자른다고 문제가 해결되나?"

척, 멋들어지게 꼬아 올려 산을 만든 기다란 준현의 허벅지와 장딴지는 역시 '기럭지 긴 놈은 달라'라는 말이 절로 나올 만큼

멋쳐 보였다. 저 입주둥이만 어떻게 막아놓으면 그나마 나으련 만. 으이그!

"그러든 말든 네가 무슨 상관이야?"

"누가 알아? 갑자기 상관해야 할 일이 생길지도."

"웃기지 마. 너와 나 사이에 그럴 일은 절대 일어나지 않아."

"너무 그렇게 장담하지 마. 사람 일은 모르는 거야."

"흥! 허튼소리 그만 하고 왜 불렀는지나 말하시지. 점점 지루 해지려고 하니까."

씩, 준현이 또다시 백만 불짜리 미소를 지었다.

"할 말은 내가 아니라, 네가 하고 싶어했던 것 같은데."

"뭐라고?"

이건 또 무슨 개뼈다귀 아작 나는 소리셔?

"엘리베이터 안에서. 기억 안 나?"

눈썹을 찡긋 위로 끌어 올리며 준현은 되물었다. 일부러 그런 건지, 그 간단한 행위 한 번에 강린의 약은 바짝 올랐다. 아, 얄 미워라. 정말 면상을 후려갈겨 주고 싶구나. 강린은 놈을 째려 보고는 가슴 밑으로 팔짱을 척 끼었다.

"아! 그거? 내가 학교 때 너 좋아했다는, 그 말도 안 되는 말?"

"말이 안 되는 말이었던가, 그게?"

"물론이지. 내가 널 얼마나 싫어했는지는, 전 학부생이 다 알 정도였는데."

씩. 또 웃는다. 으! 도대체 왜 웃냐고?! 지금은 웃을 타이밍이 아니잖아. 한 번만이라도 좋으니 제발 놈의 우거지상을 좀 봤으면 소원이 없겠다는 생각을 하며 강린은 입술을 옹송그렸다.

"왜 웃는 건데?"

"귀여워서."

"뭐?"

썩을 것 같은 표정으로 강린이 톡 쏘아붙였다.

"나이를 서른셋이나 먹은 여자가 아직도 자기 마음 하나조차 확실히 파악하지 못하다니, 솔직히 한심하다 해야겠지. 그런데 귀여워. 내 눈엔 네가 아직 스물두 살짜리 애처럼 보이거든."

"헐! 너 미쳤구나. 정신 돌았어?! 나야! 나, 문강린이라고. 대학 시절 둘도 없는 웬수. 치매냐? 나 기억 못해?"

"설마. 널 기억 못할 리가 있나. 다른 사람 다 잊어버려도 넌 기억하지."

매우 담담한 어조로 중얼거리는 준현의 눈은 간절한 빛으로 깊게 반짝였다. 순간 강린은 당황했다. 기분이 이상했다. 뉘앙스마저 애매한 준현의 말에 강린은 인상을 찌푸렸다.

'설마, 잘못 들은 거야. 그냥 신경이 예민해져서 그런 것뿐이라고. 말이 안 되잖아. 천하의 백준현이 날 좋아했을 리가……. 아니야. 에비에비! 생각하지 마. 절대 생각하지 마.'

사실 예전에도 준현과 대화를 할 때는 가끔 이런 기분이 들곤 했었다. 유난히 맑고 까만 눈동자 때문일까? 녀석의 눈동자를 들여다보고 있으면 맥박이란 놈이 개념없이 팔딱팔딱 뛰었다. 녀석을 대하는 모든 여자들이 공통적으로 느끼는 현상이라는 걸 안 뒤부터는 대수롭지 않게 여겼지만, 그전까지는 녀석이 좋아하는 게 아닐까 하는 착각으로 괜히 가슴이 설레기도 했었다.

하지만 지금도 잊히지 않는 사건, 일명 '취중허담' 사건이 일어난 이후부턴 정말 완전히 준현에 대해선 포기했었던 기억이 난다. 캠퍼스에 널리 퍼져 지금도 한국대 전설로 내려오고 있는 취중허담 사건의 전모는 이렇다.

그날은 강린이 박유철 선배한테 차인 날이었다. 날짜도 기억한다. 11월 20일. 유철과 사건 지 팔 개월쯤 되는 시점이었다. 선후배들끼리 모여 술자리가 열렸었는데 그 자리에서 백준현이 강린을 좋아한다고 고백을 했다. 어찌나 놀랐던지. 진짜인 줄 알고 당황해서 얼굴 빨개지고 가슴까지 두근거려 어찌할 바 몰라 쩔쩔맸더랬다. 그 자리에 있던 동료 선후배들은 절절한 그의 고백에 우우— 야유와 환호성을 섞어가며 축하해 주었다. 그날 강린은 고민하느라 잠도 못 자고 뜬눈으로 밤을 샜다.

그리고, 그 다음은 다들 짐작하는 대로다. 다음날, 캠퍼스에서 만난 백준현은 멀쩡한 얼굴로 히죽거리면서 말했다. '그걸 믿었냐?'라고. 지금도 그때의 일을 생각하면 어처구니가 없고 화딱지가 난다. 속인 백준현보다 속은 자신에 대한 화가 더 컸었다. 바보 같은 자신이 싫고 창피했었다.

아무튼 그때 그 일이 있은 후, 강린은 절대로 준현을 믿지 않기로 했다. 지금 생각해 봐도 현명한 결정이다. 덕분에 그 뒤로는 준현의 재수없는 장난에 걸려들지 않을 수 있었으니.

"난······."

몇 초간, 멀뚱하게 서 있던 그녀를 빤히 바라보더니 준현이 이윽고 입을 열었다.

"난 너랑 일하게 돼서 아주 기뻐. 당분간이지만 잘해보자."

"너 왜 그래? 갑자기."

괴물을 보듯 강린은 준현을 노려보았다.

"휴전 제의라고 해두지 뭐. 우리 서로 별로 달갑지 않은 사이지만 일은 일이잖아."

"내가 강조하고 싶은 얘기가 바로 그거야. 우리 서로 별로 달갑지 않은 사이라는 거. 너 왜 왔어? 우리 회사에 왜 왔는데? 우상그룹에서 잘나갔었다며."

피식, 준현이 웃었다. 가벼운 미소에 불과했지만 준현이 웃으니 상당히 거만하고 건방져 보였다.

"나 좋아하는 거 맞네."

"뭐라고?"

"날 그렇게도 피하더니, 나에 대한 소식은 빼놓지 않고 들은 모양이지?"

"야! 그거는!"

동창들 사이에 소문이 쫙 퍼졌었으니까 그렇지! 라고 강린은 발끈, 소리쳐 주려고 했다. 그러나 준현은 재빨리 삐딱한 미소를 지으며 그녀의 말을 막았다.

"우상그룹에서 근무하던 건 맞아. 잘나갔었는지는 모르겠지만."

"잘난 척하기는."

강린이 밥맛 떨어진다는 표정으로 그를 째려봤다.

"잘난 척?"

준현은 눈썹을 휘며 되물었다.

"그래, 잘난 척. 우상그룹에서 근무한다는 것 자체가 잘나가는 거란 건, 지나가는 개도 다 아는 사실이잖아. 그런데 애써 대수롭지 않은 척하려는 건 뭔데? 내 앞에서 잘난 척하려는 거 아니야?"

아무래도 강린은 최근 불거지고 있는 그에 대한 소문을 믿지 않는 듯했다. 우상그룹은 준현의 외갓집이었다. 어머니가 우상그룹 명예회장의 여동생. 그러니까 준현은 회장의 조카다. 학창 시절 때만 해도 그러한 사실들을 잘 숨기고 살아왔지만 졸업 후 우상그룹에 입사하고부터는 그렇질 못했다. 그 때문에 최근 그를 둘러싸고 로열패밀리설이 재기되고 있는 것이었고. 우상을 그만둔 건 그 이유가 컸다. 비록 자라난 환경은 평범한 중산층 가정이었지만.

재벌가 출신인 어머니는 당시 신문기자였던 아버지와 결혼해 지금껏 조용하고 평범하게 살아왔다. 그 덕분에 준현은 자신이 재벌가의 자제라는 의식을 거의 못하고 살아왔다. 자신이 재벌 2세라는 소릴 떠벌리지 않아도 충분히 그는 사람들의 이목을 끌었고 인정받았으며 인기가 있었다. 굳이 자신의 백그라운드까지 내세워 스스로를 알릴 필요성을 못 느꼈던 것이다. 실제로 그가 회장의 조카라는 사실은 아주 친한 친구들조차도 모르는 일이었다. 하지만 이런 비밀은 그가 졸업하고 우상그룹에 입사하고부터 서서히 탄로나기 시작했다. 그리고 우상을 그만둔 건 바로 그 이유가 컸다. 재벌 2세라는 꼬리표.

그가 졸업하자마자 우상그룹에 입사하게 된 건, 졸업하기 전부터 암묵적으로 정해져 있었던 일종의 수순이었다. 그 어떠한 선택의 여지도, 다른 쪽으로 눈을 돌릴 여유도 준현에겐 주어지지 않았다. 사촌형들인 준상, 지상이 그랬던 것처럼 그도 당연히 우상에서 일을 해야 한다고 모두들 믿는 것 같았다. 하지만 그에겐 그건 부담이었다. 늘 재벌 2세라는 꼬리표를 달고 다녀야 했고, 끊임없이 평가절하를 당해야 했기 때문이다. 빼어난 업무능력을 인정받아 승진을 했어도 사람들 눈엔 그가 로열패밀리이기 때문에 남보다 일찍 출세하는 것으로 보여지는 건, 정말 참기 힘든 일이었다. 세간의 눈으로 봤을 땐 당연지사였겠지만 당사자인 그에겐 화나는 일이었다. 처음 일성어패럴에서 스카우트 제의를 해왔을 때, 그걸 기회라고 여긴 것도 그 탓이 컸다.

그는 누군가의 후광없이 순수 자신의 능력만으로 사람들로부터 인정받을 수 있는 '기회'가 필요했다. 간절히 자신의 능력을 시험대에 올리길 원했고, 일성어패럴은 시기적절하게 나타난 그의 시험무대였다. 강린이 일성에서 근무하고 있음을 나중에 알고 조금 놀라긴 했지만, 그건 문제가 안 되었다.

아무튼 강린은 그가 잘난 척을 하고 있다는 결론에 도달한 듯했다. 유감스럽게도. 그의 속 깊은 사연을 그녀가 알 리 없다는 걸 잘 알면서도 그는 약간 서운해졌다. 잘난 척이라니. 대체 어떤 게 잘난 건데? 우상그룹에 입사했던 거? 최연소 과장이 된 거? 아니면 재벌을 친척으로 둔 거? 대체 어떤 거라는 거냐, 문강린?

"넌 지금 네 가치관을 남들에게 똑같이 적용하는 우를 범하고 있다."

시끄러운 속내를 감추고 준현은 천천히 중얼거렸다.

"내 가치관이 아니라 남들이 가지고 있는 아주 보편적 가치관이거든? 이 잘난 척 대마왕, 왕재수야."

"넌 나에 대해서 몰라. 그러니까 내 머릿속까지 좌지우지하려고 들지 마."

"내가 너에 대해서 왜 몰라? 너, 변태바람둥이 왕자병이잖아."

"꼭 내가 운동장얼굴에 깨순이, 난쟁이똥자루, 볼빵 곰인형이라고 맞서야 속이 시원하겠냐?"

"뭐, 뭐! 너 지금 뭐라고 그랬어!"

흥분한 강린이 또 삿대질을 하며 언성을 높였다. 방방 뛰기 일보 직전. 준현은 회전의자를 슥슥 움직이는 여유까지 부리며 그녀의 말을 딱 잘랐다.

"됐고. 난 회사 일에 개인감정 싣는 거 딱 질색인 사람이야. 앞으로 너도 조심해 주길 바라. 특히 방금처럼 흥분하는 일은 절대 있어선 안 되는 일이라는 걸 명심해 둬."

준현은 책상 위 컴퓨터 모니터에 시선을 둔 채로 중얼거렸다. 강린은 주먹을 불끈 쥐고 이를 악물었다. 정말 얄미운 녀석이었다. 어째 저렇게 옳은 소리만 하는데 꼴 뵈기가 싫은 것인지 불가사의한 일이었다. 눈도 안 마주치고 말하는 꼬락서니 하고는. 정말 밥맛재수탱!

"비서 일은, 어려울 것 없어. 스케줄 정리해 주고 내가 묻는 질문에 아는 대로 대답해 주면 돼. 질문은 회사 돌아가는 사정에 대한 것이 대부분일 거고. 뭐, 나머지 업무에 대해선 특별히 신경 쓰지 않아도 돼. 내가 알아서 할 테니까. 자! 어떡할래, 강냉? 네가 할 일은 전문비서 아닌 사람도 충분히 해낼 수 있는 일인데. 할 수 있겠어?"

"내가 바보천치인 줄 알아?"

일그러진 얼굴로 강린이 중얼거렸다.

"할 수 있다는 뜻으로 접수하지. 내일 중으로 비서실이 마련될 거야. 마련되는 대로 책상 옮기고 일 시작해."

다분히 명령조. 불쾌한 마음에, 강린은 이맛살을 찌푸리고 아랫입술을 앞니로 잘근거렸다. 아무리 상관이라도 상대가 백준현이니 기분 좋을 리는 당연히 없었다.

"다른 할 말 있어?"

할 말 없으면 나가라는 말이었다. 강린의 주먹이 저도 모르게 꼭 쥐어졌다.

"왜 나야? 다른 직원들이 널리고 널렸는데 왜 하필 날 선택했어? 우린 각자 피해주는 게 서로를 도와주는 거 아니었어?"

오기다. 뭘 확인하려는 게 절대 아니었다. 그냥 자신을 무시하는 준현에 대한 오기 서린 딴지, 또는 그의 명령 한 번으로 무기력하게 '네—' 하고 물러서기 싫어서 한 유치한 반론일 뿐이었다. 그걸 꿰뚫어 보듯 강렬한 눈빛으로 준현이 강린을 뚫어져라 바라보았다. 너무나 빤한 시선에 강린의 두 볼이 살짝 붉어질 정도였다.

"뭘 상상하는 거냐? 내가 일부러 널 지목하기라도 했다는 거야?"

"그럼 아니야?"

"내가 왜 그래야 하는데?"

"그걸 왜 나한테 물어?"

풋, 녀석이 웃었다. 그리곤 그 재수없는 웃음을 달고 어이없다는 듯 말했다.

"뭘 어떻게 상상하든 네 마음이긴 하다만, 이것만 알아둬라. 선택의 폭이 조금만 더 넓었더라도 난 네가 아닌 다른 사람을 지목했을 거야."

"선택의 폭? 사람은 얼마든지 있었어. 회사 사정을 나보다도 더 잘 아는 사람이 있었잖아."

"문강희 씨 이야기라면 그만두시지."

"흥! 너도 강희가 적임자라는 걸 인정하는 모양이지?"

"문강희 씨는 디자인 팀장이야. 절대 적임자가 될 수 없지."

"난 기획실 대리야. 팀장이든 대리든, 이런 식으로 마음대로 차출해 쓰는 법은 원래 없어. 그리고 어차피 비서 업무, 그까짓 것 별거없다며. 네가 묻는 말에 대답만 해주면 되는 거라며. 디자인 팀장이라고 못할 게 뭐야?"

"너 지금 억지 부리고 있어."

"강희가 네 비서 일을 하는 게, 그게 억지야? 네가 날 비서로 부리는 건 억지 아니고?"

"그만 하지? 어차피 난 사장 딸, 옆구리에 끼고 일하고 싶은 마음 추호도 없으니까."

"뭐?"

그래, 바로 이거였다. 강희를 고사하고 강린을 쓰겠다고 한 이유. 간신히 붙들고 있던 마지막 자존심이 와르르 무너지는 것만 같아, 강린은 이를 악물었다. 놈의 면상을 확 갈기고 싶은 원초적 충동에 휩싸여 강린은 두 주먹을 불끈 쥐었다. 이놈에게까지 무시를 당하는 현실이 죽도록 싫어지는 오늘이었다.

"네가 무슨 말을 하려는지 알겠는데. 아니야, 그런 거."

재수없는 저 미소. 그는 여전히 웃고 있었다. 마치 그녀를 조롱하는 듯. 강린은 숨을 참으며 놈을 노려봐 주었다. 그때 그가 또 싱글거리며 어깨를 으쓱했다.

"널 일부러 지목한 거 아니라고. 적임자를 고르다 보니 너를 선택할 수밖에 없었어."

"그러셨겠지. 오죽하셨겠어요, 백 실장님?"

살살 비꼬인 어조로 강린은 되받아줬다. 이에는 이, 조롱은 조롱.

"내 말이 안 믿어지나 보지?"

"죄송합니다. 제가 원래, 신뢰성이 떨어지는 사람 말은 잘 못 믿어서요."

"내 신뢰성이 어때서?"

여전히 싱글거리는 낯짝으로 놈이 물었다. 대체 왜 저렇게 웃는 건데? 뭐가 즐거워서?

"넌 원래 그런 위인이었거든?"

"그랬던가?"

"흥! 가슴에 손을 얹고 잘 생각해 보시지."

콧방귀를 뀌며 강린은 가슴 밑으로 팔짱을 끼고 녀석을 내려다보았다. 그가 한쪽 눈썹을 살짝 끌어 올리며 입술 꼬리를 내렸다. 표정으로 보아 그녀가 '취중허담' 사건을 두고 한 말임을 알아들은 듯했다.

"무슨 말인지는 알겠는데…… 인간은 사회적 동물이야. 살면서 환경에 적응해 가는 게 사람이라고."

"무슨 소리냐, 그게?"

"날 좀 인간으로 대우해 달라는 거지. 넌 십 년 전의 네가 알던 백준현과 지금의 날 동일선상에 놓고 보고 있잖아?"

느긋하고 여유만만한 준현의 태도가 더욱 느슨해졌다. 삐딱하게 기울어진 입가의 미소는 더욱 은밀해졌고 고개는 살짝 옆으로 기울어져 시선 역시 정면이 아니었다. 손끝으로 턱을 매만지며 미소 짓는 모습은 마치 혼자만의 즐거움에 빠진 듯 유쾌해보였다. 물론 준현의 유쾌함은 강린의 불쾌함이었다. 녀석의 시선이 자신의 가슴 언저리를 향해 있다는 걸 전혀 눈치 채지 못한 강린은 그저 녀석이 뺀질거리며 웃고 있다는 사실 자체만으로도 화딱지가 나 견딜 수가 없었다.

"너 지금, 네가 달라졌다고 말하는 거냐?"

"물론이지."

"웃기시네!"

유들거리는 놈을 향해 즉각, 강린이 큰 소리로 쏴주었다. 그럼에도 준현의 여유를 깨뜨릴 수는 없었다. 그는 여전히 웃는 얼굴로 즐거운 듯 대꾸했다.

"유감이네, 이거."

강린의 불쾌지수가 급상승했다. 이런 식으론 준현과 무슨 대화를 해도 이길 수가 없었다. 그녀는 이미 흥분해 있었고, 준현은 그걸 즐기고 있으니까. 결국 강린은 한 발자국 물러나기로 마음먹었다. 아주 큰~ 마음.

"유감이고 땡감이고. 좋아! 알았어. 내일부터 네 비서로 일할게. 대신 회사 사람들한테는 우리가 동창이라는 거 비밀로 해줬으면 좋겠어, 지금처럼. 솔직히 일한 지 일주일이나 지난 지금 동창이라고 밝히기도 뭣하고 말하는 것도 귀찮잖아?"

"그거야 어렵지 않지. 지금처럼 사무적으로 대하면 되는 거잖아."

"사람들 있을 때만 그러는 척하는 게 아니라, 아예 처음부터 끝까지 쭉, 우리 둘만 있을 때도 계속, 모르는 척했으면 하는데. 동창은 물론, 이전에 전혀 만난 적 없는 완전 생남이 되는 거지. 이건 너도 동의할 거라고 생각해."

"뭐, 대충. 재미는 있겠다. 네가 새로 개발한 놀이냐?"

입술을 삐죽거리며 준현이 비아냥거렸다.

"너 재미있으라고 생각한 놀이 아니야. 진지하게 생각해 줘. 얼결에라도 동창인 티내면 끝이니까, 잘 생각해서 처신하라고."

"강냉, 네가 언제부터 내 처신까지 걱정해 줬냐? 네 걱정이나 해. 실수는 네 전공 아니었냐?"

"나도 사회적 동물이거든?"

"내 보기엔 별로 안 변한 것 같은데."

"너도 안 변한 건 마찬가지거든?!"

버럭, 강린은 고함을 내질렀다.

"쉿! 하루도 안 돼서 탄로나고 싶냐?"

입술에 손가락을 갖다 대며 준현이 경고했다.

"으이구, 진짜! 내가 이러다가 내 명에 못 죽지. 어쩌자고 백준현이랑 한 회사에서 근무하게 되어가지고."

강린이 이를 악물고 으르렁거렸다.

"인연인 모양이지."

"지난겨울 한파에 인연이 다 얼어 죽었나 보지?"

낄낄낄. 준현은 발끈하는 강린을 흘끔 보며 미친 듯이 키득거렸다. 그녀를 놀려먹는 재미가 쏠쏠했다. 한마디 건네면 발끈하는 폼이 예전과 똑같았다. 또 강린만 보면 자꾸 그녀의 성미를 건들고 싶어지는 그의 심리 역시 예전과 다르지 않았다. 그게 너무 어이없어 준현은 자꾸만 웃음이 나왔다. 십 년 전 갖고 있던 질투심과 소유욕, 자존심 등이 아직까지 살아 있다니 놀라울 따름이었다.

키득키득 그가 웃는 가운데, 강린은 더 이상은 준현과 말 섞기 싫다며 휙, 몸을 돌려 방을 나가려 했다. 준현은 티셔츠 아래로 부드럽고 풍만하게 굴곡진 강린의 가슴 근처를 뻔뻔스럽게 쳐다보며 충동적으로 그녀를 자극했다.

"야, 강냉. 가슴에 뽕, 너무 티 나는 거 아니냐?"

"뭐?!"

휙! 그녀가 다시 고개를 돌렸다. 얼굴이 붉으락푸르락 완전 총천연색이 되어가고 있었다. 짜릿한 쾌감이 전신을 관통했다. 아무래도 자신이 사디스트 계열인지 아닌지 심각하게 고민해 봐야겠다는 생각을 하며 준현은 싱글싱글 웃었다.

"그 가슴으론 모범처자밖에 안 될걸. 실리콘 넣어. 그럼 좀 더 실사처럼 보일 거다."

"이…… 이……!"

경악한 강린은 차마 말을 잇지 못하고 숨만 헐떡거렸다. 붉은 혀가 미끌미끌 입 안에서 움직이는 걸 빤히 바라보며 준현은 마른 침을 조용히 집어삼켰다.

다시 시작되고 있었다. 강린을 향해 갈구. 십 년 동안 잠잠히 숨어 있던 그놈. 강린만 보면 불쑥불쑥 치받쳐 올라오던 바로 그놈이 지금, 그녀의 헐떡이는 붉고 젖은 입술 앞에서 솟구치고 있었다. 속으로 욕설을 중얼거리며 준현은 쓱 이마 위를 덮은 앞머리를 걷어 올렸다.

"아님 가리든지."

거친 목소리로 거만하게 내뱉은 준현의 말에 상처받은 강린이 부들부들 떨었다.

"이 저질."

쾅! 소리와 함께 문이 닫혔다. 으흠, 신음을 흘리며 준현은 머리카락을 양손으로 움켜쥐었다. 이럴 생각은 아니었는데. 그는 늘 의도하지 않은 말을 하게 된다. 특히 강린 앞에서는. 괜히 자존심 내세우게 되고 스스로 상처받지 않기 위해 강린에게 상처를 주게 된다. 십 년 전엔 그녈 짝사랑해서 그랬다 치지만 지금은 왜 그런 건지…….

좋지 않은 징조다. 이렇게 불쑥불쑥 충동적이 된다는 건, 그가 스스로 자신을 제어하지 못한다는 말이 되고, 그건 아주 심각한 문제였다. 당분간 그녀를 멀리해야 할 필요성이 있었다. 약속대로 그녀를 직장동료로서만 대한다면 모든 건 잠잠해질 테지. 아니, 잠잠해져야 했다.

과거는 과거고, 현재는 현재. 그는 과거에 휘둘리는 한심한 인간이 되고 싶지 않았다.

제3장

인생 꼬이는 건 한순간이다

그 다음날, 강린은 실장실 옆구리 작은 방에 마련된 비서
실로 옮겼다. 말이 비서지, 실상 비서로서 하는 일이라곤 걸려
오는 전화 대신 받는 일 외엔 거의 할 일이 없었다. 그나마도 걸
려오는 전화가 죄다 가족들—문강훈 전무, 문강혁 영업팀장, 신주
호 영업이사—로부터여서 조금의 부담도 없었다. 강희의 남편이
자 영업이사인 형부, 신주호의 전화를 받기 전까진 그래도 나름
기분도 좋았다.

[처제, 오늘부로 백 실장 비서 한다며? 힘들지 않아? 강희 씨
가 난리야. 너한테 그런 일 시킨다고. 강희 씨 알잖아. 처제 일
이라면 눈에 쌍심지를 켜고 달려드는 거. 많이 속상해해. 힘들

거나 그러면 나한테 살짝 귀띔해. 장인어른 설득하는 건 내 담당이잖아.]

신 이사의 전화는 강린으로 하여금 현실을 깨닫도록 해주었다. 원래는 기획부 소속이면서 비서 일을 하고 있는 것이 '능력 없음'을 반증하는 거라는 생각을, 사실 조금은 접어놓고 있었던 것이다. 역시 강린의 뇌는 세상에서 가장 편리한 뇌다. 등신…….

하여튼, 그렇게 일주일이라는 시간이 후딱 지나갔다. 그동안 준현은 약속대로 정중하게 굴어주었고, 다행히 직원들은 전혀 준현과의 사이를 눈치 채지 못했다. 강린 역시 서서히 비서 업무에도 익숙해지고 준비 중이었던 기획안 역시 무사통과가 되어 한시름 놓고 있었다.

하지만 그 무렵, 드디어 일이 터졌다.

"정말? 어머, 어머! 웬일이니!"

"축하해요, 축하해! 잘됐다! 역시 문 팀장님은 최고라니까요!"

"와! 진짜 놀랐다."

막 출근해 컴퓨터를 켜고 자판기에서 커피를 한 잔 뽑아 들어오니 사무실이 온통 축제 분위기가 되어 있었다. 월요일 아침인데다가 날씨까지 꾸들꾸들해서 다들 축축 처진다고 앓는 소리 내던 직원들 눈이 반짝반짝 빛이 나고 있었다.

"무슨 일이야?"

영문을 몰라 묻는 강린에게 조잘대기 좋아하는 유주희가 간략하게 설명해 주었다.

"지난달에 우리 회사가 참가한 세계패션페스티벌 있잖아요. 방금 거기 운영위에서 팩스가 왔는데, 문 팀장님 디자인이 '가장 촉망되는 디자인' 상을 받았대요, 글쎄! 이거 정말 대단하지 않아요? 완전 대박이라니까요!"

"정말이야?"

이게 정말 사실이라면 회사 최고의 경사였다.

"진짜죠, 그럼! 역시 문 팀장님이야. 난 이렇게 될 줄 알았어. 우리 문 팀장님 실력이야 한국 최고 아니겠어요?"

"뭐, 내 실력이야 원래 좋았지만. 주희 씨, 너무 오버하는 거 아니야?"

강희가 호들갑을 떠는 주희를 향해 핀잔을 주었지만 불쾌한 빛은 아니었다. 오히려 강희는 무진장 행복해하고 있었다. 외국 계열 회사인 티에리 프레리 사에서 근무했던 경력이 다 개뻥은 아니었다는 게 증명된 셈이었다. 지금이라도 실력을 인정받았으니 오죽 행복할까? 축하해 주던 강린은 부러운 마음에 시무룩해졌다. 자신 빼고는 모두들 자기 몫을 해내고 있다는 생각에 어깨가 절로 축축 처졌다. 잘됐다며 기뻐하며 웃어주었지만 강린의 미소는 진정한 미소가 아니었다.

당연히 회식이 잡혔다. 하루 종일 축제 분위기였던 회사 분위기대로, 기분파 문 사장은 기획실과 디자인실, 회사 임직원이 전부 참여하는 대규모 회식 자리를 만들었다. 자신의 딸이 이룬 쾌거이니 오죽 기분이 좋을까. 마음 같아선 온 세상에 대고 외치고 싶은 심정일 것이다. 덕분에 스스로 자신이 밥만 축내는 밥버러지 같다는 심한 자괴감에 빠지긴 했지만, 강린도 회식에 빠질 수 없었다. 남의 경사에 진정으로 기뻐하지 못하는 자신이 못나게 느껴져 한층 더 심란한 그녀였다.

그날 저녁, 회사 근처 한식집에 다들 모였다.

인원이 많아 팀별로 따로따로 방을 잡았고, 강린은 문 사장과 강희의 성화에 못 이겨 임직원들이 즐비한 사장단에 끼게 되었다. 문 사장, 나이 지긋한 부사장과 상무, 전무인 강훈, 영업 팀장인 강혁, 디자인 팀장인 강희, 강희의 남편이자 영업이사인 신주호, 그리고 기획실장 백준현. 대리급은 강린 혼자뿐이었다. 완전 가시방석!

강린은 완전히 허섭스레기가 된 기분을 꾹 눌러 참을 수밖에 없었다. 조금만, 아주 잠시만 없는 사람처럼 조용히 앉아 있다가 슬그머니 팀원이 있는 방으로 자리를 옮기리라 마음먹으면서 말이다.

푹 고개를 수그리고 쥐 죽은 듯 앉아 있던 강린. 한 시간쯤 그 자리를 버티고 있던 그녀는 슬그머니 자리를 떴다. 화장실을 핑계로 간신히 방을 나온 그녀는 휴, 한숨을 내쉬며 가슴을 쓸어내렸다. 마음 같아선 집으로 가고 싶었지만 차마 그리는 못하고. 강린은 기획실 직원들이 모여 있는 곳으로 발길을 돌렸다.

그때였다.

"정말 너답다."

묵직하게 떨어지는 남자의 음성이 그녀의 뒤통수를 잡아챘다.

"살금살금 내빼려는 거."

그 녀석이었다. 백준현. 얼굴이 절로 일그러졌다. 저 녀석이 왜 따라 나온 거지? 강린은 천천히 고개를 움직여 뒤를 돌아보았다.

"이제 그만 좀 달아나시지."

그의 큰 키가 그늘을 만들어 그녀를 덮고 있었다. 뜻 모를 눈빛으로 이쪽을 바라보고 있는 준현은 두 손을 바지 호주머니에 넣은 채 반듯한 자세로 서 있었다.

"죄졌니? 누가 달아난다는 거야?"

"내 눈엔 그렇게 보이는데."

"잠깐 기획실 방에 들르려는 것뿐이거든?"

"일부러 피하는 거 아니고?"

관자놀이 근처 힘줄이 불뚝 튀어 오르는 것만 같아 강린은 흡, 숨을 멈추었다. 흥분하지 말자. 흥분하지 마.

"내가 뭐가 무서워서 피한다는 거야?"

표정 없던 그가 피식 웃었다. 어슴푸레한 식당 조명 아래로 그의 잘생긴 얼굴이 매혹적인 미소를 만들어냈다. 두근. 말도 안 되게, 강린의 심장이 움직였다. 윽! 심각한 수준이군. 아무 남자에게나 가슴이 뛰는 건 그녀의 여성성이 심각하게 굶주리고 있다는 뜻이었다. 빨리 무슨 사달을 내야지, 이래서야, 원.

"나. 너, 나 무서워하잖아. 나 피해서 가는 거 아니야?"

씩 웃는 얼굴로 그가 말했다. 잠깐 뛰었던 심장의 열기가 싸하게 식어갔다. 정말 예뻐할래야 예뻐할 수가 없는 놈이다, 백준현은. 강린은 눈에 빠직 힘을 주고 시니컬한 표정을 지어 보였다.

"하! 이건 또 무슨 병이야? 이것도 왕자병의 일종이냐?"

"솔직히 말해도 돼. 날 피해 나가는 거, 맞지?"

뻔뻔하긴! 어떻게 저렇게 멀쩡한 얼굴로 이런 망발을!

"허! 내가 널 왜 무서워해? 나 죄지은 거 없거든?"

"달리 이유가 없잖아. 회사 상사라고 해봤자 죄다 친인척들인데 자리가 불편했을 리도 없고. 왜 도망쳐?"

"너 한국말 못 알아듣냐? 아이큐 150 맞아? 나 팀원들한테 간다니까! 잠깐 갔다가 다시 돌아올 거라고. 그게 어떻게 도망치는 거야?"

물론 이 말은 거짓말이다. 갔다가 슬그머니 빠지려고 했던 게 사실이다, 백준현 말대로. 팀장 이상 급의 회사 임직원들이 모인 자리에 그녀가 낀 건 일단 모양새부터가 좋지 않으니까. 남들이 알면, 그녀가 사장의 조카이기 때문에 특별대우 받는 거라 여길 것이었다. 또 실제가 그랬고. 강린은 그런 사람들의 시선이 부담스럽고 자존심 상했다. 그래서 조심히 빠져나올 생각이었지만, 그걸 또 준현 앞에서 인정한다는 건 자존심 상하는 일이 아니겠는가?

다른 사람은 몰라도 준현에겐 이런 마음 들키기 싫었다. 죽기보다도 더. 왜냐고? 그걸 그녀인들 알까? 모른다. 아무도 모른다. 며느리도 모른다.

"다시 돌아올 거라고?"

준현이 삐딱하게 냉소했다. 마치 그녀가 무슨 생각을 하고 있는지 다 안다는 듯한 표정이었다. 저 자식은 근데 뭘 믿고 저리 자신만만한 건지 알 수가 없다니까.

"그래, 돌아오려고 했어. 됐냐?"

강린은 이를 앙다물고 으르렁거렸다.

"그랬단 말이지?"

씩, 녀석이 또 웃었다. 기분 나쁘게. 구린내가 나는 미소였다. 불길함이 잔뜩 배인 그의 미소를 애써 외면하며 강린은 우겼다.

"그렇다고, 글쎄."

"좋아. 그럼 같이 가."

"뭐?"

이건 또 무슨 소리야?

"팀원들 방에 잠깐 갔다 올 거라며."

"그래서 너, 너도 가겠다고?"

손가락을 허공에 찔러대며 강린은 말을 더듬었다. 허공에 삿대질을 해대는 건, 강린이 당황했을 때 절로 나오는 버릇이라는 걸 준현은 알고 있었다. 준현은 어깨를 으쓱하며 강린을 슬쩍 떠보았다.

"실장인 내가 참석하는 건 당연한 거라고 생각하는데. 왜? 싫어?"

"아니, 아니야! 싫을 건 없지. 내가 왜 싫어해? 네가 가든지 말든지 나와는 상관없는걸."

과연 그럴까?

벌써 시무룩해지는 강린을 빤히 내려다보며 준현은 피식 웃었다. 저렇게 자기 속내를 상대방에게 빤히 내보이는 주제에 거짓말이라니. 이러니 귀여워하지 않을 수가 없단 말이지. 가진 패가 얼마나 허접한지 빤히 보이는데도 한껏 허세를 부리는 강린의 모습은 대학 시절부터 준현을 자극해 왔던 그녀의 매력 중 하나였다. 그럴 때마다 그는 키스해 버리고 싶은 충동에 시달려 왔다. 귀여워서. 물론 과거 대학 시절 때 그랬다는 말이다. 지금은……

"먼저 들어가."

생각하고 싶지 않은 복잡한 심경을 뒤로하고 준현은 고갯짓으로 방문을 가리켰다. 기획실 직원들이 모여 있을, 문제의 그 방이었다. 아드득, 강린은 속으로 이를 갈았다. 백준현, 이 녀석의 속셈이 뭔지 겨우 이제야 알아챈 것이다. 그는 그녀가 이 상황을 무사히 빠져나가지 못하도록 감시하고 싶은 것이었다.

'지독한 놈. 전생에 나랑 무슨 원수가 져서. 나쁜 놈. 이 우라

질 놈.'

소리 내서 욕할 수 없음을 한탄하며 강린은 입술을 옹송그리고 실룩거렸다. 얄밉기가, '말리는 시누이' 열 트럭분만큼인 백준현은 역시나 고 뺀질거리는 얼굴 가득 여유만만한 미소를 짓고 있었다. 저 얼굴에 당황&낭패가 떠오를 날은 과연 언제나 올까? 오기는 올까? 푸닥거리라도 해야지 되나.

"넌 나중에 들어와. 같이 들어가면 좀 그렇잖아."

쭈뼛쭈뼛 방문 근처로 걸어가며 강린은 말했다. 떨떠름하니 내키지 않은 얼굴을 한 손으로 가리는 중이었다.

"왜? 둘이 사귄다는 소문이라도 날까 봐?"

어림도 없다는 듯 준현이 말했다. 흥! 이쪽도 어림없으시거든?

"농담해?!"

"사람 일이란 건 모르는 거니까."

어슬렁어슬렁. 그가 느릿느릿 뒤따라오며 중얼거렸다. 삐딱하면서도 나른한 그의 말투가 심히 귀에 거슬린다고 생각할 즈음, 강린은 당황했다. 난데없이 맥박이 빨라지는 게 아닌가. 흑 짜증이 일었다. 녀석의 목소리, 말 한 마디가 자신에게 조금이라도 영향을 미치고 있다는 증거가 그녀를 짜증나고 또 짜증나게 했다. 빌어먹을. 짜증난 김에 강린은 종알종알 입술을 빠르게 놀리며 아무렇게나 중얼거렸다.

"말이 씨 된다고 했어. 재수없으니까 그런 소리 절대 하지 마.

만일 그런 일이 생기면 난 죽어버릴 거야."

"이거 왜 이래? 나 정도면 일급수야. 나랑 일부러 스캔들 내려고 안달하는 여자들이 수두룩하다고."

"흥! 웃기시네. 얼굴만 잘생기면 일급수냐?"

헉뜨! 방문을 열려다 말고 강린은 굳어버렸다. 녀석이 잘생겼다는 걸 이렇게 대놓고 인정한 건 그를 알고 십사 년 만에 처음이었다. 일순이지만 녀석의 기고만장한 얼굴이 눈앞을 스쳐 지나갔다.

'제기랄. 오늘따라 입이 방정이구나, 문강린.'

스스로를 저주하며 강린은 눈을 찔끔 감았다 떴다. 그리고 녀석이 해올 뻔뻔함과 자만이 똘똘 뭉친 막강공격에 나름 대비하고 있는데…….

"그럼 네 기준은 뭐야?"

귓불 근처, 아주 가까운 곳에서 그의 목소리가 들려왔다. 흠칫 놀란 강린의 어깨 위로 소리 없이 준현의 팔이 가로질러 왔다. 턱, 납작한 벽에 손을 짚으며 이쪽으로 몸을 기울이는 백준현. 등이 뻣뻣하게 굳어지는 걸 느끼며 강린은 눈동자를 슥 움직여 녀석을 보았다. 고개는 정면에 고정한 채 눈동자만 움직여서인지 녀석의 얼굴이 온전히 다 보이지 않았다. 야릇한 기분으로 마음이 불편해지자 강린은 꿀꺽, 침을 삼켰다.

"돈?"

그때 방문 너머에서 와하하— 하는 폭소가 쏟아졌다. 누군가가 우스갯소리를 해댄 모양이었다. 사람들이 자주 지나다니는 음식점 복도라는 현실이 확 다가왔다.

퍼뜩 정신을 차린 강린은 제멋대로 뛰고 있는 맥박을 짓누르며 휙, 저돌적으로 고개를 돌렸다. 예상대로 녀석의 얼굴은 아주 가까이에 있었다. 코앞 1㎝.

"당연하지. 돈은 기본 아니야? 일급수라고 자처하면서 돈이 없다는 게 말이 돼?"

떨리지 않은 목소리로 암팡지게 대꾸하고는 스스로 만족하는 강린. 그녀에게 준현은 특유의 달콤한 미소를 선물했다. 나긋나긋 감미로운 목소리와 함께.

"요즘은 '사' 자 들어간 직업, 별로 인기 없다는데."

"뭐라고?"

웬 뜬금없는 '사' 자 직업?

"네 예전 남자 친구가 의사였다며?"

흡! 강린은 비명이 터지는 걸 혀를 깨물며 참았다. 이, 이 자식이 왜 또 이 얘길!

"차라리 차인 게 잘된 일일 수도 있어, 응? 의사 자격증만 있지 돈은 없는 놈이라면 어차피 별로 비전 없잖아."

백준현은 아무 죄책감 없이 싱글거렸다. 일부러 그녀를 약 올리려고 작정한 것처럼. 그게 정말 그의 의도라면 녀석은 성공했다. 강린은 순식간에 얼굴이 홍당무처럼 벌게지며 흥분하고 말았다. 이…… 비, 비열한 자식! 어떻게 남의 아픈 상처를 이야기하면서 저렇게 웃을 수 있냐? 도저히 용서할 수가 없었지만 흥분했다는 티를 내고 싶지는 않았다. 상대가 백준현이기에.

강린은 부글부글 끓어오르는 화를 참기 위해 숨마저 멈추고 부릅, 두 눈을 치떴다. 그러나 유감스럽게도 다음 순간, 그녀의 분노 게이지는 그 마지노선을 넘어버렸다.

"너 혹시 일부러 차인 건 아니냐? 비전없는 사람 계속 붙들고 있자니 그건 싫고, 그렇다고 헤어지자고 먼저 말하기엔 너무 속물스럽고. 그래서 일부러 그 남자한테 차여서……."

"너 정말!"

뚜껑이 열리자마자 강린은 놈의 말을 가로막고 그의 멱살을 붙들었다. 멱살이라고 해봤자 녀석의 넥타이를 붙든 것뿐이지만. 그래서인지 녀석의 뺀질거리는 낯짝은 아무렇지도 않아 보였다.

"왜? 정곡을 찔려서 놀란 거냐?"

"이, 이……!"

그때다. 코와 이마를 맞대고 서로를 노려보고 있던 두 사람의 기묘한 자세를 목격한 사람이 있었다. 뒤에서 보는 두 사람의 모습은 흡사 연인들의 키스 자세만큼이나 위험스럽고 은밀해 보였다. 음식점의 은은한 주홍빛 조명 아래에서 서로를 붙들고 있는 듯한 두 사람을 보고 놀란 강희는 두 눈을 휘둥그레 뜨고 입을 쩍 벌렸다.

이럴 줄 알았어. 이럴 줄 알았어! 두 사람, 이럴 줄 알았다고!

"강린아!"

두 사람이 반사적으로 휙, 강희 쪽을 돌아봤다. 순식간에 강린의 눈이 띠용 튀어나왔다. 자신이 누구에게 어떤 광경을 들켰는지 단박에 깨달은 것이다. 얼굴을 찌푸리는 백준현과 경악스러운 얼굴의 강린을 차례로 바라보며 강희는 씩, 나른하게 웃었다. 그리곤 한 손을 살짝 들어 화사한 인사를 건넸다.

"두 사람 모두, 하이!"

"아니야, 진짜 아니야. 오해라고."

강린은 조그맣게 속삭이며 강희의 머릿속 소설을 지워내기 위해 안간힘을 썼다. 강희의 은밀하고도 '다 안다'는 듯한 미소는 그녀가 준현과 강린의 사이를 곡해하고 있다는 명백한 증거여서다. 다른 이가 아닌 백준현과는 어떤 식으로든 얽히고 싶지 않은 게 강린의 마음이었다.

"그러시겠지, 문강린 요 앙큼한 것."

쿡, 강린의 옆구리를 찌르는 강희는 기획실 팀원들이 모인 방을 쓱 훑어보며 예의 은밀한 미소를 지었다. 테이블 끝 쪽에 앉은 백준현 실장이 김은혁 대리가 따라주는 술을 받고 있었다.

백준현, 캬! 옆태만 보아도 말쑥하고 훤칠하니, 정말 바람직한 남정네다. 그와 그렇고 그런 사이가 된 거라면, 문강린은 인생 최고로 대박을 만난 거라고 강희는 생각했다. 그녀가 알고 있는 백준현은 학벌이며, 머리 돌아가는 센스 하며, 사회적 능력까지 한꺼번에 다 가지고 있는 최고의 신랑감이다. 회사 입사한 지 두 주 만에 일성어패럴에서 없어서는 안 될 중요한 인물로 자리하게 된 그가 아닌가. 남자 능력이 이 정도면 여자로선 최고의 복인 게다. 게다가 겉모습마저 준수하니 다홍치마도 이렇게 완벽한 다홍치마가 또 있을까? 됐다. 이 정도면 문강린의 짝으로 완벽하다.

"언제부터야? 언제부터 그런 사이가 된 거냐고."

"오버하지 마. 우린 절대 네가 생각하는 그런 사이 아니라고."

"으휴, 창피하긴 한가 보지? 그러게 식당 복도에서 그게 무슨 짓이니. 철부지 애들도 아니고."

"문강희, 아니라니까!"

버럭 고함을 지를 뻔한 목소리를 확 낮추며 강린은 주위를 둘러보았다. 왁자지껄, 시끌벅적한 방 안에서 목소리 낮춰 속삭이는 사람은 강린 혼자뿐이었다. 남들 알까 겁나는 일, 하필이면 강희에게 들켰으니 오죽하랴. 아주 죽을 맛이었다. 그때 그 순간, 아무런 변명 없이 쏙 방 안으로 들어가 버린 백준현을 저주하고 또 저주하고 싶었다. 비겁한 자식. 저 혼자 살자고 꽁무니를 내빼? 그때 바로 두 사람이 함께 해명을 했더라면 강희가 이렇게까지 오해하진 않을 것 아닌가 말이다.

모든 해명과 설득을 그녀의 몫으로 남겨두고 그 자리를 쏙 빠져나가더니 녀석은 희희낙락, 편하게 앉아 직원들과 술자리를 즐기고 있었다. 유주희의 애교 섞인 알랑방귀를 들으며 백만 불짜리 미소를 짓고 있는 백준현을 향해 강린은 저주의 눈길을 퍼부었다. 그나저나 콜롬보 기질 다분한 문강희에게 어떻게 설명한다지? 미치고 팔딱 뛰겠네, 참말.

"아니긴 뭘 아니야. 내숭 떨지 마, 이 기집애야. 내가 저번부터 눈치 팍 까고 있었어, 야."

"저번? 무슨 눈치?"

"지난주 말이야. 너랑 백 실장이랑, 사랑과 영혼에 나오는 그 도자기 포즈를 하고 있었잖아."

"그건, 그게 아니라……."

"아무리 봐도 일등급이야. 우리 집 종자 개량 확실히 되겠어. 오케이! 난 찬성."

기럭지 긴 준현의 다리를 감탄해 마지않으며 강희는 싱글벙글 웃었다.

"종자…… 개량이라고?"

두려운 얼굴로 강린은 온몸을 부르르 떨었다. 종자 개량이라 함은 그러니까……!

"우리 집 사람으로 합격점이야. 잘해봐라, 문강린. 올해는 넘기지 말아야지."

"문강희…… 너 진짜, 내 말 지금까지 뭐로 들었어? 나 백준현이랑 아무 사이도 아니라니까. 쟤랑은 그냥 학교 동창일 뿐이라고 몇 번을 말해?"

"흠! 강한 부정. 더 의심스러운 거 알지?"

"내숭 아니라고. 누굴 사귀면 사귄다고 말하지, 왜 거짓말을 하겠어?"

답답한 마음에 강린은 제 가슴을 주먹으로 탕탕 쳐댔다.

"사내 연애라는 게 원래 조심스러운 거지. 난 이해해. 아마 아빠도 찬성하실걸? 아~주 좋아하실 거야. 은근히 백 실장을 많이 예뻐하시는 것 같거든. 백 실장이 우리 가족이 된다면 천군만마를 얻는 것보다 더 기쁘다고 하실 거야."

오, 마이 갓. 미치겠군. 도통 믿으려고 하지 않으니 이제 어떡하지? 강린은 지끈거리는 이마를 손으로 짚으며 한숨을 내쉬었다. 이러다가 진짜 사귀는 거 아닐까 걱정이 되었다. 물론 그럴 가능성은 거의 없지만 만에 하나의 경우라도 그런 일이 발생한다면 정말 끔찍할 것 같았다.

"저기요, 백 실장님! 제 소원 하나만 들어주실래요?"

강린이 어떻게 하면 제멋대로 막무가내 문강희의 뇌를 몽땅 뒤집어엎을까 고심의 고심을 거듭하고 있을 때다. 난데없이 강희가 한 팔을 번쩍 들며 큰 소리로 준현을 불렀다. 강린은 번쩍 고개를 들었다. 얘가 또 무슨 짓을 하려고!

"무슨 일인지는 모르지만 들어드릴 수 있는 일이라면 들어드려야죠. 오늘의 주인공께서 하시는 부탁인데."

테이블 저만큼 떨어져 앉은 준현이 이쪽을 바라보며 여유로운 미소를 지어 보였다. 도대체 뭘 믿고 저리 여유자적인지. 저

놈은 걱정도 안 되나? 강희가 얼마나 입이 싼지, 얼마나 집요한지 모르는 건가? 대경실색한 얼굴로 강린은 준현을 노려보았다. 제발, 아무 짓도 하지 말길 기원하며. 도와주지 않을 거면 가만히나 있으라고. 그게 도와주는 거라고!

"실장님이 따라주시는 술 한 잔 마시고 싶어요."

"어우~ 팀장님!"

여자들 자지러지는 소리가 여기저기서 터져 나왔다. 특히 유주희는 두 눈을 희번덕거리며 안타까운 비명을 내질렀다. 흡사 임금의 승은을 입기 위해 안달하는 무수리처럼 온몸을 꿈틀대며 괴로워하는 그녀를 보니 피가 싸하게 식어가는 기분이었다. 정말이지 저것들은 자존심도 없나? 아무리 자기감정에 충실한 게 요즘 연애 세태라지만 저리 대놓고 안달하는 건 진짜 꼴불견 아닌가?

"이럴 때 아님 언제 실장님이 따라주시는 술 마셔보겠어요. 어때요? 들어주실 거죠?"

"별로 어려운 부탁도 아닌데요 뭘. 좋습니다."

어깨를 으쓱하며 준현은 호탕하게 승낙했다. 꺄아, 좋겠다! 여직원들의 비명과 함께 남직원들 역시 박수를 치며 환호를 했다. 상사가 직급이 낮은 직원의 술을 따라주는 거야, 특별할 거 없는 일이었지만 그 주인공이 백준현이니 다들 놀라고 기대되는 모양이었다. 젊은 나이의 상사, 엘리트로 소문나 은근히 범접하기 힘든 카리스마를 내뿜는 백준현을 상대로 술을 받아내니, 참으로 통쾌한 일이라 생각하는 것이다.

모두의 기대대로, 준현이 주저없이 자리에서 일어나 성큼성큼 이쪽으로 걸어왔다. 강린은 허— 입을 벌리고 놈이 하는 짓을 멍하게 쳐다보았다. 강희가 무슨 속셈으로 이러는 건지 감이 안 잡혔다. 또 준현은 무슨 생각으로 강희의 요구에 호응하는지도. 꿀꺽, 무의식중에 마른침을 삼키고 강린은 녀석을 주시했다.

"이쪽으로 와요. 여기 앉아서 따라주세요."

생글생글 눈가에 방실미소를 단 강희의 말. 그녀는 강린의 옆구리를 손으로 밀어대고 있었다. 아니, 이 여자가. 왜 하필 여기 와서 앉으라는 거야. 뭔가 불길한 기분에 사로잡힌 강린은 싫으나 어쩔 수 없이 엉덩이를 들썩이며 옆으로 자리를 옮겨갔다. 강희와의 사이에 금세 좁은 틈이 생겼다. 그 틈을 준현은 망설임없이 꿰차고 앉았다. 덕분에 녀석의 새끈한 넓적다리가 강린의 허벅지를 짓누르고…….

으! 괴로움에 신음하며 강린은 엉덩이를 들썩였다. 어떻게든 녀석과 멀어져야 했다. 녀석과 신체 한 부위가 맞닿아 있다는 사실만으로도 토가 나올 지경이었다. 백준현 알레르기였다. 벌써부터 허벅지 근처가 얼얼하면서 뜨거워지고 있었다. 강린은 옆 자리 바닥에 뭐가 있는지 확인하지도 않은 채 자꾸만 옆으로 옮겨갔다.

"문 팀장님, 수상 진심으로 축하드립니다. 앞으로 더욱 좋은 디자인 기대할게요."

그윽한 목소리의 멋진 덕담을 건네며 준현은 강희의 술잔에 술을 따랐다. 환호성이 터져 나왔고 동시에 방 안은 후끈 달아올랐다. 마치 TV 토크쇼 방청객들처럼 과장되고도 작위적인 탄성에 강린은 눈살을 찌푸렸다. 아주 좋아 죽는구나. 백준현이 언제 이렇게 많은 팬들을 거느리게 된 거지? 몇몇 남자 직원들은 자리에서 일어나기까지 했다. 강은영이란 여직원은 핸드폰을 들고 동영상을 촬영하기까지 했다. 이 역사적인 장면을 자기 미니홈피에 올리겠다나 뭐라나. 백준현이 연예인이냐고요, 참나.

어처구니없는 상황 속에서도 자꾸만 강린의 신경을 긁어대는 건 준현의 넓적다리였다. 강린은 엉덩이를 한 번 더 들썩 움직이며 옆으로 움직였다. 그의 굵고 단단한 다리 밑에 짓눌렸던 허벅지가 자유로워지는 순간이었다. 아뿔싸.

그녀의 손바닥이 푹 뭔가를 건드렸다. 그리고 철푸덕, 그녀의 손에 의해 그 뭔가가 엎어졌다. 그와 동시에 동료 직원인 이민희의 외침이 들려왔다.

"어머! 조심해요!"

엎어진 건 민희가 탁자 밑에 넣어둔 그릇이었다. 술이 약한 이민희는 주위에서 권해주는 술을 마시는 척하면서 실은 탁자 밑에 몰래 넣어둔 그릇에 붓고 있었던 거였다.

이런, 젠장!

꽤 많은 양의 소주가 방바닥을 흥건하게 적시기 시작했다. 회색 면바지를 입고 있던 강린은 펄쩍 뛰었다.

"어떡해!"

"화장지, 화장지."

이민희와 유주희가 호들갑스럽게 소리를 질러대는 가운데 강린은 본능적으로 물기를 피해 몸을 젖혔다. 엉덩이와 발목 근처가 물기에 닿아 차가워지는 걸 느끼며 훌쩍 뒤로 움직인 강린은 다음 순간, 최악의 상황에 맞닥뜨렸다. 마치 슬로비디오를 보는 듯, 짧은 순간 많은 일들이 일어나기 시작했다. 도미노처럼, 순차적 인과에 의한, 단언컨대 비극적인 진행이었다.

이른바 툭, 퍽, 억.

툭하니 퍽하고, 퍽하니 억했다.

툭. 강린의 몸이 준현의 팔을 건드렸고, 그래서 그가 들고 있던 술병이 흔들렸다. 술병이 엎질러지는 건 당연지사. 강린은 어머낫! 소리를 지르며 펄쩍 뛰었지만 이미 술병은 콸콸 내용물을 쏟아냈고 준현의 바지와 상의를 엉망으로 만들어 버렸다. 반사적으로 허겁지겁 그의 옷자락을 맨손으로 털어내던 강린을 보며 음흉한 미소를 짓는 강희, 준현의 등을 힘껏 퍽! 밀었다. 마치 실수인 양 고난위도의 연기를 해내며 말이다. 갑자기 다가온 준현으로 인해 곧 강린은 억, 소리를 내며 준현의 넓디넓고 단단한 근육질 가슴에 코를 박았다.

아주 순식간에 일어난 일이었다.

그리고 그 순간들만큼이나 빠르게 방 안의 분위기는 식어갔다. 싸아— 무협영화에나 나올 법한 싸늘한 바람 소리가 귓전을 때리는 듯했다. 이 사태를 어떻게 헤쳐 나가야 할지 전혀 아무런 아이디어도 떠오르지 않았다. 머릿속이 텅 비어버린 기분이었다. 준현의 가슴에 얼굴을 묻은 채로 강린은 숨을 멈추었다. 준현의 손이 얼떨결에 자신의 등을 감싸고 있다는 사실을 깨닫고 난 뒤론 아예 고개를 들 수도 없었다.

아— 미쳐요, 미쳐. 강희 때문에 미쳐 돌아가시겠다고요!

"……안 축축하세요, 실장님?"

민희가 안경을 끌어 올리며 어눌하게 물어옴으로써 침묵은 깨어졌다. 마법의 주문에서 막 풀려난 양 사람들이 술렁거리기 시작했다. 이쯤 움직여야 했다. 고개를 들고 사무실 식구들을 둘러보며 넉살을 떨어야 한다는 걸 알면서도 강린의 몸은 완전히 굳은 채 움직여지지가 않았다. 준현이라도 뭐라 말해주면 좋으련만, 무슨 일인지 아무 대응이 없고. 어떡해, 어떡하느냐고! 이 순간, 강린은 정말 땅으로 꺼져 버리고 싶은 심정이었다.

"큼! 난 잠깐 화장실에 다녀와야겠네."

그때다. 김은혁 대리가 갑자기 어색한 몸짓으로 자리를 뜨며 말했다.

"저도 좀……. 나갔다 올게요."

유주희도 머뭇머뭇 자리를 떴다.

"통화할 게 있었는데 깜빡했어요. 저도 잠시만요."

이민희도 어색한 변명거리를 대며 방문을 넘어갔다. 이렇게 하나둘씩 나가기 시작하더니 단 일 분 만에 방 안은 고요해졌다. 강희의 히죽거리는 소리를 제외하고는 정말 고요했다. 휴, 일시적인 안도가 강린의 숨통을 터주었다.

"이제 그만 떨어져도 될 것 같다, 문강린. 실장님도 그만 손 떼시죠."

골리는 듯한 강희의 말에 강린은 후다닥 준현에게서 떨어졌다. 이 모든 게 심히 못마땅한 듯 잔뜩 찌푸려진 얼굴의 준현이 눈에 들어왔다. 아, 이 빌어먹을 상황. 어쩌다 두 사람이 서로를 껴안게 된 꼴이 된 건지, 그게 강희의 공작 탓이라는 걸 전혀 모르는 강린은 창피해 죽을 것 같았다. 미치지 않고서야 어떻게 백준현의 가슴팍에 안겨 그토록 오랫동안 있었을까? 그것도 직원들 죄다 지켜보는 자리에서!

저도 모르게 얼굴이 홍당무처럼 시뻘겋게 달아올랐다. 창피함, 수치심, 굴욕! 그 모든 것들이 강린의 머릿속을 헝클었다.

"장난이 너무 심하십니다, 문 팀장님."

준현이 양복 재킷 안쪽에서 손수건을 꺼내며 중얼거렸다. 이 순간에도 차분할 수 있다는 게 참으로 놀라울 지경이었다. 독한 놈. 뭐? 장난이 너무 심해? 어떻게 이런 상황에 저런 멘트를 날릴…… 엥? 가만, 뭐라고?

"무슨 소리야? 강희가 무슨 장난을?"

설마……. 맹한 눈으로 강린이 강희를 돌아보았다. 생글생글 여전히 방실거리는 강희의 눈빛이 반짝이고 있었다.

"뭐 어때요? 이런 식으로 자연스럽게 밝히는 게 더 좋잖아요. 다 제 덕인 줄 아세요, 실장님."

"문강희. 무슨 소리냐고, 이게."

"무슨 소린지는 보이프렌드한테 듣고, 나도 이만 자리를 피해 주겠어. 잠깐이겠지만 오붓한 시간 보내길 바라."

말도 안 되는 말을 사근사근 지껄이더니 강희는 낄낄거리며 자리에서 일어났다. 준현은 제 양복에 배인 술 냄새를 확인하며 더욱 인상을 쓰고 있었다. 이미 옷감이 알코올을 전부 흡수해 버린 후라 닦아내도 그 찜찜함은 가시지 않을 것이다. 강린은 준현과 강희를 번갈아 바라보며 상황파악에 나섰다. 상황파악 이라 해봤자 뻔한 거지만은.

"문강희 너, 설마 네가?"

"나중에 고맙다는 소리나 마. 참고로 실장님, 전 실장님이 좋 습니다. 아버지도 아마 좋아하실 거예요. 강린이 부모님은 덩실 덩실 춤까지 추실걸요?"

"야!"

이건 굴욕이야. 어떻게 저런 말을! 좌절이었다. 문강희, 뭐가 그리 기분 좋은지 아주 신이 났다. 강린은 사뿐거리며 방을 나 서는 강희의 뒷모습을 노려보았다. 그런 그녀에게 대뜸 준현이 물어왔다.

"도대체 뭐라고 한 거냐?"

"뭐?"

"뭐라고 했길래 문 팀장이 저러냐고."

"뭐라고 하긴 뭐라고 해. 우리 둘 사귄다고, 내가 뻥이라도 쳤단 말이야?"

신경질적으로 강린은 대꾸했다.

"아니면 왜 저래? 이상하잖아."

"웃기지 마. 미쳤어? 난 분명히 아니라고 했거든. 강희가 안 믿은 거라고."

"퍽이나."

삐딱하게 준현이 빈정거렸다. 강린 말을 안 믿는 거였다. 뭐냐! 일이 이렇게 된 것도 속상한데 준현까지 오해를 하다니. 정말 최악이었다.

"강희 데리고 와서 삼자대면하자. 됐지?"

"문 팀장 불러다 뭐 하게? 이미 일은 벌어졌는데."

"그럼 어쩌자고?! 나도 억울해. 너랑 사귄다는 오해, 누군 듣기 좋은 줄 알아? 나도 달갑지 않다고."

"네 가족들은 그렇게 생각하지 않는 것 같던데."

약 올리듯 준현이 비아냥거렸다. 욱, 성미가 끓어올라 강린은 이를 악물었다.

"내가 억울해서라도 강희 데리고 온다. 강희 데려다 놓고 분명히 밝히자고. 난 널 무지 싫어하고 너 역시 마찬가지라는 거, 확실히 못 박아 말하면 될 거 아니야."

"맘대로 해."

빼질한 녀석. 어쩜 저렇게 하는 말 한 마디 한 마디가 다 얄미울 수 있는지. 천연기념물로 지정해야 한다, 저런 놈은.

"에이 씨!"

발끈한 채로 강린은 빨딱 자리에서 일어났다. 아니, 일어나려고 했다. 정확히, 오른발에 힘을 주고 방바닥을 박차고 몸을 일으킬 때까지는 그럴 의도였다. 그러나 의도와는 정반대로 그녀는 반쯤 일어나다가 벌러덩 넘어지고 말았다. 액체가 흥건히 메우고 있어 미끄덩거리던 바닥 때문에 한쪽 발이 쭉 앞으로 미끄러진 것이다.

"아악―!"

비명을 내지르며 뒤로 넘어진 강린. 그녀의 엉덩이가 단단한 준현의 하복부에 안착하는 순간이었다.

"으…… 윽……!"

엄청난 충격을 고스란히 받아내며 함께 뒤로 넘어간 준현이 고통스럽게 신음했다. 공중에서 떨어지는 강린의 육중한 몸을 안고 쓰러졌으니 오죽하겠는가. 이보다 더 최악일 순 없어, 를 연발 중얼거리며 강린은 허우적허우적 몸을 일으키려고 노력했다. 그의 손이 본능적으로 움직여 감싼 곳이 자신의 가슴 한쪽이라는 것도, 자신의 엉덩이가 준현의 물컹거리는 물건을 짓누르며 문지르고 있다는 사실을 전혀 자각하지 못한 상태로 말이다. 강린은 정신이 하나도 없었다. 빨리 일어나야 한다는 생각밖에는.

"그만 좀 꿈틀거릴래! 제기랄."

준현이 괴로운 음성으로 욕설을 퍼부을 때도 강린은 그저 엄청 아픈가 보구나 생각할 뿐이었다.

"알았어. 미안해! 나도 정말 이러기 싫다고."

"빌어먹을!"

강린은 엉덩이를 앞으로 좀 움직이고 바닥을 짚기 위해 한 팔을 뒤로 뻗었다. 딱딱하지만 어쩐지 부드러운 느낌의 바닥에 힘껏 힘을 실으며 엉덩이를 들고 준현에게 벗어나려는 찰나였다.

"윽! 문강린!"

누워 있던 준현이 상체를 벌떡 일으키며 괴성을 질렀다. 동시에 드르륵— 룸의 여닫이문이 열렸다. 헉! 그리고 유주희의 발랄한 음성이 들려왔다.

"오래 기다리셨, 실장님?"

"저도 왔어요, 문 대리님……."

뒤이어 들려온 이민희의 말꼬리가 사그라질 쯤, 대혼돈에 휩싸인 김은혁 대리의 경악스러운 목소리가 들렸다.

"두 사람……!"

그들의 놀라고 놀란 눈동자들이 향한 곳은 다름 아닌……. 강린은 그들의 시선을 따라 제 손이 덮고 있는 자리를 내려다보았다. 그리고 깨달았다. 자신이 바닥이라 여기고 힘껏 내리누른 곳이 바닥이 아니라 준현의 그곳, 몸의 중심부라 불리는 바로 그 자리라는 것을.

  "꺄아아아—!"

   세상의 모든 욕설을 중얼중얼 내뱉는 준현의 말도 무시한 채,
강린은 괴성을 내질렀다.

제4장

지옥 같은 나날이 시작되다

아무리 생각해도 비겁한 행동이었다, 그 자리를 박차고 달아난 것은. 그것도 그 많은 사람들 앞에 준현만 남겨두고 혼자만 빠져나온 건, 백준현 말대로 도망친 거였다. 하지만 강린도 어쩔 수 없었다. 다시 그 상황이 되었어도 그녀는 달아났을 것이다. 그 자리에, 그와 같은 상황에 직면한 그 어떤 여자라도 그리했을 것이다.

절대로 얽히고 싶지 않은 백준현의 신체 중요 부위를 자신이 누르고 있었다고 생각하면 주말을 지낸 지금까지도 낯바닥이 화화해졌다. 게다가 그의 손. 그의 손이 감싸고 있던 곳은 바로 그녀의 가슴이었다. 그 변태 같은 자식이 그녀의 가슴을 움켜쥐고 있었다. 물론 그 일로 준현에게 따지고 싶은 마음은 없다. 어차피 그녀 자신도 그의 은밀한 부위를 만졌기 때문에. 어떻게 보면 피장파장이었다.

그러나 문제는 회사 사람들이었다. 생각만 해도 끔찍한 그 사건을 회사 동료들에게 모조리 들켜 버린 것이 최대의 난점이었다. 어떻게 해명해도 해결이 안 되는 크나큰 사건이었다. 어느 모로 보나 사람들의 입방아에 오르내릴 만한 일이며, 수다쟁이 유주희에게 정면으로 들켰으니 전 회사에 소문이 퍼지는 건 시간문제였다. 대책이 안 섰다.

고민 속에 주말을 보내고 오늘은 월요일.

일단 출근은 했지만 강린은 옥상에 올라와 앉아 있는 중이다. 직원들에게 인사는 어떻게 건넬 것이며, 그 일을 언급하는 사람들에게 뭐라 해명할 것인지. 새벽부터 출근해 머리에 쥐가 나도록 생각해 봤다. 하지만 뾰족한 수가 떠오르지 않았다.

"그냥 가만히 있을 걸. 괜히 나와 가지고. 아흑!"

강린은 머리를 쥐어뜯으며 흐느꼈다. 회사 임직원들과의 술자리가 아무리 부담스러워도 그냥 참고 앉아 있었더라면 이런 일은 일어나지 않았을지도 몰랐다. 아니, 절대로 일어나지 않았을 것이다. 준현이 따라 나오는 일도, 티격태격하는 모습을 강희에게 들키는 일도, 함께 직원 회식 자리에 끼이는 일도, 강희의 음모에 걸려드는 일도. 아! 백준현 그 자식이 괜히 따라나서지만 않았어도!

"미쳐! 그 웬수!"

순간, 뭉클했던 엉덩이의 느낌이 되살아났다. 처음엔 말랑거렸던 그 느낌이 점점 딱딱하게 변해갔다는 게 떠오르자 벌컥 심장이 떨렸다. 그땐 못 느꼈지만 지금은 알 수 있을 것 같았다. 그게 그의 남성이 본능적으로 일어서는 순간이었다는 걸. 그녀의 엉덩이가 누르고 뭉개자 자극을 받았고, 그 때문에 흥분했던 거였다.

엉덩이의 갈라진 부위 사이에서 점점 딱딱해지던 그것의 촉감을 떨쳐 내려 강린은 휙휙 머리를 흔들었다.

"왜 자꾸 생각나는 거야? 왜! 떨어져. 떨어져 버려!"

하지만 그녀의 소원과는 달리, 그때의 느낌은 절대 잊어지지 않았다. 오히려 그의 그것에 닿았던 그 부위가 민감하게 움찔거리더니 팔딱거리는 심장 근처가 저릿저릿 아려왔다. 숨이 거칠어지고 옴질옴질 아랫도리가 뜨겁고 예민해지기 시작했다. 설상가상으로 그 딱딱한 부위를 손으로 눌렀을 때, 준현이 어떤 식으로 신음했는지 떠올랐다. 거칠고 야성적인 신음 소리가 그녀의 귓전을 때렸다. 거길 꽉 쥐었더라면 어땠을지는 생각하고 싶지도 않았다.

"아악! 미쳤어. 미친 거야. 드디어 돌아버린 거라고. 왜 자꾸 떠올리는 거야. 왜?! 잊어. 잊어. 잊으라고!"

강린이 제 머리통을 쥐어뜯으며 괴로워하고 있을 때였다.

"어쭈? 아주 생쇼를 하고 있네. 지가 무슨 짓을 저질렀는지는 아나 보지?"

계단으로 연결된 통로 쪽에서 강희의 목소리가 들려왔다. 휙, 강린은 재깍 뒤를 돌아봤다. 이번 사태의 원흉이나 다름이 없는 강희가 특유의 도전적인 걸음걸이로 다가오고 있었다. 강린이 여기 있는지 어떻게 알았는지. 귀신같다, 정말.

"문강희!"

"내가 너 여기 와 있을 줄 알았지. 뭐냐? 주말 내내 전화기는 왜 꺼놨어?"

"강희야!"

울상을 지으며 강린은 쪼르르 두 팔을 쳐들고 강희를 향해 내달렸다. 징징 짜는 건 평소 강린의 스타일이 아니지만 지금은 정말 울고 싶은 심정이었다. 답이 안 나오니까. 시발은 강희였지만 문제를 악화시킨 건 엄연히 강린, 자신이었으니 강희에게 책임을 추궁한다는 것도 우스웠기에 더 그랬다. 혹 머리 좋은 강희는 뭔가 뚜렷한 해결책을 제시해 주지 않을까? 하는 마음에 강린은 강희의 목을 덥석 껴안고 흑흑, 다분히 연극적으로 징징 거렸다.

"잠수할 거면 확실하게 하든지. 출근해 놓고 옥상엔 왜 올라와 있는 건데?"

"몰라! 창피해 죽겠어."

"그러게 내가 좀 자제하라고 했지? 아무리 서른셋 동갑내기, 늙수그레한 처녀총각이라지만 사람들 많은 공공장소에서 그게 뭐냐? 너 평소에 포르노 봐?"

윽! 역시나 소문이 쫙 퍼졌구나. 암울한 현실이로고.

"아니야! 그런 거!"

강린은 강희의 어깨를 툭 치며 처절하게 소리쳤다. 제발 너라도 믿어주면 안 되겠니?

"아니긴 개뿔. 그럼 두 사람이 방 안에서 왜 엎어져 있었는데. 넌 왜 백 실장 몸 위에 올라타 있었고."

"헉. 뭐라고? 오, 오, 오, 오······."

"소문 다 났어. 너희 식당 방에서 애정행각 벌이다가 들킨 거. 울 아빠만 빼고 회사 사람들 죄다 알고 있을걸?"

"올라탄 게 아니라고! 사실이랑 다르단 말이야. 내 말 좀 들어 봐. 그게, 그러니까······."

"방법은 하나야. 그냥 다 털어놓는 거. 아예 회사 사람들 모두에게 선언을 하라고. 서로 사귀는 중이라고. 뭐 어때? 젊디젊은 사람들이 서로 사귀어보겠다는데, 누가 뭐라 그래?"

사귀는 중이 아니니까 문제지, 이 아줌마야.

"아니라니까. 아니라고. 사귀는 사이면 사귄다고 밝히는 것이 왜 어렵겠어? 아니니까 문제지."

"너, 아직도 오리발이야?"

강린의 말을 전혀 믿지 않는 듯, 강희는 지루한 얼굴로 팔짱을 척 끼었다.

"오리발이 아니라, 정말 아니라니까. 미쳤다고 내가 백준현,

그 자식이랑 사귀니? 걔, 진짜 내 취향 아니라고."

"백 실장이 어디가 어때서? 그만하면 준수하지. 능력 좋겠다. 인간성도 그 정도면 됐고. 뭐 하나라도 빠지는 구석이 없구만. 너, 눈 너무 높은 거 아니니?"

농담조로 말하며 강희는 새침하게 두 눈을 쪽 째렸다.

"농담 아니야. 진짜라고. 백준현이가 얼마나 바람둥이인지 알아? 걔 완전 선수야. 내가 미쳤다고 그런 놈을 좋아하겠냐? 난 그런 남자가 제일 싫어. 지 잘난 줄 알고 사람 함부로 만나고 다니는 놈, 열 트럭을 갖다 줘도 싫다고."

"얘가 이젠 별소릴 다 하네. 야, 말이 되는 소릴 해. 백 실장이 잘생기긴 했지만 그렇다고 다 바람둥이는 아니지. 바람둥이라는 사람이 주희 씨를 그렇게 한 방에 거절하니? 애인 있다고 딱 잘라 말하더만."

"진짜로 애인이 있나 보지."

이를 악물고 강린은 중얼거렸다.

"바람둥이가 어떤 족속들인지 모르냐, 너? 바람둥이는, 오는 여자 마다 않고 가는 여자 잡지 않아. 애인 있다고 지조 지키는 남자가 무슨 바람둥이니? 뭐, 애인이랑 같은 회사에 근무하니까 잘 처신하는 건지도 모르지만, 아무튼 난 백 실장의 그 점도 마음에 들어. 남자가 친절할 땐 친절해도, 선을 지킬 줄 알잖아. 얼마나 멋지니? 그런 남잘 애인으로 둔 걸 넌 감사해야 해. 알겠어?"

"내가 왜 백준현 애인이야? 아니라니까!"

"백 실장이 유주희한테 자긴 애인 있다고 했다며. 그럼 너겠지."

"백준현 애인이 왜 나야?!"

"그럼 아니란 말이야?"

"아니라니까! 골백번도 더 말했다. 왜 내 말을 못 믿니?"

답답한 마음에 강린은 한쪽 발을 바닥으로 쾅쾅 찍어 내렸다. 속이 타 들어가는 것 같았다. 왜 이렇게 이해를 못하는 걸까? 평소엔 잔머리 팍팍 잘도 돌리더니. 눈치가 없어도 이렇게 없을 수가 있는지, 원.

"너 같으면 믿겠니? 어제 그런 장면까지 연출해 놓고?"

"그건 오해야. 우린 키스하려던 게 아니었다고!"

"그럼 직원들이 목격한 그 장면은 뭔데?"

"그건 순전히……!"

"네가 백 실장 거길 만졌다며. 백 실장은 네 가슴 만지고. 그게 싫은 남자랑 할 수 있는 일이니?"

훅, 또 떠올랐다. 그때의 그 일, 느낌, 불같이 뜨거워지는 심장의 기억. 방정맞은 상상력 같으니라고. 왜 잊어먹으려고 해도 잊어지지가 않는 거냐고, 왜! 강린은 제 뇌를 개봉해 그날의 기억만 쏙 빼버리고 싶은 생각이 간절했다. 할 수만 있으면 기억 상실증이라도 걸리고팠다.

"사고야, 사고라고. 넌 내가 공공장소에서 그런 짓을 버젓이 드러내고 즐길 사람으로 보여?"

"어."

가차없는 답이 날아왔다.

"문강희!"

"서른셋에 킹카를 잡았는데 못할 게 뭐야? 그냥 인정해. 뭘 그리 창피해하니? 한창 불 붙었을 때는 그러기도 하고 저러기도 하는 거지. 나도 연애해 봤어. 이해한다고."

"불은 무슨 불! 백준현이랑 나랑은 저—언혀! 그런 사이 아니라니까. 이젠 지친다. 그만 좀 믿어주라."

혓바닥을 찍 늘어뜨리며 강린은 이제 인정에 호소했다. 이 정도로 말했으면 이제 그만 믿어줄 때도 되지 않았나?

"……진짜로, 내숭 깐 거 아니란 말이야?"

홧! 이제 믿어줄라나? 아직도 의심스러운 눈으로 곁눈질을 하는 강희는 그러나, 조금씩 강린의 말에 귀를 기울이는 듯했다.

"그래!"

"그럼 두 사람, 정말 아무 사이도 아니라고?"

"그렇다니까 그러네!"

"백 실장한테는 사귀는 애인이 따로 있고?"

"맞아. 바로 그거야."

드디어 애가 가닥을 잡아가는구나! 좋았어. 이제 강희의 번뜩이는 재치를 빌리는 수만 남았다. 분명 강희에게서 좋은 아이디어가 나올 것이다. 아니, 나와야 한다. 지금은 믿을 사람이 강희밖에 없었다. 오, 주여! 불쌍한 이 어린 양을 구원해 주소서.

"그럼 식당 방 앞에서는 왜 그랬어? 둘이 껴안고."

"껴안고 있던 거 아니야. 우린 그냥 노려보고 있었다고."

"참나, 어처구니가 없네."

눈살을 찌푸리며 강희가 물었다. 절망적인 얼굴로 강린은 고개를 바닥을 향해 꺾었다.

"어처구니가 없는 건 나도야. 어쩌다 일이 이렇게 커졌는지 정말 돌아버리겠다고."

"흠! 만약 그게 사실이라면……."

휙, 강린은 고개를 들었다. 영리한 머리를 열심히 굴리고 있는 듯 강희가 눈동자를 치뜨고 허공을 노려보고 있었다. 꿀꺽. 긴장된 순간, 조급하게 침을 삼키며 강린은 강희의 입술을 뚫어져라 바라보았다. 저 입에서 분명히 해답이 나올 것이다.

우욱! 구세주, 문강희! 넌 내 인생의 빛이야!

"방법은 하난데."

"그, 그게 뭔데?"

조급하게 강린이 추궁했다.

"가르쳐 줘? 시키는 대로 할 거야?"

"당연하지! 이 상황에서 벗어날 수만 있다면 뭐든 할 거라고. 가르쳐 줘. 빨리!"

"좋아. 받아 적어."

강희는 팔짱을 착 끼고 두 눈을 감더니 마치 지가 무릎팍 도사라도 되는 양, 명령조로 말했다. 강린은 두 손을 맞잡고 귀를 쫑긋 세웠다.

"얼른 말해. 빨리 빨리."

"뺏어."

"응?"

깜빡깜빡. 뜬금없는 말에 강린은 두 눈을 나풀거렸다.

"뺏으라고. 백 실장을. 애인한테서."

얼굴이 저절로 일그러졌다. 받아 적으라던 해결책이란 게 겨우 저거라고?

"……왜?"

"왜긴. 백 실장만한 남자가 어디 흔해? 당연히 뺏어야지."

참 기가 막힌 해법이다. 저런 말도 안 되는 의견을 들으려고 그 노력을 했단 말인가. 미쳤지, 미쳤어. 강린은 허탈한 표정으로 멍하게 강희를 노려보았다.

"이번 일을 계기로 백 실장을 완전히 네 걸로 만들어. 네 가슴을 만졌다는 건, 백 실장도 네가 싫지는 않은 게 분명해. 충분히 가능성있다고."

"말도 안 돼. 네가 내 사촌언니라는 게 믿어지지가 않는다. 그게 사촌동생한테 할 소리야?"

"왜? 뭐가 어때서?"

정말 강희는 모르는 걸까?

"내가 아무리 서른셋에 애인한테 버림받고 회사에서도 찬밥 신세 못 면하는 처량한 신세라지만, 너무한 거 아니야? 어떻게 가슴 만졌다는 걸로 남잘 협박하란 말을 해? 난 그런 식으로 남잘 꼬시고 싶은 마음은 추호도 없으니까 다시는 그런 말 꺼내지도 마."

"어휴, 이 등신. 아직도 상황 파악 못하는구나, 너? 너 이번에 백 실장 놓치면 완전 새 되는 거야."

"새 되든 말든! 싫어, 싫다고."

"직원들 앞에서 그런 쇼를 벌였으면서, 싫다는 말은 잘도 하지. 내 귀에까지 들어왔어. 그 자리에 없었던 내 귀에까지. 너희 둘의 행각, 그날 식당에서 곧바로 쫙 퍼졌다는 소리야. 그게 뭘 의미하는지 모르겠어?"

"……"

할 말이 생각나지 않아 강린은 잠시 입을 다물었다. 생각이 필요했다. 정말 강희의 말대로 사람들이 그 일로 계속 쑥덕거린다면 어떻게 대처해야 할지 생각해야 했다. 아! 하지만 주말 내내 생각하고 아침 새벽부터 출근해 지금껏 고심해 봤지만 뾰족한 수가 떠오르지 않았다. 어쩌란 말인가.

"잘 생각해 봐. 너희가 진짜로 맺어지게 되면 그 사건은 그냥 해프닝으로 끝날 수가 있어. 하지만 만약 그 반대의 상황이 된다면…… 네 회사 생활은 많이 힘들어질 거다."

빌어먹을! 강희 말이 다 옳았다. 강린은 다시금 자신이 처한 상황에 절망했다. 어쩌다가 이런 일에 얽혀서 이 고생인지. 정말 인생 쓰레기 더미에 처박히는 거, 한순간이다. 도대체 이 일을 어떻게 수습해야 하냐고. 어떻게!

"휴!"

강린은 난간에 기댄 채 한숨을 폭 내쉬었다.

"백 실장이랑 사귀어. 그 방법밖에 없어."

"시끄러워."

"애인 있으면 어때? 네가 뺏으면 되지. 너, 사장 조카야. 네 배경 백 실장도 무시 못할 거라고."

"그만 하라니까!"

으, 문강희. 어떻게 하는 말마다 저러냐. 사람 기운 쏙쏙 빼놓고 자존심 팍팍 상하게 하고. 배경으로 준현을 잡으라니, 그처럼 비참한 말은 처음 들어본다. 아무리 남자가 궁해도 백준현은 절대 사절이라고 여기는 강린에겐 죽기보다 더 싫은 일이었다. 못한다. 안 한다.

"그럼 어쩔 건데?"

그건 그녀도 모른다. 그냥 백준현에게 매달리는 것만큼은 하지 않을 것이다. 두 손으로 얼굴을 감싸며 강린은 절망적인 신음을 흘렸다. 제발 뾰족한 수가 떠오르길!

"잘 생각해 봐. 다른 좋은 수가 있으면 모를까. 내 말대로 하는 게 상책이라는 거 명심하고. 난 이만 사무실 내려가 봐야 해."

강린의 대답을 기다리는 듯 강희는 잠시 뜸을 들였다. 강린은 답은커녕 고개조차 들지 못했다. 앞이 캄캄하니 아무 생각도 안 났다. 확 회사를 때려치울까도 생각해 봤지만 그건 너무 분할 것 같고, 그냥 철판 깔고 아무 일 없었다는 듯 다니자니 사람들 뒷담화가 두렵고. 그렇다고 그날 일이 정말 사고였다며 해명하고 다니기엔, 너무 궁상맞고 비굴했다. 죄라곤 백준현을 알고 지낸 죄밖에 없는 자신이 왜 이렇게 고통당해야 하는지 강린은 정말이지 억울했다.

'백준현, 그 재수없는 놈이랑 얽히는 게 아니었어. 그놈 때문에 되는 게 없다고. 왜 그 방까지 따라와서 지랄을 떠냐고, 왜! 그때 내 뒤를 따라오지만 않았어도 이런 일은 안 생겼잖아.'

백준현의 머리인 양 제 머리를 쥐어뜯으며 강린은 녀석을 저주하고 또 저주했다. 그나저나 지금쯤 백준현도 출근했을 텐데. 어떻게 하고 있을까?

"빨리 결정 내리고 내려와. 곧 업무 시간이야. 빨리 안 들어오면 사람들이 더 이상하게 생각할 거야."

준현이 놈은 어떻게 대응할까 궁금해하고 있는 강린에게 강희가 말했다.

"알았어."

"백 실장은 이미 출근한 것 같아. 정식 업무 시작하기 전에 둘이 좀 얘기해 봐. 어떻게 처리할 것인지. 혼자 생각하는 것보다는 나을지도 모르잖아."

과연 그럴까?

"아, 참. 전화기는 켜놔라. 어차피 잠수는 끝났잖아."

"휴!"

강린은 또 답답한 한숨을 내쉬었다.

"간다."

또각또각. 강희의 구두굽 소리를 들으며 강린은 고개를 들어 하늘을 봤다. 피휴, 한숨만 자꾸 터졌다. 사무실 복귀는 아무리 생각해도 두렵다. 엄두가 나질 않는다. 직원들의 눈총과 추궁들을 다 어찌 감당해야 할지. 정말 갑갑했다. 바짝 마르는 입술을 혓바닥으로 핥으며 강린은 바지 주머니에서 휴대폰을 꺼냈다.

주말 내내 꺼놓았던 휴대폰의 전원을 켜니, 그동안 받지 못했던 문자 메시지가 와르르 쏟아졌다. 강희의 문자 메시지를 필두로 강혁과 강훈의 음성 메시지가 차례로 떴다. 전부 다 식당에서의 일에 대해 묻는 거였다. 아! 이를 어째. 녀석들까지 이 사태에 대해 알고 있다니. 쥐구멍에라도 숨어들고픈 수치심이 찾아들었다. 강희 말대로 큰아버지가 알게 되는 건 시간문제라는 생각이 저절로 들었다.

Longing For You~ Waiting For You~ Hold Me, Hold Me In Your Eyes.

전화벨이 울린 건 그때였다. 켜자마자 기다렸다는 듯이 전화벨이 울리니 바짝 긴장이 되었다. 누굴까? 강혁? 강훈? 그것도 아니면 혹시 큰아버지?!

'안 돼!'

강린은 발신자의 휴대전화 번호를 뚫어져라 바라보았다. 강혁이나 강훈의 번호는 아니었다. 문 사장의 것도 아니었다. 모르는 번호. 그렇지만 혹시 모르는 일이다. 문 사장은 업무용과 개인용 전화가 따로 있다고 들었다. 괜히 쫄아서 강린은 입술을 할짝할짝 핥으며 전화기 액정만 노려보았다.

"여보세요."

두려운 마음으로 강린은 조심스럽게 전화를 받았다.

[……]

"여보세요?"

대답이 없는 상대방에게 재차 묻는 강린의 어조는 여전히 조심스러웠다.

"누구세요? 전화를 걸었으면 말을 하셔야……."

[통화하기 힘드네.]

그녀의 말을 뚝 자르고 들어온 음성. 어딘지 메마른 것 같으면서도 흡인력이 있는 그 목소리는 너무나도 귀에 익은 것이었다.

[어디야?]

"너, 미쳤냐?!"

강린은 고함을 있는 대로 질렀다. 부하직원인 주제에 상사에게 대드는 형국. 회사 옥상이라 누가 못 들었으니 망정이지, 누가 들으면 그녀더러 드디어 돌았다고 했을 것이다. 하지만 그녀로선 도저히 짚고 넘어가지 않을 수가 없었다.

"어떻게 그런 미친 생각을 할 수가 있어? 그게 아이큐 150에 한국대 경영학과를 수석으로 졸업한 녀석의 머리에서 나올 소리야? 사귀자고? 그 방법밖에 없다고?!"

"나도 잊고 있었던 사실을 잘도 기억하네. 내가 수석으로 졸업한 건 어떻게 알았지? 또 스토커질 한 거냐?"

"딴소리하지 마. 난 심각해. 문제에 좀 집중하라고."

"심각한 건 나도 마찬가지야."

심각하다고? 하! 콧방귀가 저절로 나올 일이다. 심각한 녀석이 농치기나 하고 유치한 말장난이나 하고 있단 말인가. 강린은 준현의 태도가 마음에 안 들었다. 두 주먹을 바지 호주머니에 넣고 고개를 슬쩍 옆으로 꺾은 품새가 마치 강 건너 불구경하듯 태평하기만 했다. 게다가 의견이라고 내놓은 게 겨우 두 사람이 사귀는 거라니. 아침 내내 강희의 쓸데없는 강론을 듣느라 지칠 대로 지친 강린은 짜증이 솟구쳤다.

"심각하다는 놈이 해결책이랍시고 내놓은 게 겨우 그거냐?"

"신선하지 않아?"

"신선이 다 얼어 죽었다. 네 말 듣고 있는 내 귀가 다 썩을 것 같아! 어쩜 그렇게 말도 안 되는 소릴 하니. 현실적으로 좀 생각할 수 없어?"

"진짜로 사귀자는 말이 아니잖아. 소문이 잠잠해질 때까지만 만나는 척하자는데 뭘 그리 민감하게 굴어?"

살짝 기분이 또 상하려고 해 준현은 양미간에 주름을 잡았다. 발끈대며 팔팔 뛰는 강린의 태도가 은근히 그의 자존심을 긁고 있었다.

그날의 일은 그에게도 적지 않은 타격을 안겨다 주었다. 쓸데 없이 구설수에 오르내리게 되었을 뿐만 아니라 줄곧 깔끔하게 유지했던 이미지도 단번에 망쳤다. 무엇보다, 일성어패럴에서 가지고 있는 능력을 십분 발휘해 공식적으로 자신의 능력을 증명해 보이고 싶은 준현에게는 엄청난 피해를 가져다준 사건이 었다. 그런데 강린의 태도는, 그런 그의 입장은 안중에도 없고 오로지 자신의 입장만을 내세우고 있었다.

물론 이번 일과 같은 경우, 남자보다 여자에게 더 불리하게 작용되는 게 사실이다. 준현이 그녀의 가슴을 만졌다는 사실보 다, 강린이 준현의 그 부분을 만졌다는 사실을 사람들은 더 충 격적으로 받아들이고 있을 것이다. 자세 또한 강린에게 불리했 다. 그는 누워 있었고 그녀는 그의 위에 걸터앉아 있었다. 그건 강린이 더 적극적으로 행동했을 거라는 추측을 불러일으킬 만 했다. 그녀가 사주의 조카라는 사실 역시 추가 증거로 더해질 것이고.

불쑥, 그때의 기억이 뇌리를 파고들었다. 강린의 몸이 그의 중심 부위에 정통으로 부딪쳐 왔을 때의 그 아찔함. 급격히 상 승했던 붉은 열기와 남자로서의 욕구. 그걸 참아냈다니 스스로 생각해 봐도 대견했다. 뒤로 넘어지는 그녀가 혹시라도 다칠까 봐 본능적으로 그녀를 감쌌다.

하지만 그의 손이 닿은 곳은 강린의 가슴이었다. 얇은 셔츠 한 장 사이로 여자의 부드러운 살집이 느껴졌을 때, 그를 휩쓸었던 뜨거운 불길은 생각하기도 겁이 났다. 뭣도 모르고 그의 중심부를 엉덩이로 비벼대고 흔들어대는 강린을 하마터면 덮칠 뻔했다는 사실을 떠올리자면 지금도 숨통이 턱턱 막혔다. 그녀의 손이 그의 아랫도리를 조심스럽게 눌렀을 때, 그는 완전히 절정에 올라 비명을 질렀다. 그토록 짧은 순간, 흥분하고 희열을 느꼈다는 사실에 준현은 부끄러웠다. 강린처럼 순진한 애한테 그런 음흉한 마음을 품었다는 건 남자로서 수치스러운 일이었다.

아무튼, 준현은 큰 결심을 했다. 그녀의 이미지와 평판을 고려하여 그는 당분간 그녀의 애인이 되어줄 요량이었다. 애인 사이라고 밝힌다면 사람들의 관심은 자연히 그때의 낯 뜨거운 사건이 아닌, 두 사람 사이 자체로 쏟아질 가능성이 컸다. '두 사람이 무슨 짓을 벌이고 있었는가? 에 맞춰져 있던 초점은 '두 사람이 사귄다더라!' 로 바뀔 것이다. 뭐, 물론 그렇다고 해도 사람들의 따가운 시선으로부터 완전히 자유로워지기는 힘들다. 여전히 사람들은 그들을 관찰하고 살필 것이다. 하지만 그들을 바라보는 시선이 좀 더 유쾌하고 건전해지는 것은 자명했다.

그래서 사귀는 척하자는데 뭐라고? 미쳤냐고?

"아주 소설을 써라, 소설을. 뭐? 만나는 척만 해? 우리처럼 얼굴만 마주쳐도 으르렁거리는 사이에 연인 흉내를 낸다는 게 말처럼 쉬운 줄 아니? 사람들 눈이 그렇게 허술한 줄 아냐고. 그런 건 드라마 속에서나 일어나는 일이야. 정신 차려."

"네 말대로 얼굴만 마주쳐도 으르렁거리는 우리, 일주일 동안 아무 일 없이 잘 버텼어."

"그게 그거랑 같아? 모르는 척하는 거랑 애인인 척하는 거랑은 차원이 다르다고."

"근본적으론 같지."

"야!"

버럭 강린은 고함을 질렀다. 그러나 곧, 끓어오르는 성미를 다스리려는 듯 두 눈을 감고 몇 번의 심호흡을 했다. 감은 눈을 뜨지도 않은 채, 그녀는 목소리 톤을 확 낮추고 차근차근 말을 이어나갔다.

"우린 성공 못해. 곧바로 들킬 게 뻔해. 그럼 일은 더 커지게 된다고."

"안 들키면 돼."

"들킬 확률이 안 들킬 확률보다 더 크잖아. 그런 짓을 왜 하니?"

"확률? 그걸 누가 계산한 건데?"

준현은 두 눈을 가늘게 뜨고 강린을 노려보았다. 흥분 일변도인 강린의 심정을 십분 이해해 참고 또 참고는 있지만 점점 기분이 나빠지는 걸 막을 수는 없었다. 꼭 이렇다. 강린과 이야기를 하노라면 화가 솟구친다. 매도당하고 기피당하는 게 익숙하지 않는 그에게 강린은 늘 패배감을 안겨주었다. 멀쩡했던 자존감도 무너지고 어딜 가든 여유를 잃지 않는 그의 낙천성은 여지없이 사라진다. 좀체 흥분하지 않는 자제력엔 당연히 금이 간다. 바로 지금처럼.

준현은 자꾸 안 되는 쪽으로만 생각하며 몰아대는 강린이 짜증나고 귀찮았다. 궁지에 몰린 상태에서도 저렇듯 펄쩍 뛰며 그를 거부하다니. 도대체 그를 얼마나 싫어하면 저럴 수 있는 건지, 궁금할 따름이었다.

"나다. 왜? 너하고 나하고, 애인 행세한다는 게 말이 되니? 해낼 수 있을 것 같아? 넌 사귀는 사람도 있잖아. 그 사람은 어떻게 하고 연극을 하겠다는 거야?"

"내 사정은 내가 알아서 해. 네가 걱정할 문제 아니야. 신경 꺼."

"천하태평이다, 너. 그건 아주 중요한 사안이야. 밖에선 딴 여자 만나면서, 회사 안에선 나랑 연인 행세하고. 그게 자연스럽게 될 것 같니?"

"안 될 것 없어."

"뭐?"

욱, 강린의 성미가 치받친 건 바로 요 대목이었다. 참자고, 대화로 조용히 풀어서 해결해 보자고 마음먹었던 생각은 순식간에 휙 사라져 버렸다.

"내가 이래서 널 싫어하는 거거든? 가볍게 만나는 사이니까 양다리 걸쳐도 된다고 생각하는, 바로 이 마인드. 정말, 정말정말 싫어. 너랑 사귀는 척하는 것조차 싫은 게 바로 이런 점 때문이라고. 구역질 나. 여자 만나는 걸 취미생활쯤으로 여기는 네 태도, 혐오스럽다고. 어쩜 변한 게 그렇게 없니. 십 년 전이나 지금이나, 어떻게 이렇게 한결같아? 예의가 좀 있어봐라. 적어도 사귀는 그 순간만큼은 그 사람한테 충실해야 하는 거 아니니? 그게 상대방에 대한 예의 아니야? 어떻게 회사 안에서 다른 사람 사귈 생각을 다 하니. 재수없어."

꼭지가 핑 돈 강린은 내친김에 계속 입을 놀렸다. 준현의 표정이 서서히 어두워지는 것도 눈치 채지 못한 채로.

"안 할 거야. 네가 무슨 생각으로 이러는지는 모르겠지만 난 못해. 너랑 사귀는 척하는 것도 싫을뿐더러 이번 일에 네가 나서는 것조차도 싫어. 아니, 네가 우리 회사에 들어온 것부터가 싫어. 한 부서에서 근무하게 된 것도 싫고, 짧지만 네 비서 노릇하게 된 것도 짜증스러워. 너랑은 단 한시도 같이 있고 싶지 않아. 얼굴도 마주 보기 싫고, 말도 하기 싫다고! 알겠어?!"

그때다. 쉴 새 없이 움직이던 강린의 입이 딱 다물렸다. 엄청난 기세로 준현이 그녀의 손목을 잡아 올렸기 때문이다. 갑자기 일어난 일에 그녀는 당황했다.

"낸들 좋아서 이러는 줄 알아? 이게 다 누구 때문인데? 머리가 있으면 생각을 해봐."

"뭐, 뭐야. 이 손 못 놔?"

팔을 마구 비틀어봤지만 소용이 없었다. 준현은 생각보다 힘이 셌다.

"소문은 발이 없어. 그만큼 빨리 퍼진다고. 오늘 아침, 내가 어떤 기분이었는지 알기나 해?"

"그건 나도 마찬가지라고. 너 혼자 피해봤다고 생각하면 곤란해. 난 사무실 안으로 들어가지도 못했단 말이야."

몸을 이리저리 움직이며 강린은 놈의 손에서 빠져나오려고 발버둥을 쳤다. 그러나 준현의 손아귀는 점점 더 옥죄어왔다. 이 자식, 왜 이렇게 힘이 세? 꼼짝도 안 하잖아?!

"으흠! 그래서 어제 그렇게 꽁지가 빠지게 달아나셨나?"

준현의 눈에서 불꽃이 튀었다.

"그, 그건……."

어제의 일은 할 말이 없었다. 그 상황에서 준현 혼자만 남겨두고 달아난 건, 심히 비겁한 행동이었다. 하지만 그땐 그녀도 어쩔 수 없었다. 어떤 여자가 그 순간, 뻔뻔하게 웃으며 사고가 난 것뿐이라고 해명할 수가 있겠는가. 그나저나 이 녀석, 어제 어떻게 대처했던 걸까? 아무리 백준현이라도 빠져나오기 쉽지 않았을 텐데.

"평소의 그 전투적인 모습은 다 어디로 출장 보내시고, 도망질이었어? 사장님이 날 부르지 않았다면, 난 그 순간 그 자리에서 그 많은 사람들의 시선을 혼자 감당했어야만 했어. 네가, 이 손이 벌인 일 때문에. 알겠어?"

그녀의 대답도 기다리지 않고, 말이 끝나자마자 준현은 여전히 꽉 틀어쥐고 있던 강린의 손목을 휙 안쪽으로 휘어 감았다. 그녀는 준현의 악력에 이끌려 눈 깜짝할 새에 그의 품으로 내동댕이쳐졌다. 코가 그의 단단한 가슴팍에 부딪혔다. 윽, 속으로 신음을 삼키며 그녀는 녀석을 저주했다. 나쁜 놈! 나쁜 노옴!

그렇다. 준현이 그녀의 손목에 유감이 있는 건 당연한 것이었던, 것이었다. 인정할 수밖에 없는 사실에 강린은 울고 싶었다. 정말 하늘이 미웠다. 그녀에게 이런 'Shit' 스러운 일을 던져 주다니. 어무이~!

"착각하지 마, 문강린. 널 위해서, 너 때문에 이 일을 계획한 거 아니야. 나 때문이야. 내가 살아야 하니까, 살기 위해서 고안한 방법이라고. 난 일성어패럴에서 이루어야 할 게 있어. 목표가 있어서 들어온 회사고, 얼토당토하지 않은 소문 때문에 퇴사하고 싶은 마음은 추호도 없어."

"이, 이거 좀 놓고 얘기해. 알았으니까, 놓고……."

"양다리? 네가 나에 대해서 얼마나 잘 알고 있는지는 모르겠지만, 이거 하나만은 확실하게 말해두겠어. 내가 제의한 건 가짜연애지, 진짜가 아니야. 연극이라고. 열애 중인 배우가 드라마에서 키스를 했다면, 넌 그걸 양다리라고 할 거냐?"

단어 하나하나를 씹어뱉으며 준현은 분노를 터뜨렸다. 여자를 취미로 만난다는 둥의 말도 안 되는 모략은 그럭저럭 참을 만했으나 싫고, 싫고, 싫다는 그녀의 말은 묵묵히 듣고만 있던 준현의 성미를 제대로 건드려 버렸다.

게다가 양다리라니. 여자들을 만나볼 만큼 만나본 준현이지만 양다리를 걸치며 상대에게 충실하지 않았던 적은 단 한 번도 없었다. 심지어 그는 현재 솔로다. 단지 입사 초, 집요하게 쫓아다니는 유주희의 관심이 부담스러워 사귀는 이가 있다는 핑계를 댔을 뿐. 얼마 전 친구로부터 여자를 소개 받은 적은 있으나 지금껏 단 두 번밖에 만난 적이 없으니 사귄다는 말은 어울리지 않았다.

그런 그에게 강린은 너무했다. 억울한 마음에 그는 분통을 터뜨릴 수밖에 없었다. 늘 그렇듯. 강린에게 받는 오해는 준현의 자제력을 싹 쓸어버린다. 그래서 밴댕이 소갈딱지처럼 행동하게 되고 스스로 생각해도 쪼잔한 녀석으로 전락하게 된다. 십 년 전과 너무나 흡사한 상황에 처했다는 생각이 들자, 준현은 어처구니가 없었다.

"사귈 거냐, 말 거냐?"

협박에 가까운 어투로 준현이 거만하게 물었다. 강린은 아픈 팔을 다른 손으로 부여잡고 낑낑거렸다.

"알았어. 이거 놔봐. 놓고 다시 차분히……."

"말해. 사귈 거야, 말 거야."

"다른 방법이 있을 거야. 꼭 그거 아니어도."

"회사 그만둘 수 있어?"

"뭐라고? 아니, 내가 왜?"

강린은 찌릿, 놈을 째려보았다. 눈에 빠샥 힘을 주고 묻는 강린의 말투는 잔뜩 날이 서 있었다. 어떻게 들어온 회사인데. 그만둘 거면 네 놈이 그만둬야지!

"못 그만두겠지?"

비릿하게 준현이 웃었다. 아니, 저건 웃는 게 웃는 게 아니다. 입가만 살짝 올라갔지, 눈동자는 냉기가 그득먹하니 들어차 있어 살벌한 분위기를 자아내고 있지 않는가 말이다. 하지만 강린, 그렇다고 물러설 수는 없었다. 어차피 이판사판. 피차 서로 조금씩 잘못해서 생긴 일이니 혼자 총대 메고 나자빠질 수는 없는 일이었다.

"물론이지……."

곧 죽어도 할 말은 한다. 잔뜩 주눅 든 티를 내지 않으려 안간힘을 쓰며 강린은 겨우 말을 마쳤다.

"나도 못 그만둬."

"……."

"네가 그만두든지 내가 그만두든지, 그게 아니면 우리가 사귀든지. 셋 중 하나야. 하지만 내가 그만두든 네가 그만두든, 잡음은 있을 거야. 왜 그만뒀는지 말들이 많을 테고, 이번 일도 당연히 입에 올리겠지. 물론 얼굴에 철판 깔고 대충 얼버무리고 넘어갈 수도 있어. 난 사람들이 뒤에서 뭐라 수군대든 신경 쓰지 않아. 어차피 소문이란 게 잠잠하면 사라지게 되어 있으니까. 하지만 그 소문이 사장님 귀에 들어가게 된다면 문제는 달라져."

"큰아버지?"

"부하직원과 자기 조카가 아무도 없는 식당 방에서 뒹굴었다는 소문을 듣고, 사장님이 가만 계실 것 같아?"

아! 이 일을 정말 어쩌면 좋단 말인가. 생각하면 생각할수록 복잡하다. 강린은 전혀 반론치 못하고 얼굴을 우그러뜨렸다. 딱 울고 싶은 심정. 머리가 깨질 것 같았다.

"자, 이제 어쩔 거야?"

얼음이 뚝뚝 떨어지는 냉랭함으로 준현이 물었다. 여전히 그의 손에 손목을 잡힌 채인 강린은 아랫입술을 지그시 깨물었다. 눈을 치뜨며 놈을 노려보던 그녀는 깊은 날숨을 내뱉었다.

"좋아. 생각해 볼게."

"생각? 무슨 생각? 지금 당장 직원들 눈이 시퍼렇게 우릴 지켜보고 있는데."

놈이 고개를 낮추더니 이를 악물었다. 치사한 자식. 힘으로 밀어붙이다니. 강린은 지지 않으려고 고개를 쭉 빼고 준현의 얼굴 쪽으로 이마를 들이댔다.

"보채지 좀 마시지. 다급한 건 나도 마찬가지라고."

"당장 선택해."

"너랑 사귀는 척한다는 게 쉬운 일인 줄 알아? 힘든 결심이라고, 나한텐."

"안 하면 어쩔 건데? 네가 회사 그만둘 거냐?"

"내가 왜? 지은 죄도 없는데."

"넌 지은 죄가 없을지 모르지만 네 손은 아니야. 죄를 지어도 단단히 지었지. 외간남자의 사타⋯⋯."

"좋아!"

아, 젠장. 졌다. 입만 산 백준현과의 말싸움은 으레 그렇듯, 또 강린이 졌다. 놈의 저 수치심 모르는 뻔뻔함에 강린은 백기를 들었다. 푸우우욱— 십 년 묵은 한숨이 터져 나왔다. 어쩌다가 일이 이 지경이 됐는지. 정말 할 수만 있다면 제 손을 확 잘라내 버리고 싶은 심정이었다. 왜, 왜! 왜 그때 거길 만졌느냐, 문강린.

"좋다고, 좋아. 네 소원이 그거라면 해줄게. 까짓것, 한 달 정도면 되겠지. 눈 딱 감고 한 달 정도 사귀는 척하다가 나중에 그냥 친구로 지내기로 했다, 뭐 그딴 핑계 대면서 흐지부지 없었던 일로 하는 거야. 생각만 해도 토 나오는 일이지만 어쩌겠어. 그 방법밖에 없다는데. 할게, 해."

강린은 어깨를 으쓱거리며 아무렇게나 지껄였다. 이젠 나도 모르겠다, 될 대로 되라는 심정이었다. 하지만 그녀가 당황해하고 있다는 걸 준현은 알았다. 발그레 달아오르는 두 볼이, 그녀가 지금 무슨 생각을 하고 있는지 여실히 보여주고 있었다.

강린은 그때의 일을 어떻게 받아들이고 있는 걸까? 그냥 실수? 단순한 해프닝?

"한다고, 글쎄. 이 손이나 빨리 놔. 아파 죽겠어."

신경질적으로 소리치며 강린은 그의 손에 잡힌 팔을 마구 흔들었다. 어쩐 일인지 순순히 놓아주는 준현이 녀석. 강린은 녀석을 쫙— 째려봐 주고 싶었지만 곧 포기하고 말았다. 차마 눈을 마주칠 수가 없었다. 준현의 몸을 짓눌렀을 때의 그 생경하면서도 화끈거리는 느낌이 화르륵 되살아났기 때문이다.

"의심받기 딱 십상이다."

녀석의 손아귀에 조였다 풀려난 손목을 들여다보는 강린에게 뚜벅, 그가 한마디 건넸다. 무슨 소리람? 스스러움에 차마 고개는 못 들고, 강린은 눈동자만 슥 위로 치떴다. 준현은 내내 갖고 있던 떨떠름한 표정을 지우고 무표정한 얼굴을 하고 있었다.

"되도록이면 사람들 시선 피하지 마. 괜히 들켜서 사장님 앞에 불려가고 싶지 않으면."

"남 걱정은. 너나 잘하시지."

여전히 그의 시선을 피하며 강린은 구시렁거렸다.

"내 시선도. 사랑하는 연인 사이라면서 눈도 제대로 못 마주치년, 사람들이 믿겠냐?"

"내가 무슨 시선을 피한다고 그래. 웃겨, 정말."

"일부러 들키고 싶은 게 아니면 노력을 좀 해. 이렇게."

그의 말이 떨어지는 순간이었다. 녀석의 예술적 조형미(?)마저 갖춘 기다란 손가락이 불쑥 저돌적으로 쳐들어와 그녀의 시야를 채우는가 싶더니 그녀의 턱을 쥐고 쓱 위로 치켜들었다. 갑작스럽게 일어난 일에 너무 놀라, 강린의 눈은 쟁반만하게 커졌다.

"무, 무슨 짓이야?"

"이렇게 똑바로 바라보라고. 내 시선 피하지 말고."

까만 준현의 눈은 그녀를 뚫어져라 내려다보았다. 두려움 반, 놀라움 반으로 휜히 열린 강린의 눈동자가 투명하게 빛나고 있었다. 강한 척 큰소리치고 일부러 대차게 행동하는 강린의 이 유리처럼 맑고 여린 눈은 준현의 마음을 흔들었다. 십사 년 전 그랬던 것처럼. 이런 건 그가 의도했던 바가 아니었다.

"대답해. 알겠어, 강냉이?"

심란해지는 기분에 준현은 윽박질렀다. 산뜻하고 쿨하지 못한 자신에 대한 분풀이를 강린에게 하고 있는 것이다.

"볼 때 되면 볼 거야."

볼멘소리로 대답하며 강린은 휙 턱을 옆으로 틀어 그의 손에서 벗어났다. 녀석의 손에 쥐어졌던 턱이 얼얼했다. 정말이지 백준현 바이러스인가 보다. 녀석과 닿은 곳은 어디든 화끈거렸다. 강린은 자신의 턱을 손바닥으로 쥐고 얄미운 녀석을 째려보았다.

"둘만 있을 때도 연인인 척할 필요는 없잖아."

"연습, 몰라? 네 말대로 우린 앙숙인데, 리허설은 해야지."

"리허설은 식당에서 뒹군 걸로 족해."

헛! 말해놓고 보니 민망하다. 강린은 흠칫 놀라 준현의 눈치를 살폈다. 녀석은 삐딱하게 웃으며 거만하게 대답했다.

"그거야 네 할 나름이지."

"그 말은 무슨 뜻이야?"

짐짓 화가 난 듯 강린은 준현을 위아래로 훑어보며 도전적으로 물었다.

"네가 사람들 앞에서 어색하게 군다면, 함께 더 뒹굴어볼 필요가 있다는 거지."

"뭐, 뭐야?!"

이, 이게 미쳤나. 지금 무슨 소릴 하는 거야? 함께 뭐, 뭘 해?!

"야!!"

열이 머리끝까지 뻗쳐 강린은 한 팔을 허공에 찌르며 삿대질을 시작했다. 그녀가 이성을 잃기 시작하고 있다는 반증. 준현은 훨씬 더 느긋해지는 마음이었다. 왜 쩔쩔매는 강린을 보면 몸이 나른해지며 만족스러워지는 건지. 그 이유를 알 수 없다는 생각을 하며 준현은 싱긋 웃었다. 여자 수백 쓰러질 섹시한 미소가 흩뿌려졌다.

"물론 넌 잘해내겠지. 큰소리 뻥뻥 쳤으니까."

"그, 그야……."

왜 웃고 지랄이야? 정신 사납게.

"그럼 천천히 내려와라."

"어, 어딜 가려고?"

뒤를 도는 준현의 팔을 다급하게 붙들며 강린이 물었다. 녀석이 간다고 생각하니 잠시 움츠러들었던 불안감이 일시에 반기를 들었다. 어쩌라는 거냐, 이 녀석아. 이렇게 가버리면 어쩌라는 거냐고.

"일하러."

"사무실로 돌아가려고?"

두려움이 잔뜩 묻은 목소리. 준현은 씩 웃었다. 강린이 그의 팔을 잡고 매달리는 이 상황에 묘한 쾌감이 일었다. 준현은 포동포동 말랑말랑한—그래서 자꾸만 어루만지고픈 충동을 불러일으키는—강린의 볼을 손가락으로 톡톡 두드렸다. 그리고 속삭이듯 중얼거렸다.

"내가 다 알아서 할게. 넌 십 분 뒤에 내려와."

제5장

산 너머 산이라더니

"**어**머! 문 대리님!"

"축하해요, 대리님!"

"축하합니다, 선배."

사무실 문을 들어서자마자 날아오는 수많은 인사들을 접하고 나서야 강린은 깨달았다. 녀석이 말한 말의 의미를. 녀석은 그녀가 옥상에서 우물쭈물 안절부절못하고 있는 사이 사무실에 내려와, 폭탄을 터뜨린 것이다. 약속대로 혼자 '다 알아서' 말이다. 덕분에 강린은 얼떨결에 사무실의 히로인이 되어 있었다.

"실장님 애인이 문 대리님이라면서요? 웬일이니, 정말. 학교 동창이라는 게 사실이에요?"

학교 동창이라는 사실까지 밝혔나 보다. 하긴, 이렇게 된 마당에 학교 동창이란 사실이 뭐 대수겠는가. 강린은 힘없이 어, 대답하고 어색하게 웃었다. 준현을 힐끗 올려다보니 그는 예의 섹시미가 줄줄 흐르는 미소로 그녀를 내려다보고 있었다. 남들이 보면 강린을 엄청 사랑하는 줄 알게끔. 연기 한번 죽여주게 잘하는구나. 잘하면 착각하겠어.

'정신 차려, 문강린. 이건 연기야. 실제랑 다르다고.'

강린은 수줍은 듯 웃으며 한 손으로 이마를 훔쳤다. 코밑을 한번 문지르고 볼따구를 쓸어내리며 강린은 어깨를 으쓱했다.

"이렇게 멋진 분과 사귀면서 우리한텐 왜 그랬어요? 애인 없는 티 팍팍 내고."

"감쪽같이 속았지 뭐야."

"연기를 잘하시는 건가."

뜨끔. 연기라는 말에 강린은 심장이 팔딱거렸다. 영업기획팀의 유주희, 강은영, 이민희, 김 대리, 윤 차장, 박 팀장, 거기다 옆방의 디자인기획팀 직원들까지 모두 합해 열두 명이나 되는 사람들이 그녀와 준현을 둘러싸고 있었다. 표정 하나라도 변해 의심받게 되는 날이면, 그야말로 끝장이었다. 그녀는 완전 바람 앞에 촛불 신세였다.

백준현, 뭐라고 말 좀 해봐라. 입에 딱풀을 붙였나. 아까 옥상에선 나불나불 잘도 쏘아붙이더니 지금은 왜 벙어리 노릇이냐.

"그게 아니라, 우린 사귄 지 얼마…… 안 됐어."

어색하게 웃으며 강린은 머리를 긁적였다. 힐끔 준현을 바라보며 쿡 옆구리를 찌르는 것도 잊지 않았다. '뭐라고 말 좀 해봐, 이놈아!'의 의미였다.

"문 대리님, 몇 달 전까지 다른 사람 사귀고 있었잖아요. 의사라고 하지 않았어요? 그럼, 그 사람이랑 헤어지고 난 후 곧바로 실장님을 만난 거예요?"

"……!"

강린의 콧구멍이 벌렁 커졌다. 두 눈도 덩달아 커졌고 눈동자는 불을 뿜는 듯 번쩍였다. 말도 안 돼. 이건 도발이야. 유주희가 이 많은 사람들 앞에서……!

주변은 순식간에 싸늘해졌다. 다들 주희의 말이 너무 심했음을 알고 있는 듯 강린과 준현의 눈치를 살피는 듯했다. 그들은 주희가 준현의 앞에서 강린의 옛 연애사를 폭로한 걸로 인식하고 있을 테니, 이런 어색한 침묵이 흐를 만도 했다.

'하하, 네……. 질투의 화신이 되어버렸군요, 유주희 양.'

내가 못 먹는 음식, 남도 못 먹게 망쳐 놓겠다는 건가. 응! 이게 무슨 심보냐, 유주희! 마음 같아선 당장 주희를 끌고 가 담판을 짓고 싶었지만 많은 사람들이 지켜보고 있는 이 자리에선 불가능한 일임을 아는 바, 강린은 화난 티를 내지 않으려 이를 악물었다. 그래, 웃자. 웃어. 웃는 게 사는 길이다. 눈에 불꽃이 번쩍번쩍 튀었지만 강린은 억지로 입술을 움직여 반원을 그렸다.

"곧바로는 아니지만, 아무튼 만났어."

"그래요? 이상하네. 엊그제까지만 해도 그 사람을 못 잊어서 힘들어하는 것 같던데."

여시 같은 것. 어떻게든 준현에게서 강린을 떼어놓기 위해 주희는 사력을 다하고 있었다. 이러면 준현과 강린의 사이를 벌릴 수 있을 거라 생각하는 걸까? 이게 다 거짓된 연극이란 걸 알게 되면 유주희가 얼마나 좋아할지 상상이 갔다. 아마 기뻐서 미쳐 날뛸 것이다.

"힘들었지. 많이 힘들었어. 그런데 준현이가, 아……! 미안, 실장님이라고 해야겠지? 여긴 회사니까. 음, 우리 실장님이 날 많이 위로해 줬어. 내가 거기서 감동을 받았지. 이런 남자 어디 없다 싶더라고."

어디서 이런 뻔뻔함이 나왔을까? 강린은 준현의 팔을 붙들고 가슴팍으로 끌어안더니 애교스럽게 팔짱을 꼈다. 유주희가 좋아 미쳐 날뛰는 광경을 떠올리니 갑자기 배알이 뒤틀리고, 그러면서 충동적으로 저지른 일이었다. 차마 준현의 반응은 살필 수 없어 강린은 코앞의 유주희만 빤히 바라보며 방글거렸다.

어때? 이만하면, 포기가 되겠지?

"그럼 실장님도 아세요? 대리님이 그 의사랑 오 년이나 사귀었던 거."

"물론이지. 오랜 친구였는데. 그렇죠, 실장님?"

방실 웃으며 강린은 준현을 올려다보았다. 잘 대답해라, 응? 협박의 눈빛을 날리면서.

"알고 있었어요."

부드러운 목소리가 싸했던 사무실 분위기를 한 큐에 날려 버렸다. 즉각 직원들이 술렁거렸다.

"말도 안 돼……."

넋 나간 듯 중얼거리는 주희. 뭐가 말이 안 되냐. 뭐가! 우욱! 혈압 댑따 오르는구나. 왜 이 순간, 이렇게 흥분해야 하는지 스스로도 알 길이 없는 강린은 준현의 팔을 꽉 붙들어 더욱 가까이 품속으로 끌어들였다. 몽글몽글 앙증맞은 그녀의 가슴이 준현의 딱딱한 팔을 부드럽게 압박했다.

"말이 안 되긴 뭐가 안 돼요? 언니도 참. 그만 해요, 주희 언니. 이러다가 싸움 나겠어요."

밝은 목소리의 이민희가 주희의 팔을 뒤로 잡아당기며 착 가라앉은 분위기를 띄우기 위해 나섰다.

주희는 패배감 서린 얼굴로 강린을 노려보았다. 도저히 믿어지지 않는 듯했다. 그도 그럴 것이 며칠 전까지만 해도 치를 떨며 실장이 싫다고 했던 강린이었기 때문이다. 실장과 결혼하겠다고 서슴없이 말할 정도로 자신만만, 당당했던 주희에겐 절대 믿어지지도, 믿고 싶지도 않은 일일 것이다.

'그래도 그렇지. 어떻게 이 많은 사람들 앞에서 내 과거를 까발리냐고. 나쁜 것.'

분명 나쁜 의도였고 치사한 행동이었다. 만약 이게 실제 상황이라면 주희의 의도대로 그녀와 준현은 심한 갈등을 겪을 테니까 말이다. 하지만 이건 실제가 아니라 연극이라는 것. 다행스러워해야 하는 건가?

"아휴! 그나저나 실장님, 그럼 우리 회사로 온 게 우연이 아니었나 봐요. 문 대리님 따라오셨어요?"

강은영이 이민희의 뒤를 이어 발랄하게 말을 이어갔다.

"그렇다고 할 수…… 있겠죠?"

뜸을 들이며 말하는 준현은 마지막에 의미심장한 미소를 싱긋 날리는 걸 잊지 않았다. 여기저기서 탄성이 터져 나왔다. 낭만적이라는 둥, 너무 멋지다는 둥. 여직원들 난리났다, 난리나. 연예인도 아닌 게 어찌나 인기 관리를 해대는지. 강린은 떨떠름한 얼굴로 준현을 죽일 듯이 째려보았다. 물론 곧바로 방그르르 웃어주는 순발력과 센스를 발휘해 주셨지만.

"비서 일이 문 대리한테 떨어진 것도 다 이유가 있었네. 사전에 계획된 거 맞죠?"

"아니라고는 말 못하겠는데요."

또 웃었다. 씩. 잘도 웃는구나. 줏대없이. 자기가 웃을 때마다 여자들이 얼마나 안달복달하는지 다 알고 하는 게 분명하다. 유주희를 보라. 이렇게 된 마당에도 유주희는 준현의 모습을 헤벌레— 감상하고 있질 않나. 아주 참, 안타까운 일이다.

"이야— 그나저나, 우리 이거 회식 또 한 번 해야 하는 거 아닌가? 기획실 전체가 축하해야 할 일이잖아요. 실장님과 문 대리가 사귄다니."

김 대리가 요란하게 소리치며 들뜬 분위기를 유도했다. 이 정도면 성공인가? 다들 쉽게 속아 넘어가는 것 같은데…….

"다들 뭐 하는 거예요? 무슨 일 있어요?"

벌컥 문이 열리더니 강희가 들어왔다. 서류를 손에 들고 들어오던 강희는 웅성웅성 모여서 와자지껄 시끌시끌한 사무실을 쓰윽 훑어보았다. 아뿔싸! 강린은 즉각 긴장했다.

"있죠. 일도 아주 큰일이죠."

"뭐야? 나만 모르고 있는 일이야? 뭔데?"

김 대리가 우스갯소리를 하자 강희는 휘둥그레 눈을 뜨고 과장된 제스처를 써가며 무리에 합류했다. 그리고 곧 그녀는 눈치를 챘다. 백 실장과 강린이 딱 들러붙어 있다는 걸. 오홋! 드디어 두 사람이 연인 행세를 하는 건가?

'이거 정말 흥미진진해지는데?'

사실 강희의 주장처럼 준현과 사귀는 게 최상의 해결책이라고 할 수는 없었다. 백준현은 강린을 어찌 생각하는지 모르지만 강린은 준현을 극도로 혐오하고 있기 때문에, 자칫 역효과가 날 수도 있었다. 그럼에도 강희가 강린을 부추긴 건, 백준현이란 남자가 너무 아까워서였다. 바람직한 외모, 바람직한 성품, 바람직한 능력. 앞으로 강린이 저보다 더 바람직한 남자를 만나기는 아마 힘들 것이다. 게다가 동창 사이라고 하니, 이 얼마나 퍼펙트한 조합인가. 강희는 이번 기회에 두 사람이 진짜로 가까워져 강린의 인생에도 꽃이 필 날이 오길 바랐다.

강희가 보기에 강린은 남자 복이 지지리도 없는 애였다. 남자 보는 눈이 없어서였을까? 어릴 때부터 그녀는 어디서 구질구질한 애들만 골라잡아와 강희를 기함시켰다. 동생이 주렁주렁 7남매 장남을 데리고 오질 않나, 돈이 없어 고등학교도 제대로 졸업 못한 편의점 알바생을 사귄답시고 돌아다니고. 대학 때 잠깐 만났던 선배라는 사람은 시골 출신의 가난뱅이였다. 하도 가난해 공부를 중도에 그만둬야 했고, 그 와중에 여자를 사귄다는 건 부담이라며 강린을 찼다. 불쌍한 강린. 어찌 마음을 빼앗기는 족족 그리도 찌질할꼬. 그러기도 쉽지 않다.

강린이 사귀었던 그 찌질이들 중, 육 개월 전까지 사귀고 있던 그 의사 놈은 단연 최악이었다. 강원도 두메산골 깡촌에서 자라 쥐뿔도 없는 그놈은 한눈에 봐도 알 수 있었다. 강린이 좋아서 사귀는 게 아니라, 강린의 집안을 보고 사귀는 거라는 걸. 당연히 강희는 둘 사이를 죽도록 반대했다. 고집 센 강린은 그럼에도 오 년이나 놈과 사귀었으나 강린보다 더 나은 조건의 여자를 만난 즉시 그놈은 강린을 뻥 차버렸다. 그런 강린에게 백준현 같은 남자가 떡하니 나타났으니 강희가 흥분하지 않을 수 없었던 거다.

강린이 그동안의 마음고생을 보상받는 길은 백준현과 잘되는 길뿐이다. 그녀는 그럴 가치가 충분히 있다. 게다가 가족 본위의 회사인 일성어패럴에도 그들의 결합은 지대한 영향을 끼칠 것이다. 누이 좋고 매부 좋고. 도랑 치고 가재 잡고. 이 얼마나 판타스틱한 일인가. 그 누구도 그들의 사이를 반대하지 않을 것이다.

"두 사람, 뭐야?"

전혀 모르고 있었던 듯, 강희는 놀라워했다. 강린은 그녀의 천연덕스러운 연기에 어처구니없다는 듯 입을 벌렸다. 강희는 남들이 눈치 채지 못하도록 찡긋, 빠르게 윙크를 했다.

"모르셨어요, 팀장님? 문 대리님, 실장님이랑 사귀신대요."

"뭐라고? 정말? 어머! 웬일이야. 정말이니?"

캬! 아카데미 여우주연상급 연기다. 전도연이 울고 가겠네. 강린은 속으로 콧방귀를 뀌며 잠시 얼어붙었던 얼굴근육을 억지로 움직였다.

"어, 어. 그렇게 됐어."

"뭐니? 나한텐 말도 안 해주고. 실장님, 섭섭해요! 저한테는 귀띔해 주실 수도 있었잖아요. 강린이 일인데."

"그렇게 됐네요."

준현이 사근사근하게 대꾸해 주었다. 강희는 궁금해졌다. 백준현이 이런 연극에 동참하는 이유에 대해. 소문 때문에 억지로 하는 걸까, 아니면 정말 강린에게 마음이 있어서 이러는 걸까? 그것도 아니면 강린이 사장의 조카이기 때문에?

"얘, 넌 왜 나한테까지 비밀로 했어? 난 그때 왜 그랬나 했지."

강희는 강린의 옆구리를 쿡 찌르며 사뿐히 운을 떼어주었다.

"그때? 그때 언제?"

"그날! 도자기 포즈."

힉! 기겁을 한 강린이 큰 소리로 숨을 들이켰다. 강희가 컴퓨터 사건을 걸고넘어질 줄은 꿈에도 몰랐을 것이다. 움홧홧홧! 이렇게 되면 두 사람, 꼼짝없이 걸려드는 건가?

"도자기 포즈? 그게 뭔데요?"

직원들이 벌떼처럼 달려들었다. 강희만이 알고 있는 비밀이 뭔지 궁금해서 안달이 난 듯했다. 준현 역시 전혀 모르겠다는 듯 미간을 좁히고 강희의 입을 주시했다.

"〈사랑과 영혼〉이란 영화 있잖아. 거기에서 주인공, 패트릭 스웨이지와 데미 무어가 도자기를 빚는 장면 알지? 저저번 주에 내가 좀 일찍 출근을 했었거든. 근데 이 두 사람이 글쎄, 그 포즈를 취하고 있더라고. 문 대리가 의자에 앉아 있고 실장님이 그 뒤에서……."

"자자자! 일들 하시죠. 업무 시작된 지 이십 분이나 지났어요. 빨리들 자리에 앉아서 일이나 합시다. 예?"

강희의 말이 채 끝나기도 전에 강린은 짝짝 두 손을 마주치며 무리 지어 있는 직원들 틈을 헤치고 다니기 시작했다. 풋, 헛웃음을 지으며 준현은 고개를 가로저었다. 강린도 대단하지만 강희 역시 만만치 않음을 눈으로 확인했기 때문이다. 뭔가 많은 걸 알고 있는 듯한 강희의 눈은 다분히 의도적으로 보였다. 강린을 곤경에 빠뜨리려고 작정이라도 하듯. 그럼에도 결코 악의

적으로 느껴지지 않은 건 왜일까? 아무튼 그녀의 장난에 강린이 쩔쩔매고 있었다. 준현으로선 흥미로운 일이 아닐 수 없었다.

잠시 후. 탁, 소리를 내며 비서실 방문이 닫혔다. 겨우겨우 직원들을 해산시키고 뭐가 그리도 여유로운지 느림보 거북이처럼 느릿느릿 움직이는 준현을 잡아끌고 후다닥 피신해 온 방이었다. 강린은 닫힌 문에 등을 기대고 눈을 감았다. 겨우 다 끝났다고 생각하니 안도의 한숨이 절로 나왔다. 후!

"잘하던데? 애교라고는 눈을 씻고 찾아봐도 없는 애가. 많이 발전했어."

눈을 뜨니 준현이 가슴 밑으로 팔짱을 끼고 이쪽을 바라보고 있었다. 엉덩이를 그녀의 책상에 걸터앉아 있는 자세였다. 한쪽 눈썹을 위로 치켜뜨고 희미한 미소를 짓고 있는 그의 두 눈은 장난기로 반짝거리고 있었다. 뭐가 저리 즐겁담?

"애교가 없긴 왜 없어? 네가 못 봐서 그렇지. 내가 얼마나 애교쟁이인데."

"아, 그래? 그럼 뭐, 앞으로도 기대해 볼 만하네."

"흥! 기대는 무슨 기대. 그런 거 안 하는 게 속 편할 거다. 그런 미친 짓, 두 번 다시 해볼 생각 없으니까. 아깐 그냥 주희 씨가 우리 사이를 의심하는 것 같아서 좀 오버했던 것뿐이야."

얄밉게 굴기도 했지.

"내가 보기엔, 별로 믿고 싶지 않은 것 같던데. 의심하는 게 아니라."

"그거야 그렇지. 걘 너한테 지대한 관심이 있거든."

"그게 싫어?"

"당근 싫지. 너 같은 녀석한테 목을 매는데."

"질투냐?"

"뭐— 어?!"

저놈의 왕자병. 지긋지긋하다.

"너 드디어 머리가 돌았구나? 어떻게 그게 질투로 보여?"

"원래 너, 내가 사귀는 여자애들마다 싫어했잖아."

뭐가 재미있는지 녀석이 히죽거렸다. 마음 같아선 손톱으로 확 저 잘난 면상을 긁어놓아 주고 싶지만 강린은 꾹 참고 두 눈을 부라렸다.

"답답해서 그런 거지. 네가 어떤 녀석인지도 모르면서 겉만 번드르르하니까 혹해서 헬렐레, 정신 빼놓고 다니는 게 볼썽사나워서 그랬다고. 알아? 질투 아니야. 그러니까 착각하지 마."

이를 가며 살벌하게 내뱉는 그녀의 발언에도 아랑곳 않고 준현은 피식 웃었다. 오히려 여유있고 우아한 동작으로 책상에 걸터앉았던 자세를 바꾸어 자신의 집무실로 걸음을 옮겼다. 그리고 들릴 듯 말 듯한 혼잣말로 중얼거렸다. 무척 흥미롭다는 듯.

"자꾸 강조하네."

"뭐, 뭐라고?"

강조를 해? 누가? 설마 이 녀석도, 강한 부정은 강한 긍정이란 헛소릴 하려는 건 아니겠지? 준현에 관한 한, 강한 부정은 말 그대로 강한 부정이라고 주장하고 싶은 강린이다. 도대체 저 자식은 언제나 제정신으로 돌아오려나. 온통 밸 없는 여자들에 둘러싸여 있으니 지독한 녀석의 고질병—왕자병—이 낫질 않는 것이 아닌가 말이다.

우욱, 토 나온다. 재수없는 녀석. 강린은 준현의 뒷모습을 노려보며 우웩, 토하는 시늉을 해댔다. 그런 그녀에게 날린 그의 멘트.

"너무 눈에 힘주지 마라. 볼이 더 빵빵해 보인다."

훅, 숨을 들이쉬며 강린은 두 손으로 제 볼을 감싸 안았다. 젖살이 덜 빠진 통통한 볼살이 출렁, 손아귀에 들어왔다.

'윽! 저 나쁜 놈! 불리하면 꼭 남의 콤플렉스 건드리지. 도대체 이 순간, 왜 볼 얘기가 나오냐고요! 나쁜 놈, 나쁜 놈!'

도대체 이놈의 볼살은 왜 이리 안 빠지는 걸까? 살을 뺀답시고 별의별 다이어트를 다 해봤지만 볼살을 빼는 데는 실패를 했던 강린이다. 뱃살이 빠질지언정 볼살은 안 빠지더라. 덕분에 또래에 비해 주름은 적지만 호빵맨처럼 둥글둥글해 보이는 얼굴만 보면 갑갑한 기분이다. 김원희 같은 광대뼈를 갖는 건 정말로 요원한 일일까? 강린은 급작이 저조해지는 기분으로 푹 고개를 숙였다.

"근데……."

그때 백준현이 뚜벅 다음 말을 건넸다.

"생각보단 크더라? 절벽인 줄 알았는데."

'절벽?'

녀석이 어떤 걸 염두에 두고 한 말인지 깨닫는 데는 그다지 많은 시간이 걸리지 않았다. 겨우 이삼 초. 화륵 단숨에 타오른 분노에 헐크가 된 강린은 번쩍 고개를 들었다.

"야!"

그러나 이미 실장실 문은 굳게 닫힌 후였다.

퇴근 시간이 가까워진 시간, 강린은 기획업무를 위해 잠깐 비서실에서 나왔다. 은영과 간단한 의견 조율이 필요한 일이었는데, 비서실에서 근무하면서 기획 일을 겸해야 하는 그녀의 가장 큰 애로사항은 바로 이럴 때 불편하게 사무실과 비서실을 오가야 한다는 점이었다. 비서 일을 맡긴 맡았지만, 솔직히 회사 전반적인 사항에 대해 대부분 잘 파악하고 있는 준현에게 정말 비서가 필요한 건지조차 의심스러웠다. 워낙 준현이 일에 있어서 깔끔한 편이라 그녀가 할 일이 별로 없었다. 걸려오는 전화를 대신 받아주는 것 정도? 하다못해 스케줄 관리까지도 준현이 스스로 하고 있었다. 이럴 거면서 비서는 왜 하라고 했담.

아무튼, 간단한 작업을 끝내고 막 돌아서려는 강린. 그녀에게 조심스레 말을 걸어온 이는 다름 아닌 유주희였다.

"문 대리님."

"어? 주희야, 왜?"

"아니요. 저…… 아까는 미안했다고요."

긴 머리카락 속을 긁적긁적 긁어대며 주희가 얼굴을 붉혔다.

"어…… 어."

갑자기 웬일이지? 조금 의외라 강린은 말문이 탁 막히는 걸 느꼈다.

"일부러 그런 거 아니었어요. 그냥…… 접때 대리님이 그랬잖아요. 실장님 같은 남자 열 트럭 갖다 줘도 싫다고. 전 그 말을 믿었거든요. 그래서 좀 놀랐어요."

그래. 그랬던 기억이 났다. 그 말을 정말 철석같이 믿었다면 분명 주희는 당황했을 것이다. 어찌 됐든 그녀는 준현과 결혼하고 말겠다는 깜찍한 목표까지 세우고 있었으니까.

"그때 두 분 사이에 흐르는 분위기가 좀 이상하다 생각하긴 했거든요. 그런데 워낙 대리님이 팔짝 뛰어서……. 지금 생각해 보니까 왜 그런 느낌이었는지 알 것 같아요. 두 분, 정말 잘 어울려요."

"어? 어……. 고마워."

어울리다니. 헛다리다, 주희야.

"제가 했던 말들은 잊어줘요. 그냥 농담 삼아 했던 말이었어요."

"어……."

좀 미안하다는 생각이 들기 시작하자 강린의 표정이 서서히 굳어졌다. 사실 주희가 무슨 잘못이 있나. 마음에 드는 남자를 열심히 좋아한 죄밖에 없다. 일이 이상하게 꼬이지만 않았어도 주희는 여전히 준현을 상대로 핑크빛 꿈을 꾸며 행복해하고 있을 것이다. 주희 마음속의 새싹을 잔인하게 짓밟아버린 건 아닌지. 찔렸다. 황당한 상황을 모면해 보려는 이기적인 마음 때문에 순진한 주희에게 상처를 입힌 게 아닐까 싶어서.

'흥. 이거 하자던 사람은 백준현이야. 오히려 난 안 하려고 발버둥쳤잖아. 고로 난 죄가 없어.'

이런 일을 벌일 수밖에 없는, 처절한 상황을 만들어낸 장본인이 바로 자신임을 애써 떨치며 강린은 모든 죄를 준현에게 떠넘겼다. 마음이라도 편하자는 생각에.

"잘되어서 결혼까지 갔으면 좋겠어요, 대리님."

"어, 고마워. 꼭 그렇게 할게. 아하하하……."

이 말밖엔 할 말이 없었다. 그녀의 두 손을 잡고 진심으로 축하해 주는 주희의 속이 얼마나 아플까를 생각하니 아무 말도 할 수가 없었다. 강린은 어색하게 웃으며 볼딱지를 쓱쓱 문질렀다. 어떻게 이 어색한 분위기를 타파할 수 있을까. 형식적인 미소를 내지으며 강린은 미친 듯이 머리를 굴렸다.

그때였다. 턱, 그녀의 오른쪽 어깨 위로 무거운 손이 내려앉았다.

"아직입니까, 문 대리님?"

준현이었다. 절벽 발언 이후, 종일 코빼기도 안 비치던.

그땐 정말 너무나 화가 나 연극이고 뭐고 다 집어치우고 싶었던 강린이었다. 하지만 역시나 큰아버지, 문 사장의 위력은 대단했다. 대판 싸워볼 생각으로 놈의 방문 앞에 딱 섰는데 문 사장의 엄한 얼굴이 주마등처럼 스쳐 지나갔던 것이다.

원래 문 사장이 겉으론 유하게 보이나 상당히 무서운 면이 있는 사람이다. 자식들에게도 엄격하고 정확한 잣대를 들이대는 그가 식당에서의 일을 알게 되면 강린의 운명은 어떻게 될지 추측불가다.

'엄청 실망하시겠지.'

원체 강린을 예뻐하던 분이었다. 학교 때는 공부 잘한다고 예뻐해, 회사 다닐 때는 일 잘한다고 예뻐해. 과분할 정도로 많은 힘을 그녀에게 실어주었다. 오죽했으면 강희가 다 샘을 냈을까. 그런데 그런 강린이 회사에서 스캔들이나 내고 다닌다는 걸 알면…… 후—

어쩔 수 없이, 꾹, 강린은 참았다. '응가가 무서워서 피하냐, 더러워서 피한다!'의 심정으로다가 참고 또 참았다. 그런데 놈은 그녀가 잠시 자리를 비운 사이에 점심을 먹으러 뽀로로 혼자 나가더니 그녀가 점심을 먹고 돌아오기도 전에 식사를 마치고 돌아와 떡하니 자리를 꿰차고 앉아 있었다.

일부러 그녀를 피하는 거라고밖에 해석할 수 없는 상황. 양심은 있어가지고. 그녀로선 녀석의 얼굴을 보지 않아도 되니 속은 편했으나, 주변에서 걸어오는 농담들은 좀 견디기 어려울 정도로 귀찮았다.

"대리님! 애인은 어디다 두고 혼자 식사해요?"

"문 대리, 실장님이랑 안 먹어요?"

네, 네. 애인은 없고요, 실장이랑은 당근 같이 밥 먹지 않습니다. 얼굴만 봐도 속이 확 뒤집어지거든요. 요렇게 대답하고 싶은 걸 참느라 강린의 허벅지에는 피멍이 들었다. 아무튼 인생에 도움이 안 되는 놈이다. 백준현, 이 자식.

"시, 실장님."

속으론 죽이고 싶도록 미운 놈을 향해 방긋 웃으려니 온몸에 두드러기가 날 것 같다. 우웩! 어깨에 왜 손은 올리고 지랄인고. 강린은 부글부글 끓는 속을 다스리느라 말까지 더듬거렸다.

"일, 언제 끝납니까?"

반쯤 풀린 듯 나른한 시선이 얼굴 위로 꽂혔다. 마치 그녀를 먹어버리겠다는 듯 도발적인 눈빛. 허걱! 낯 뜨거워라. 사람들 많은 데서 이게 무슨 19금스러운 자태?

"다 끝났어요. 무, 무슨 시키실 일이라도……."

목구멍에서 걸려 나오지 않는 목소리를 강린은 최대한 쥐어짜 내어 겨우겨우 말했다.

"준비하고 나오세요. 퇴근 시간입니다."

"에?"

같이 퇴근하자는 소린가?

"와! 두 분, 이젠 막 대놓고 사귀시는 거예요?"

바로 앞에 있던 유주희가 놀리는 듯 말했다. 그러나 눈빛은 누가 봐도 서운함 그 자체였다. 괜히 마음이 좋질 않아 강린은 고개를 수그렸다.

　"아, 아니, 그게 아니라……."

　"어머— 세상에나, 세상에나! 하루 종일 같이 붙어 있어놓고도 모자라는가 봐."

　변명하려던 강린의 말을 은영이 삼켰다. 그것도 큰 소리로. 얼마나 큰 소리냐고? 기획실 직원들의 모든 시선을 사로잡고 남을 만큼의 큰 소리였다. 덕분에 그녀는 꼴 뵈기 싫은 녀석의 손을 어깨에 얹은 채로 직장동료들의 시선을 한 몸에 받는 구리디구린 상황에 처하게 되었다. 아놔!

　"원래 연애할 땐 24시간이 부족한 거라고. 한창 때잖아. 오죽같이 있고 싶으면 회사까지 옮겼겠어."

　게다가 우리의 강희, 불굴의 의지로 떠벌거리는 중. 마치 강린과 현준을 이어주는 일에 사명감마저 갖고 있는 듯 필사적인 모습에 강린은 쓰러질 지경이었다. 불난 데에 석유를 뿌려도 유분수지. 안 그래도 사람들이 놀리는 소리에 혈압 상승하고 속 썩는데, 저 무슨 망언인가! 애고, 애고. 암튼 강희의 대활약 속에 직원들의 원성은 더욱 높아져 갔다.

　"우우—! 솔로들이 이렇게 득시글거리는데 너무 심하신 거 아닌가요?"

　"너무해요, 실장님!"

"좋겠어요, 대리님. 애인이랑 한 회사, 한 사무실에서 근무하는 게 어디 흔한 일인가요?"

"실장님, 여기 봐주세요. 염장샷 한 판 찍어드릴게요."

미니홈피 마니아인 은영은 늘 휴대하고 다니는 디카를 들고 설치기 시작했다. 옴마나. 너무 '쾅당'한 상황에 강린은 얼어붙었다. 그러나 뻔돌이 콘테스트가 열리면 대상은 따놓은 당상인 백준현, 아무렇지도 않게 그러라고 허락을 한다. 이기, 이기 미치~있나?

"하나, 둘……."

은영이 사진을 찍으려고 준비를 하는데, 어깨 위에 얌전히 앉아 있던 준현의 손이 쏙, 가슴 근처까지 내려왔다. 동시에 준현과 안전거리를 확보한 채 정승처럼 서 있던 강린은 준현의 힘에 의해 척, 그의 옆구리로 날아가 달라붙어 버렸다. 준현의 불필요한 애드리브에 강린은 경악했다. 그러나 뭐라 거부할 틈도 없이 두 사람은 애정만땅, 한 쌍의 바퀴벌레와 같은 포즈가 연출되고…….

"꺄악—"

비명이 터지면서 순식간에 사무실은 아수라장이 되었다. 어떻게 사진이 찍혔는지, 백은 어떻게 챙겨왔는지, 강린은 정신이 하나도 없었다. 백준현 알레르기 때문에 어깨는 욱신거리고, 놈의 손이 닿을 뻔했던 가슴도 지끈지끈 간지러워 삥 머리가 돌아 버릴 지경이었다. 정말 백준현과는 한시도 붙어 있을 수가 없다니까.

아무튼 그런 정신으로도 강린은 사무실을 무사히 빠져나왔다. 엘리베이터에 올라탄 후에서야 안도의 한숨을 내쉰 그녀는 어질어질한 이마를 손으로 짚으며 턱, 엘리베이터 내벽에 몸을 기댔다. 애고, 내 팔자야가 절로 나올 판. 그런 그녀를 바라보며 준현은 빙긋 웃는다.

"훗! 점점 스릴있어지는데?"

강린의 옆에 서서 그녀와 같은 포즈로 엘리베이터 내벽에 몸을 기댄 채 놈은 샐샐 웃고 있었다.

"뭐, 뭐? 스릴?!"

이 자식이 정말 미쳤나. 남은 쓰러지기 일보 직전인데 뭐? 스릴이 있어?

"처음엔 좀 귀찮게 느껴졌는데, 이거 은근히 재미있는 것 같아. 사람들 반응도 웃기고."

"네가 웃긴 짓을 하잖아. 아까만도 그래. 거기서 꼭 그런 포즈를 취해줬어야 해? 그냥 찍으라고 해도 되잖아. 솔직히 사진 찍으라고 얼굴 들이대 준 것부터가 너무 과했다고."

"할 거면 제대로 해야지. 그게 싫으면 아예 관두든지."

"어쭈. 잘나셨네, 잘나셨어. 하여튼 잘난 척은 혼자 다 해요. 너 때문에 난 완전 광대 꼴 다 됐다고. 넌 사람들 앞에서 재주 넘고 관심받는 거 즐기는지 몰라도, 난 아니란 말이지. 이런 건 딱 질색이야. 창피해 죽겠다고. 정말 꼭 이렇게까지 해야 되는 거야?"

도저히 잘 봐주려야 봐줄 수가 없는 준현을 째려보며 강린은 종알거렸다. 신세한탄이라고나 할까? 사실 그렇다. 그녀가 지금의 나이가 될 때까지 총 네 명의 남정네와 사귀어봤지만 이렇게 화려하고 뻑적지근한 연애는 못해봤다. 쾌활한 성격과는 달리 그녀의 남자 취향은 늘 조용하고 참한 사내. 믿음직스럽고 다정한 남자가 그녀의 이상형이었기 때문이다. 손 한 번 잡는 데에 수개월이 걸리는 그런 연애에만 길이 들여진 강린에게 준현의 도발적이면서도 서프라이즈한 방식은 낯설고 무모하게만 느껴졌다. 이러다가 헤어졌다고 말하면 다들 어떤 반응을 보일까? 그녀가 두려운 건 그런 사후문제이기도 했다.

강린은 아직도 화끈거리는 두 볼을 양 주먹으로 누르고 볼살을 빙글빙글 돌렸다. 그러고 있자니 준현이 킥 웃음을 터뜨렸다.

"왜 웃어?"

신경질적으로 강린은 물었다.

"갑자기 우리가 처음 만났던 때가 떠올라서. 그때가 아마……신입생 환영회였지? 봉사 동아리."

"흥! 쓸데없는 건 꼭 기억하고 있지."

"그땐 네 볼이 지금보다 더 빵빵했었는데 말이야."

"누구 머린 철사로 만든 갈고리 같았지, 아마."

"테디베어란 별명을 그때 지어줬었지?"

그럼 그렇지. 왜 그 애길 안 꺼내나 싶었다. 속이 배배 꼬이니 말도 곱게 안 나갔다.

"사람 처음 만난 자리에서 그런 말 하기 차암— 힘든데 말이지. 너 곰 인형 닮았다, 이런 거. 응?"

강린은 가자미눈을 만들어 놈을 훑어보며 입술을 비틀었다. 위아래 고급스러운 양복으로 쫙 빼입은 녀석은 지금 같은 상황에서도 흔들림없이 차분하기만 하다. 양복발 잘 받아서 넌 좋겠다. 누군 생활에 찌들어 화장하는 것도 귀찮아져, 옷 차려입는 것도 피곤해진 판국에. 내내 정신이 없어 생각지도 못했었는데, 지금 녀석의 멋진 옷태를 보니 짜증이 밀려왔다. 준현은 깔끔하고 멋쟁이에 부티가 좔좔 나주시는 반면에, 그녀는 티 쪼가리에 유행 지난 면바지, 산발을 해 심란한 머리, 기초화장에 메이크업 베이스만 살짝 덧바른 얼굴을 하고 있으니. 누가 봐도 두 사람은 영 안 어울렸다. 회사 사람들이 그들의 말을 믿어준 게 놀라울 따름.

이번 주말에 옷 한 벌 질러 버려? 간만에 카드 한번 뽑아?

"좋은 의도로 말한 거였어."

"물론 그러셨겠지."

"테디베어가 어때서? 귀엽기만 한데. 귀여운 게 너랑 똑 닮아서 한 말이었어."

"흥! 믿을 사람한테 뻥을 쳐라. 나더러 그걸 믿으라고?"

"난 거짓말은 취미 없는 사람이야."

"하! 기억 안 나시나. 술 취해서 뻥친 거. 나 좋아한다고 온 동네방네 소문내 놓고 다음날 거짓말이었다고 했잖아, 너."

"그건…… 그랬었지."

준현은 씁쓸하게 웃었다. 그때는 모든 게 정말 미숙했다는 생각이 들었다. 사랑하는 것도, 그걸 표현하는 방식도. 강린이 박유철 선배와 사귀는 내내, 그는 강린과 다퉜다. 질투심에 속이 뒤틀린 마음을 그런 식으로 표출했던 것이다. 선배와 헤어졌다는 말을 들었을 땐, 강린에게 정말 좋아한다는 고백을 하고 싶었다. 그래서…… 그렇게 했다.

술을 마셨지만 정신은 말짱했고, 강린의 마음을 얻을 수 있을 거란 자신감도 충천해 있었기에 고백함에 있어서 그는 거침이 없었다. 하지만 다음날 아침이 되었을 때, 그의 자신감은 푸르르 풍선에서 바람 빠지듯 사그라졌다. 그녀가 평소 얼마나 자신을 싫어했었는지 떠올리니 그는 소심해졌다. 두려워졌다. 결국 그는 자신의 고백이 거짓이었다는 거짓말을 하고 말았다.

지금이라면, 그때와 똑같은 상황이 지금 펼쳐진다면, 그런 바보 같은 짓을 저지르지 않았을 것을. 그때는 그도 많이 어렸었나보다. 어른인 척했지만.

"야, 너. 그거…… 우리 회사 옷 아니지?"

레드썬 주문처럼, 강린의 낭랑한 목소리가 십이 년 전을 헤매고 있는 준현을 현실로 불러들였다.

"뭐?"

"옷 말이야. 그거 우리 회사 거 아닌 것 같은데. 어디 거야?"

"라르헨."

"라르헨……? 외제잖아."

상당히 고깝다는 듯 강린이 입술을 뒤틀었다. 닭똥집처럼 오밀조밀 앙증맞은 저 입술을 훔치고 싶어 안달했을 때가 있었는데…….

"왜? 무슨 문제 있어?"

"아니야. 그냥 궁금해서."

"할 말 있으면 해. 무슨 말을 하고 싶은 건데?"

"아무것도 아니라니까."

"이상하네. 그런데 왜 취조 받는 기분이 들지?"

"내가 널 왜 취조하냐? 네 마누라도 아닌데."

"그럼 그 찜찜한 표정은 뭐냐? 할 말을 잔뜩 달고 있는 그 표정."

"거참, 귀찮게 구네. 아니라니까 왜 자꾸 토를 달아?"

짜증스레 말하고 강린은 휙, 고개를 꺾었다. 45도 각도 허공으로 시선을 돌린 그녀는 입술을 삐죽거리며 중얼거렸다.

"아이고, 명품 좋아하다가 패가망신한 사람이 수두룩하다던데……."

분명 그러러 들으라고 한 말이렷다? 싸움을 거는 것인가? 후훗, 웃음이 절로 나왔다. 이럴 때 가장 귀엽다는 걸, 그녀는 알까?

"내 걱정 해주는 거냐?"

"뭐?!"

무슨 헛소리냐, 저건. 강린은 너무 어처구니가 없어 백준현을 홱 돌아봤다. 뻔뻔한 녀석은 뻔질거리는 얼굴로 빙글 웃고 있었다. 저런 말을 하고도 소름이 안 돋다니. 능글맞은 녀석.

"하이고! 꿈도 야무지셔. 아무리 걱정해 줄 사람이 없어서 널 걱정하겠냐? 꿈 깨셔."

띵— 엘리베이터가 오층에서 멈춰 섰으나 강린은 준현을 노려본 채 계속 잔소리를 해댔다. 녀석의 얼굴에 떠오른 '네 맘 다 알아. 나 좋아하지?' 하는 표정에 부르르 속이 끓고 있었다.

"으휴! 진짜 내가 치사해서 이런 말까지는 안 하려고 했는데, 사람이 말이야 양심이 있어야지. 일성어패럴에도 엄연히 남성 정장 브랜드가 있는데 기획실장이라는 사람이 입고 다니는 거 하고는. 이러니 회사가 제대로 돌아가? 아무리 명품도 좋지만 회사 이미지가 있지. 우리 회사는 아무튼, 사람을 잘못 써서 망조가 들……."

종알종알 중얼거리고 있던 그녀의 목소리가 서서히 줄어들었다. 엘리베이터 문이 열리고, 퇴근 시간에 맞춰 나온 회사원들이 들어오기 시작했기 때문이다. 사람들이 생각 외로 많아 꾸역꾸역 계속 들어왔다. 점점 사람들과의 간격이 좁아지자 강린은 쭈뼛쭈뼛 몸을 옆으로 움직여 낯선 사람들과의 접촉을 피했다. 웬 중년 남자의 등이 어깨를 부딪칠 때만 해도 준현 역시 그녀

의 기피대상이었다. 하지만 사람이 두어 명 더 들어오고, 그녀
의 앞에 서 있던 중년 남자의 몸이 더욱 가까이 밀려들어 왔다.

윽, 초난감한 상황에 강린은 어깨를 움츠렸다.

준현의 팔이 강린의 허리를 휘감아온 건, 바로 그때였다. 준
현은 잔뜩 일그러진 얼굴로 낑낑거리고 있는 강린을 그의 등 뒤
로 이끌었다.

"야……."

미약하나마 반항한 건 일종의 버릇이었다. 준현이 하는 말이
나 행동엔 늘 이렇게 먼저 거부하고 딴죽을 걸어왔던 그녀였다.
그러나 사람이 더 타면서 엘리베이터가 꽉 찬 듯한 기분이 들자
그녀는 입을 다물었다.

"이 상황이 즐거운 게 아니라면 그냥 가만히 있어."

준현이 고개를 돌려 그녀에게 속삭였다. 그는 그녀를 보호하
려는 듯 중년 남자와 그녀의 사이를 가로막고 섰다. 강린은 그
럴 필요 없었다고 말하고 싶었지만, 차마 입이 안 떨어졌다. 본
심이 아니었기 때문에. 그럼 고맙다고 말해야 하나? 지금? 하지
만…….

고민하고 망설이고 있을 때, 사층에서 엘리베이터가 또 멈췄
다. 자동문이 열리자마자 놀랄 틈도 없이 사람들이 엘리베이터
에 올라타기 시작했다. 인파에 밀려 준현의 등이 그녀에게로 훌
쩍 다가왔다. 사람들은 띠띠, 적재량 초과 경고음이 날 때까지
밀려들어 왔다. 그리고 드디어 사람들의 움직임이 멈췄을 때,

준현과 강린은 완전히 착 달라붙어 있었다. 몸을 돌릴 타이밍을 놓쳐 버린 강린은 준현의 등을 바라본 채 서 있었다.

그의 등을 가슴으로, 그의 엉덩이를 복부로 느끼면서.

'지저스! 지저스!!'

제6장

이러다 막장까지 내몰리는 거 아니야?

강린의 아버지인, 문석호는 내과전문의로 구 년 전, 전라도의 작은 읍에서 병원을 개원, 정착해 살고 있다. 한때 서울의 한 대학병원에서 잘나가던 시절도 있었던 그가 시골 촌구석에 들어앉게 된 결정적인 원인은 바로 다름 아닌 아내 김금설 여사의 자궁암 판정이었다. 다행히 초기에 발견되어 암은 깨끗이 나았지만, 그 일을 계기로 문 원장은 많은 걸 깨달았다고 한다.

지금은 깔끔한 이층집에서 오이, 시금치, 토란 등 유기농 야채를 기르는 토속적인 여가활동과 함께 소박한 전원생활을 즐기고 있는 그들 부부에겐 걱정거리가 하나 있는데, 그건 바로 하나밖에 없는 딸, 강린이었다. 그들은 왜 딸이 남자 친구를 집으로 안 데리고 오는지 궁금했다. 병원 일이 바빠 짬을 못 내고 있다는 핑계로 벌써 몇 년째 버티고 있는지. 답답할 따름이었다. 딸의 나이는 벌써 올해 들어 서른셋, 여자로서는 차도 꽉 찬 나이였다. 더 늦추면 위험할 때. 생각 같아선 당장이라도 쫓아가 내 딸 책임져라, 호통치고 싶었으나 딸의 얼굴을 봐서 꾹 참고 있는 실정이었다.

그런 그들에게 한자락 소식이 날아왔다. 조카인 강희한테서였는데, 아무리 짜맞춰도 도무지 알 수 없는 해괴한 스토리에 그들은 고개를 갸우뚱거렸다. 그 스토리란 대략 이렇다.

1. 강린의 남자 친구가 강린이 일하는 일성어패럴로 이직해 왔다.
2. 그는 매우 능력 있는 청년으로 문 사장의 신임을 받고 있다.
3. 조만간 좋은 소식이 들려올 것 같다.

능력있고 문 사장의 신임을 받고 있다는 말은 분명 희소식이고 조만간 좋은 소식이 들려올 것 같다는 말도 확실히 희망적인 메시지였다. 하지만 '이직'에 대한 건 도무지 이해가 안 되었다. 그들이 알고 있는 강린의 남자 친구는 의사였다. 의사가 일성어패럴로 이직되어 왔다니, 대체 그건 무슨 뜻이란 말인가. 의아해하는 그들에게 강희는 자세한 건 강린에게 들으라는 말 한 마디만을 남기고 전화를 끊어버렸다.

그리고 결국, 온종일 궁금증에 시달린 문 원장과 김금설 여사는 결정을 내렸다. 바로 강린을 직접 찾아가, 사건의 전모를 듣자는 것이었다.

"아이고, 그렇다고 이렇게 비행기를 타고 올라와? 전화를 하면 되지."

"전화하면? 속 시원히 얘기해 주기나 했겠니, 네가?"

"아무리 그래도 이렇게 막무가내로 올라와? 말도 없이? 만약에 내가 오늘 약속이라도 잡혀 있었으면 어쩔 뻔했어?"

"너 올 때까지 기다리지 뭐."

강린은 태연하게 대꾸하는 모친을 어처구니없다는 듯 바라보았다. 당최 김금설 여사는 망설임이라는 게 없다. 무서움도 없고, 고민도 없는 것 같다. 그게 김 여사 최고의 매력이긴 하겠지만 가끔 강린은 감당이 안 될 때도 있었다.

"천하태평이유. 참나, 내가 오늘 인터넷 좀 하려고 일찍 들어와서 망정이지."

"인터넷은 왜?"

"쇼핑하려고. 옷이 마땅치 않아서."

"백화점엘 가지 않고. 옷 같은 건, 눈으로 보고 입어봐야 어울리는지 확인이 되잖아."

"시간이 없어. 체력도 마땅치 않고. 나이가 드니까 쇼핑하는 것도 힘이 드네. 내가 자주 이용하는 사이트가 있는데, 거긴 내 스타일 옷들이 많아서 굳이 입어보고 사지 않아도 돼."

"주말에 남자 친구랑 데이트하면서 사. 옷이 어울리는지도 봐

주고, 짐도 들어주고. 좋잖아."

남자 친구……. 그래, 여기까지 힘들여 올라온 이유가 바로 그 일 때문인데, 안 꺼내실 리 없지. 오자마자 다그치지 않은 게 용타. 하여간 강희의 오지랖은 알아줘야 해. 도대체 이런 얘긴 왜 꺼내서 사람 머리 복잡하게 하는 거냐고. 어차피 다 연극인데.

"엄마가 무슨 말 하려는지 알아. 아는데! 미안하지만 강희가 한 말은 다 개뻥이야. 걔 말을 왜 믿어?"

강린은 피곤한 몸을 털썩, 소파에 뉘었다. 안 그래도 기분이 상한 날인데 안 당해도 될 추궁까지 당하게 되니, 저절로 몸이 축축 처졌다. 왜 기분이 이상하냐고? 그야 엘리베이터에서의 일 때문이다. 사람들의 힘에 밀려 준현과 딱 붙어 있어야 했던. 젠장.

그때는 녀석도 긴장해서 잔뜩 몸을 굳히고 서 있었더랬다. 내심 준현도 강린과의 접촉을 피하려고 애를 쓰는 것 같았다. 하지만 그 혼잡하고도 좁은 장소에서 어떻게 두 몸이 맞닿지 않을 수 있겠는가. 당연히 녀석의 몸에 강린은 짓눌렸고 문질러졌다. 아마 그도 강린의 가슴과 복부를 등 뒤로 선명하게 느꼈을 것이다. 강린이 탄탄한 녀석의 바디라인을 적나라하게 느껴 버린 것처럼. 아! 지금도 느껴진다. 녀석의 근육질 몸매가 주는 묘한 기분. 민망함의 극치다, 참말.

어찌나 민망했던지, 엘리베이터에서 나온 직후, 둘은 인사도 없이 뒤도 돌아보지 않고 각자의 차에 올라탔다. 마치 약속이나 한 것처럼 말이다. 녀석도 민망했던 게지. 그처럼 뻔뻔한 녀석도 민망할 정도라니 말 다 했다.

"네 말이 뻥인지도 모르지."

"딸보다 조카를 더 믿는단 말이야?"

"사안이 사안인만큼."

김 여사는 새침하게 대답하고는 소파 위에 널브러져 있는 딸을 굽어보았다. '자, 이제 불어라' 하는 얼굴로. 생글생글 웃어주시는 모습은 강린으로 하여금 꿀꺽 마른침마저 삼키게 만들었다.

"왜, 왜 이래?"

"왜 이러긴. 몰라서 물어? 내가 뭣 때문에 비행기까지 잡아타고 부리나케 왔겠니?"

"아니, 어디서 이상한 소릴 듣고 와서 이래."

"이상한 소리니까 너한테 직접 물어 확인하려는 거야."

"아, 진짜."

"사실대로 말해봐. 도대체 강희 말이 무슨 말이니? 네 애인이 큰아버지 회사로 들어왔다는데, 도저히 난 이해가 안 된다."

아이쿠. 미친다. 그 의사 씨와는 빠이빠이한 지가 오래라는 말을 도대체 어떻게 한담.

"네 애인, 의사잖아. 의사가 왜 패션회사에서 일을 하니?"

"어, 그러니까……"

"응?"

귀를 쫑긋 세우는 김 여사의 시선이 찌릿찌릿 강린의 얼굴로 쏟아졌다. 어떻게 운을 떼야 할지 강린은 막막했다. 벌써 육 개월 전에 헤어졌다고 말하면 김 여사는 뭐라고 말할까. 노발대발 화를 낼까, 잘 찢어졌다고 박수를 칠까. 어쩌면 선보라고 족치기 시작할지도 몰랐다. 의사 씨와 사귈 당시에도 종종, '언제까지 기다릴 거냐? 선이나 봐서 시집가라'고 채근하기도 했으니.

'그냥 백준현이랑 사귀고 있다고 말해 버려?'

의사 씨와 헤어지고 대신 꽤 괜찮은 신랑감을 잡았다고 말하면, 적어도 선보라고 귀찮게는 안 할 것 아닌가. 사귀는 중간이고, 좀 더 괜찮은 사람인지 알아본 다음 결혼은 나중에 고려해 보겠다고 말하는 거다. 그렇다면 제아무리 김 여사라 할지라도 물러날 것이다. 겨우 사귄 지 몇 주라는데 설마 집에 데려오라는 둥, 약혼이라도 해두자는 둥의 말도 안 되는 요구는 하지 않을 게다.

입술을 할짝거리며 김 여사를 멀뚱 쳐다보던 강린은 과감하게 결단을 내리기로 했다. 미안하다, 백준현. 어차피 몇 개월 동안 사귀는 척하는 거니, 별 피해는 없을 거야. 특별히 귀찮게 구는 일 없도록 할 테니 이번 한 번만 방패막이 역할을 해주길 바라.

혼자 속으로 준현에게 사죄를 하고는 막 입을 열 참이었다. 김금설 여사의 전화가 요란하게 울렸다. 나이에 안 맞게 벨소리는 베토벤 바이러스다.

"나예요."

김 여사가 냉큼 전화를 받았다. 그리고는 소리도 내지 않고 입만 움직여 '아빠!' 라고 말한다. 전화를 걸어온 이가 문 원장, 강린의 아버지라는 뜻이었다. 웬일이라지? 강린은 괜스레 불안한 마음으로 김 여사를 주시했다.

"퇴근했지, 그럼. ……아직. ……묻고 있는 중이었어. 응? 바꾸라고?"

캑. 설마 문 원장이 강린과 통화를 하려는 건 아니겠지?

"얘, 아빠가 너랑 얘기 좀 하잔다."

딩동댕— 예상 적중. 강린은 울상을 지었다.

"그냥 엄마랑 얘기하면 안 될까?"

"아빠가 너랑 직접 하시겠대. 빨리 받아."

"아빠 너무 집요하시다고. 끈질기기도 하고. 모든 걸 다 알려고 하시잖아."

문석호의 과민반응 내지는 노파심에 대해서는 그 누구보다도 김 여사가 잘 알고 있다. 알고 있을 뿐만 아니라 직접 매일매일 체험해 보고 있기도 하다. 사소한 일에도 꼼꼼하고 예민하게 구는 남편이 처음엔 유난스럽게 느껴지고, 쫀쫀하다 생각한 적도 많았지만. 요즘엔 적응이 되어서인지 아무렇지도 않다. 오히려 가끔씩 보호받고 있다는 기분이 들 때가 있을 정도다.

"받아. 아빠 기다리셔."

김 여사는 상냥한 미소를 지으며 자신의 전화기를 딸의 손에 친절히 쥐어주었다.

"하, 하지만……."

"아빤 네가 걱정되는 것뿐이야. 네가 잘못되길 바라지 않으시니 이러시는 거라고. 그냥 사실대로 말하렴. 누가 아니? 네 아버지가 네 고민을 해결해 주실지?"

고민 해결은 개뿔. 강린이 아버질 모르나? 문 원장이 가만있을 사람인가? 사실 과년한 딸이 웬 놈과 식당 바닥에서 뒹굴어, 회사에 소문 파다하게 나, 당분간 소문이 잠잠해질 때까지 사귀는 척해보려고 한다는 말을 듣고 가만히 있을 대한민국 아버지가 몇이나 되겠는가. 보통의 아버지들보다 좀 더 유난스러운 편에 속한 문 원장이 차분히 해결책이나 제시하고 앉아 있겠는가? 문 원장 성격에 당장 그 '웬 놈'한테 쫓아가 요절을 내고 말 것이다.

"어, 엄만. 왜 그렇게 말해? 나한테 무슨 문제라도 생긴 것처럼."

"아니야?"

조심스레 고개를 숙여가며 부드럽게 묻는 김 여사. 은근히 강린의 속내를 떠보려는 모양새다. 으이구. 어쩌다가 동생들이 안 생겨서, 이런 불필요한 관심을 한 몸에 받는 외동딸 신세가 된 건지. 부담백배다. 강린은 김 여사의 상냥한 물음을 외면하며 전화기를 귀에 들이댔다.

"아빠?"

[오냐, 나다. 일찍 퇴근했구나.]

완전집요, 잔소리대장 문 원장이지만 목소리만은 터프하다. 음절마다 딱딱 끊어지는 군대식 어투라 언뜻 듣기엔 화끈한 성격의 소유자 같다. 하지만 실상은 전혀 반대라는 거⋯⋯.

"예. 잘 지내시죠? 건강은 어떠세요?"

[내 건강은 늘 여전하지. 아직 네 염려 들을 정도 아니니까 걱정 붙들어 매라. 그건 그렇고, 엊그제 강희가 전화를 했더구나. 이상한 말을 하던데.]

너무 단도직입적인 거 아닌감. 숨 쉴 틈을 안 주시네.

"예, 엄마한테 들었어요."

[그게 뭔 소리냐? 네가 사귀고 있는 녀석, 의사 아니었어?]

"마, 맞아요."

[그런데? 의사라는 녀석이 왜 일성으로 들어가? 의사 때려치웠어?]

진땀이 나는 것 같아 강린은 후, 한숨을 내쉬며 쓱쓱 이마를 문질러댔다.

"저, 그게요⋯⋯."

[그 녀석이 사기라도 쳤냐? 너한테 의사라고 거짓말한 거야? 내 이놈을!]

"아니요, 그게 아니에요. 흥분하지 마세요."

[이게 덮어서 될 일이냐? 넌 그놈 기다린 오 년이 억울하지도

이러다 막장까지 내몰리는 거 아니야? 173

않아? 내가 그놈, 바쁘다는 핑계로 우리 집 한 번 안 내려올 때부터 알아봤다. 뒤가 켕겼던 거야. 이놈의 자식.]

"없던 혈압도 다 생기겠어요. 좀 진정하세요."

[지금 내가 진정하게 생겼냐!]

버럭. 수화기 너머에서 문 원장이 핏대를 세웠다. 귀청이 떨어져 나갈 것 같아, 강린은 인상을 쓰며 수화기를 멀찌감치 떼놓았다. 푸훗, 김 여사가 터지는 웃음을 참으며 한 손으로 입을 가렸다. 노파심 많고 옆 사람 지극정성으로 잘 챙기는 문 원장이지만, 은근히 다혈질이라서 한 번 화를 내면 어지간해서는 잠잠해지기 힘들었다. 그걸 아는 김 여사인지라 딸이 쩔쩔매는 모습에 웃지 않을 수 없는 것이다. 전화를 바꿔준 엄마가 원망스러워, 강린은 김 여사를 바라보며 울상을 지었다. 아! 이젠 정말 다른 도리가 없었다. 백준현 카드를 들이대는 수밖에.

강린은 후, 긴 한숨으로 마음을 가라앉히고 전화기를 귀 쪽으로 갖다 댔다. 수화기 안에서 문 원장이 강린을 애타게(?) 불러대고 있었다.

[문강린! 거기 있는 거냐, 없는 거냐?]

"예, 아빠. 제가 다 설명할게요."

[무슨 설명? 너, 설마 그놈을 두둔하려는 건 아니겠지?]

"두둔은 무슨 두둔을 해요. 이미 헤어진 사람인데."

[뭐라고?]

"뭐야?"

이미 헤어진 사람이란 말 한마디에 수화기 너머 문 원장과 김
여사가 한 목소리를 냈다. 김 여사는 전혀 예상치 못한 강린의
대답에 많이 놀란 듯 입까지 허— 벌리고 있었다. 문 원장은 아
마도 자신의 청력을 의심하며 죄없는 귓바퀴를 마구 파대고 있
을 것이다. 강린은 차분한 목소리로 차근차근 설명을 해나갔다.

　"말 그대로, 그놈이랑은 헤어졌어요. 육 개월쯤 됐나 봐요."

　[그게 정말이야? 아니, 그 얘길 왜 이제야 하는 거냐?]

　"무슨 좋은 얘기라고 동네방네 떠벌려요."

　"아니, 왜 헤어졌어? 왜? 이유가 뭐야? 오 년이나 사귄 사이
잖아."

　옆에 서 있던 김 여사가 다그치듯 물어왔다. 곧이라도 혼사를
치를 수 있을 거라 한껏 부풀었던 마음이 일시에 가라앉는 기분
인 모양이다.

　"쉿! 조용히 좀 해봐. 정신 사나워 죽겠어. 엄마랑은 아빠랑
이야기 먼저 끝내고 다시 얘기해."

　"혹시 의사 자격증 따니까 마음이 바뀌었대? 그런 거야? 그
래서 널 찬 거야? 이런 사기꾼 같은 놈을 봤나……."

　"그런 게 아니야, 엄마."

　사실 여러 가지 정황으로 보아, 김 여사의 추측이 정확하게
딱 들어맞았다. 시기상으로는 의사 자격증을 막 취득해 전문의
로서 새 출발을 할 때였고, 그가 선택한 여자는 모 유명 백화점
이사를 아버지로 둔 부잣집 아가씨였다. 시골의 가난한 의사를

아버지로 둔 강린과는 비교도 되지 않는. 그러나 그렇다고 인정하기엔 강린의 자존심이 너무 셌다. 돈에 자기 인생을 내다 판, 그런 남자를 믿고 오 년을 기다렸다는 사실을 인정하고 싶지 않았다.

[얘기해 봐라. 사실대로, 하나도 빠짐없이.]

"……얼마 전에 동창 모임에 갔는데……."

[갔는데?]

속이 타 들어가는지 문 원장의 음성이 다급하게 떨렸다.

"좋아하던 녀석을 만났어요. 학교 때 짝사랑하던."

[짝사랑? 네가 그런 것도 했니?]

물론 짝사랑은 강린의 취향이 아니었다. 좋아하는 사람이 생기면, 좋다고 말하고 상대의 반응이 긍정적이면 곧바로 사귀는 게 그녀의 스타일이었다. 속으로 꽁하니 좋아하는 사람 숨겨놓고 고민하고 끙끙 앓는 건 바보 같은 짓이라 생각하는 강린이다.

"워낙 인기가 많아서, 여자애들이 줄을 섰었거든요. 그 줄을 서기엔 제 자존심이 너무 세서 그냥 포기했었죠."

크! 설정 좋고. 아무렇게나 지껄인 말인데, 얼추 말이 되는 것도 같다. 문 원장도 의심하지 않는 듯 중얼거렸다.

[바람둥이로구만.]

"바람둥이라기보다 여자들이 따르는 스타일이라고 할 수 있죠. 잘생기고, 돈 좀 있고, 머리까지 좋았거든요."

[설마 그 바람둥이 놈 때문에 오 년을 사귄 남자 친구와 헤어졌다는 건 아니겠지?]

반신반의한 듯 문 원장이 물어왔다. 자, 이제부터 진짜 연기 들어가십니다. 기다리세요.

"처음부터 그러려고 생각한 건 아니었어요. 그냥 친구 사이로 지냈었거든요. 그런데 언제부턴가 준현일, 백준현이라고 그 동창 녀석 이름이에요. 걜 만나는 게 기다려지고 준현이만 생각하면 마음이 설레고⋯⋯."

시무룩한 얼굴, 죄책감 섞인 목소리, 그렇지만 행복할 수밖에 없는 여인의 심정. 캬! 이건 정말 대종상 여우주연상 감이다. 완벽 그 자체. 안타까운 얼굴로 강린은 흘끔 김 여사를 올려다보았다. 그녀는 강린이 말하려는 스토리를 알아들었는지 믿을 수 없다는 듯 얼이 나간 얼굴이었다. 놀란 건 문 원장도 마찬가지였다.

[설마 좋아하게 됐다는 거냐? 사귀던 남자 친구를 놔두고?]

자기 딸이 그런 놀라운 일을 저지를 줄은 꿈에도 몰랐다는 반응이다. 그렇게 여길 만하다. 그동안 강린이 사귀었던 남자 친구들이 죄다 궁상이 줄줄 흐르는 녀석들이라는 걸 문 원장도 잘 알고 있었다. 그래서 그는 늘 '남자를 동정심으로 만나면 큰일 난다'는 말을 입에 달고 다녔었다.

"네⋯⋯. 알아요. 저도 제가 나쁜 애라는 거. 하지만 좋아하는 걸 어떡해요? 저도 쉽게 결정한 거 아니었어요. 준현이 녀석이 어느 날 그러더라고요. 자기도 학교 때부터 날 좋아했다고."

백준현, 미안하다. 이렇게까지 이야길 꼬려는 건 아니었는데. 더 이상의 의심을 못하도록 확실한 쐐기를 박으려면 이 정도 강도의 픽션은 가미해 줘야 할 것 같은 생각이 들었다. 흠, 소설 아무나 쓰는 게 아니로구만.

[그 바람둥이 놈도 널?]

"어머나, 세상에."

김 여사가 놀란 듯 감탄사를 쏟아냈다. 표정을 보아하니, 나름 감동받은 눈치였다. 원래 여자들은 이런 얘기에 혹하는 법이지. 문제는 문 원장인데…….

"지금까지 절 계속 마음에 두고 있었대요. 저, 그 말에 마음의 결정을 내렸어요. 누군가 날 그만큼 사랑한다는 느낌, 처음이었거든요. 지금까지 그 어떤 남자도 절 그렇게까지 감동시킨 사람이 없었어요."

[그래도 오 년이다. 오 년이나 사귀었던 남자와…….]

아버지, 죄송합니다. 이미 헤어졌습니다. 그놈이 절 퍽 찼죠. 나쁜 놈.

"준현이랑은 십사 년이에요. 처음 만나고 지금까지 저를 사랑하는 마음 변치 않았대요. 저도 그렇고요. 실은……."

좋아. 이렇게까진 안 하려고 했는데, 자꾸 불안해하니…….

[실은?]

문 원장이 재촉했다.

"준현이가 사실 우상그룹에서 일하고 있었거든요. 머리가 좋아서 회사에서도 꽤 인정받고 그랬었나 봐요. 그런데 얼마 전, 일성어패럴로 회사를 옮겼어요."

[그 얘긴 강희한테 들었다.]

"대기업에서 굳이 왜 우리 회사로 옮기려고 하냐고 물으니까, 준현이가 그러더라고요. 조금이라도 저랑 같이 있고 싶어서 그랬다고."

"어머나!"

김 여사가 또다시 감탄사를 뱉어냈다.

[그게…… 정말이냐?]

믿을 수 없겠지. 그게 어디 말이나 되나? 실제로 그런 남자 있다면 그에게 머리에 총 맞았냐고 묻고 싶은 강린이었다.

"절 자기 목숨보다도 사랑한대요. 저도 준현일 아주 많이 좋아하고요."

우웩! 토할 것 같다.

[의사 녀석이랑 헤어진 건? 후회하지 않을 자신 있는 거냐?]

"그럼요. 오히려 잘했다 싶어요. 얼마 전에 아는 사람한테 들은 얘긴데, 좋은 여자 만나서 곧 결혼한대요."

[뭐? 벌써?]

"연분이 따로 있었다고 생각해요. 서로에게 잘된 일이잖아요."

연분 좋아하네. 오 년 사귄 여자를 지가 출세했다고 뻥 걷어

찬 놈이 인간이냐! 저주하고 또 저주하고 싶은 마음이 부글부글 끓었다. 그러나 그런 마음을 숨기고 강린은 배시시 웃었다. 제발 이 문제는 이렇게 덮어지고 넘어가길 간절히 바라면서.

[그렇구나. 네 마음이 정 그렇다면 부모로서 굳이 반대할 이유 없지.]

오홋! 좋아. 이거야!

"고마워요."

환호성을 내지르고 싶은 마음이지만 꾹 참고 안도의 한숨만 내쉬었다. 며칠 새에 한숨만 늘어난 것 같다. 이러다간 주름박사가 되고 말지. 쇼핑은 글렀으니, 오늘은 얼굴에 오이나 붙여볼까나?

[조만간…….]

모든 게 해결되었다, 강린이 안심하고 있을 때다. 단호하고 절도있는 음성의 문 원장이 말을 이었다.

[날 한번 잡도록 해라. 내가 그 준현이라는 청년을 한번 만나보마.]

✳

강린이 날 잡으라는 아버지의 명령에 얼음이 되어버린 그 시각, 준현은 막 집 안으로 들어서고 있었다.

여느 가정과는 달리, 집에 들어섰을 때 그를 반기는 이는 어머니가 아닌 아버지다. 준현의 부친, 백운재는 최근 신문사 국장으로 일하다가 명예퇴직을 당한 후 전업주부의 길을 걷고 있었고, 그에 반해 모친인 이은실은 우상그룹의 새로운 총수로 등극한 친정 조카, 준상의 권유로 우상의 명예이사로 추대되었기 때문이다. 모친은 당연히 바빠졌고, 처녀 시절부터 이미 딸이라는 이유 하나만으로 후계자 서열에서 밀려난 한을 풀려는 듯 회사 일에 열심히 관여하고 있었다.

흰머리가 희끗희끗한 모습으로 앞치마를 두른 아버지를 보며 준현은 다녀왔다는 짧은 인사를 건넸다.

"오늘은 퇴근 시간이 빠르다. 약속 같은 거 없었어?"

"아버지 때문에 일찍 왔죠."

"엥? 나 때문에? 그러면 쓰나, 한창 나이에."

예순도 채 되지 않은 나이, 한창 왕성하게 일할 시기에 명예퇴직을 당한 이답지 않게 백운재는 상당히 낙천적이다. 자신이 처한 상황을 받아들이고 더 나아가 즐기려는 노력도 한다. 특히나 명퇴와 교묘하게 맞물려 아내의 사회활동이 시작되었음에도 불구하고 그는 그 어떤 열등감도 가지지 않는 듯했다. 오히려 아내의 바깥일을 내조하는 일에 즐거움을 찾고 있는 부친의 모습에 준현은 경외심마저 들었다.

"오늘 어머니, 세미나 참석차 지방 내려가셨잖아요. 아버지 혼자라는 거 알고 있었죠."

"자식, 아버지 혼자 밥 먹을까 봐 걱정됐구나."

백 국장이 국자를 들고 해맑은 미소를 지었다. 아들의 넓은 등을 툭 치는 그의 눈엔 정겨움이 가득했다.

"내가 봐도 요새 어머니 좀 너무하세요. 뭐가 그리 바쁘신지, 이사 취임 이후로는 얼굴 뵙기가 힘들잖아요. 세 식구가 한자리에 앉아 저녁식사 해본 게 언제였는지, 까마득해요."

준현은 양복 재킷을 벗으며 주방을 기웃거렸다. 가스레인지 위에 찌개가 팔팔 끓고 식탁 위엔 고소한 향기를 풍기며 나물 몇 가지가 올라와 있었다. 오늘은 도우미 아주머니에게 나물 무치는 법을 배웠나?

"놔둬라. 얼마나 소원하시던 일이냐. 평생 살림만 하고 너랑 내 뒤치다꺼리만 하고 살아왔으니 이젠 그만큼 돌려받아야지. 난 그래서 준상이가 고맙다. 네 어머니 소원풀이를 해줬지 않냐. 은근히 속이 깊은 놈이야."

"그야 그렇긴 하지만, 대신 아버지가 외롭잖아요. 어머니야, 제가 어려서 늘 함께 있어드렸지만 아버진……."

"내가 애냐? 내 걱정은 말아, 녀석아. 음식 만들고 집안 단장하는 게 얼마나 재미있는데. 그거 시간 때우기도 정말 좋다. 하루해가 후딱 가. 외로울 거 하나 없어. 난 네가 더 걱정이다. 장가는 언제 갈 거냐?"

백 국장은 말은 외롭지 않다고 큰소리 떵떵 치지만, 실은 그렇지만도 않은 듯하다. 손 씻으러 잠깐 욕실을 찾는 아들의 뒤를 졸졸 따르는 걸 보면. 왕성한 사회활동을 하던 사람이 하루 아침에 덩그러니 혼자 남게 되었는데 그 허전함이 오죽하랴. 모르긴 몰라도 오늘 하루 내내 그는 대화 상대가 그리웠을 것이다.

"갈 때 되면 가겠죠."

쏴아아— 시원히 쏟아지는 물줄기 밑으로 손을 밀어 넣으며 준현이 말했다. 문턱에 서서 아들 하는 양을 인자한 눈빛으로 바라보는 백 국장은 심드렁한 아들을 부드럽게 채근했다.

"남 얘기하듯 말하네? 올해는 장가들어야지. 언제까지 네가 청춘인 줄 알아? 난 네 나이에 학부모였어, 녀석아."

"요즘은 다들 늦게 하는 추세예요."

"어라? 느긋하네. 숨겨놓은 애인이라도 있어? 뭘 믿고 그렇게 천하태평이야? 설마…… 지난번에 소개받은 그 애랑 잘되고 있는 게냐?"

백 국장이 얼굴을 찌푸리며 물었다. 평소 아들의 여성관에 밤 놔라, 대추 놔라 태클 거는 스타일은 아니지만 며느리 들이는 일에는 그도 어쩔 수 없이 목소리가 커졌다. 집안이고 학벌이고, 외적인 조건을 다 떠나서 너무 발라당 까진 애는 좀 꺼려진다고나 할까. 백 국장은 지난번 아들이 만났다는 여자가 마음에 들지 않았다. 말만한 처자가 남자와 만나자마자 호텔을 거론하다니. 세상이 어떻게 돌아가려는지, 원. 말세지 싶은 게 처음 들었을 때부터 거부감이 일었다.

"무슨 말씀이세요? 걔랑은 두 번 만나고 좋났어요."

"정말이냐?"

"제가 아버지 취향인가 봐요. 저도 너무 적극적인 여자는 별로더라고요."

타월에 손을 맡긴 채 준현은 피식 웃었다.

"이거 왜 이러냐? 난 적극적인 여자 대환영인 사람이야. 네 어머니가 야한 속옷 입고 샤워실에서 나와 뜨거운 눈빛으로 날 바라볼 때, 그때의 그 섹시함이 얼마나 짜릿한데. 한두 번 만난 남자한테 호텔 얘길 꺼내는 여자랑 네 어머니를 비교하지 마라."

"어머니와 비교할 순 없죠, 물론."

"근데 정말 너, 만나는 여자 없는 거냐?"

"만나는 여자요?"

"그래, 여자."

코를 씰룩거리며 백 국장은 욕실을 나서는 아들을 찔러보았다. 후각에 예민한 그의 코에 낯선 향내가 감지되었다. 달금한 것이, 사내의 것은 아니고 톡 쏘는 남자들의 화장수와도 거리가 멀었다. 이건 여자들이 좋아할 만한 향기였다. 딸기향 비누라든지 바나나맛 치약이라든지. 아내의 공주풍 취향에 길들여진 탓에 백 국장은 금세 알아챌 수 있었다. 생전 사생활을 부모에게 숨기지 않던 준현에게 비밀이 생겼다면…….

요 녀석이 누굴 꽁꽁 숨겨두고? 부모가 알면 안 되는 여자라도 되나?

"아직은…….

말꼬리를 늘어뜨리며 확답을 못하는 아들. 백 국장은 옷도 갈아입지 않고 손만 씻은 채 주방으로 향하는 아들의 뒤를 또 졸졸 따랐다.

"너처럼 허우대 멀쩡한 놈이 솔로라는 게 말이 돼? 능력이 안 돼, 외모가 안 돼? 뭐가 안 돼서 솔로야?"

"아버지, 어디 가서 그런 소리 마세요. 팔불출이라고 욕먹어요."

"아니, 왜? 다른 회사에서 널 스카우트해 갈 정도면 능력이사 입증된 거고, 얼굴은 뭐 그 정도면 멀끔하지."

"아버지 눈에나 그렇죠."

"네가 어디가 어때서? 내 보기엔 권상우, 강동원보다 훨씬 낫구만."

"예?"

얼토당토 않는 백 국장 말에 준현은 웃음이 나왔다. 하여간 유난스럽다니까……. 낄낄거리며 그는 백 국장이 정성껏 차린 식탁 앞에 앉았다. 어머니가 자리에 있었으면 당장 샤워하고 옷까지 갈아입고 앉으라 했을 것. 역시 남자끼리 둘러앉은 자리라 편한 점은 게으름을 떨 수 있다는 것이 아닐까?

"누구냐?"

"예?"

막 수저를 손에 쥐었을 때였다. 은근살짝 몸을 앞쪽으로 기울

이며 백 국장이 물었다. 비밀스러운 얘길 나눌 때처럼 목소리가
은밀했다.

"누구냐고. 너, 누구 만나지?"

"만나긴 누굴 만난다고……."

순간 왜 강린이 떠오르는지. 준현은 말문이 탁 막혔다. 엘리
베이터 안에서의 일이 퍼뜩 떠오르는 건 말할 것도 없었다.

'젠장.'

집 안으로 들어오기 전 겨우 가라앉혔던 놈이 꿈틀거리기 시
작했다. 그의 등에 작게 몽글거리는 그녀의 가슴이 밀착되었던
그 순간이, 그때의 그 느낌이 떠오르자 바지 안에서 어떤 놈이
요동을 치기 시작했다. 준현은 당혹감에 입술을 깨물었다.

사실, 머리 벗겨진 중년 남자와 본의 아니게 부대끼게 된 강
린을 구해낼 때까지만 해도 그는 아주 순수한 영혼이었다. 그때
는 단지 남자로서의 여자를 보호해야 한다는 의무감 이외에 그
어떤 의도도 없었다. 말 그대로 순수하게, 기사도에 의거해 강
린을 곤경에서 구해주었을 뿐이었다. 그러나 엘리베이터 안은
만원이 되어 숨도 크게 쉴 수 없을 만큼 꽉 차게 되었다. 당연히
사람들은 타인과 원치 않은 접촉을 하게 되었고, 그는 앞사람들
의 힘에 밀려 강린의 몸과 밀착될 수밖에 없었다. 그리고 흥분
해 버렸다. 무분별하고도 제어력 꽝인 사춘기 소년처럼.

"귀신은 속여도 나는 못 속인다."

목에 잔뜩 힘이 들어간 목소리가 들려오자 준현은 퍼뜩 정신

을 차렸다.

"무슨 말씀이세요?"

시치미를 뗄 작정으로—엄밀히 말하면 진짜 강린과 사귀는 것도 아니니—준현은 숟가락을 국사발 속으로 쑥 넣으며 고개를 숙였다.

"네 아버지, 왕년에 날렸던 기자다. 내가 지금은 이러고 있다만, 아직 죽지 않았어. 네놈 속마음 꿰뚫어 보는 것쯤이야 식은 죽 먹기야."

"아니라니까요, 글쎄."

"우긴다고 해서 해결될 일 아니다. 언제까지 속일 수는 없는 일이지."

"속여요?"

도대체 무슨 상상을 하시는 거람. 준현은 흥미진진한 얼굴로 그를 지켜보고 있는 백 국장을 빤히 마주 봐주었다.

"평소 비밀이 없던 너 아니냐. 이렇게 자꾸 숨기는 걸 보면 뭔가 하자가 있는 게지."

"하자요? 누가요?"

"네가 지금 만나고 있는 아가씨."

이런. 정말 대단한 상상을 하시네. 못 말려. 준현은 고개를 가로저으며 숟가락질을 시작했다. 그런데 강린에게 하자가 있었던가?

"사생활 문란한 것보다 더 심한 하자냐? 난 성격이 못돼먹은

것 빼고는 상관없다. 타고난 성정이 사납고 표독스러운 여자같
이 상대하기 힘든 여자 없지. 그것만 아니면 난 네가 좋아하는
여자라면 다 좋아."

"사납고 표독스러운 여자 아니에······."

백준현, 미쳤냐? 지금 무슨 애길 하는 거냐?!

"오호, 그래. 드디어 실토를 하는구나."

"······!"

딱 잡았어. 백 국장이 실실 웃으며 눈썹을 씰룩거렸다. 증거
도, 물증도 없이 그저 심증으로만 긴가민가했던 문제에는 역시
유도심문이 최고였다. 도대체 언제부터 몰래데이트를 즐겨왔던
것일까? 어떤 아가씨이길래 여태 말을 못하고 끙끙 앓았지? 백
국장은 아들의 여자가 심하게 궁금해졌다.

"뭐 하는 처자냐?"

"······."

"설마 미성년자냐?"

"아버지!"

준현이 잔뜩 얼굴을 일그러뜨리며 강력하게 반발했다. 표정
으로 보아 백 국장의 첫 번째 추측은 틀린 듯. 백 국장은 슬슬
재미가 들리는 걸 느끼며 특유의 해맑은 미소를 내지었다.

"그럼 동성동본?"

"아버지······. 걔랑은 그런 사이 아니에요."

그런 사이 아니긴. 누굴 바보로 아나? 준현은 자신이 한 말에

어폐가 있음을 눈치 채지 못한 듯했다. 하지만 예리한 백 국장의 눈에는 변명으로밖에 느껴지지 않았다. 그는 분명 '지금 만나고 있는 여자'에 대해 물었다. 그리고 준현은 대답했다. '걔'랑은 그런 사이 아니라고. 이건 제 입으로 실토한 거나 다름이 없었다. 백준현은 '걔'랑 만나고 있었다. 제 녀석이 인정하든 인정하지 않든 그 아가씨에 대해 신경 쓰고 있는 것이다.

"그럼 어떤 사이란 말이냐?"

"그냥…… 친구예요."

"친구? 남녀 사이에 무슨 친구?"

"대학 동창이에요. 졸업 후엔 한 번도 본 적이 없는."

대학 동창이라? 오호— 백 국장 눈이 번쩍 떠졌다. 일단 나이와 출신 학교는 알았고! 더 캐내기 위해 백 국장은 속으로 파이팅을 외쳤다.

"그동안 못 보고 살다가 최근에 다시 만난 거냐?"

"뭐, 그런 거죠."

"어디서 봤는데? 동창 모임?"

"회사에서요."

무뚝뚝하게 말하고 준현은 고개를 푹 숙여 밥 먹는 데에 몰두했다. 더 이상은 절대 말하지 않으리라 다짐하며.

"회사? 이번에 새로 옮겨간 곳 말이냐? 일성어패럴?"

"……."

"그 아가씨가 일성에서 일하는구나. 그렇지?"

준현은 대답 없이 묵묵히 젓가락을 움직였다. 침묵은 긍정의 표시. 서른셋에 한국대 출신, 일성어패럴에서 근무한다라. 썩 튀는 조건은 아니나, 그렇다고 준현에 비해 많이 빠지는 조건도 아니었다. 아무리 봐도 숨길 필요까지는 없는 아가씨인데⋯⋯. 짝사랑인가?

"아니, 왜?"

백 국장은 혼자 중얼거렸다. 준현이 뭐가 부족해서 짝사랑을 한단 말인가. 어디를 봐도 빠지는 구석 하나 없는데.

"거참, 괜히 자존심이 상하네."

"또 왜요?"

백 국장이 장 넣고 마늘 넣고 참기름 넣고 열심히 비벼놓은 나물을 뒤적거리며 준현은 신경질적으로 물었다. 이런 식으로 강린에 대한 정보를 흘리고 싶지 않았다. 어차피 잠깐 만나는 척만 하다가 없던 일로 할 사이, 굳이 부모님까지 알 필요는 없다고 그는 생각했다.

"아니, 그러잖냐! 들어보니, 어디 빠지는 구석 없이 반듯한 애인 것 같은데. 왜 자꾸 넌 언급을 회피하느냔 말이지."

"아무 사이도 아니니까요."

무덤덤하게 준현은 말했다. 그러나 백 국장은 아들의 말엔 별 신경 쓰지 않는다는 듯, 열심히 본인의 생각을 피력했다.

"혹 그 아가씨한테 벌써 임자가 있는 게 아니냐? 넌 그 아가씨를 좋아하고."

"네?"

준현은 콩나물무침을 입 안에 넣으려다 말고 얼어붙었다. 어떻게 십여 년 전 상황을 저리 족집게처럼 딱 맞출 수가 있지? 전직 기자라 예리한 건가? 진땀이 나려고 했다.

"그게 아니라면, 그 아가씨가 널 별로 탐탁지 않게 생각하는 거냐?"

또 뜨끔. 준현은 표정관리를 위해 서둘러 눈동자를 아래로 깔았다. 이거이거, 계속 아버지와 말을 섞다가는 다 탄로나게 생겼다.

"이건 자존심 문제다, 백준현."

고개를 숙이고 밥 먹는 데에 미친 듯이 열중한, 아니, 열중하는 척하는 준현을 빤히 내려다보며 백 국장은 아주 비장하게 말했다. 못 들은 척, 고개를 숙이고 손만 열심히 놀리는 준현은 백 국장의 다음 발언에 온 신경을 곤두세웠다.

"이대로 물러나는 건 백씨 집안의 수치야."

수, 수치······? 멈칫, 손놀림을 멈추고 준현은 백 국장을 바라봤다. 얼빠진 얼굴로.

"네 어머니는 나 때문에 약혼까지 깨뜨렸어. 집안에서 정해준 약혼자를 버리고 날 따라나섰다 이거야."

"도대체 무슨 말씀을 하시려는 거예요?"

준현은 어이가 없어서 말이 안 나왔다. 부모의 우여곡절 결혼 스토리라면 그도 잘 알고 있지만, 그게 강린과 무슨 연관이 있다고? 백 국장과 이은실 여사는 서로 사랑해서 집안의 강력한 반대를 무릅쓰고 결혼한 커플이다. 두 사람 사이에는 주위의 반대에도 꿋꿋하게 변하지 않았던 '사랑'이 있었고, 둘의 사연은 그 어느 영화보다도 아름답다고 생각하는 준현이다. 어이가 없는 건 그래서다. 아니, 어떻게 강린과 어머니를 비교하려 드냐고요!

"사랑은 쟁취하는 거다. 백씨 가문 남자라면, 머뭇거려선 안 돼. 널 싫어하면 좋아하게 만들고, 다른 남자를 좋아하면…… 그래도 널 좋아하게 만드는 거야. 넌 자존심도 없냐?"

"사랑 아니라니까요!"

도저히 참지 못하고 준현은 벌떡 일어나며 고함을 질러 버렸다. 스스로도 과한 반응이 아니었나 싶을 정도의 고성이었다. 준현은 놀란 눈으로 자신을 쳐다보는 아버지의 야릇한 시선을 피해 휙, 몸을 돌렸다. 더 이상 아버지의 잔소릴 듣고 있다간 머리가 돌아버릴 것만 같았다. 도대체 왜 가만히 놔두질 않으시는 거냐고, 왜!

주방을 빠져나가는 아들의 성난 뒷모습에 백 국장은 고개를 가로저으며 쯧쯧, 혀를 찼다. 짝사랑보다 더한 수렁에 빠진 아들이 안타깝기 그지없었다. 사랑을 사랑이라 인정하지 못하는 지경이라면 앞으로 더 많은 고통과 혼란을 겪어내야 할 것이다. 도대체 어떤 아가씨길래 준현을 저 지경으로까지 몰고 간 것일까?

걱정 어린 마음으로 한참을 생각하던 백 국장은 결심한 듯 휴대폰을 꺼내 들고 아내의 번호를 눌렀다.

"여보세요? 납니다, 이 이사."

전화가 연결되자 백 국장은 살포시 웃었다. 수화기 속의 아내는 처음 참석하는 세미나에 대한 기대와 흥분 때문에 몹시 들떠 있었다.

"걱정하지 말고 차분히 잘해요. 할 수 있을 겁니다. 난 이은실 씨를 믿어요. 아! 다름이 아니라…… 준현이 놈 말인데."

준현이라면 끔찍한 아내가 수화기 안에서 화들짝 놀랐다. 혹시 무슨 일이라도 있을까 걱정이 되는 모양이었다. 백 국장은 흐뭇한 마음으로 눈웃음을 치며 아내를 안심시켰다. 그리고 차분하고 지성적인 어조로 다음 말을 이었다.

"우리 아들이 짝사랑을 심하게 앓고 있는 듯합니다."

다음 순간, 백 국장은 수화기를 귀로부터 멀찌감치 떼어놓아야 했다.

제7장

엎질러진 물 주워 담기는 원래 힘들다

똑똑.

"들어와."

문 사장의 목소리가 묵직하게 깔렸다. 출근하자마자 사장의 호출을 받고 올라온 강린은 밀려드는 불길함에 온몸을 부르르 떨었다. 지난주 준현의 비서가 되라는 터무니없는 명령을 들었을 때와 상황이 비슷했다. 자라 보고 놀란 가슴, 솥뚜껑 보고 놀란다고, 괜스레 불안해졌다. 게다가 어젯밤 내내 준현을 데리고 오라는 아버지의 추궁과 회유, 협박을 들어야 했던 강린이다. 두 번 다시는 어젯밤 같은 시련을 겪고 싶지 않았다. 설마…… 강희 고것이 일러바치거나 하진 않았겠지?

"부르셨어요, 사장님?"

찜찜한 기분을 구겨 넣고 강린은 사장실 문을 열고 들어갔다. 일부러 활달하고 씩씩하게 인사를 올리기 위해 그녀는 눈웃음을 애교있게 지으며 얼굴근육을 활짝 폈다. 그리고…….

'엇! 쟤가 웬일?'

웃는 강린의 얼굴이 순식간에 굳어졌다. 사장의 바로 옆 자리에 강희가 떡하니 버티고 앉아 있었다. 무섭기로 따지면 문 사장 못지않은 강희가. 허어— 도대체 쟤가 저기서 뭐 하는 거지? 설마, 준현과 불미스러운 일이 있었다는 사실을 불었을까?

"어, 그래. 어서 와라."

"좋은 아침."

강희의 카랑카랑 목소리가 깜찍한 아침인사를 건넨다. 평소 습관대로 한 손을 어깨 높이로 들어 올려 살랑살랑 흔드는 것은 물론이다. 떫은 감 씹듯 강린의 얼굴은 절로 굳어졌다.

"강희…… 언니까지 있었네?"

"음. 모닝커피 한 잔 얻어 마시고 있어. 김 실장은 진짜 커피 하나만큼은 죽여주게 잘 탄다니까."

아버지의 비서를 마치 제 하인 부려먹듯 부리는 걸 무슨 자랑이라고. 강희는 뻔뻔스럽게 말하며 커피 잔을 입술에 갖다 댔다.

"김 실장이 네 커피나 타다 주는 사람이라더냐?"

문 사장이 부드럽게 책망했다.

"아휴~ 아빠는. 김 실장이 그렇게 호락호락한 사람인 줄 알아? 내가 그 커피 마시려고 얼마나 많은 노력을 했는데. 별 생쇼를 다 했구만. 내 노력의 대가라고요, 이건."

아버지에게 한껏 애교를 부리며 강희는 달작지근하니 혀끝에 착착 감겨오는 커피 맛에 몸을 떨었다. 정말 요즘 같으면 살맛이 새록새록 나지 싶다. 실력으로 세계를 재패하고, 그 때문에 회사에 많은 이익을 안겨다 준 자신이 그녀는 너무나도 대견하고 뿌듯했다. 평소 문 사장의 기대에 못 미쳐 늘 타박만 들어야 했던 과거의 많은 아픔들을 모조리 다 상쇄시키고도 남을 뿌듯함이다.

'저놈의 계집애만 제 짝을 찾아 행복해지면 좋으련만.'

강희는 백준현을 밀기로 했다. 아무리 생각해 봐도 백준현만 한 남자가 없었다. 일성을 위해서나, 강린 개인에게로나, 최고의 남자라고 그녀는 생각했다. 때문에, 강희는 이번 사태에 대해 별다른 죄책감을 느끼지 않으려고 한다. 과정이야 어찌 됐든 결과만 좋으면 그만 아닌가? 나중에 두 사람이 잘되어 결혼식장 안으로 딴딴따단— 행진하는 경사가 생기면 강희는 러브메이커가 되는 거다. 지금은 좀 불쾌하고 힘들지도 모르겠지만 원래 사랑이 완성되는 과정이란 다 그런 거다. 세상에 쉬운 일은 없다.

"서서 뭐 해? 앉아."

들어올 때부터 표정이 어두운 강린. 강희의 말 한마디에 퍼뜩 놀랐다.

"어? 어……."

"그래, 이쪽으로 앉아라."

"네, 사장님."

"얘! 사장님이 뭐니? 업무 이야기하려는 거 아니거든? 편하게 큰아버지라고 불러."

사장이 가리키는 소파 쪽으로 이동하는 강린에게 강희가 말했다. 업무 얘기가 아니라고? 강린은 바짝 긴장한 채 강희를 노려봤다. 너, 대체 무슨 짓을 저지른 거니? 설마 다 얘기한 건 아니겠지?

"그래. 그러려무나. 어차피 널 이렇게 부른 건, 기획실 직원으로서가 아니라 내 조카로서니까."

"무슨 일인데요?"

애써 태연함을 가장하며 강린은 자리에 앉았다. 속으론 후덜덜 떨고 있음은 물론이다.

"어? 모르는 척하네. 귀여운 것."

"무슨 소리야? 내가 뭘 모르는 척한다고."

"내가 어제 사실대로 얘기했어. 너랑 백 실장 사이."

콰당— 정말 뒤로 넘어갈 일이 아닌가. 설마설마했던 게 결국 이렇게 되다니. 도대체 얼마나 입이 싸면 저럴 수가 있을까? 강린은 너무나 황당해 말이 안 나왔다. 주말과 어제 소문을 잠재우기 위해, 또 문 사장의 귀에 들어가는 것만큼은 막기 위해 얼마나 애를 썼나? 그런데 강희의 입질 한 번에 모든 게 다 허사가 되어버린 꼴이라니. 기운이 쭉 빠졌다.

"그래. 어젯밤에 강희한테 모두 다 들었다. 정말 너한테 많이 실망했어."

크허헙. 실망이란다. 죽고 싶다. 강린은 얼빠진 채로 어버버, 말을 더듬었다.

"예? 예…… 어, 저, 그게 저기, 그러니까……."

"둘이 사귀게 됐으면 제일 먼저 내게 알려야지. 어떻게 나만 쏙 빼고 다 알고 있어? 강희에 강훈이, 강혁이, 신 서방까지. 정말 서운했다."

이게 대체 뭔 소리? 스캔들 얘기가 아니잖아. 강린은 강희를 힐끗 훔쳐보았다. 김 실장이 타줬다는 모닝커피를 입에 물고 강희는 히죽거리기 바빴다. 도대체 어디서부터 어디까지 얘기한 거냐, 문강희. 사실대로 말한 거 아니었어?

"네가 말할 때까지 기다리다간 목 빠지겠더라. 어차피 언젠가는 다 알게 될 텐데, 뭐 하러 뜸을 들여? 누가 반대할 사람도 없잖아."

강린의 살기 어린 눈빛을 느꼈는지 강희는 어깨를 으쓱하며 해명 아닌 해명을 해댔다. 정말 기막힌 현실이 아닐 수 없다. 어쩌자고 문 사장 앞에서 저런 거짓말을! 차라리 사실대로 말하지. 불미스러운 스캔들 때문에 거짓 연애질을 하고 있다고, 그렇게 말하지!

'날더러 어떡하라고. 어떡하라고 이러는 거야!'

강린은 눈앞이 캄캄했다.

"그건 맞다. 백 실장이라면 내가 반대할 이유가 없지. 솔직히 백 실장, 정말 탐나는 청년이 아니냐."

"일등 신랑감이지. 강린이 사귄 남자들 중에선 최고일 거야, 아마."

"그거야 나도 동감이다. 내게 딸이 둘 있었다면, 백 실장을 내 사위 삼았을 거라니까."

"그런 생각, 하기 쉽지 않은데 말이지. 응?"

"그럼! 백 실장이니까 가능하지. 볼 때마다 든든하니, 마음에 쏙 드는 청년이야."

"조카도 딸이나 다름없으니까 너무 서운해 마, 아빠."

"아, 그야 그렇지. 조카사위도 사위지. 강린이 짝이라면 내 자식이나 다름없다."

주거니 받거니. 얼쑤! 문 사장과 강희는 강린을 사이에 두고 여유로운 대화를 즐기고. 그걸 바라보는 강린은 속이 타 들어가는 것만 같았다.

"저, 큰아버지……."

입술을 축이며 강린은 겨우 입을 열었다.

"실은요…… 사실은……."

강린이 하고 싶은 말은 '백준현이랑은 소문 때문에 어쩔 수 없이 연인 행세를 하고 있을 뿐이에요' 였다. 하지만 입이 떨어지지 않았다. 목구멍 근처까지 맴도는 말이 절대 나오질 않는 것이다. 혀도 굳고 숨도 막혀, 강린은 벙어리처럼 입만 벙긋벙긋, 숨만 그득그득 들이쉬고 있었다.

"어머. 강린이 너 또 그 얘기 하려고 그러지?"

낌새를 파악한 강희가 강린의 말끝을 휙 잡아먹었다. 멍석을 깔아줘도 저 모양이니, 한심하기 짝이 없는 강린이었다. 모 침대 CF의 한 장면처럼, 얌전히 앉아 있으면 백준현을 제 품으로 뚝 떨어뜨려 줄 텐데. 아니, 왜 지가 나서서 초를 치냐고. 답답이, 답답이!

"그 얘기라니? 무슨 얘기 말이냐?"

문 사장이 물었다. 강희는 씩, 웃으며 커피를 홀짝거렸다.

"아빠도 아시잖아. 강린이, 작은아빠 닮아서 노파심 심한 거. 좀 더 사귀어보고 백 실장이 정말 내 남자라는 생각이 들면, 그때 밝히고 싶었대나 봐."

"음, 그것도 맞는 말이구나. 그래야지. 사람들 눈이 있는데, 신중해서 나쁠 것 없지. 요즘 애들 참 내키는 대로 함부로 사귀고 헤어져. 문제야, 문제."

함부로 사귀고 헤어지고, 부분에서 낯빛이 시뻘게지는 강린. '짧게 사귀는 척하려다가 다시 헤어지는' 콘셉트는 그녀가 준현과 계획했던 시나리오이기도 했으니 엄청 찔릴 것이다. 그래도 저 낯빛은……. 쯧쯧쯧, 왜 저리 간이 작을꼬. 저러다 들키면 어쩌려고.

"근데 솔직히 두 사람, 잘될 것 같지 않아? 난 진짜 잘 어울린다고 생각하는데."

"물론이지."

"음, 아빠도 그렇게 생각하는구나? 나도 두 사람 사귄다는 말 처음 듣고, 할렐루야! 했잖아. 완벽한 결합 아니야? 회사에 꼭 필요한 사람이 가족이 될 수 있다는 거, 이건 정말 행운이야."

"허허허! 그거야 두말하면 잔소리지. 뭐, 백 실장한테 대면 우리 강린이가 조금 아깝기야 하지만서도 두 사람만 좋다면, 무슨 문제가 있겠니? 난 기꺼이 찬성이다."

만담을 방불케 하는 '주거니 받거니'에 강린은 할 말을 잃었다. 정말 어처구니없는 일이 아닐 수 없습니다! 한때 유행했던 한 뉴스앵커의 멘트가 귓전을 때렸다. 아하하, 얼굴에 어색한 웃음만 띤 채 강린은 초조할 때 나오는 버릇, 손바닥으로 얼굴 문지르기에 전념했다. 정말 민망하기 짝이 없었다. 완벽한 결합이라는 둥, 강린이 아깝다는 둥. 왜 저런 헛소릴 하는 건지. 솔직히 객관적으로 생각해 봐도 말이 안 되는 말이었다.

"그리고 어차피 사람들한테 다 들켰어. 숨기는 게 더 이상할걸?"

"들켰다고?"

"그럼. 회사 사람들 전부 다 알고 있어. 차라리 이렇게 밝히는 게 솔직해 보이고 좋은 거야, 문강린."

"그게 정말이냐?"

문 사장은 무척 놀란 듯 강린을 돌아봤다. 강린은 고개를 푹 수그린 채 절망의 구렁텅이에서 허우적거리고 있었다. 강린이 머뭇머뭇 말 못하는 사이 강희가 문 사장 옆구리를 푹 찔렀다.

"아이, 정말이라니까. 회사 안에서 커플로 사진도 찍고 그랬어. 인터넷에 올린다고. 그랬지, 강린아?"

"어, 응…….. 그런데 그건…….."

뭔가 제대로 된 변명을 해보려던 찰나, 강희가 그녀의 말을 막았다.

"인터넷이 어떤 곳인지 아빠도 알잖아. 비공개라는 게 없는 곳이야, 거긴. 그런 공간에 사진을 올릴 정도면 이미 끝난 게임인 거야."

"그으~래?"

문 사장이 자못 놀랐다는 듯 강린을 돌아보았다. 자신을 마치 부뚜막에 먼저 올라간 고양이인 양 바라보는 시선에 강린은 당혹스러울 따름이었다.

"하여간 빠르구나. 언제 그렇게 사이가 가까워진 거냐?"

"아휴! 아빠는. 백 실장이랑 강린이, 대학 동창이잖아. 그때부터 알고 지낸 걸로 따지면 빠른 게 아니지. 오히려 늦은 거야."

"오호! 그게 또 그렇게 되는 거구나."

"그럼. 그때도 서로 조금씩 마음이 있었다는데?"

바람 그만 좀 잡지 그래? 강린은 강희의 목을 졸라 버리고 싶은 심정이었다. 이렇게 가다가는 진짜 준현과 위장결혼이라도 해야 할 판이 아닌가.

"아, 그래? 어허— 이것참. 사귄대서 이제 만나기 시작한 줄 알았더니, 조만간 국수를 먹게 생겼구나. 이렇게 좋은 소식을 네 아버지도 알고 계시냐?"

"모르세요……."

아니, 가만. 알고 있잖아?!

서둘러 자신의 말을 정정하며 강린은 강희를 죽일 듯이 노려 보았다. 정말 웬수가 따로 없다. 백준현 하나만으로도 버거운 그녀의 인생에 또 다른 웬수가 등장해 주시다니. 아, 진짜 푸닥 거리라도 해야 조용해지려나. 신이 원망스러운 오늘이다.

"그래? 그럼 언제 한번 올라오시라 그래야겠구나. 얼굴도 보고 함께 식사나 하면서 진지한 이야기를 좀 나눠봐야겠다."

"결혼 이야기?"

강희가 커피 잔을 테이블에 내려놓으며 문 사장의 장단을 맞 췄다.

"물론이지. 강린이 나이도 있는데, 서둘러야지 않겠냐? 한시 바삐 백 실장이 우리 식구가 되어야 내 마음도 놓이겠다. 허허 허! 강훈이가 사람 복이 있는 거지. 백 실장이 강린이 짝이 되다 니. 강훈이 어깨가 얼마나 가벼워지겠냐? 이제 됐다. 안심이야. 회사 걱정 할 필요 없겠어."

문 사장은 강린의 손을 토닥토닥 쓰다듬으며 흐뭇하게 웃었 다. 회사의 다음 주인으로 낙점되어진 큰아들 강훈의 보필을 준현에게 맡길 심사인 듯. 문 사장이 준현을 이토록 믿고 의지하고 있었던가, 새삼 놀라웠다. 그나저나 일이 커지게 생겼으니, 어쩌지? 이러다가 진짜 무슨 사달이 나지 싶다.

"큰아버지, 아직은 좀 이른 감이 있다고 생각해요. 저희는 아직 교제 중이고……."

그렇지. 좋아! 잘하고 있어, 문강린. 가는 거야!

"아니, 그게 무슨 소리냐? 이르다니. 네 나이가 몇인데? 강희는 벌써 애가 둘이지 않니. 너도 어서 가정을 이루어야지. 지금도 늦었다, 너는."

"아직 확신이 안 들어서요. 서로 인연인지 아닌지, 좀 더 만나보면서 생각해 보는 게 좋을 것 같아요."

"백 실장도 그렇게 생각하는 거냐?"

"그럼요."

아쉬운 표정이 문 사장의 얼굴을 휩쓸었다. 죄책감에 가슴이 아팠지만, 어쩌랴? 회사의 장래를 위해서 웬수댕이 백준현과 잘해볼 마음은 추호도 없었다.

"아빠, 걱정 마. 두 사람이 얼마나 닭살인데. 조만간 좋은 소식 들릴 거야."

"그러면 오죽 좋겠니?"

"이럴 것 없이 백 실장한테 직접 물어보면 되잖아, 강린이랑 어디까지 생각하고 있냐고."

강희가 쾌활하게 말하며 히죽거렸다.

강희는 일단 여기까지 만족하기로 했다. 어른들이 알게 된 것만으로도 절반은 성공이나 마찬가지이니, 이제 두 사람이 이 난관을 어떻게 풀어나갈지 느긋하게 지켜보면 되는 것이었다. 말하는 것처럼 두 사람이 정말 죽도록 서로를 싫어한다면 출혈을 감수하고서라도 이 상황에서 벗어나려 할 것이고, 그렇지 않다면……

"큭큭!"

강희가 봤을 때, 두 사람 사이엔 뭔가가 존재했다. 말로 표현할 수 없는 느낌. 민감한 사람만이 느낄 수 있는. 강희는 강린과 준현이 조만간 일을 낼 거라고 확신했다.

"왜 웃어?"

강린이 뚱한 얼굴로 물었다. 강희가 무슨 속셈을 가지고 있는지 알고 싶어 죽겠다는 표정이다. 강희는 즐거운 듯 루루루— 콧노래를 부르며 천장을 올려다봤다. 마치 천장에 천사라도 붙어 있는 듯 평화롭고 사랑스런 표정을 짓는 강희.

"작은아빠 등살을 백 실장이 얼마나 버텨낼지 심히 기대가 돼서 말이야."

"……!"

저, 저게! 안 그래도 열 받는데, 약까지 올리네! 강린은 행복한 얼굴로 노래하는 강희를 잔뜩 노려보았다. 뻗히는 열통을 참느라 파르르 얼굴근육이 떨려왔다.

"그거 말 되는구나. 문 원장이 백 실장을 그냥 놔두진 않을 테지. 하하하! 갑자기 백 실장이 불쌍해지네그려."

문 사장도 신이 난 듯 껄껄 웃었다. 강린은 노랗게 뜬 얼굴로 강희를 째려봤다. 듣기만 해도 암담한 얘기였다. 문 원장이 어젯밤 얼마나 집요하게 준현에 대해 캐물었는지 떠올리니 눈앞은 암흑으로 변했다.

그때다. 비서실과 연결된 인터폰이 울렸다.

"어, 그래."

[기획실의 백준현 실장이 도착했습니다.]

"오! 들어오라고 하게. 안 그래도 묻고 싶었던 게 있었는데 잘 됐구만."

호랑이도 제 말하면 온다더니. 아침부터 백준현이 여긴 웬일? 사색이 된 얼굴로 강린은 강희를 돌아봤다. 너지? 하고 윽박지르는 강린의 눈빛에 강희는 전혀 모르고 있었다는 듯 순진한 얼굴로 고개를 내저었다.

"뭐라고 말할지 궁금해 죽겠네."

"너 돌았어? 어떻게 그렇게 말을 해? 나더러 어쩌라고. 생각이 있는 거야, 없는 거야?"

사장실을 막 나온 강린은 커피 자동판매기 앞에 준현을 세워두고 짜증을 있는 대로 부리고 있었다. 하필 그 상황에 준현이 짠 나타날 게 뭐며, 강린과 결혼까지 생각하고 있다고 말할 게 뭐란 말인가. 벗어나려 할수록 점점 더 깊게 빠져드는 늪처럼,

일이 더욱 힘들어지고 있음을 강린은 피부로 느끼고 있었다. 강희가 알고, 부모님이 알게 되고, 이제는 문 사장까지. 더 나빠지려야 나빠질 수도 없는 상황에 그들은 몰려 있었다.

"뭐라고 말 좀 해봐! 어쩔 건데?"

"이게 지금 '내'가 어째야 되는 문제냐? 난 할 만큼 했어."

두 손을 호주머니에 찔러 넣고 준현은 길길이 날뛰는 강린을 무덤덤한 시선으로 바라보았다. 어쩜 저리도 태연한지, 세상을 통달한 것 같은 녀석의 태도에 강린은 더욱 열이 뻗쳤다.

"이제 '네'가 풀어야지. 안 그래?"

"뭐?! 그걸 말이라고 해? 일을 이렇게 꼬아놓은 게 누군데 할 만큼 했다는 거야?"

너무나 황당해 강린은 입까지 헤벌쭉 벌리고 말했다.

"그럼 내가 어떻게 했어야 해? 주변 사람들 속이면서 연극 중이라고 말해야 해?"

"누가 그러래? 그냥 대충 얼버무리고 말면 될 것을. 결혼 이야긴 왜 꺼내? 넌 이 일이 장난처럼 느껴지겠지만, 난 아니라고. 온 집안 식구들한테 다 알게 됐단 말이야. 너처럼 손 놓고 뒷짐 지고 있을 상황이 아니라니까."

이 돌팅아! 몇 번을 말해야 알아듣겠니?!

"너만 힘들고 귀찮은 거 아니라고 했지? 나 역시 편한 상태는 아니야."

콧잔등을 찡그리며 준현은 오늘 아침의 일을 떠올렸다. 출근하려는 그를 붙들고 백 국장은 계속해서 '마음에 드는 여자는 무조건 네 걸로 만들어야 된다'는 요상한 말을 읊어댔다. 하도 많이 들어서 이젠 귀에 못이 박힐 지경이었다. 겨우 백 국장을 따돌리고 출근을 하려는데 세미나 참석차 지방에 가 있는 이은실 여사까지 전화를 걸어 그를 들볶았다. 말 한마디 잘못해서 이제 몇 달간은 부모님에게 달달 볶이게 생긴 것이다. 그렇게 지친 기분으로 사무실을 막 들어선 그에게 부하직원은 사장의 호출을 알려주었고, 사장실로 들어서자마자 그는 추궁 어린 사장과 사장 딸의 시선을 고스란히 받아내야 했다. 할렐루야.

"안 편한 애가 결혼 애길 꺼내냐? 우리 큰아버지 앞에서?"

윙 소리를 내던 자판기가 커피 한 잔을 토해내자 준현이 손을 뻗었다. 모락모락 김이 나는 갈색 음료를 들고 그는 복도를 걷기 시작했다. 이에 무시당했다는 기분이 들어 강린은 더욱 발끈했다.

"왜 말을 못해? 일은 네가 저질러 놓고. 어떻게 할 거야? 책임져, 네가. 네가 다 해결하라고."

그에게 책임을 지라니. 이 무슨 신발 밑창에 껌딱지 붙는 소린가. 이 사태의 책임자는 강린이며 준현은 피해자가 아니었던가. 그런 그에게 책임을 전가하다니. 황당해서 말도 안 나왔다.

준현은 냉소적으로 웃음을 터뜨리며 발길을 멈추었다. 꼭지까지 올라오는 짜증을 다스리며 걸음을 딱 멈춘 그는 천천히 뒤를 돌았다. 맹렬히 그의 뒤를 쫓던 강린의 발걸음도 멈칫 제자리에 섰다.

"뭐, 뭐야?"

갑자기 걸음을 멈춘 그의 눈빛이 심상치 않음을 감지한 강린이 말을 더듬었다. 순간적인 화 때문에 꽥꽥 소리를 질러줬으나 녀석의 사나운 기세가 살짝, 아주 살짝 두려운 게 사실이었다.

"네가 미친 듯이 좋아서 그렇게 말한 게 아니야. 네 큰아버지니까. 사장님이 네 큰아버지니까. 사장님 앞이었으니까 그렇게 말할 수밖에 없었어. 됐냐?"

"그, 그게 무슨 말이야?"

"전에도 말했듯이 난 이번 일로 사장님의 눈 밖에 나고 싶지 않아. 그깟 소문 때문에 회사를 그만두는 치욕은 더욱 싫어."

"소문이랑 결혼 얘긴 별개야. 그 얘길 지금 왜 꺼내? 애초부터 사귀는 척하다가 소리 소문 없이 헤어지는 쪽으로 가는 게 우리 계획이었잖아."

"어떻게 별개냐. 소문 때문에 결혼까지 하게 생겼는데."

"결혼 얘긴 네가 먼저 꺼낸 말이잖아. 대충 둘러대도 되는데 왜 결혼이 어쩌고, 해서 일을 복잡하게 만든 거냐고, 내 말은."

"그래? 그럼 넌 아까 내가 뭐라고 했어야 했다고 생각하는 거냐?"

"그야……."

"엔조이라고? 장난처럼 잠깐 만나다가 마음 맞지 않으면 그냥 헤어질 사이라고? 결혼 같은 진지한 관계는 절대 생각하지 않는 사이라고?"

"……."

만약 아까 준현이 그리 말했다면, 그는 문 사장의 다혈질에 뼈도 못 추렸을 것이다. 문씨 핏줄이 어디 가나? 부드럽고 다감한 성격 같아 보여도 문 사장이 은근히 급하다. 게다가 조카사랑은 또 얼마나 유난스러운지. 강린은 차마 대꾸를 하지 못하고 꽉 입을 다물었다.

"난 맞아 죽기 싫다. 너 때문이라면 더더욱 싫다. 벽에 X 바르고 살 때까지 오래오래 살 거야."

"아무리 너는 그렇게 말을……. 큰아버지가 널 주, 죽이기야 하시겠어?"

"나 같으면 죽여, 그런 비겁한 자식."

준현은 눈 하나 깜짝하지 않고 살인을 읊어댔다.

'사, 살벌한 놈. 무슨 말을 저렇게 살벌하게 하냐.'

괜한 말이 아닌 것처럼 진지한 녀석의 눈빛에 사로잡혀 강린은 꼼짝할 수가 없었다. 멀뚱멀뚱 두 눈을 끔벅끔벅 감았다, 떴다를 반복하면서 강린은 준현의 강렬한 눈동자를 바라봤다. 두근두근. 묘하게, 상황에도 맞지 않게 가슴이 뛰었다. 빨려 들어갈 듯 강한 그의 눈빛에서 시선을 뗄 수가 없었고, 손가락 하나 까딱 움직이지도 못했다.

그때와 똑같았다. 취중허담 사건이 일어났던 바로 그때도 지금처럼 가슴이 두근거렸었다. 그의 간절하면서도 강렬했던 눈빛에 끌려 강린의 이성은 마비되었었다.

"널 좋아해. 처음 봤을 때부터 쭉. 너랑 키스하고 싶어."

그가 그랬었다. 많은 선후배들이 모여 있는 자리에서. 그 진지함과 애절함에 그 자리에 있던 모든 이들이 그의 고백에 감동을 받았었다. 강린 역시 그랬었고, 그가 거짓말을 했을 거라고는 결단코 생각한 적이 없었다. 그랬는데 다음날 그는……

"어머, 웬일이야."

"그냥 하시지. 눈치 보지 말고."

키득거리는 웃음소리에 강린은 퍼뜩 정신을 차렸다. 회사직원들이 복도를 지나가며 흘끔흘끔 그들을 훔쳐보며 한 마디씩 하고 있었다. 다들 뭘 상상한 거야? 회사직원들 다 지나다니는 복도에서 둘이 뽀뽀라도 할 줄 알았나? 뭘 눈치 보지 말라는 소리야, 대체.

강린은 낭패감 섞인 얼굴로 서서 준현을 흘끔거렸다. 그 역시 짜증이 이는지 거친 동작으로 머리카락을 긁어 올렸다.

"더 있다간 박수 치게 생겼다. 따라와."

신경 쓰기도 귀찮다는 듯 그녀를 외면하며 준현이 휙, 몸을 돌렸다. 사무실 쪽을 향해 걷는 녀석의 발걸음은 꽤나 단호했다. 화났나?

'흥. 누군 화 안 났나? 지금 화낼 사람이 누군데 그래? 네놈은

적어도 가족한테는 알려지지 않았을 것 아니야!'

그가 짜증나고 화나는 만큼, 그녀 역시 초조하고 힘들었다. 온 가족이 나서서 그녀를 준현의 품으로 밀어 넣고 있는데 멀쩡할 리 없지 않는가? 그런 그녀의 마음도 모르고 준현은 결혼까지 생각하는 사이라고 공언했지, 큰아버지는 올해 넘기지 말라고 권고하셨지. 강린도 지금 죽을 맛이었다.

이를 악물며 속 터지는 한숨을 내쉬는 강린은 '너랑 키스하고 싶어'라고 속삭이는 머릿속 백준현을 휙휙 털어내며 그의 뒤를 따랐다. 거의 우거지상으로.

＊

사무실을 막 들어가니, 역시나 관심폭발. 사귄다고 천명한 지만 하루밖에 안 되어서 그런지 아직도 그들을 바라보는 직원들의 눈빛은 호기심 만발이었다. 두 사람이 나란히 들어오니 우후— 야유인지 환호인지 모를 묘한 괴성을 질러대며 난리도 아니었다. 이런 나날을 도대체 언제까지 견뎌내야 하는지.

강린은 쏟아지는 관심과 시선을 외면하며 비서실로 걸음을 옮겼다.

"그런데 실장님, 실장님은 원래 커피 안 드시잖아요. 손에 든 건 뭐예요?"

강린은 걷던 걸음을 멈추고 쫑긋 귀를 세웠다. 저 커피는 아까 그들이 티격태격할 때 그가 자판기에서 뽑아 쭉 그가 들고 있던 거였다. 한 모금도 마시지 않고 사무실까지 들고 온 게 좀 이상하다 싶었는데…….

"이거 문 대리 거예요."

"예? 아니, 문 대리님 커피를 왜……?"

일순 싸한 정적이 감돌았다. 비서에게 커피를 뽑아다 바치는 실장이라니. 순간 다들 당혹스러웠나 보다. 적응 안 되는 현실에 다들 좀 놀란 것 같았다. 하지만 그들이 공식적으로 밝힌 연인 관계라는 사실을 떠올리자면 그다지 놀랄 일도 아니었다. 아니나 다를까, 일 초도 지나지 않아 다들 적응하는 눈치들이다.

"실장님이 대리님 커피 심부름도 하세요?"

"너무 뜨겁다고 해서 대신 들어다 준 거예요. 델 수도 있잖아요."

갑자기 사무실 안이 소란스러워지기 시작했다. 너무 심하게 닭살 떠는 거 아니냐, 대패 갖고 와라, 누군 벌써 닭이 되어버렸다고 소리치기 시작했다. 벌써부터 꽉 쥐어 사는 거 아니냐는 남성들의 타박도 이어졌다.

"와~ 대리님은 너무 좋겠다. 실장님이 날마다 커피 배달도 해주고."

맹한 목소리에 부러운 듯한 표정으로 민희는 강린을 보았다.

"아, 어, 응…….."

뭐라고 대답해야 할지 몰라 강린은 쩔쩔맸다. 사전에 약속해

놓은 말이 아니라 더 당황될 수밖에 없었다. 도대체 백준현은 왜 이렇게 요란스러운 건가. 왜 그냥 노멀하게 못 넘어가고 꼭 이런 부담스러운 상황을 만드는 건가. 정말 짜증 지대다. 아! 제발 아무래도 좋으니까 사무실 애들 흥분시키는 짓 좀 안 했으면 좋겠다 싶었다. 이런 일로 동료들에게 주목받는 거 정말 딱 싫었다.

쾅!

잠시 후, 비서실 문을 닫고 들어오는 준현을 향해 강린은 도발적으로 다가섰다. 두 팔짱을 가슴 밑으로 끼고 고개를 도도하게 쳐든 강린은 준현을 잡아먹을 듯 노려보았다.

"꼭 이렇게까지 해야겠냐? 너무 오버하면 오히려 의심받는다는 거 몰라?"

준현은 강린의 눈을 보기 위해 정신을 집중시켰다. 헐렁헐렁한 셔츠 한 장만 달랑 걸친 채 팔짱을 낀 강린의 조그맣고 나란한 용기 쪽은 절대적으로 외면해야 했다. 엘리베이터 안에서 본의 아니게 느껴야 했던 그 부드럽고 말랑말랑한 촉감이 떠오르는 걸 준현은 필사적으로 막았다.

"아무도 의심하는 것 같지 않았어."

"내 말은, 자꾸 이상한 걸로 애들 자극하지 마란 말이야. 평범하게 가자고, 평범하게."

"커피 한 잔 뽑아준 게 자극 축에나 낀다고 생각해?"

"넌 실장이야. 난 비서고."

"비서이기 이전에 넌 내 여자야."

"뭐?"

준현의 예상대로 강린은 기겁을 하며 눈을 둥그렇게 치떴다. 장난으로 한 말이지만 상대의 반응이 너무 심하니, 썩 좋은 기분은 아니었다. 준현은 사무실 천장을 노려보며 한숨을 지었다.

"저 사람들이 우릴 그렇게 보고 있다고. 나 말고 저 사람들이."

"그, 그건 그렇지만……."

"왜? 또 내가 뭘 잘못했는데?"

준현은 고개를 쑥 내려 강린의 얼굴 가까이 들이댔다. 숨 쉴 때마다 오르락내리락 흔들거리는 그녀의 작은 가슴은 절대 거들떠도 보지 않았다.

"너무 진짜처럼 해도 좀 그렇다고. 적당히 해야……."

"하려면 제대로 하고, 그게 싫으면 아예 하지 말자고 그랬을 텐데."

"하지만…… 자꾸, 이러다가……."

"이러다가, 뭐?"

무슨 말을 하려고 이렇게 뜸을 들이는 거지? 준현은 두 눈을 가늘게 뜨고 강린의 벌어진 입술을 내려다보았다. 벌어진 입술…….

그 사이로 단정한 치아와 분홍빛 혀가 보였다. 생각했던 것보다 도톰하고 모양 좋은 입술을 노려보며 준현은 이를 악물었다.

빨리 말해라, 응?

"키스라도 하라고 하면 어쩔 건데?"

"뭐?"

예상외의 답변에 준현은 허에 찔린 듯 말문이 막혀 버렸다. 키스라고? 지금 문강린이 키스 얘기 꺼낸 거 맞나?

"뭐, 꼭…… 키스가 아니라도, 그 비슷한 거라고 시킬 수 있잖아……. 만에 하나."

"……."

스스로 꺼낸 말인데도 무척이나 당황스러운지 강린은 말까지 더듬었다. 준현은 웃음이 터질 것 같아 꾹 참았다. 키스까지 생각했단 말이지? 응?

"내 말은, 그러니까, 진짜 애인 사이인 줄 알면 시킬 수도 있다, 뭐 그런 거지."

준현은 괜히 흐뭇해지는 이 기분을 뭐라고 생각해야 할지 갈피를 잡을 수가 없었다. 귀여워 죽겠다니까, 문강냉. 준현은 웃음이 터질 것 같은 속마음을 감추고 정색하며 대꾸했다.

"거절하면 되지, 시킨다고 다 하냐?"

"그게 마음대로 되면 다행이지만……."

"못하겠으면 그냥 하든지. 하면 되지 뭐가 문제야?"

"그걸 말이라고 해?"

"입술 한번 부딪치는 게 뭐가 어렵다고. 난 상관없어. 어차피 입술보다 더한 걸 네 손에 헌납하신 몸이니까."

"아흐~ 너, 진짜. 야!"

얼굴이 벌게진 강린이 벌컥 소리를 질렀다. 준현은 귀여운 강린의 말랑말랑 두 볼을 토닥토닥 쓰다듬으며 나지막이 속삭였다.

"그 비명 소리, 생각에 따라선 꽤 야하게 들리거든? 사람들 상상력 부추기지 말고, 좋게 일이나 하자고. 응?"

"뭐, 뭐? 이 손 안 치워? 누가 바람둥이 아니랄까 봐. 아우, 저질스러운 자식."

"그럼 저질 바람둥이는 이만."

준현은 살근살근 웃으며 강린의 약을 바짝 올렸다. 강린으로선 정말 얄미워 죽을 판. 한 마디도 안 지고 또박또박 말대꾸하는 저 입주둥이를 확 스테이플러로 박아버리고 싶을 지경이었다. 강린은 저주의 눈길을 퍼부어도 꿈쩍도 않고 제 방으로 들어가는 준현을 향해 아드득 이를 갈았다. 누가 알리오, 그녀의 이 억하심정을. 쾅쾅, 주먹으로 가슴을 쳐도 절대 내려가지 않는 이 앙금을.

"이러다 진짜 홧병 나겠네."

얼굴 맞대고 일하는 것만 안 해도 살 것 같은데. 어서 육 개월이 빨리 가야지. 아휴, 내 팔자야.

"아, 참."

벌컥, 실장실 문이 열렸다. 지끈거리는 머리를 손으로 부여잡고 끙끙 앓고 있던 강린은 녀석의 잘난 면상을 찌릿 노려보았다.

"뭐?"

"그 커피는 진짜 네 거야. 조금 식었지만 마셔. 우리의 성공적인 쇼를 위해."

"쇼? 무슨 쇼?"

"그야, 식당 바닥 쇼지."

"이게…… 야!"

뺀질거리는 미소를 방실방실 웃으며 그녀의 약을 박박 올리는 녀석. 강린은 삿대질까지 해가며 소리를 질렀지만 다음 순간 쾅, 실장실 문은 닫혀 버렸다.

"아우, 저 자식을!"

부르르 성질이 치밀어 올라 강린은 애꿎은 머리카락만 쥐어뜯었다.

제8장

죽이고 싶은 녀석이 있다

준현에 대한 강린의 울화통은 점심시간이 다 되어갈 무렵, 한 통의 전화를 받고부터 더욱 더 심화되어 갔다.

[백준현 씨 사무실이죠?]

여자였다. 가녀리면서도 낭랑한 처자의 음성.

저도 모르게 강린은 신경을 곤두세웠다. 일주일이 넘게 그의 업무 전화를 받아왔지만 여자로부터 걸려온 전화는 처음이었기에, 더 관심이 갔다. 사실 그동안 개인적인 연락이 전혀 없어서 놀라긴 했다. 한편으론 바람둥이라는 이미지와는 사뭇 다른 모습이라 약간 의아스럽기도 했고, 다른 한편으로는 사적인 전화는 휴대전화를 이용하나 보다 생각하기도 했던 강린이었다. 그런데 드디어 여자가 전화를 걸어왔다. 혹, 애인이 아닐까?

"네, 맞습니다만 어디신데요?"

좀 더 친절하게 받아야 하겠지만…….

'난 정식 비서가 아니거든.'

흥, 속으로 콧방귀를 끼며 강린은 스스로를 변론했다. 왜 그런지 짜증이 일었다. 아니, 회사전화가 지 개인 전화야? 이런 건지 휴대폰으로 처리해야 하는 거 아니냐고. 괜히 안 내도 되는 화딱지를 마구마구 내며 강린은 입술을 실룩거렸다.

[친구예요. 핸드폰이 꺼져 있어서 그런데 지금 전화통화 가능할까요?]

친구? 그래, 여자 친구도 친구지.

"지금 업무 중이신데, 통화 가능한지 여쭤보도록 하죠. 실례지만 전화 거신 분 성함이 어떻게 되시죠?"

삐딱하게 물으며 강린은 잘근잘근 뭔가를 씹었다. 흠칫 놀라 바라보니 손에 들고 있던 볼펜 꼭대기다. 한쪽 끝이 잇자국으로 엉망이 되어 있었다.

[소은이라고 하면 알 거예요.]

소은이라고 하면 알 거예용~ 콧소리 살짝 섞인 여자의 말투를 따라 하며 강린은 콧잔등을 찡그렸다. 목소리로 보아 레이스 왕창 달린 드레스를 온몸에 휘감은 공주과가 틀림없다. 왕짜증. 심술이 불끈불끈 치솟았다.

"잠깐만…… 흠—"

하던 말을 멈추고 강린은 깊은 숨을 들이쉬었다.

"기다려 주세요."

[바쁘거든요? 좀 서둘러 주세요.]

까칠하게 대응해 주시는 공주님. 아랫사람 부리듯 하는 태도에 또 짜증이 솟구쳤다. 강린은 감정 잔뜩 실린 손동작으로 실장실로 통하는 인터폰을 쾅 눌렀다.

[왜? 밥 먹고 싶냐?]

대뜸 날아온 준현의 대답. 비웃음이 살짝 실린 말투다. 통통한 사람은 다 먹는 데에 환장하는 줄 아나? 욱 치받치는 감정에 강린은 이를 악물었다.

"죽고 싶냐?"

[점심시간도 됐고, 나가자. 밥 사줄게.]

"됐거든? 나, 너랑 밥 안 먹어. 누구 체하게 할 일 있어?"

[왜 이래. 의심받고 싶어? 한 사무실에서 근무하면서 점심도 따로 먹으면, 퍽이나 우릴 믿겠다.]

"흥! 전화나 받으시고 그런 소릴 하시지."

[전화? 무슨 전화? 전화 왔어?]

"충고하는데. 네 애인, 우리 회사 근처엔 절대 얼씬도 하지 말라 그래."

[내 애인?]

"괜히 와서 너랑 같이 있는 거 들키면 산통 다 깨지는 거잖아. 너도 그리 알고, 미안하지만 오늘 점심은 둘이 멀리 나가서 먹어라."

[풋! 너 질투하냐?]

"뭐어?!"

[아니, 그렇잖아. 대뜸 전화해서 애인이 어쩌고, 얼씬거리지 말라는 둥. 딱 질투하는 폼인데?]

왜 저렇게 희희낙락이람. 정말 꼴불견이 따로 없다.

"헛소리 작작해. 누가 누굴 질투한다는 거야?"

[그런 생각이 잠깐 들었을 뿐이야.]

히죽거리는 놈의 면상을 확 후려갈겨 주고 싶지만, 강린은 참 았다. 참자, 참는 자에게 복이 있나니. 괜히 여기서 더 욱했다가 는 놈의 왕자병만 더 불 질러주는 것밖에 안 되었다. 심술이 극 에 달한 강린은 아무 예고도 없이 녀석을 공주병 처자와 연결시 켜 줘버렸다.

"공주, 왕자. 아주 잘 만났네."

혼잣말을 중얼거리며 강린은 벌떡 자리에서 일어났다. 이삼 분만 있으면 점심시간이었다. 그녀의 예상대로 준현은 여자 친 구와 점심 약속을 했겠지.

"쳇."

강린은 실장실 문을 뚫어져라 쳐다보았다. 머리는 계속해서 빨리 나가서 다른 동료들과 맛난 점심을 사먹으라고, 명령을 내 리고 있었다. 그러나 강린은 실장실 문만 노려보았다. 도대체 언제까지 통화를 할 거지? 뭐 하느라고 이렇게 늦어지는 거야?

설마 전화로 무슨 딴 짓을 하는 건 아니지?

'딴 짓? 무슨 짓?'

폰, 그거라고 말 못한다. 에비! 모범처자가 별생각을. 얼마 전에 DVD로 빌려 재탕한 영화 '개와 고양이에 관한 진실'에서 보았던 빨간 장면이 저절로 떠올랐다. 미스 개와 그녀를 미스 고양이로 착각하고 있는 남자 주인공이 전화통화를 하면서 야한 짓을 하는 바로 그 장면 말이다. 그 얌전한 영화에서 그런 장면이 튀어나올 줄 누가 알았겠나. 너무나 충격적이어서 볼 때마다 놀라게 되는 그녀.

'생각하지 마, 생각하면 안 돼! 으힉!'

강린은 얼굴을 붉히며 서둘러 백을 챙겼다. 백준현이 뭘 하든 상관없었다. 어차피 녀석과 같이 점심 하려던 건 아니었으니. 전화를 얼마나 오래하든, 누구랑 점심을 먹든 자신과는 하등의 관계가 없다고 강린은 생각했다.

백을 들고 막 방에서 나오자, 기획실 동료 몇이 그녀를 돌아봤다. 막 단체로 밥 먹으러 가려던 참이었는지 그들은 강린을 보자마자 함께 나가자고 했다. 애인 있는 사람이 왜 이쪽으로 붙냐며 농을 건네는 남자 사원이 한 명 있었지만 강린은 준현에겐 동창과의 선약이 있다며 대충 둘러대고 따라나섰다.

"동창? 혹시 여자 만나면서 핑계 대는 거 아니야?"

강희가 핸드백을 챙기며 우스갯소리를 하자, '설마! 실장님은 그런 분이 아니에요' 하면서 한바탕 난리가 났다. 정말 여직원들에겐 전폭적인 지지를 얻고 있는 백준현이다. 그들 눈에는 백준현이 여자 친구에게 최선을 다하는 완소매력남으로 보이나 보다. 녀석의 인기를 다시금 실감하며 강린은 씁쓸한 입맛을 다셨다. 속은 쓰리지만, 자꾸 준현이 공주병 애인과 무슨 대화를 나누는지 캡 궁금하지만, 강린은 어깨를 으쓱하며 자못 대범하게 말했다.

"여자 동창이라도 상관없어. 신경 안 쓰여."

"정말?"

강희가 의심스럽다는 듯 물었다. 유심히 관찰하는 눈빛은 강린의 얼굴을 해부하고 있었다. 짜증나지만 꾸역꾸역 눌러 참고 강린은 해맑고 발랄한 캔디 미소를 샬랄라~ 지어주셨다.

"내 남자를 내가 믿어줘야지, 누가 믿어주니. 준현 씬 나밖에 몰라."

"준현 씨?"

푸훗! 강희가 웃음을 터뜨렸다. 평소엔 그 자식, 그 녀석, 그 놈으로 칭하던 준현을 사람들 앞이라고 대우해 주는 건가 싶으니 참을 수가 없는 모양이었다. 사람들은 닭살 그만 떨라고 난리였지만 진실을 알고 있는 강희 눈엔 폭소 그 자체일 것이다. 가소롭다는 강희의 눈빛에 오기가 솟았다. 강린은 보란 듯이 강희 앞에 떡하니 서서 야들야들하게 속삭였다.

"그래, 준현 씨. 준현 씨는 날 너무 사랑한 나머지 다른 여자는 눈에 들어오지도 않는데. 내 볼살이 제일 사랑스럽고, 그 다음은 귀엽고 예쁜……."

순간, 머릿속으로 코맹맹이 공주님과 웃고 떠들고 있을 녀석이 불쑥 그려졌다. 으윽, 그 자식 아직까지 통화하고 있는 거 아니야? 뭔 짓을 하는 거야, 대체? 욱하고 치미는 불쾌감에 괜스레 열을 받은 강린은 두 눈에 빠직 힘을 주고 입술을 심술궂게 비틀었다.

"엉덩이래."

"아악—"

린의 닭살멘트에 고문당한 몇몇 여직원들이 비명을 질렀다. 강린은 토실토실한 엉덩이를 옆으로 쑥 내밀며 나름의 S 라인을 만들어 보였다. 그리고 손가락으로 V 라인을 그리며 모델 포즈를 취하는 찰나, 툭 커다란 손이 강린의 허리를 감싸 쥐었다.

헉, 누구야.

"푹신푹신한 허리도 추가요."

꺄아아, 하는 여직원들의 비명 소리와 우후— 하는 남직원들의 환호성이 사무실 전체를 뒤덮었다. 강린은 기겁을 해 제 허리 위에 놓인 남자의 손을 내려다보았다. 확인해 보나마나 준현의 손이었지만. 어느새 통화를 끝내고 녀석은 강린의 뒤에 서 있었다.

"어? 주, 주, 준현……."

단번에 상대를 녹여 버릴 듯 살인적 열기가 가득 차 있는 강린의 눈동자가 준현을 노려보았다. 이것 좀 놓으시지? 좋은 말할 때, 응?

"준현 씨~ 라고 해야지. 아깐 잘도 하더니. 사람들 앞이라 부끄러운가."

한술 더 떠주시는 강희. 그녀는 강린과 준현이 어떤 사이인지 뻔히 알면서 강린의 약을 바짝바짝 올리고 있었다. 저럴 때의 강희는 준현보다 더 얄미웠다. 강린은 울컥 치받치는 성질을 대견스럽게 참아내며 강희의 말을 못 들은 척 외면했다.

"전화는 잘 끝냈어?"

여전히 허리 위에 있는 준현의 손을 손수 잡아떼어 내며 강희는 살랑살랑 웃었다. 그러나 그를 보는 눈빛은 살기가 가득했다. 이런 짓 한 번만 더 했다가는, 너 내 손에 죽는다~ 잉?

"물론. 그런데 좀 서운하다고 하더라. 너, 그 친구 누구인지 몰라봤다던데."

"누구? 어느 친군데?"

강린은 환하게 웃어주며 '알흠' 답게 대답해 주었다. 속으로는 물론, '네 애인을 내가 어떻게 알아보냐, 이 바람둥이 XX야' 라고 욕을 해줬지만 말이다. 정말 개의 자식이 아닐 수 없다. 지켜보는 사람들만 없으면 된통 쏴주는 건데. 빨리 여길 벗어나야지, 원.

"나보다는 네가 더 잘 알 텐데. 너랑 더 친했잖아."

"그러니까 누구냐고?"

빨리 말해, 이 답답한 녀석아.

"소은이."

"뭐? 누구?"

상큼발랄 깜찍큐트한 표정을 지으며 눈을 동그랗게 뜨고 강린은 되물었다.

"울보 김소은. 기억 안 나? 걔 때문에 너, 나한테 찾아와서 깽판……."

"아, 아—!!"

오케이, 거기까지.

사람들까지 모여 있는데 구질구질한 과거사를 낱낱이 밝힐 필요는 없다. 소은이라면 당연히 안다. 알다 뿐인가? 꽤 친하게 지내기도 했었다. 인상이 후덕하고 동글동글 귀여운 외모에 성격도 좋은 편이라 마음에 들었던 친구였다. 하지만 단 하나 못마땅한 구석이 있었는데 그게 바로, 그녀의 남자 보는 눈이었다. 소은은 대학 시절 줄곧 준현을 좋아한다며 목을 매고 따라다녔던 뻴 빠지고 정신 빠진 계집애들 중 하나였다. 일명 백빠라고, 강린이 세 손가락 안으로 꼽는 백준현 스토커였다. 한 번은 준현이 여친과 데이트하는 꽁무니를 졸졸 따라다니다가 들켜서 혼쭐이 나, 쥘쥘 울기도 했었다.

그 일로 분개한 강린이 준현과 대판 싸우고 거의 오 개월 가까이 말을 하지 않고 지냈었지. 그나저나, 소은? 아까 그 공주가 소은이었단 말이야? 아니, 어쩐 일로? 얼마 전 약혼하고 약혼자랑 일본 연수 갔다는 소문은 어쩌고 백준현이랑…….

"걔가 걔야?"

"걔가 걔야."

"용건이 뭐였는데?"

설마 백준현이 소은과? 말도 안 돼. 약혼자까지 있는 여자를.

"어……."

궁금해 죽을 것 같은 강린의 약을 올리려는 듯 준현이 잔뜩 뜸을 들였다. 강희가 사무실 사람들을 모두 몰고 나가며 소리쳤다.

"실장님! 강린이랑 식사하실 거죠? 그럼 저희 먼저 가볼게요. 예약해 놔서 늦으면 안 되거든요. 자자, 다들 갑시다. 애인 있는 사람은 데이트 겸 점심 겸. 애인 없는 우린 우리끼리. 오케이?"

가장 마지막으로 나가며 흘끔 둘을 훔쳐보는 강희의 눈에 두 사람의 모습이 들어왔다. 여전히 그들은 눈싸움 중이었다. 참 붙여주기 어려운 커플일세. 왜 저렇게 서로 못 잡아먹어서 안달일까? 뭣 때문에? 알 수 없어, 알 수 없어. 강희는 속으로 혓바닥을 차며 사무실 문을 소리 없이 닫아주었다. 분위기 좋~게.

"김소은, 약혼했다 그러더라."

문이 닫히는 소릴 들으며 강린이 중얼거렸다. 여전히 눈은 강력파워레이저플래시를 쏴대고 있었다. 그녀의 말에 준현은 별로 관심 없다는 듯 가볍게 대꾸했다.

"언뜻 들은 것도 같네."

까맣고 둥근 준현의 눈동자에는 흥미로움이 가득 차 있었다.

"약혼은 아무나랑 안 해. 사랑하니까 결혼하려는 거고, 그 결혼에 대한 신성한 약속이 바로 약혼이야."

"사랑학 강의는 밥 먹으면서 하는 게 어때?"

매력적으로 씨익— 녀석이 웃었다. 지금 장난할 때인가? 강린은 눈에 불끈 힘을 주고 더욱 엄하게 훈계조로 말했다.

"넌 하찮게 들릴지 몰라도 당사자에겐 중요한 의식이야. 신성하다고."

"신성 좋지. 근데, 그 말은 왜 하는 거냐? 그거나 알고 듣자."

"네가 소은이 유혹했지?"

"……!"

즐거운 듯 실룩실룩 웃음이 출렁거리던 그의 얼굴이 순간 굳어졌다.

"아니면 소은이가 널 유혹했어? 혹시 결혼하기 전에 잠깐 사귀어보자, 뭐 이런 건 아니지? 만약 그렇다면 넌 진짜 나쁜 놈이다. 그건 소은이에게나 소은이 약혼자에게나 너무나 잔인한 일이야. 당장……."

순간, 푸하하핫! 웃음이 쏟아졌다. 준현이 미친 듯이 웃어대기 시작한 것이다. 강린은 바보가 되어버린 기분으로 멍청하게 서서 준현을 바라보았다. 저 웃음의 의미는 도대체 뭐냐. 생각해 보니 기운이 쫙 빠졌다. 헛다리 짚은 건가?

한참 후, 터진 웃음을 간신히 수습한 준현은 가히 유쾌하지 못한 강린을 향해 섹시한 미소를 날렸다.

"너 드라마 너무 많이 본 거 아니냐?"

뭐야? 빠직—

"드라마도 왜 있잖아. 미니시리즈 이런 거 말고. 아침 드라마, 금요 드라마, 러브 앤드 워, 뭐 이런 거."

"러브 앤드 워까지 아는 걸 보니, 너도 만만치 않은 것 같다?"

까칠하게 대꾸하며 강린은 훅, 앞머리를 입김으로 날렸다. 열이 뻗치네. 창피해도 열이 뻗치는구나. 처음 알았다.

"사 주 후에 뵙겠습니다, 정도는 알지."

"난 신구 할아버지 팬이라 보는 거야."

"하여튼 불륜드라마 너무 많이 보지 마라. 정신 건강에 안 좋다. 요새 눈 밑이 시커멓다 했더니, 쯧쯧."

"그만 해. 오버한 거 인정하니까."

왜 그랬을까? 순간 왜 그런 얼토당토하지 않은 의심을 했던 걸까? 강린은 쥐구멍이라도 있으면 숨어들고 싶었다. 이 덩치로 구멍을 통과할 수 있을지는 의문이지만.

"넌 내가 여자한테 환장한 놈 같냐? 불륜도 서슴지 않을 만큼?"

"아니, 난…… 네 애인인 줄 알았지. 소은인 줄은 몰랐다고."

하— 깔끔한 녀석답지 않게 허파에 바람 든 웃음을 지어주더니 준현은 턱, 무거운 손을 강린의 두 어깨 위에 나란히 올려놓았다. 갑작스런 그의 행동에 강린은 화들짝 놀랐다.

뭐, 뭐야, 이거?

"잘 들어, 문강린. 내 애인은 바로 너야. 이미 회사에 파다하게 소문이 나 있다고. 빼도 박도 못하게 생겼잖아."

준현은 강린의 얼굴 가까이에 고개를 들이밀고 약 올리듯 말했다. 입술과 입술이 거의 닿을 듯 가까운 거리. 진지하고 농도 짙은 눈빛이 강린의 눈 속으로 당당히 쳐들어왔다. 저릿한 전율이 척추를 타고 찌르르 울려 강린을 떨게 만들었다. 온몸이 일순 긴장했다. 마른침을 삼키며 강린은 고개를 살짝 틀었다. 이런 긴장감이 정말 마음에 안 들었다. 불안하기만 할 뿐.

"누가 그거 말해? 네 진짜 애인 말이야. 우리 회사 들어오기 전부터 사귀었다는."

"훗. 잊어주셔, 헤어졌으니까. 연기에 몰입해야 하지 않겠어?"

"설마, 나 때문에 헤어졌다는 소린 아니겠지?"

헤어졌다는 말을 어찌 저리도 쉽게 말하는지. 정말 죽이고 싶도록 미운 놈이다. 남자 친구와 헤어지고 난 후 수많은 밤을 눈물로 지새웠었던 강린에게 준현은 정말 피도 눈물도 없는 놈으로 보였다. 자신을 버리고 잔인하게 등을 돌린 시러베아들 놈일지라도 오 년이나 마음을 주었던 사람이기에 쉽게 떨쳐 낼 수는 없었다. 그게 사람이고, 사랑이란 감정이다. 그런데 강린에겐 그렇게 힘들었던 게, 백준현에겐 쉬웠었나 보다. 헤어졌다면서 웃는다.

'재수없어.'

강린은 새삼 녀석의 심장이 궁금했다. 진정한 사랑의 의미를 알긴 아는 걸까? 진즉부터 놈이 맹탕이란 건 알았지만 이 정도로 한심할 줄은 몰랐었다. 적어도 상대방에 대한 예의는 보여야지. 슬프지 않으면 슬픈 척이라도 하는 게 예의 아니야?

"설마가 사람 잡는다지?"

뭔 소리야? 미간을 좁히며 강린이 놈을 째려봤다. 싱글거리는 놈이 마음에 안 들었다.

"하지만 유감스럽게도 이 경우엔 해당사항 없음."

"무슨 소리야? 장난해?"

"헛소리."

"뭐?"

이게, 정말!

"배고파서 헛소리가 나온다. 밥이나 먹으러 가자."

갑자기 몸을 일으킨 준현은 강린의 팔뚝을 잡고 끌어당겼다.

"야! 하던 말은 마치고 가야지."

"금강산도 식후경."

"소은이가 왜 너한테 전화한 건데? 무슨 일로?"

"오늘 점심 쏴. 그럼 가르쳐 줄게."

"야! 이거 안 놔? 야, 너!"

강린은 준현에게 잡힌 팔을 획획 흔들며 놈의 손에서 빠져나오기 위해 안간힘을 썼다. 그러나 아무리 용을 써도 강린은 그의 힘을 당할 수 없었다. 강린은 준현의 팔에 이끌려 속수무책

질질질 따라갔다.

"뭐야? 그걸 지금 말이라고 하는 거야?!"

강린이 버럭 고함을 지르며 참고 참았던 성질을 폭발한 건 식사를 마치고 겨우 식당을 빠져나온 직후였다. 회사 앞이라 일성 직원들이 득시글거리는 식당에서 그들은 내내 사랑에 푹 빠진 연인 행세를 해야 했다. 얼마나 피곤한 일인지. 연예인 커플이 왜 숨어 다니면서 연애를 하는지 알 것 같다고나 할까. 비록 그 경우와는 정반대의 상황이긴 하나, 그 고충은 '연애하지 않는 척' 하기에 비할 바가 못 되었다. 아는 사람 만나기가 겁이 날 정도니 오죽하랴.

몇 달이 될지도 모를 기간 동안 계속 이래야 하다니. 오호통재라— 문강린 인생, 지옥이 따로 없구나.

"진정해, 강냉. 그렇게 화만 낼 일이 아니잖아."

지옥 같은 강린의 인생에 하데스 같은 존재, 백준현. 녀석은 창피한 줄도 모르고 길가에서 고함을 지르고 있는 강린의 어깨를 토닥토닥 진정시키려 했다. 지금 누구 때문에 이렇게 화가 났는데. 기가 막히고 코가 막힐 일이다.

"불 지른 사람이 누군데 진정하라는 거야? 지금 진정하게 생겼어?"

"장난이었어. 정말이야. 진짜 그렇게 소문이 날 줄은 꿈에도 몰랐다고."

"소문에 그렇게 데이고도 정신을 못 차렸냐? 회사에서만도 힘들어 죽겠는데, 친구들 앞에서까지 생쇼를 하라고?!"

"아니라고 말하면 되지, 왜 열을 내고 난리야?"

"네가 하는 짓이 하도 어처구니가 없어서 그런다. 왜!?"

뒷골이 확 당기자 강린은 하늘을 연방 찔러대던 손가락을 거둬 목덜미를 붙들었다. 으휴, 내 팔자야를 중얼거리며 비틀거리자 준현은 그녀를 부축해 준답시고 허리를 붙잡았다. 병 주고 약 주고도 아니고. 뭔 짓이냐, 백준현. 강린은 점심 거하게 쏘는 대신 겨우 듣게 된 소은의 일을 떠올렸다.

소은:다음 주말에 우리 94학번 모임이 있어. 이번에도 나올 거지?

준현:물론이지. 갈게. 아, 참. 방금 전화 받은 내 비서, 누군지 알지?

소은:비서? 조금 거슬리긴 하던데. 누구? 내가 아는 사람이니?

준현:서로 몰랐구나. 강냉이야, 문강냉.

소은:뭐라고? 강린이라고? 걔가 어떻게 네……. 아! 강린이도 일성에서 일하지, 참.

준현:같이 나갈게.

소은:정말? 두 사람, 지금은 괜찮아? 예전엔 사이가 많이 안 좋았잖아.

준현:괜찮지, 그럼. 애인 사이인데.

소은:뭐라고?!

준현:사귀는 사이라고, 우리. 장난이지만.

우욱, 다시 떠올려 봐도 울컥 화가 밀려온다. 대체 백준현의 머리엔 뭐가 들어 있을까? 생각이란 게 들어는 있나? 대체 아이큐지수를 뽑아내는 기준은 뭐야? 150이나 되는 놈의 머리가 겨우 그것밖에 안 되는 것인가?

'짜증나.'

강린은 신경질적으로 입술을 비틀었다. 그는 장난이라고 덧붙여 말했다지만, 사실 강린은 소은의 귀엔 그게 장난으로 들리지 않았다는 데에 전 재산을 걸 수도 있었다. 학창 시절 앙숙으로 이 년 내내 으르렁댔던 두 사람이 한 회사에서 상사와 비서로 근무를 한다는 대목부터 솔깃했을 것이다. 그런 그녀에게 살짝 덧붙인 '장난'이란 말은 귀 가장자리에도 안 닿았을 게고.

그래, 까짓것. 거기까지도 참을 수 있다고 생각했다. 그깟 십 년 넘게 안 나갔던 모임, 이번에도 안 나가면 그만이었고 소은이 뭐라 생각하든 별 관심도 없었다. 그보다 한동안 연락이 뜸했던 소은을 언제든 한번 만나봤으면 좋겠다는 생각만 잠깐 들었을 뿐이다. 하지만 그런 강린의 평정심은 방금 전, 미연의 전화를 받고 산산이 깨져 버리고 말았다. 근 이 주 만에 전화를 걸어온 미연은 다짜고짜 준현과 사귀는 거 맞냐면서, 왜 자기한테는 연락하지 않았냐고 물었다.

오, 노~! 발 없는 소문이 천 리 간다더니. 아니, 어떻게 준현과 사귄다는 소문이 미연에게까지 갈 수 있는지. 그것도 삼십분 만에!! 살 수가 없다. 살 수가. 조만간 강린은 준현이 놈 때문에 피가 마르고 속이 시커멓게 타져 사망하고 말 것이다.

"모임에 나가기 싫어서 그러는 거라면 걱정 마. 나 혼자 나가서 해명할게."

"널 어떻게 믿어."

살쾡이보다도 더 무서운 눈으로 강린은 준현을 째려봤다. 허리를 붙든 놈의 손을 툭 쳐내는 것은 물론이다. 녀석이 손만 대면 온몸이 간질거리고 숨이 가빠지는 묘한 알레르기를 동반한다는 사실. 정말 소름 끼치는 놈이다.

"난들 좋은 줄 알아? 나도 싫어, 그런 오해는."

"오해고 육해고, 됐어. 내가 내 입으로 말할 거야. 이젠 네 입은 믿을 수가 없어."

"이거 왜 이래? 내 입이 어때서."

"남자 녀석 입이 그렇게 싸서야 원. 오, 하느님. 도대체 내 주위엔 왜 이렇게 신용불량자가 많은 겁니까? 왜!"

"내 입이 신용불량이란 말이야?"

"그럼 아니냐!"

화딱지를 주체 못하고 버럭 소리를 지르는 강린에게 놈은 여자 수십 명 쓰러지게 만들 살인미소를 내짓더니 능글맞게 응수했다.

"기회만 줘. 내 신용을 피부로 느끼게 해줄게."

"뭐, 뭐?"

놀라는 그녀 위로 그가 슥, 상체를 수그려 왔다. 그 마력의 미소를 달고.

"난 입으로 하는 건 뭐든지 잘하거든."

크헙— 할 말을 잃고 강린은 놈을 노려봤다. 이게 도대체 뭔 뜻인고.

"너 지금 그거……."

"증명해 봐? 말만 해."

뭐라고 대거리해야 했다. '그 주둥이 닥치지 못해?' 라든지 '이 화상아, 정신 차려' 라든지 '살인충동 일어난다, 그만 해라' 라든지……. 녀석을 면박 주는 레퍼토리는 무궁무진했다.

하지만 입이 안 떨어졌다. 오히려 정말 녀석이 제 말처럼 그 토록 화려한 키스 실력을 가지고 있는지 없는지, 궁금증이 일었다. 도대체 그런 실력은 언제 쌓은 걸까? 언제, 누구랑, 어떻게? 네 명의 남자 친구와 겨우 다섯 번의 키스를 해봤을 뿐인 강린에겐 호기심이 생길 수밖에. 솔직히 말하면, 몇 안 되는 그 키스 중 정말 키스의 의미에 부합되는 키스는 딱 한 번밖에 안 되었다.

"너랑 하느니 이구아나랑 하는 게 낫겠다. 우웩."

괜스레 민망해진 강린은 가까이 붙어 있는 준현의 면상을 훅 밀어내며 짜증을 부렸다.

"이구아나? 너 취향 참 독특하다."

"넌 이구아나보다도 못한 놈이야."

"말만 하라니까. 못한지 아닌지 체험해 보면 알 것 아니야?"

"됐다고!"

눈알을 부라리며 강린이 말했다. 준현은 키득키득 나오는 웃음을 겨우 눌러 참으며 어깨를 으쓱했다. 화가 단단히 난 강린이 앞을 향해 성난 코뿔소처럼 걸어나가자 준현은 푹, 양손을 호주머니에 찔러 넣고 그녀의 뒤를 따랐다.

"아주 굴러들어 온 복을 차네, 차."

"시끄럽다."

"한번 해보면 금방 알 텐데."

"……."

"짜릿하니, 롤러코스터를 탄 기분일 텐데 말이야."

"……."

이를 악물고 강린은 참았다. 저놈이 저리 느물거릴 때는 무관심, 무반응이 최고의 비책이라는 걸 그녀는 알았다. 하지만 정말 오늘만큼은 참기 힘들었다. 대체 저놈의 왕자병은 어디가 끝인 거야?

"난 애프터서비스도 철저하게 해줘."

우— 정말!! 참다참다 못 참고, 강린은 뒤를 휙 돌았다.

"입 안 다물어?!"

소리쳐 분통을 터뜨린 그녀. 다음 순간 쿵, 그녀는 놈의 가슴에 코를 박았다. 강린의 뒤를 바짝 쫓고 있었던 준현이 그녀의 갑작스런 유턴에 미처 대응하지 못한 것이다. 단단한 그의 가슴에 강린의 뜨거운 입김이 쏟아졌다.

준현은 자신의 가슴에 부딪쳐 온 그녀의 몸을 반사적으로 끌어안고 잠시 숨을 멈추었다. 호흡이…… 점점 흐트러졌다.

'젠장.'

놀리려고 한 건데. 그냥 놀려만 주려고. 키스 이야기에 팔짝 뛰면서 부르르 흥분하는 모습이 하도 웃기고 귀여워 그냥 한번 놀려주려던 것이었다. 그런데 강린의 숨결을 품고 있는 지금 마음이 흔들렸다. 정말로 키스하고 싶은 충동이 그의 몸을 뜨겁게 했다. 이런 야릇하고 격정적인 감각을, 다른 이가 아닌 강린에게 품었다는 것이 준현으로 하여금 죄책감이 들게 만들었다.

"야……."

강린이 속삭이며 평소답지 않게 망설이는 동작으로 준현의 품에서 빠져나왔다. 준현은 손을 풀어 순순히 그녀를 놓아주었다. 어색한 기류가 준현과 강린 사이를 메웠다. 엘리베이터 사건 이후 처음으로 데면데면해지는 순간이었다. 준현은 두 주먹을 꽉 쥐며 그녀를 향해 뻗어가는 원초적인 감각을 차단했다.

"조심해야지. 갈비뼈 끊어질 뻔했잖아."

아무렇지 않은 목소리로 준현은 말했다. 전혀 흔들림없는 음성이었다.

강린은 절망했다. 그에게 안겼을 때 느꼈던 야릇한 기분이 순식간에 식어갔다.

'혼자 흥분해서 이게 웬 지랄이냐, 문강린……! 남자한테 한두 번 안겨보니? 짜증 지대로다. 아우—!'

이성이 제자리를 찾아오자 강린은 제 머리를 쥐어뜯고 싶은 강렬한 충동에 휘말렸다. 잠시 미쳤던 게 확실했다. 그러지 않고서야 백준현에게서 그렇고 그런 감정을 느낄 수는 없다. 결단코! 그는 그녀의 십년지기 원수였다.

"네가 와서 부딪친 거잖아."

대충 혼란스러웠던 마음을 수습한 강린은 준현의 가슴팍에 부딪친 코를 부여잡고 짜증을 부렸다. 스스로에 대한 짜증도 당연히 섞여 있었다.

"갑자기 선 건 너잖아."

"네가 너무 바짝 붙었던 거거든? 안전거리는 지켜야지."

"네가 자동차냐? 안전거리를 지키게."

"그럼 내가 자동차보다도 못한 존재란 말이야?"

"하! 말을 말아야지."

준현은 억지를 부리는 강린을 향해 살랑살랑 고개를 내저었다. 그래도 다행이라 생각하는 그다. 이렇게 아무렇지 않게 대응할 수 있는 자신이 대견스러웠다. 지금까지 잘 숨겨두었던 마음을 이제 와서 볼썽사납게 들키고 싶지는 않았다.

"좋아. 쌍방과실. 오케이?"

"보험회사 CF 찍냐?"

"자동차 얘길 꺼낸 건 너야."

"됐어!"

사납게 고해주고는 휙, 강린은 뒤를 돌아 걸었다. 꼴도 뵈기 싫은 놈. 왜 저렇게 얄미운 걸까? 준 것 없이 미웠다. 잘생긴 것도 꼴 뵈기 싫고, 인기 많은 것도 꼴 뵈기 싫고, 여자 많은 것도 싫었다. 솔직히 '내 남자'도 아닌데, 녀석이 그러든지 말든지 무슨 상관이겠는가? 그런데 묘하게 밉고 싫다. 짜증나고. 강린은 알 수 없는 제 마음을 향해 나지막한 욕설을 내뱉었다.

"근데 모임 말이야. 지금까지 한 번도 안 나왔었지? 그 이유가 나 때문이라던데 사실이냐?"

강린을 열심히 따라오던 준현이 대뜸 물어왔다. 강린은 걸음을 멈추고 찌릿 놈을 노려보았다. 밉상이다, 참.

"잘 알고 있네. 누가 말해줬는지 몰라도, 참 영리하다야."

"그게 사실이라면 이번엔 한번 나오는 게 어때?"

"회사에서도 보는데, 퇴근해서까지 널 보라고? 돌았냐?"

"이거 왜 이래. 우리 닭살커플이잖아. 이러면 안 되지."

"난 퇴근하면 땡이야. 회사 업무라면 메일도 안 열어봐."

새침하게 말하고 강린은 고개를 틀었다. 사람이 평소에 안 하던 일을 하면 죽을 때가 된 거라고 했다. 준현이 나오는 모임엔 절대 안 나가는 게 강린의 그 '평소에 안 하던 일'에 속했다.

"우리가 사귀는 게 업무냐?"

"입은 비뚤어졌어도 말은 바로 해라. 우린 사귀는 게 아니라, 사귀는 척! 하는 거야. 그리고 이거 업무의 일환 아니야? 네가 회사에서 잘리기 싫다고, 나 협박했잖아. 기억 안 나?"

"너도 이 방법 외엔 다른 수가 없다는 걸 인정했잖아. 협박은 무슨."

"그래서? 어쨌다고? 지금 나, 군소리없이 잘하고 있잖아. 회사 사람들만 만나면 미스코리아처럼 자동으로 웃으면서 행복한 척한다고. 며칠 되지도 않았는데 아주 노이로제 걸리겠어."

"나 위해서 그러는 것처럼 말하는데. 이번 일은 엄연히 네 책임이고, 너도 빠져나갈 구실이 필요했던 거 아니야?"

"아니, 그러니까! 어쩌자고?! 어쩌잔 말이야? 모임에 나오라고?"

닭이 먼저냐, 달걀이 먼저냐의 문제처럼 끝없이 물고 물리는 말다툼에 질렸는지 강린이 두 팔을 위로 치켜올리며 고함을 질렀다. 흥분하기 시작하는 강린을 물끄러미 바라보며 준현은 기분 좋은 미소를 지었다. 아무리 생각해 봐도 강린의 화내는 모습만큼 그를 즐겁게 하는 건 없는 듯했다. 미친 놈, 그의 내면이 속삭였다.

"이번 기회에 나오는 것도 나쁘지 않지. 어차피 나 보기 싫어서 안 나왔던 모임이잖아. 애들도 네가 이젠 나올 걸로 알 거다."

"나 아직도 너 보기 싫거든?"

"보기 싫어도 어차피 날마다 보고 있잖아. 모임을 피하는 핑계론 설득력이 떨어지지."

"아까도 말했지만, 난 널 회사에서 보는 걸로도 충분하다고. 미쳤다고 비번인 날까지 널 보냐……."

"나 보러 오라는 게 아니야. 애들 보러 오라는 거지."

그는 강린의 말을 막았다. 쩝쩝, 입맛만 다시며 강린은 놈을 째려봤다. 녀석의 말, 하나하나 조목조목 틀린 거 없이 다 맞았다. 하지만 왠지 자꾸만 찜찜하다는 생각을 지울 수가 없었다. 속셈이 있어 보였다. 자신에게 골탕 먹이려는 건 아닐까? 걱정도 되었고. 물론 놈이 골탕을 먹인다 해도 순순히 당해줄 문강린이 아니지만.

"왜? 이번에도 나 때문에 못 나간다고 말할 참이냐?"

강린이 대답을 하지 않자 준현이 약 올리듯 물었다.

"아니거든?"

"그럼? 이번엔 무슨 핑계를 대시려고?"

"핑계는 무슨 핑계를 댄다고. 소문 때문이잖아. 내가 나가면, 너랑 사귄다는 소문이 진짠 줄 알고 얼마나 난리치겠냐. 으으~ 생각만 해도 끔찍하다."

말은 이리 했지만, 솔직히 강린도 모임에 나가고 싶었다. 동기들이 모두 참석하는 유일한 모임이었고, 십여 년 동안 단 한 번도 참석하지 않았기 때문에 나가고 싶은 마음이 굴뚝같은 건 어쩔 수 없었다. 가서 부득이하게 연락이 끊긴 몇몇 친구들도 만나고 회포를 풀고 싶은 마음이야, 그 어느 때보다도 컸다. 세상 살아가는 데에 찌들어 심신이 힘들고 지친 요즘 친구들이라도 자주 만나 수다 떨고 애들 마냥 뒹굴뒹굴 웃어봤으면 소원이 없겠다 싶었다.

사실 예전엔 강린도 마당발이어서 일일이 친구들과 연락을 취하고 정기적으로 만나면서 친분 관계를 유지했었다. 그렇지만 나이가 들고 사는 게 마음먹은 대로 되지 않다 보니 그것도 요즘은 여의치가 않은 게 현실. 꾸준히 연락을 취하는 친구는 미영뿐, 다른 친구들과는 최근 몇 년 동안 전혀 연락을 못하고 지내는 실정이었다. 정기모임에 십 몇 년 동안 빠지면 누구라도 강린처럼 되리라. 그러게 모임에 누가 빠지랬냐고? 그야 물론……

'백준현 때문이지.'

놈이 꼴 보기가 싫어서, 놈을 다시 보면 '볼쌤' 사건이 떠오를까 봐.

"그거야 따로 가면 되잖아. 소문은 사실이 아니라고 해명하면 되고."

"어떻게 해명할 건데?"

"모르지."

준현은 그게 그리 중요하냐는 듯 어깨를 으쓱했다. 나원 참.

"기도 안 찬다. 기도 안 차."

강린은 한심하기 짝이 없는 준현을 훑어보고는 상대하기도 싫다는 듯 가던 길을 재촉했다.

"야, 걔들도 눈이 있어. 어딜 봐서 우릴 애인 사이라고 하겠냐? 아니라고만 해도, 다 믿을 거다."

하긴, 그건 그렇다. 이렇게 서로를 헐뜯고 으르렁거리지 못해 안달난 연인은 세상 어디에도 없을 것이다.

"뭐, 솔직히 평소대로 나 혼자 참석할 수도 있어. 하지만……. 사실 내 입의 신용도는 네가 더 잘 알고 있잖아?"

강린은 휙 고개를 돌려 준현을 쏘아보았다. 다행히 이번엔 녀석의 다리가 타이밍 절묘하게 브레이크를 걸어주었다. 적정한 거리 안에서 강린과 준현은 마주 보았다. 강린은 썩기 직전의 표정이었고, 준현은 즐거운 마음으로 흥미진진한 강린의 반응을 주시하고 있었다. 이제 어떻게 할 거냐, 문강린?

"지금 나, 협박하냐?"

"협박이 아니지. 기억 안 나? 신용도 얘긴 네가 먼저 꺼낸 거라고."

"네 입으로 넌 신용 1등급이라며."

준현은 피식, 섹시한 미소를 지었다.

"그건 다른 용도의 등급이고."

그러시겠지, 백준현! 강린은 비명을 지르고 싶은 마음을 꾹 눌러 참으며 조용히 물었다.

"그러니까, 내가 안 나가면 네 그 거지 같은 입을 마음대로 놀리시겠다?"

"머리 좋네."

준현이 만족스레 웃었다.

"뭐라고 할 건데? 우리가 진짜 사귄다고?"

"그렇게 말한다고 믿을 애들이 아니지."

"그럼?"

씩, 준현은 사악하게 웃었다. 그리고 멋진 그 입술을 움직여 달콤하게 속삭였다.

"네가 날 좋아한다고 말할 셈이야."

제9장

테디는 키스를 좋아해

강린을 꺾는 건, 오래전부터 그의 낙이었다. 고 총명하게 반짝이는 눈동자를 들이밀며 '바람둥이에 마초 같은 놈'이라고 쏴붙일 때는 '운동장만한 얼굴에 곰팅이 같은 덩치'라고 말해줬고, 빨고 싶을 만큼 도톰하고 새빨간 입술을 들이대며 '머리에 총 맞아 개념이 빵꾸난 놈'이라고 비난해 댈 때는 '튀어나온 똥배 간수나 잘하시지'라며 맞섰다. 강린은 늘 그를 여자를 이용해 먹는 나쁜 남자라고 비난했고, 그는 주로 강린의 포동포동한 몸집을 두고 씹어줬다. 어느 모로 보나, 그는 치사한 자식이었다.

개인적으로, 준현은 자신이 마음에 안 들었다. 강린이 자신의 몸매에 콤플렉스를 갖고 있다는 걸 뻔히 알면서도 그는 오히려 그 약점을 건드리고 이용해 먹었다. 인신공격임을 알면서도 말이다. 그와의 언쟁이 있는 다음날이면 강린은 늘 빨간 눈으로 등교했었다. 그걸 보며 스스로를 개자식이라 욕해주기도 수십 번이었다. 하지만 그는 그 유아스럽고 치사한 짓을 멈출 수 없었다. 그때는 그도 어렸기 때문이다. 좋아하는 그녀를 좋아한다고 표현하지 못하는 스스로를 한심스러워하기 이전에, 자신에겐 눈곱만큼도 관심을 보이지 않는 강린한테 목을 매는 자신이 싫고 짜증이 났었다. 그래서 더 강린을 괴롭혔는지도 몰랐다.

그게 십여 년 전이었다.

그리고 서른셋이 된 지금. 왜 자신은 아직도 강린을 괴롭히는가? 새롭게 떠오르는 명제에 준현은 심기가 불편해졌다.

모임에 오기 싫다는 그녀를 괴롭혀 기어이 이 자리에까지 나오게 만들어놓고, 이제는 지금 당장 강린을 쫓아내 버리고 싶었다. 정말 눈꼴이 사나워서 봐줄 수가 없었다. 어떻게 클럽에 들어오자마자 줄곧 김우진과 붙어서 떨어질 줄을 모르나. 그것도 자리에 앉지도 않고 서서. 아마 우진에게 가려 준현은 뵈지도 않을 것이다.

"야! 진짜 오랜만이다. 왜 그렇게 안 나왔어? 내가 너 얼마나 보고 싶었는지 알아?"

"응, 사정이 있어서 그랬어. 근데 너 진짜 멋있어졌다! 양복발 죽이는데?"

우진이 강린의 어깨에 팔을 두르고 있었다. 강린의 손은 우진의 반대쪽 어깨에 가 있고, 두 사람은 마주 보고 웃는 중이었다. 준현은 두 눈을 가늘게 뜨고 두 사람을 노려보았다.

"너야말로 예뻐졌다, 야. 살도 좀 빠진 것 같고."

"웃기지 마. 나이 들어 주름만 늘고, 피부도 개떡 됐는데. 화장 안 하고는 밖에 나가지도 못하잖아."

김우진은 공부벌레지만 활기찬 성격으로 강린과는 허물없는 사이였다. 졸업 후 곧바로 석박사 과정을 밟았고, 지금은 어엿한 교수님인 우진은 남자인 준현이 봐도 꽤 준수했다. 연애하기 좋은 남자라기보다 결혼하기 좋은 남자라고나 할까? 하지만 저렇게 얌전한 남자가 한 번 바람나면 가정도 버리고 정신 못 차린다는 거. 준현은 술잔을 기울이며 삐딱한 시선을 우진에게 날렸다.

"왜? 우리 나이에 너 정도면 동안이지."

"에이, 동안은 무슨. 주름이 자글자글한데."

문강린, 칭찬 들으니 좋아 죽는군. 그녀는 우진을 마주 보며 특유의 샬랄라~ 웃음을 지었다. 두 볼까지 부여잡고 부끄러운 듯 몸을 비꼬는 강린은 분명 변모한 우진의 모습에 홀딱 반한 모습이었다. 저런 웃음은 준현과의 연인 흉내를 낼 때에도 보여주지 않았던 거였다. 속이 뒤틀리는 기분이 들어 준현은 인상을 찌푸렸다.

"요 볼 때문인가 보다. 오동통한 볼. 이야, 여전하네. 푹신푹신한 게 쿠션 깔아놓은 것 같다, 야."

우진이 밝게 웃더니 강린의 볼을 가볍게 꼬집었다. 어, 야~ 간드러지는 감탄사를 수줍게 속삭이며 강린이 몸을 더욱 꼬았다. 화르륵— 준현의 눈에 불이 일었다.

"백준현, 무슨 생각 해?"

준현의 옆에 앉아 있던 유미가 몸을 기울여 왔다. 유미와는 엉덩이가 서로 부딪칠 정도로 가까운 거리였으나 준현은 그녀의 말소릴 듣지 못했다. 그는 볼을 꼬집었던 우진의 손을 노려보며 맥주잔을 들어 올렸다. 저 손이 강린의 볼을 만졌단 말이지? 저 손이……?

"야! 뭐해? 무슨 생각 해?"

"어? 어."

유미는 얼마 전 친구 녀석 결혼식 때 재회하게 된 친구로, 대학 1학년 중반에 삼 주 정도 만났던 적이 있었다. 성격이 시원시원하고 쿨해, 다시 만난 이후 두어 번 정도 만나 술친구를 해준 적이 있었다. 그래선지 오늘도 유난히 그에게 살갑게 굴고 있었다. 유미는 풍만한 가슴으로 그의 팔뚝을 짓눌렀다. 고혹하고 뇌쇄적인 향수 냄새가 옆구리를 파고들었다.

"뭐야? 아는 체도 안 하기야?"

유미의 숨결이 귓전을 데웠다. 그녀는 준현의 몸에 자신의 몸을 밀착시키고 있었다. 준현은 유미를 본체만체 술잔을 집어 들었다. 그의 온 신경은 100m 전방의 문강린에게 가 있었다.

우진이 강린의 볼을 만졌을 때의 그 치미는 분노란……!

생각만 해도 심장이 벌컥거렸다. 그는 당장 뛰어가 우진을 강린에게서 떼어내고 싶은 충동과 싸웠다. 정말 기분이 더러웠다. 강린이 박유철 선배와 사귀기로 했다는 소식을 들었을 때보다 더 강한 상실감과 분노가 일어 혼란스러웠다. 도대체 자신이 왜 이런 기분에 휩싸이는지 짜증스러웠다. 당장 '강린의 볼은 내 거'라고 소리쳐 주고 싶을 뿐이었다.

"학교 다닐 때, 누군가 너한테 테디베어라는 별명을 지어줬었지?"

멀리, 우진이 히죽거리며 말했다. 준현은 두 눈을 가늘게 뜨고 놈을 노려보았다. 무슨 소릴 하려고?

"응, 어떤 죽일 놈이."

강린이 감정을 잔뜩 실어 말하자 우진이 낮게 웃었다.

"넌 그 별명을 무지 싫어했지. 지금도 보니까 여전한 것 같네. 그렇지만 난 사실 그 별명이 마음에 들었어. 너, 진짜 테디베어 같아. 귀엽고 따뜻하고 포근하고, 아무도 싫어할 수 없는 테디베어. 아무도 널 싫어할 수 없을 거야."

귀엽고, 따뜻하고, 포근하고, 뚱뚱하지. 속으로 중얼거리며 강린은 어색하게 웃었다.

"그거…… 칭찬 맞아?"

"당연하지. 넌 정말 괜찮은 아이였어. 누가 지었는지 몰라도 너랑 정말 잘 어울리는 별명 같아."

"얘는, 그럼 지금은 안 괜찮다는 소리야?"

"지금도 물론 괜찮지. 사실 아까 맨 처음 여기 들어오는 것 보고 깜짝 놀랐잖아. 너 아닌 것 같더라."

"그랬어? 음, 사실은 모임에 오려고 옷 한 벌 장만했어."

'간만에'란 말은 쏙 빼고 강린은 배시시 웃었다. 오늘따라 튀긴 튀었다. 비싼 옷은 아니었지만 요즘 인터넷에서 대유행하는 홀랑홀랑 넉넉한 사이즈의 민트빛 민소매 가운과 벌룬소매의 흰색 면 블라우스는 그녀에게 딱 어울렸다. 통통해 몸매가 커버됨과 동시에 스타일이 살아난다고나 할까? 피부도, 어머니의 명품 화장품을 빌려 발랐더니 완전 빛이 났다. 유명 여자 연예인들이나 한다는 그 유명한 '물광 화장'의 내추럴한 피부톤은 눈코입 또렷한 그녀에게는 안성맞춤. 게다가 미용실까지 들렀다.

캬— 역시 여자는 꾸미고 봐야 한다는 말이 맞다. 앞으로도 종종 이렇게 꾸며봐? 요즘 유행한다는 패션, 헐렁헐렁하고 길게 늘어뜨리는 스타일, 이거 괜찮은 것 같았다. 일단 허리를 감추어주니 몸매가 커버되었다. 어깨가 좀 과도하게 드러난 게 마음에 걸리긴 했지만. 강린은 자신의 맨살을 감싼 채 어깨동무를 하고 있는 우진의 손을 슬쩍 곁눈질했다.

"이럴 거면서 왜 그동안 안 나왔었냐? 애들이랑은 자주 연락하고 지내는 것 같던데. 유독 총모임에만 빠졌지?"

"말 들어보니 너도 뭐 만만치 않았다던데 뭐."

"그래도 난 몇 번은 나왔어. 넌 아예 코빼기도 안 비쳤잖아."

"내가 좀, 만나기 싫은 애가 있어서 그랬지."

"누구? 준현이?"

역시 모르는 이가 없구나. 그렇다고 말하기 좀 망설여져 강린은 우진을 향해 헤 웃었다. 무마용 웃음임을 모르는 듯 우진은 계속 준현을 화제로 삼았다.

"그 녀석이랑 너, 한 회사에서 근무한다며? 며칠 전에 들었어."

"아, 응. 우연히 그렇게 됐어."

"꽤 친하다고 들었는데……. 사귄다며? 맞아?"

혹시 우진도 입소문을 들은 걸까? 왠지 떠보는 느낌이 들었다. 강린은 어깨를 으쓱하며 대수롭지 않은 듯 말했다.

"무슨 소리! 사귀긴 뭘! 아휴, 아니야. 한 사무실에서 근무하는 걸 알고 소은이가 오해한 거야. 백준현이랑 내가, 뭐? 사귀어? 푸— 말도 안 된다, 얘."

강린은 깜짝 놀란 눈을 휘둥그레 뜨고 연방 손사래를 쳤다. 약간 연극적으로 보일 수 있었으나 다행히 우진은 아무런 의심 없이 그대로 받아들이는 것 같았다.

"그랬구나. 그런 것도 모르고 애들, 오늘 너희 둘 사이를 확인하기 위해 단단히 벼르고 있던데."

"아휴, 확인은 무슨. 확인할 것도 말 것도 없어, 야. 회사 사람들 보기엔, 우리가 동창 사이라 좀 친해 보이긴 하겠지만. 너도 알잖아, 준현이랑 내가 얼마나 앙숙인지. 얼굴만 보면 으르렁거린다고."

"지금도 그래?"

"아휴, 물론이지!"

"정말 사귀는 사이 아니라고?"

눈썹을 쭉 위로 휘며 우진이 물었다. 이상하게, 우진이 실망하고 있다는 기분이 들자 강린은 콧잔등을 손가락으로 긁적거렸다. 이건 무슨 시추에이션인고?

"아니지, 그럼. 생각을 해봐. 사귀는 사이면 나란히 같이 들어왔을 것 아니야."

"아…… 그렇지, 참."

확실히 실망하고 있었다, 우진이. 왜 저러지? 내기라도 했나? 우진의 어두운 표정을 보고 있자니, 어쩐지 죄책감이 들었다. 죄를 지은 것도 아닌데 말이다. 왠지 준현이랑 사귀고 있다고 말해줘야 할 것 같은 기분에 사로잡혔다.

"우진아……?"

"아, 아무튼 반갑다. 앞으로 자주 보자. 응?"

갑자기 표정을 바꾸며 우진은 피식 웃으며 강린의 어깨를 더 꽉 잡았다. 그의 손아귀에 힘이 들어가자 강린의 몸이 저절로 우진의 옆으로 밀려갔다. 반갑다는 의미로 한 행동이겠지만 너무나 갑작스럽고 친밀한 행위에 강린은 당황했다.

"어, 그래……."

"그런데 왜 준현이가 너희 회사로 옮겼는지, 혹시 알아? 그 자식, 원래 우상그룹에서 근무하고 있었잖아."

강린이 그의 옆구리에서 벗어나려 꿈틀거리는 사이, 우진은 또다시 준현에 대해 넌지시 물었다. 강린에게만 들릴 만큼 작고 은밀한 목소리였다. 비밀 얘길 나누듯 강린은 저도 모르게 몸을 낮추며 불편하게 조여드는 우진의 손을 살그머니 옆으로 밀어내었다.

"그건 모르겠는데…… 물어본 적이 없어서. 준현이 오면 직접 물어보지 그래?"

"몰랐어?"

살짝 어처구니없다는 듯 우진이 물었다.

"응?"

"준현이 너보다 먼저 왔어. 저쪽."

"저…… 쪽?"

우진이 턱을 움직여 자신의 어깨 너머를 가리켰다. 강린은 반사적으로 고개를 뺐다.

"이쪽을 보고 있는데?"

순간 우진이 몸을 틀었고 동시에 준현과 눈이 마주쳤다. 준현은, 우진의 말대로 이쪽을 보고 있었다. 매서운 눈매에 뚱한 표정, 손에는 맥주잔이 들려 있었고, 옆구리에는 낯익은 여자가 찰싹 붙어 있었다. 조유미? 학창 시절 늘씬하고 화려한 미모로 이름을 날리던 바로 그 유미? 워낙 예뻐서 미스 한국대라는 별명을 가지고 있고, 킹카란 킹카는 죄다 섭렵해서 만나주셨던 바로 그 애였다. 당연히 준현과도 잠깐 사귄 적이 있었고. 들리는 소문에 의하면 한의사와 결혼했다가 얼마 전에 이혼을 당했다고 들은 것 같은데……

'쟤네 둘이 붙어서 뭐 하는 거야?'

강린의 표정이 점점 험악해져 갔다. 설마 두 사람이 다시 사귀려고?

"강린아, 이리 와!"

유미가 강린을 알아보고 손을 흔들었다. 여전히 준현의 팔에 어깨를 걸고. 강린은 순간적으로 굳었던 표정을 풀며 어색하게 웃었다. 마주 손을 흔들어주고 슬쩍 우진을 보니 그는 씩 웃으며 고갯짓했다.

"우리도 가서 앉자."

"음…… 준현이랑 유미 옆엔 앉지 않는 게 상책 같은데. 두 사람 아주 보기가 좋아……."

나쁜 자식. 괜히 욕이 나왔다. 유미랑 둘이 붙어 있든지 말든지 무슨 상관이라고. 강린은 부글거리는 속을 감추고 웃었다. 우진이 힐끗 유미를 보더니 빙그레 웃었다.

"쟤, 지금 작업 들어간 거야."

"작업? 무…… 슨 작업?"

강린은 납득할 수 없는 얼굴로 우진을 빤히 바라봤다.

"너 모르는 것 같다? 준현이 재벌 2세라는 소문 있어."

"아, 그거?"

그거라면 강린도 미연에게 들어서 알고 있었다. 그 소문을 듣고 하도 어처구니가 없어, 백준현이 재벌 2세면 난 대통령 딸이다, 라고 면박을 줬던 기억이 났다.

"그게 뭐? 그거 다 소문이잖아."

"물론 본인이 부인을 하니까 뭐라 단정 지을 수는 없지. 그렇지만 신빙성은 있다고 봐. 어머니 쪽이 아닌가 싶어. 부끄럽지만, 그게 사실이라면 나도 재벌 친구 도움 좀 받아볼까 했지."

"도움?"

"우리 아버지 공장이 지금 좀 위태위태하거든. 준현이는 우상 그룹 쪽이랑은 아무 상관없다고 딱 잡아떼니까 부탁하기 힘들고……. 그래서 너한테 좀 부탁하려고 했지. 말 좀 잘해달라고."

"나? 왜?"

"네가 준현이랑 사귄다니까. 네가 말해주면 되지 않을까 싶었어. 솔직히 아니라니까 실망되더라. 사정이 많이 안 좋거든. 진작 공부 때려치우고 아버지 도와드렸으면, 이 정도까진 안 되었을 텐데……."

많이 괴로운 듯 우진은 큰 한숨을 내쉬며 고개를 푹 꺾었다. 쾌활한 성격이긴 해도 평소 남에게 손 내미는 걸 잘 못하는 성격의 우진인데, 나름 속이 많이 썩었겠구나 싶었다. 안쓰러운 마음에 강린은 우진의 어깨를 토닥거려 주었다.

"네 탓 아니잖아. 자책하지 마. 네 아버지도 그걸 바라진 않으실 거야."

후, 한숨을 내쉬더니 우진이 고개를 들었다. 애써 밝은 얼굴인 녀석은 머리를 긁적이며 어깨를 으쓱했다.

"말이라도 고맙다. 네가 진짜 준현이 여자 친구였으면 더 고마웠을 텐데."

"우웩! 말도 꺼내지 마, 야! 듣는 것만도 소름이 끼친다."

"훗. 너 때문에 웃는다."

"잘될 거야, 힘내. 그리고 백준현, 걔 재벌 2세란 소문 다 뻥이야. 내가 알기론, 회사에서 안 잘리려고 아주 발버둥을 친다고. 별짓 다 해."

오너 조카랑 사귀는 '쇼'까지 벌이고 있지. 강린은 속으로 삐죽거렸다.

"정말? 백준현이가? 그 녀석 자존심이 보통 아닌데."

"그러게. 재벌 2세면 그깟 조그만 회사에 뭐 하러 그렇게 매달리겠어? 아니야, 아니야. 너네가 잘못 짚었어."

검지를 곧게 펴 살랑살랑 흔들며 강린은 준현 쪽을 보았다. 무심결에 본 거였는데 순간, 강린은 흠칫 놀랐다. 준현이 그녀를 뚫어져라 노려보고 있었다. 마치 '난 네가 방금 무슨 말을 했는지 알아'라고 하는 것처럼 괴기스러운 표정으로 말이다. 왜 저래? 무슨 기분 나쁜 일 있나? 오히려 신이 나야 정상 아닌가? 유미가 저렇게 온몸으로 구애를 하고 있으니 말이다.

강린은 준현의 팔을 가슴 근처로 갖다 댄 채 흐느적거리고 있는 유미를 의식하지 않을 수 없었다. 아무리 봐도 저 포즈는 친구 사이에 있을 법한 우정 어린 스킨십이 아니었다. 작정하고 유혹하는 필이었다. 제들이 이제 스무 살 먹은 애들도 아니고 서른셋이나 먹은 늙다리들이 공공장소에서 이게 웬 추태?

'확 경찰서에 신고해 버릴까 보다. 풍기문란죄로다가.'

강린은 불쾌한 시선으로 유미와 준현을 노려봤다. 준현의 몸에 착 달라붙어 교태를 부리고 있는 유미도, 그런 유미의 행동에 별 불만 없어 보이는 준현의 태도까지 죄다 마음에 안 들었다. 준현이 원래 저런 타입을 좋아했던가? 가슴만 젖소부인처럼 빵빵한 애가 뭐가 좋다고! 뭐, 가슴만 빵빵할 뿐 아니라 늘씬하고 섹시하고 과감하며 예쁘기는 하지만.

하긴, 늘씬하고 섹시하고 과감하며 예쁜 여자를 어떤 남자가 거부하겠어.

"게임이 안 되네."

강린은 잔뜩 찌그러진 얼굴로 중얼거렸다.

"게임?"

"응? 아, 아니야. 혼잣말이었어."

의아한 듯 묻는 우진을 향해 강린은 또 배시시 웃었다.

"그나저나 애들이 왜 이렇게 안 오지?"

"이제 곧 오겠지. 일곱 시도 안 됐잖아. 여기 일곱 시 반부터 대여되어 있거든. 가자."

우진이 강린의 팔을 잡아끌며 테이블로 이끌었다. 강린은 이쪽을 향해 환히 웃고 있는 유미와 그 반대인 준현을 보며 꿀꺽 침을 삼켰다. 준현의 눈빛은 살벌했다. '너, 이쪽으로 오면 죽어' 가 아닐지. 강린은 우진의 손에 잡힌 팔을 쑥 빼며 말했다.

"나 전화 좀 하고 올게. 푼수데기 언제 오는지 궁금해서."

"미연이?"

"응. 허미연, 그 푼수데기."

강린은 힘없이 웃는 우진을 향해 힘내라는 의미로 활짝~ 갠 미소를 지어주고 출입구를 향해 걸었다. 뒤통수가 따끔거리는 것이 누군가 자신을 매서운 눈초리로 노려보고 있음이 느껴졌다.

동창회 모임에는 총 스무 명의 친구들이 참석했다. 모두들 강린과는 평소에 가끔씩 연락을 주고받던 아이들이었으나, 간혹 완전히 연락이 끊겼다가 다시 보게 된 친구들도 몇 있었다. 그런 그들이 반갑고 기쁘기 한량없어 강린은 신나게 떠들고 마시고 웃었다. 이렇게 행복한 기분을 얼마 만에 느껴보나 싶었다. 실연당한 이후 분한 마음, 우울한 마음을 풀지 못해 답답하게 지낸 나날들이 아까웠고, 십 년 전 당당하고 자신만만했던 그 시절의 풋풋함이 되살아나 가슴이 벅차올랐다. 마치 학창 시절로 돌아간 것 같은 기분으로 강린은 정말 마음껏 즐겼다. 즐기는 내내 백준현을 실컷 무시해 주면서 말이다.

사실 처음엔 좀 걱정이 되었다. 다들 준현과 그녀가 아무 사이도 아니라는 걸 믿어줄지 어쩔지 확신할 수가 없었기 때문에,

모든 게 조심스러웠다. 그리고 예상대로 처음엔 다들 준현과 강린이 사귄다는 소문에 대해 궁금해하는 것 같았다. 직접 대고 묻는가 하면 강린과 준현의 눈치를 슬슬 살피는 애들도 있었다.

하지만 준현에게는 착 달라붙어 떨어지지 않는 유미가 있었다. 거기에 강린이 아무렇지도 않는 듯 웃고 떠들자 다들 곧 그 문제에 대해서는 잊어버렸다. 일단 계획은 성공한 셈이다. 뜻하지 않게 유미의 도움을 받은 것이 주요했다.

유미는 준현의 옆에 딱 달라붙어서 떨어지지 않았다. 준현의 어깨에 얼굴을 묻고 팔짱을 낀 자세로 계속 그의 잔에 술을 채웠다. 준현은 그녀의 노골적인 유혹에도 별다른 반응을 하지 않으며 묵묵히 술을 마셨다. 싫다는 내색도, 좋아하는 기색도 없는 준현은 더더욱 유미의 애를 태웠다. 준현이 무반응으로 일관할수록 유미의 미소는 더욱 색스러워졌고, 스킨십 또한 과감해졌다. 강린은 유미가 아주 작정을 하고 준현을 유혹하는 거라고 확신했다. 준현이 정말 재벌 2세라도 되는 줄 아는 모양이었다.

하! 웃기지도 않지. 강린은 콧방귀를 뀌었다. 준현이 재벌 2세라니, 어디서 그런 말도 안 되는 소문이 퍼졌는지 도무지 이해가 안 되었다. 아니 땐 굴뚝에 연기가 나랴마는, 이번 경우는 아니 땐 굴뚝에 연기 난 거였다. 우진의 말대로 준현이 우성그룹 집안 사람이라면 무엇 때문에 일성어패럴 같은 회사에 붙어 있겠는가. 강린과의 연애라는, 웃기지도 않는 연극을 자처하면서까지 붙어 있을 만큼 잘나가는 회사가 아니다, 일성은. 분명 부풀리고 또 부풀려진 소문에 불과하겠지. 아무튼 강린의 속은 속이 아니었다.

'썩을.'

준현도 유미도 다 꼴 뵈기 싫었다. 웃고 떠들고 마음껏 놀아재끼면서도 강린의 속은 계속 부글부글 끓었다. 왜 이렇게 기분이 상한 건지 생각하고 싶지도 않았다. 그냥 멀쩡한 척, 술 마시고 떠들고 웃었다.

강린은 시계를 흘끔 내려다보았다. 열 시가 조금 넘은 시각. 모임 장소인 클럽은 열한 시까지만 대여되어 있으니 조만간 자리에서 일어나야 했다. 다들 2차로 단란주점을 거론하고 있지만 강린은 그냥 집에 들어갈까 생각하는 중이었다. 시골에서 올라온 어머니 김 여사가 아직 집에 있었기 때문에 너무 늦게 귀가하는 건 곤란했다.

강린은 화장실 세면대에서 손을 씻고 인공바람에 물기를 말린 뒤, 여자 화장실을 나섰다. 그때였다. 누군가 그녀를 가로막고 섰다.

"강냉이, 2차 갈 거냐?"

"엄마야!"

너무나 갑작스러운 등장에 깜짝 놀라 강린은 심장을 부여잡고 두 눈을 휘둥그레 떴다. 그녀의 눈에 흐트러진 머리카락과 세 개나 풀어진 와이셔츠 단추가 확 들어왔다. 백준현이었다. 평소 그답지 않게 잔뜩 흐트러진 모양새. 흥! 돌아온 탕아로군.

유미랑 꽤 즐거우셨나 보지?

"여자 화장실 앞에서 뭐야, 너? 왜 알짱거려? 변태야?"

강린은 신경질적으로 쏘아주었다.

"2차 갈 거냐고, 이 밥탱아. 묻는 거나 대답해."

술에 취한 건가? 평소보다 살짝 더 거만한 말투에 혀가 굳은 듯 발음이 이상했다. 심하게 풀린 것도 아니지만 그렇다고 멀쩡한 상태라고 말할 수도 없었다.

준현의 낯선 모습에 강린은 눈살을 찌푸렸다. 꽤 오랫동안 알아왔지만 준현이 술에 취한 모습을 본 건 처음이었다. 준현은 본래부터 술을 즐기는 타입이 아니어서 늘 술 취하기 직전까지만 마셨다. 그래서 취중허담 사건 때도 완전히 속아버리지 않았던가. 멀쩡한 얼굴로 사랑한다고 하니 믿어버렸던 그녀였다. 취중허담 사건이 떠오르자 강린은 짜증이 배가되는 걸 느꼈다.

"네가 알아서 뭐 하게? 상관하지 마."

"아, 그렇지. 우리, 상관하지 않기로 했지. 맞다. 그랬네. 애들이 의심하지 않게, 모른 척하기로 했지."

훗, 그가 웃었지만 그의 눈은 얼어붙은 강물처럼 차갑게 느껴졌다. 묘한 시비조에 강린은 이상한 기분에 사로잡혔지만 아무 대꾸도 하지 않았다. 술에 취한 사람과 말싸움하는 건 어리석은 짓이었다. 눈살을 찌푸린 채로 그녀는 얌전히, 그리고 조용히 요구했다.

"비켜줘."

그의 눈이 가늘어졌다. 뚫어져라 바라보는 준현의 시선에 얼굴이 따가워졌다. 강린은 괜스레 초조해지는 마음을 차분히 가라앉히며 그의 몸을 밀어냈다. 그러나 그는 밀려 나가지 않았다. 오히려 강린은 그의 손에 팔목을 붙잡히고 말았다.

"아야! 뭐 하는 거야?"

순식간에 강린은 화장실 바깥벽으로 밀려났다. 여전히 한쪽 팔이 붙들린 그녀는 벽에 등을 댄 채 준현의 몸에 짓눌리다시피 갇혀 버렸다. 당황한 강린은 가쁜 숨을 쉬며 그를 올려다보았다. 준현은 평소보다 훨씬 거칠고 위험해 보였다. 왜…… 이러는 거지?

"테디베어가 뭔 줄 알아?"

준현의 이글거리는 눈이 강린의 흔들리는 가슴을 뜨겁게 내려다보았다. 숨을 쉴 때마다 오르락내리락하는 가슴 골짜기가 넓은 네크라인의 상의로 인해 적나라하게 들여다보였다.

"곰이야. 귀엽다, 따뜻하다, 백날 말해도 테디베어는 곰이야. 곰은 곰일 뿐이라고."

"난데없이 나타나서 그게 무슨 소리야?"

강린의 미간에 주름이 잡혔다.

"좋아 죽더군, 아주. 그 곰 소리가 그렇게 좋았어?"

"우, 우진이 얘기하는 거니?"

"그렇게 좋으면서, 왜 내가 테디베어라고 부를 땐 그렇게 화를 냈었는지 궁금하네."

강린의 말엔 일언반구 답변도 없이 그가 말했다. 삐딱한 말투였다. 불만이라는 건가? 물론, 거의 십여 년 전에 그가 붙여준 테디베어라는 별명은 강린이 처음 들었을 때부터 싫어했던 별명이었다. 우진이 멋들어진 해설을 붙여주었으나 아직도 볼빵 콤플렉스에 시달리는 강린에겐 여전히 썩 유쾌하지 않은 거였다. 그녀의 기분을 고려해 좋은 식으로 해석해 준 우진에게 차마 짜증을 낼 수 없어 그냥 웃어넘겼을 뿐, 정말로 좋아서 웃은 건 아니었다.

"이거 놔."

"내가 그렇게 싫어?"

느리고 정확하게, 그가 물었다. 눈은 여전히 그녀에게 고정한 채였다. 강린은 맥박이 빨라짐을 느꼈다. 왠지 모르게, 심장이 두근거렸다. 무엇인가를 호소하고 있다는 느낌이랄까? 흔들림 없는 눈동자에도, 낮고 느린 어조에도 간절한 어떤 것이 담겨 있었다. 그 어떤 것이, 강린을 떨리게 했다.

"내가 테디베어를 얼마나 좋아했는데……. 어릴 때부터 그 곰 인형 없이는 잠도 못 잤다고……."

강린의 입이 저절로 벌어졌다. 그러나 입만 벌렸을 뿐 말은 나오지 않았다. 그가 하는 말은 너무나 충격적이었다. 강린은 입만 벙긋거리며 준현의 쏟아지는 시선에 간신히 마주하고 있었다.

"우진이 따라 2차 갈 거냐?"

착각이었을까? 준현의 입술이 가까워진 것 같았다. 그가 고개를 숙인 것인가? 대답을 망설이는 강린에게 그는 거의 속삭임에 가까운 목소리로 그가 말했다.

"이 옷차림으론 절대 못 가. 아까부터 네 어깨에 내 재킷을 걸쳐 주고 싶은 걸 참느라 얼마나 혼난 줄 알아?"

이상한 기분은 점점 더 커져 갔다.

'그가 널 좋아하는 거야.'

그녀 안에 내제되어 있는 여성성이 속삭였다. 그가 사랑을 말하는 거라고. 직접 대놓고 말한 건 아니나, 거의 그런 거나 다름이 없다고. 그는 어릴 때부터 아꼈던 테디베어 인형만큼이나 그녀를 아꼈던 거고, 그녀에게 친근하게 구는 진우에게 질투하고 있는 거라고. 그렇게 속삭이고 있었다. 하지만 십여 년 전, 악몽의 그 취중허담 사건 때에도 그녀는 이런 기분을 느꼈었다.

"너랑 키스하고 싶어."

그때 준현이 한 말이었다. 너무나 진짜 같은 상황, 너무나 간절했던 눈빛과 애절한 말에 강린은 그 어떤 의심도 할 수 없었다. 정말로 그가 자신을 좋아하는 줄 알고 밤잠을 설치며 고민했다. 나쁜 놈, 바람둥이라며 평소에 그를 욕하고 비난했었던 그녀였지만 그의 고백을 듣고 난 후에는 혼란스러웠다. 묘하게 마음이 설레었고 가슴이 뜨거웠다. 흥분하고 달아올라 그의 고백을 받아들이겠다는 결심까지 하게 되었다. 하지만 다음날 만난 그는 그녀를 조롱하고 무시했다.

그날의 쪽팔림과 묘한 실망감은 생각하기도 싫었다. 십여 년이 지난 지금까지도 그때의 기억은 끔찍했다. 그녀의 인생에서 삭제해 버리고 싶은 유일한 기억이었다. 그리고 그 기억이 지금의 강린을 망설이게 했다.

"네 어깨, 네 맨살…… 다른 놈들이 보는 거 정말 싫다."

준현의 고개가 옆으로 살짝 기울어졌다. 얼굴이 숨결이 느껴질 정도로 가까이 다가왔고, 그의 숨결은 뜨거웠다. 강린은 저도 모르게 입술을 벌였다. 눈을 내리깔고 준현의 입술을 뚫어져라 바라봤다. 섹시한 곡선으로 이뤄진 그의 입술은 유혹적으로 그녀에게 다가서고 있었다. 점점, 조금씩, 아주 느리게…….

숨조차 크게 쉴 수 없는 긴장감이 강린의 온몸을 에워쌌다. 그녀의 팔을 붙들고 있던 준현의 손이 강린의 피부를 부드럽게 쓸며 내려와 그녀의 가슴 근처에서 멈추었을 때 그녀는 신음을 흘렸다.

"너와 키스하고 싶어."

마법의 주문인 양 낮게 읊조리는 준현의 입술이 다음 순간, 강린의 벌어진 입술 위로 겹쳐졌다.

"으음……."

벌어진 입술 사이로 뜨거운 것이 밀고 들어왔다. 동시에 그의 강인한 팔 하나가 쑥 그녀의 등 뒤로 밀려와 강린의 몸을 끌어

당겼다. 다른 팔이 허리를 죄어오자 그녀의 발꿈치가 저절로 한 껏 들어 올려졌다. 뜨거운 이물질이 입 안을 매끄럽게 들어와 장악하더니 아플 정도로 부드럽게 애무했다. 숨이 저절로 헐떡여졌다. 준현의 팔에 힘이 들어가자 그녀는 위로 더욱 들어 올려졌다. 그 덕분에 그녀의 가슴은 위를 향해 봉긋 솟았고, 하체는 그의 것에 바짝 붙었다. 몸 어디서인지 근원지를 알 수 없는 짜릿한 고통이 온몸을 찌르르 관통했다. 복부 아래쪽이 타는 듯 아팠다. 맥박이 빨라졌고 더불어 숨소리가 거칠어졌다. 다리에 힘이 빠질 것 같아 그녀는 그의 목을 절박한 심정으로 끌어안았다.

갈구, 갈망, 욕망. 어떤 단어를 붙여도 좋았다. 머리론 미친 짓이라 생각하면서도 본능은 '더'를 외치고 있었으니까. 고통스러운데, 당장이라도 쓰러져 죽어버릴 것 같은데 이 짜릿한 쾌감은 뭘까. 더 많이, 더 깊이 빠져들고 싶은 이 무모함은 대체 뭐란 말인가. 강린은 생전 처음 겪는 거친 소용돌이 속으로 휩쓸려 들어가는 듯 혼미해진 정신으로, 날카로운 쾌감을 향해, 달콤한 감각을 위해 자신의 몸을 더욱 밀어붙였다.

"흐음……."

그가 아픈 듯 신음을 흘렸다. 미친 듯이 끓어오르는 호르몬으로 인해 그는 극한까지 쫓기고 있었다. 그녀의 말랑한 가슴이 그의 딱딱한 가슴에 짓눌려 있었다. 잔뜩 흥분한 그의 아랫도리가 본능적으로 찾아든 그녀의 하체는 달콤하고 아늑하게 갈라져 그를 유혹했다. 반쯤 감긴 그녀의 눈과 가볍게 헐떡이고 있는 순진한 숨결이 그를 미치게 만들었다. 그는 거칠게 숨을 내쉬며 그녀의 혀를 힘차게 빨아들였다.

십 년 동안이나 갈구해 왔던 키스에 정신이 몽롱해질 정도의 쾌감과 흥분이 그를 강타했다. 탐스럽고 보드라운 그녀의 가슴을 만지고 그 분홍빛 돌기를 입 안에 머금고 싶은 극렬한 충동이, 그녀의 몸 안으로 들어가 거칠게 그녀를 소유하고 싶은 충동이 거대하게 입을 벌리며 그를 덮쳐 왔다. 하지만 그렇게 하면 안 된다는 이성의 목소리를 그는 외면할 수 없었다. 그녀를 원한다면 이런 방식이 아닌, 다른 방식으로 접근해야 한다는 사실을 그는 너무도 잘 알고 있었다.

알코올이 그를 완전히 집어삼킨 건 아니었다.

"넌…… 너무 달콤해."

준현은 그녀의 허리와 엉덩이를 부드럽게 어루만지며 그녀의 도톰한 입술을 빨았다. 그녀의 입에서 한숨 섞인 신음이 흘렀다. 부푼 가슴이 들썩여졌고 그의 목을 끌어안고 있던 그녀의 팔에 힘이 들어갔다. 즉시 준현은 그녀 쪽으로 끌어당겨졌다. 그녀의 입술이 벌어지고 아이스크림을 빨아먹듯 준현의 입술을 덮어왔다. 그는 급격히 치솟는 테스토스테론 치수를 느끼며 더욱 격하게 입술을 놀렸다. 맛있는 음식을 먹어치우듯 게걸스레 그는 그녀의 혀를 빨아들였다. 그녀의 타액을 삼키고 그녀의 치열을 더듬었다. 예민해질 대로 예민해진 그녀의 가슴을 그가 무례하게 감싸 쥐기 전까지 그는 계속해서 그녀의 입술을 가질 수 있었다.

가지고 또 가져도 굶주린 그의 욕구가 싸늘히 식어버린 건 그즈음이었다. 준현은 강린의 가슴을 쥐고 부드럽게 문지르기 시작하자 강린이 당황했다. 그녀는 그의 손목을 붙들고 바들바들 떨기 시작했다. 그녀의 두려움이 느껴졌다. 준현은 고개를 들어 그녀의 얼굴을 내려다봤다.

부풀어 오른 입술 사이로 그녀가 작게 할딱거렸다. 흐트러진 머릿결 아래로 두려운 빛이 가득한 두 눈이 있었다. 준현은 그녀의 몸에서 천천히 손을 뗐다.

강린은 자신이 무슨 짓을 저질렀는지 서서히 인식하고 경악했다. 짧은 시간이었으나 그녀는 준현과 키스를 했다. 입술만 갖다 댄 가벼운 키스가 아니라, 말로 내뱉기엔 너무나 낯 뜨거운 그런 키스였다. 방금까지 그의 혀가 차지했던 입 안이 아직도 얼얼했다. 퉁퉁 부어오른 입술은 방금 전 키스가 얼마나 격렬했는지 역력히 드러내고 있었다. 게다가 가슴을……!

'백준현이 내 가슴을 만졌어!!'

미친 거야. 미친 게 아니면 이럴 수 없어. 어떻게 준현이 그녀에게 키스를 할 수가 있으며, 어떻게 그녀는 준현의 키스를 받아들일 수가 있는 것인가. 강린은 이해할 수도, 이해하고 싶지도 않았다. 더욱 절망스러운 건, 자신이 적극적으로 그의 목을 끌어안고 제 몸을 비벼댔다는 거. 더 해달라는 듯 그에게 몸을 맡겼다는 거!

모멸감이 순식간에 몰려와 그녀의 뺨을 달구었다. 어두컴컴한 복도의 조명이 아니었다면 준현에게 이 모멸감을 적나라하게 들켰을 것이었다. 그걸 생각하니 더더욱 수치스러웠다. 식당 바닥도 모자라, 화장실 앞에서 민망한 짓을……. 아냐, 이건 술기운 때문이야. 술기운 때문이라고!

강린은 정신없이 그에게서 떨어졌다. 흐트러진 옷매무새를 더듬더듬 고쳐 잡으며 흘러내리는 머리를 허겁지겁 쓸어 넘겼다. 준현은 아무 말도 하지 않고 그녀를 지켜보고만 있었다. 뭐라고, 아무 말이나 건네줬으면 싶었지만 그의 입술은 꽉 다물린 채 열리지 않았다.

"나, 난…… 그냥 집으로……."

가방을 가지고 나오지 않았다는 사실도 잊은 채 강린은 더듬더듬 준현에게 말을 건넸다. 준현은 옅은 한숨을 내쉬며 거칠게 앞머리를 긁어 올렸다. 술 냄새가 그의 숨결을 따라 날아왔다. 술. 그가 술에 취해 있다는 사실이 문득 떠올랐다. 강린은 휙, 고개를 쳐들어 그를 보았다. 그의 표정은 오묘했다. 낭패감? 후회? 허리에 한 손을 올리고 다른 한 손으론 머리카락을 쥐어뜯고 있는 그의 모습은 분명 유쾌한 게 아니었다.

십 년 전 악몽이 떠오르자 강린은 입술을 깨물었다. 붉게 충혈된 입술이 짓눌리고 아픔이 밀려왔다. 그러나 신체적인 아픔은 그녀의, 가슴을 찌르는 듯한 이 통증에 비하면 아무것도 아니었다.

"문강린……."

그가 입을 열자마자 강린은 힘차게 그를 밀어냈다. 그가 밀려
나 뒷걸음질을 치는 틈에 그녀는 재빨리 내달렸다. 달아난 것이
었다. 그녀도 알고 있었다. 자신이 너무나 비겁하다는 것을. 하
지만 용기가 없었다. 그냥 실수였다는, 잊어버리라는, 설마 진
지하게 생각하는 건 아니겠지라는 소릴 들을까 봐 무서웠다. 왜
냐고, 누군가 묻는다면 그녀는 말할 것이다.

나도 알 수 없어. 그 녀석이 무서워…….

제10장
사랑은 머리가 아니라 마음으로

르륵!

커튼이 걷히는 소리와 함께 깨질 것 같은 머리 위로 햇살이 흘렀다. 감긴 눈 사이로 찌르듯 파고드는 강렬함에 무의식중에서도 몸을 뒤척이며 강린은 신음을 흘렸다.

"으흠…… 뭐야……."

눈꺼풀에 감싸여 있음에도 동자가 아렸다. 본능적으로, 강린은 더듬더듬 손을 뻗어 뭔가를 찾았다. 이불이든 베개든, 뭐든 좋으니 손에 잡히기만을 바랐다. 오만상을 찌푸리며 햇살의 습격에 대항, 그녀는 배를 깔고 누워 얼굴을 침대 매트리스에 처박고 손에 잡힌 베개를 목덜미 위로 척 올렸다.

"얘가, 얘가. 일어나, 문강린! 해가 중천이야."

찰싹! 어느새 하늘로 치켜든 강린의 엉덩이를 누군가 찰싹 손바닥으로 후려갈긴다. 치켜들린 엉덩이가 힘없이 옆으로 꼬꾸라졌다.

"아야! ……아이! 누구야?"

"나다, 네 엄마. 빨리 일어나. 아무리 일요일이라지만 아침밥은 먹어야 할 것 아니니? 속도 엄청 쓰릴 텐데 밥까지 굶으면 되겠어?"

역시 김금설 여사다. 끙. 건강 하나는 엄청나게 챙긴다니까.

강린은 찔끔 눈을 감고 숙취로 인해 깨질 것 같은 머리를 부여잡았다. 머리통이 깨질 것 같았다. 이 정도의 숙취를 느꼈던 게 얼마 만인가. 육 개월 전 남자 친구에게 차이고 소주 다섯 병을 혼자 안주도 없이 마신 이후 처음인 것 같았다. 그때는 정말, 다음날 속엣것을 모조리 다 게워낼 정도로 엉망진창이었었다. 하지만 어제는 맥주 몇 잔 먹은 게 전부인데 왜 이러지?

"얼른 일어나서 꿀물부터 마셔."

헝클어질 대로 헝클어져 삐죽삐죽 엉킨 머리카락을 쥐어짜듯 부여잡고 시체처럼 누워 꼼짝하지 않는 강린의 엉덩이를 쿡, 김여사는 무릎으로 찔렀다. 침대 가장자리에 걸쳐져 있던 강린의 엉덩이가 흔들거렸다. 댕댕댕— 엉덩이가 흔들리니 머리까지 함께 흔들리면서 머릿속은 온통 종소리로 가득 찼다.

"아……! 머리가 깨져 버리겠어."

"쯧쯧. 그러게 내가 그만 마시랄 때 그만 마시지. 무슨 술을 혼자 그렇게나 많이 마시니, 계집애가. 네 아빠가 봤으면 난리 내셨을 거다."

응? 뭐라고? 혼자 술을 마셔? 강린은 여진이 남아 있는 머리통을 쥐어짜며 인상을 구겼다.

"무슨 소리야, 엄마?"

"너 생각 안 나니?"

김 여사가 은근하게 물었다. 아니, 그러고 보니 생각이 났다. 귀가할 때 소주를 사들고 와서 김 여사와 주거니 받거니 마셨던 기억이 났다. 소주는 왜 사서…….

"……!"

찡그리고 찌부러졌던 두 눈이 번쩍 떠졌다. 왜 소주를 샀는지, 모임에서 무슨 일이 있었는지, 한순간 모든 게 떠올랐다. 사라졌던 기억이 되돌아온 게 아니라, 원래 그 자리에 그대로 있던 기억인만큼, 존재를 인식하자마자 모든 기억이 한꺼번에 완벽히 강린의 뇌를 평정해 주었다.

어젯밤 자신이 백준현과 무얼 했는지 다 떠올랐다. 그가 그녀의 입술을 덮쳤고, 그녀는 흥분했으며, 그를 껴안고 그가 해주는 키스에 빠져들었다는 사실을. 지금껏 그 누구와도 그렇게 격하고 야릇한 느낌의 키스를 해본 적이 없었다는 것까지 다. 게다가 아무도 만진 적이 없는 그녀의 가슴을 그가 만졌었다. 그의 커다란 손이 그녀의 가슴을 쥐고 몽실몽실 빙빙 돌리며 애무했단 말이다. 훅, 갑자기 그때의 기억이 떠오르자 정신이 번쩍 났다.

"세상에, 말도 안 돼."

숨이 빨라져 강린은 입을 허— 벌리고 가쁜 숨을 고통스레 몰아쉬었다. 수치스러울 정도로 모든 게 자세히 생각났다. 그녀는 영화에서나 나올 법한 야한 신음을 냈었다. 좀 더 강렬한 뭔가를 요구하며 그에게 무조건적으로 매달렸었다. 공공장소에서, 부끄러운 것도 모르고 그저 그가 이끄는 대로 끌려갔었다. 그러다 정신을 차린 그녀는 너무나 창피해 그 자리를 박차고 나왔고, 너무나 절망스러운 나머지 소주를 사갖고 집으로 들어가 무작정 마셔댔다. 모든 걸 잊고자.

그러나 빌어먹을 뇌는 모든 걸 기억하고 있었다. 숙취고 뭐고 강린은 벌떡 침대에서 몸을 일으켰다.

"미쳤어. 미친 거야."

좀비처럼 몽롱한 눈으로 허공을 바라보며 강린이 중얼거렸다. 김금설 여사는 그런 강린을 유심히 들여다보며 안쓰럽다는 듯 살포시 웃어주었다.

"너무 자책하지는 마. 원래 술 마시면 다 그런 거지."

"뭐?"

힉! 무슨 소리야? 설마 소주 마시고 술 취해서 다 말한 거 아니야?

"아무리 술에 취했어도 네가 한 말이나 행동에 책임을 지면 되는 거야. 그럼 누가 너한테 이래라저래라 간섭하겠니?"

"어, 어떻게 책임을⋯⋯."

키스하고 가슴 만진 건 준현이 그놈인데, 그걸 왜 내가 책임
지냐고요. 강린은 차마 입 밖으로 꺼내지 못한 말을 속으로 외
쳤다. 오! 아⋯⋯. 앓는 소리가 절로 나왔다. 실상 키스한 건 그
였지만 그걸 거절하지 않고 받아들인 건 그녀, 자신이라는 걸
강린은 너무도 잘 알고 있었다. 문제는 바로 그거였다. 평생 원
수인 백준현과 키스를 했다는 사실을 받아들여야만 한다는 것.

"선을 봐. 그럼 되지."

선을 보면 해결되는 거야? 선을 보면⋯⋯. 엥?

"왜 내가 선을 봐?"

꿈벅꿈벅. 강린은 평소처럼 온화한 표정으로 자신을 바라보
고 있는 천사표 오마니를 빤히 올려다봤다. 뭡니까?

"그거야, 네가 어제 소주 마시고 잔뜩 취해서, 선을 보겠다고
했으니까 그렇지."

"예에—?"

이건 또 무슨 까마귀 날다가 떨어지는 배에 맞아 뇌진탕 걸리
는 소리야?

"내가 뭐? 선본다고 말했다고?"

설마다. 말도 안 된다. 뜬금없이 웬 선? 평소 문 원장이 그냥
선이나 봐서 결혼하는 게 어떻겠냐고 권하긴 했어도, 그건 그저
해보는 말일 뿐이었다. 그녀의 이전 남자 친구가 외과의 시험에

합격할 때까지는 결혼을 할 수 없다고 버텼기 때문에 강린은 서른셋이 되도록 연애만 하고 있었고, 그런 그녀가 하도 답답하고 안쓰러워 문 원장이 지나가는 말로 그리 말한 거였다. 그렇다고 진짜 그녀더러 사귀던 남자를 버리고 선을 봐서 조건에 맞는 결혼을 하라고 강요했던 건 아니었다. 문 원장도 강린이 사랑을 선택하길 바랐고, 강린도 그걸 당연하게 생각했었다. 그런데 웬 선?

"그래. 그 남자 친구랑— 백준현이라고 했었니? 헤어졌다며."

"내가 그렇게 말했다고?"

소주 먹고 완전히 필름이 끊겼나 보다. 생각이 전혀 안 났다. 준현을 밀쳐 내고 클럽을 빠져나와 우진을 시켜 가방을 가지고 나오게 한 다음, 택시를 타고 미친 듯이 집으로 돌아온 기억만 났다. 집 근처 편의점에서 소주를 사들고 귀가한 이후, 어머니 김 여사와 식탁에 앉아 주거니 받거니 잔을 돌렸던 것도. 그리고 그 이후의 기억은 희미했다. 아니, 희미한 정도가 아니라 완전 탁했다. 펄럭펄럭, 끊어진 필름이 탁탁 소리를 내며 펄럭였다.

"그 남자가 바람둥이라며. 아무 여자나 붙들고 키스한다고 했잖아."

"허어…… 내가 그랬다고?"

"아니야?"

그랬는지 안 그랬는지, 알 수가 있남. 필름이 끊겼는데.

"아니, 뭐……."

"바람둥이 아니야?"

"……맞아."

강린은 얼굴을 찡그리며 대답했다. 틀린 말은 아니었다. 그 아무 여자가 강린, 그녀라는 것만 빼면. 그런데 무슨 생각으로 선은 보겠다고 한 걸까? 준현과 아예 끝내려고 작정했던 걸까? 술김에 욱해서 그랬을 수도 있었다.

'술김에라…….'

사실 혼란스러운 게 사실이었다. 애초에 말이 안 되었던 연극이니 이참에 아예 준현과 끝을 맺는 것도 방법이라면 방법일 수도 있었다. 다행히 김 여사도 그녀의 결정을 긍정적으로 받아들인 것 같고, 그것에 대해 이러쿵저러쿵 캐묻지도 않을 것 같았다. 정말 술 취해서 아무 말도 안 한 거 맞나?

"그래서 네가 그랬잖아. 그 청년이랑 헤어질 거라고. 그런 놈이랑은 한시도 같이 못 있겠다며."

"그랬…… 어?"

"그럼."

고장난 레코더처럼 '사랑하지 않아'를 거의 한 시간가량 되풀이했다는 말은 쏙 빼놓고 김 여사는 부드럽게 대답해 주었다. 딸은 벙진 얼굴로 김 여사를 바라보고 있었다. 자기가 그런 말을 했다는 게 도무지 이해되지 않는 듯. 그럴 수밖에 없다고 김 여사는 생각했다. 김 여사의 귀엔, 강린의 '사랑하지 않아'가

'아주 많이 사랑해'로 들렸기 때문이다. 무슨 일이 있었는지는 모르겠으나, 강린은 백준현이란 청년을 남달리 여기고 있는 게 분명했다. 사랑싸움이 대게 그렇듯, 이번에도 질투 때문에 생긴 오해가 아닐까? 지레짐작하기는 뭐하지만 김 여사는 제발 단순한 질투이길 바랐다. 진짜로 백준현이 바람둥이에 오입쟁이라면 절대로 용납할 수 없는 일이었다.

"그래도 선은 좀 그렇다."

"그럼 넌 그 청년이랑 계속 만날 거니? 바람둥이라면서?"

짐짓 놀란 듯 김 여사가 두 눈을 부라렸다. 사실이라면 그건 정말 말도 안 된다는 일이었다. 하지만 망설이는 강린에게서 김 여사는 확신했다. 백준현이 진짜 바람둥이라면 딸이 저렇게 어정쩡하게 나오지는 않을 것이니.

"그, 그건 아니지만……."

"조만간 내가 알아볼게, 선봐라. 그런 녀석 잊어버리고. 알겠니?"

"으, 응."

뭐가 뭔지 알 수가 없는, 멍한 정신으로 강린은 어설프게 대답을 했다. 일단 이렇게 이 순간만 모면하는 것도 나쁘지 않지만, 그 다음은 어떻게? 준현과는 합의하에 사귀는 척만 하는 사이이니 그녀 혼자 독단적으로 뭐라 결정 내릴 수 있는 상황이 아니었다. 게다가 키스를 했다. 백준현 그 녀석과. 키스는 그냥 쉽게 넘겨 버릴 수 있는 문제가 아니었다. 백준현에겐 어쩔지 몰라도 강린에겐 중요한 문제란 말이다. 그녀의 혀뿌리까지 핥았던 남자는 백준현이 처음이었다. 키스가 아니라 거의 그녀를 삼켰다고 해도 과언이 아닌, 진한 딥키스였다. 그리고 그녀는 그게 좋았다. 불쾌하고 찜찜한 게 아니라, 좋았단 말이다!

'미친 거지, 한마디로.'

그녀도 책이나 영화를 통해, 마음이 아닌 몸으로 먼저 반응하는 관계를 본 적이 있었다. 하지만 그건 개방적인 사고방식을 갖고 성적으로 적극적인 여자들에게나 해당되는 경우라고 생각했다. 자신처럼 극히 평범하고 평균적인 사고를 하는 여자에게는 절대 일어날 수 없는 일이라 그녀는 여겼다. 하지만 좋아버렸다. 느껴 버렸다. 백준현의 손길에 달아올라 버렸단 말이다. 이 사실을 강린은 도저히 받아들일 수가 없었다.

"얼른 일어나서 꿀물 마셔. 속을 빨리 풀어야 밥도 넘어가지."

김 여사가 침대 밑으로 흘러내리고 있는 이부자리를 정리하며 말했다. 강린은 복잡한 머리를 문지르며 침대 바닥에 두 다리를 밀어냈다. 곱실거리는 머리카락이 개기름에 절어 하늘 위로 쭈뼛쭈뼛 올라섰다. 긁적긁적. 간지러운 두피를 긁으며 강린은 김 여사를 돌아봤다.

"그런데 엄마."

"응?"

"평생을 꼴 뵈기 싫어서 죽던 놈을 한순간에 확, 좋아하게 되는 수도 있을까?"

"왜? 누가 그런데?"

언제나처럼 방실거리며 김 여사가 말한다. 뜨끔, 괜히 찔려 강린은 흘낏 김 여사 눈치를 살폈다. 딸을 의심하지 않은 듯 김 여사는 별다른 관심을 보이지 않았다. 쓸데없는 질문으로 긁어 부스럼 만드는 건 아닐까 잠시 걱정했던 강린은 내심 휴, 안도했다.

"아, 아니. 어제 동창 모임에 갔더니 어떤 애가 그러더라고. 되게 혼란스러운가 봐."

머리를 긁적이는 척 손을 들어 얼굴을 가리며 강린은 어깨를 으쓱했다.

"싫어했는데 갑자기 좋아졌다고?"

"좋아졌다기보다 뭐랄까, 질투……."

"다른 여자랑 사귀는 걸 보고 질투가 났대?"

김 여사는 이 방면에 도가 튼 연애박사인 양 쉽게 알아맞혔다. 강린의 말에 의심도, 흥미도 없는 듯 그녀는 여전히 이부자리를 개키는 데에 더 신경을 쓰고 있었다. 강린은 슬그머니 손을 내리고 김 여사를 향해 엉덩이를 틀었다.

"비슷한 것 같아."

"미운 정이 들었었나 보네, 그 친구가."

김 여사가 히죽 웃으며 말했다.

"미운 정? 에이, 설마 그것 때문에 질투를 할라고."

"어머, 얘 좀 봐. 미운 정을 무시하네. 그게 얼마나 무서운 건데. 사랑보다 더 무서운 게 정이라는 거 몰라?"

"그런 건 결혼해서 함께 산 지 한 이십 년쯤 된 부부한테나 어울리는 말 아니야?"

엄마의 말을 믿을 수 없는 듯, 강린은 뚱한 표정으로 입술을 삐죽거렸다.

"문강린."

"응?"

슥, 김 여사의 얼굴이 소리 없이 다가와 강린의 눈앞에서 멈췄다. 상대를 유심히 관찰하는 듯한 눈길에 강린은 숨 쉬는 것조차 잊고 깜짝 놀랐다.

"증오와 사랑은 동전의 양면과도 같은 거야. 항상 함께 공존하지."

"야, 양면이 뭐 어째?"

놀란 데다 의외의 말을 들은 터라 강린은 말을 더듬었다. 김 여사는 달콤한 크림을 입에 문 듯 사르르 웃으며 덧붙였다.

"원래 애정이 없으면 증오도 없는 거야."

"꼭…… 그런 건 아니지 않나?"

강린은 쭈뼛쭈뼛 김 여사의 말을 반박했다. 김 여사의 말은 그러니까, 강린이 백준현을 미워했던 게 다 일말의 애정이 있어서라는 말인데……. 도무지 말이 되어야지! 아닐 거다. 절대 아닐 거다. 그럴 리가 없다! 내면의 갈등이 얼마나 심한지를 보여

주듯 강린의 볼은 벌겋게 달아오르고 있었다. 김 여사는 두 눈을 가늘게 뜨고 비밀스러운 미소를 지었다.

"너, 옆집 남자가 밉던?"

"응? 무슨 소리야?"

이상한 질문에 강린의 얼굴이 찌그러졌다.

"묻는 말에 대답이나 해, 글쎄."

김 여사가 부드럽게 채근했다. 강린은 조심스럽게 대답했다.

"당근 아니지. 미워할 이유가 있어야 미워하지, 아무 이유도 없는데 왜 미워해?"

"아래층 아저씨는?"

"아니…… 미워해야 해?"

"아파트 경비 아저씨는?"

"무슨 말을 하려고 그래?"

강린의 얼굴이 한층 더 찌그러졌다. 설마 이걸 논리라고 펼치는 건 아니겠지?

"그럼 아버지는?"

"엄마!"

빤했다. 김 여사가 무슨 말을 하려는지. 옆집 남자나 경비 아저씨는 밉지 않으나 아버지는 가끔 미워지는 이유가 애정의 유무 탓이라는 말을 하려는 게다. 웃기지도 않지. 비유할 게 없어서 백준현과 경비 아저씨를 비교하냐고! 이런 개똥철학은 태어나서 처음 들었다.

머리가 깨질 것 같아 강린은 버럭 소리를 지르고는 자리에서 벌떡 일어났다. 댕댕댕— 머릿속에서 종 수천 개가 한꺼번에 울렸다. 으윽, 괴로움에 머리를 부여잡았다.

"잘 생각해 봐, 문강린. 정말 그 청년을 미워했는지."

잉? 강린은 흔들리는 두개골을 휙 돌려 김 여사를 보았다. 김 여사는 각이 딱딱 잡히게 잘 접혀진 이불을 장롱 속에 넣고 있었다. 머리가 미친 듯이 울렸지만, 그건 중요한 게 아니었다. 강린은 꿀꺽 침을 삼키고 멍하게 말했다.

"엄마, 이거 내 친구 얘긴데."

"응?"

김 여사가 고개를 돌려 이쪽을 바라봤다. 설마 눈치 챈 건 아니겠지?

"내 얘기 아니야."

"아아—! 참참. 그 친구한테 잘 생각해 보라 그러라고."

"으, 응."

눈치 챈 건 아닌 것 같기도 하고…….

"꿀물 안 마셔?"

"응? 어, 마실 거야."

강린은 눈을 동그랗게 뜨고 눈동자만 굴려 바닥을 깔아보았다. 그리곤 바짝 마르는 입술을 혓바닥으로 슬쩍 핥고 슬금슬금 방을 빠져나왔다. 식탁엔 김 여사 말대로 시원한 꿀물이 한 대접 놓여 있었다. 정갈하게 차려진 밥상과 함께. 꼬르륵. 뱃속이

궐기대회라도 벌이는지 요동을 쳤다.

에라, 모르겠다. 복잡한 건 나중에 생각하자.

강린은 김이 모락모락 피어오르는 북어국에 꿀꺽 침을 삼키며 드르륵 식탁 의자를 잡아당겼다.

✳

"뭐?!"

조금이라도 기상 시간을 늦추고 싶어 몇 십 분째 침대를 뭉그적거리고 있던 준현은 벌떡 일어났다. 허리께에 살짝 걸쳐져 있던 시트가 엉덩이 아래로 주르륵 흘러내려 웅덩이를 만들었다. 벌거벗고 자야만 잠이 드는, 고약한 잠버릇을 가지고 있는 그는 역시나 알몸인 상태다. 날렵한 복근 아래로 소용돌이치는 거무스름한 음모가 시트 속으로 자취를 감추었다. 막 잠에서 깨어났음에도 불구하고 그에게선 남성미가 물씬 풍겼다. 전날의 숙취는 전혀 찾아볼 수 없는 듯 혈기왕성해 보이는 준현은 귀찮게 흘러내린 머리카락을 신경질적으로 걷어 올리며 다급하게 상대를 다그쳤다.

"아니, 그게 진짜야?!"

전화통을 부서지도록 붙들고 준현은 물었다.

[난 거짓말 안 한다. 알잖아?]

"아, 씹⋯⋯."

[스톱! 욕은 사절. 난 네 협력자라고.]

"그래서 뭐라고 했어?"

어쩐지 요 며칠 별다른 낌새가 없다 했더니, 뒤에서 이런 일을 계획했었던가. 대체 어머니는 무슨 생각으로 조카에게 그런 부탁을 했을까? 아니, 조카고 뭐고. 아들의 사생활을 캐려는 생각 자체가 우스운 거 아닌가? 준현은 너무나 어이가 없었다.

[일단 알았다고는 해놨지. 하지만 수일 내로 결과를 알려 드려야 해. 고모님도 우상의 정보력이 얼마나 대단한지 정도는 알고 계시니까.]

"아시니까 형한테 부탁한 거겠지."

이를 악물고 준현은 혼잣말을 중얼거렸다.

[널 생각해서 미리 알려주는 거다. 대비하고 있어. 조만간 고모님이 네 여자의 신상명세서를 들고 나타나실 거야.]

전화기 너머에서 제보자가 쿡쿡거렸다. 뭐가 그리도 재미있는지. 아주 흥미로운 듯 제보자는 덧붙였다.

[고모님이 신원파악을 요청하셨다는 건, 이미 요주의 인물로 간주하고 있다는 거야. 회사 차원에서 조사해 주길 바라시는 거라면 아주 진지하게 고려 중이시라는 거지.]

"미치겠군. 도대체 무슨 생각이신 거야? 다들 제정신이 아닌 것 같아."

준현은 흘러내린 앞머리를 훑어 올렸다. 우상그룹은 국내에서 다섯 손가락 안으로 꼽히는 굴지의 대기업이다. 전자회사로 시작해 카메라, 컴퓨터, 반도체, 자동차까지. 손을 댄 거의 모든 사업체를 성공으로 이끈 원동력은 바로 발빠른 정보력에 있었다. 우상그룹의 공식홍보팀과 비공식적인 루트로 활동하고 있는 정보지원팀은 우상과 관련된 것이라면 무엇이든 알아내고 찾아냈다. 한마디로 전문가라는 말이었다. 그들은 전직 경찰, 경비업체 직원, 보디가드, 사립탐정 등으로 구성되어 있었다. 심지어 깡패조직들도 연관되어 있다는 사실은 준현도 알고 있었다. 말이 정보지원팀이지 고도로 조직적인, 진짜 전문가들이었다.

그런데 그런 사람들에게 강린의 뒤를 캐달라고 하다니. 세상에! 이은실 여사, 쉰 줄에 벌써 노망이 들었다. 기절하기 직전이었다. 혈압이 확 치고 올라가는 걸 느끼며 준현은 거친 숨을 내쉬었다.

[그거야 네가 속물들한테 걸려들까 봐 그러는 거지. 난 고모님 심정도 이해가 되는데. 네가 좀 순진하냐?]

"나, 순진 안 하거든? 형까지 그렇게 말할 셈이야?"

[너 순진해, 인마. 우상을 버리고 쪼그만 회사로 들어간 것부터가 그 증거라고.]

"그건 내 능력을 보여주고 싶어서 그런 거라고. 그게 순진이랑 무슨 상관이야?"

[나처럼 우성 밑에 납작하게 엎드려 있어야지. 그게 속물인 거지.]

"흥. 재벌 집안, 권력가 집안 다 놔두고 부하직원이랑 결혼한 주제에 속물인 척하긴. 거들먹거리지 마, 웃겨."

이은실 여사의 기행—적어도 준현이 보기엔 기행이었다—을 신속정확하게 제보해 준 지상은 우상그룹 이 회장의 둘째 아들이자 준현의 사촌형이다. 얼마 전 부하직원과 결혼한 그는 애지중지하던 회사를 아내에게 넘기고 유학을 준비 중이라고 했다. 그 문제로 말들이 많았지만 지상은 확고부동한 입장을 고수 중에 있다. 얼마나 아내를 믿으면 회사를 다 맡기나. 준현이라면 쉽게 내릴 수 없는 결정이었다. 그러나 지상이니까, 준현은 믿었다.

지상은 겉으론 망나니처럼 보이지만 속은 아주 신중하고 예리한 구석이 있는 사람이다. 몇 번 본 적은 없지만, 형수 또한 똑똑한 사람 같았다. 여리지만 강단이 느껴진다고나 할까. 하긴, 웬만한 강단이 아니고서야 지상과 같은 남자를 휘어잡을 순 없었을 것이다. 준현이 아는 이지상은 여자에게 쉽게 휘둘릴 타입이 아니었다.

[네 형수가 원체 섹시했거든. 그 매력에 당해낼 수가 있어야지.]

지상이 수화기에 대고 느물거렸다. 어찌나 아내 사랑이 각별한지. 가끔 지상이 이런 팔푼이 발언을 할 때는 부러워지곤 하는 준현이다. 나도 저런 팔푼이 기질이 많은데, 라며.

[그나저나 우성그룹 홍보실을 발칵 뒤집어놓은 그 아가씬 도

대체 누구냐? 어떤 아가씨인지 되게 궁금하다.]

"발칵은 무슨. 조만간 알게 될 텐데 뭐가 궁금해서 물어봐?"

[집안에 새로운 사람이 들어오게 될 판인데 당연히 발칵이지. 우리 노인네도 내심 궁금해하는 눈치야. 알잖아? 그 노친네, 누이라면 끔찍이 생각하는 거.]

노인네, 노친네. 모두 우상그룹의 명예회장인 이우철을 뜻하는 말이었다. 이지상은 아버지인 우철을 그리 불렀다. 오만불손해 보여도 나름 애정이 담긴 별칭이었다.

"대단히 끔찍하시지. 이제 난 죽었어. 으흠……!"

준현은 일이 커지고 있다는 걸 새삼 느끼며 지끈거리는 머리에 손을 올렸다. 집안 전체가 그의 여자 문제에 촉각을 세우고 있다는 건데. 이건 결코 그가 원했던 결과가 아니었다. 단순히 소문을 막고자 시작했던 일이 이렇게까지 비약될 줄이야. 준현은 어젯밤 일을 떠올리고는 꽈악 어금니를 사리물었다.

그녀에게 키스를 해버렸다. 다른 이도 아닌 문강린, 그녀에게. 미친 듯이, 하지 않으면 죽을 것 같은 절실함으로 키스해 버렸다. 지금 생각해도 미친 짓이었다. 어떻게 강린에게 그런 식으로 키스를 할 생각을 했는지. 강린은 그의 평생 원수였다. 그의 인생에 있어서 지옥 같은 존재였고, 유일한 태클이었다. 그러나 동시에 단 하나뿐인 갈망이었음을 그는 어젯밤 다시금 깨달았다. 십 년 동안이나 스스로에게 사랑이 아니라고, 그녀를 싫어한다고 주입시켜 왔지만 그것은 말 그대로 주입이었을 뿐, 근본적인 갈망을 어찌할 수는 없었던 거였다.

그는 그녀를 원했다. 십사 년 전, 신입생 오리엔테이션에서 처음 그녀를 보았을 때부터.

밝디밝은 미소와 시리도록 아름다운 눈동자, 결코 사그라지지 않을 쾌활함까지 그녀의 모든 것이 사랑스러웠다. 통통한 두 볼이 발그레한 열기를 품을 때도, 도톰한 입술이 한없이 커다란 미소를 만들어 보일 때도. 언제나 그녀를 원해왔었다. 심지어 그를 비난하고 증오의 말을 씹어뱉을 때조차. 콩깍지라는 건 정말 무서운 거다.

'이제 어떡한다?'

잠깐의 키스. 화장실을 가겠다며 일어나는 그녀를 뒤따라 나선 건 정말 충동적인 행동이었다. 그는 술에 취해 있었고, 우진 때문에 신경이 날카로워진 상태였다. 자꾸만 옆에서 귀찮게 구는 유미에게도 짜증이 났지만 유미의 존재와 행동들이 강린과의 소문을 잠재워 주고 있었기 때문에 그는 그녀의 불쾌한 접촉을 참아내야 했다. 이래저래 기분은 최악이었고 2차로 단란주점이 어떻겠냐는 말에 획 꼭지가 돌기 시작했다. 주점에 가서 뭐하려고? 술 마시고 노래하고 즐기려고? 열두 시가 넘은 시각에 어깨가 훤히 다 드러난 옷차림을 하고 남자들과 어울리는 강린의 모습은 상상하는 것조차 불쾌했다. 그래서 그녀를 일찍 돌려보내려고 했던 건데, 일찍 들어가란 말을 하려고 화장실 입구에서 그녀를 기다렸던 건데…….

죄책감이 새삼 떠올랐다. 싫다는 여자를 강제로 붙잡고 키스했다는 생각 때문에 괴로워 죽을 지경이었다. 한 번도 그런 적이 없었던 자신이 유독 강린에게만 그랬다는 게 당황스러웠고, 남자로서 수치스러웠다.

그런데 거기다가 뒷조사라니. 강린이 이 사실을 알면 그를 죽이려 들 것이다. 안 그래도 백준현이라면 이를 가는 문강린이 아닌가. 이래서는 도저히 꼬인 매듭을 풀 수가 없었다.

[누구냐? 궁금해 죽겠다. 뭐 하는 여잔데? 설마 너도 부하직원과?]

이런……. 빌어먹을. 그러고 보니 상사와 부하직원이다. 지상의 경우와는 조금 다르지만.

"후!"

[웬 한숨이냐?]

"갑갑해서."

[자꾸 그러니까 더 궁금한데?]

"재밌으라고 이러는 거 아니야. 신경 꺼줘.]

[뭐야? 이런 식으로 나오면 곤란해. 제보자를 홀대하는 건 가까운 미래를 위해서 영리하지 못한 플레이라고. 실수하지 마, 백준현.]

"협박이야?"

[마음대로 생각해. 관심이 쏠리는 건 어쩔 수 없으니까. 특히 네 형수가 엄청 궁금해하신다. 순수청년 백준현을 어떤 여우가

옮아맸는지.]

"나 순수청년 아니라고 했지."

준현은 짜증스럽게 대꾸했다. 그러나 지상의 눈에는 여전히 그가 순수청년으로 보였다.

준현은 늘 평범한 중산층 가정의 평범한 학생처럼 행동하고 다녔다. 아무도 그를 재벌가 출신이라 의심하지 않았고, 여자와의 교제 또한 아주 건전했다. 평범하고 싶어 안달하는 그는 그러나, 절대 평범할 수 없는 놈이었다. 아이큐 150에 명문대 수석이며 화려한 외모와 서글서글한 성격, 친근한 태도는 모든 이들에게 호감을 샀다. 졸업하자마자 일하도록 준비되어 있는 기획실 대신 정식 공채시험을 택한 것도, 합격 후 영업부에 자원, 밑바닥부터 시작해 일을 배워가던 것도 모두 녀석이 순수해서였다. 이런 놈이라면 어떤 여자든 이용해 먹을 수 있을 것이다.

준현의 어머니인 이은실 여사가 걱정하는 것도 아마 그것일 것이다. 준현의 배경을 알고 접근해서 그를 후렸다면, 그 여자는 절대 용납될 수 없었다. 그와 비슷한 경험을 가지고 있는 지상은 준현만큼은 그런 상처를 받지 않기를 바랐다.

"그리고 강린인 여우도 아니야."

[오호!]

강린? 그녀의 이름이군. 정보팀을 이용해 뒤를 캘 필요도 없는 거 아니야? 잘만 하면 준현이 자식이 스스로 술술 불겠는데?

[그럼 곰 과야?]

"헛! 그렇다고 할 수 있겠네."

별명이 곰이니. 테디베어. 준현은 눈알을 굴리며 철푸덕 뒤로 몸을 뉘었다. 케세라세라! 될 대로 되라지. 눈동자가 저절로 옆으로 굴러갔다. 그의 침대 맡 협탁에는 테디베어 인형이 언제나처럼 조용히 앉아 있었다. 세 살 때 아버지가 사주신 인형으로, 어린 시절 이게 없으면 잠을 못 잘 정도로 아끼고 좋아했던 거였다. 처음 보자마자 마음에 쏙 들어버렸던 강린에게 테디베어라는 별명을 붙여주었던 건, 그녀에게서 이 녀석이 주는 따스함과 친근함이 떠올랐기 때문이다. 강린이 마음에 안 들 때마다 이 녀석을 쥐어 패주곤 했던 준현은 강린에 대한 미련 때문에 버리고 싶어도 버릴 수가 없었다. 심지어 그녀를 모두 잊었다고 생각하고 있었던 얼마 전까지도. 그땐 그저 인형에 대한 애착 때문이라 치부했었는데…….

"걘 곰이야. 둔해도 그렇게 둔할 수가 없어."

감정 제대로 섞인 목소리로 중얼거리곤 준현은 손을 뻗어 곰 인형을 바닥으로 패대기쳤다.

[어? 어— 그 말은 뭐야? 너 혹시, 짝사랑이야?]

"묻지 마."

한 팔을 이마에 올리고 그는 두 눈을 감았다. 생각할 게 너무나 많았다. 강린. 키스. 뒷조사! 머리가 깨질 지경이었다.

[짝사랑 맞네~ 아니, 어떤 여자가 감히 백준현을 걷어찼단 말이야?]

"그런 거 아니야. 마음대로 해석하지 마, 좀."

[아니면 뭐야? 그럼 아직 네 마음조차 고백하지 못했다는 거냐?]

비참하게도 그 말이 진실이었다. 아까 하다 말았던 '씹'으로 시작했던 욕이 절로 나왔다.

[그 욕을 들으니 상황파악이 좀 되는구나. 그 아가씨, 네가 우상그룹 회장의 조카라는 거 알아?]

"몰라."

[오— 좋아. 모른다고 해두고.]

"진짜 몰라. 그렇게 말해도 안 믿을 애야. 날 대학 때부터 알고 있던 애라고."

[동창이란 말이야?]

"그래."

귀찮은 듯 준현은 짧게 답했다. 한숨이 터졌다. '내가 왜 지상이 형에게 다 말하고 있는 거지?' 와 같은 의문이 머릿속을 꾸준히 괴롭히고 있었다.

[혹시 네 상사냐?]

"아니, 그 반대야. 걔가 내 비서야. 육 개월간만."

[육 개월간만? 임시비서로군. 널 노리고 비서 자리를 꿰차고 들어온 건…….]

"아니야! 아니라고! 걘 사장 조카야. 내 동창이고."

[사장…… 조카?]

미심쩍은 듯 지상이 준현의 말을 되새김질했다.

"그래. 강린이랑 난 서로 스무 살 때부터 알아왔어. 내가 재벌가 출신이라고 말하면 갠 아마 코웃음 칠걸. 날 그런 식으로 접근해 본 적도, 할 생각도 없을 거야. 갠 날 스컹크 취급하거든. 나랑 키스할 바엔 차라리 이구아나랑 하는 게 낫다는 애가 그 애야."

[큭큭. 백준현의 명성이 언제 그렇게 땅으로 떨어졌나?]

심히 즐거운 듯 지상이 낄낄거렸다.

"웃지 마."

[어떻게 안 웃냐? 웃기는데. 너보다 이구아나라니. 맹랑한 아가씨잖아? 그거 혹시 작전 아니냐?]

"십사 년에 걸친 작전도 있어?"

[십사 년?! 헤엑—]

지상이 과장되게 놀라더니 또다시 낄낄거리기 시작했다. 준현은 급격히 기분이 나빠졌다. 그는 눈앞에 없는 지상 대신 바닥을 나뒹구는 갈색 인형을 노려보았다.

"끊어."

[너 그 강린이라는 여자, 정말로 좋아하는구나?]

여전히 웃음기 가득 실린 목소리로 지상이 물었다. 묻는다기보다 거의 확신에 가까운 말투였지만. 준현은 흠— 한숨 아닌 한숨을 내쉬고 고개를 가로저었다.

"가능성없는 얘기로 나 좀 들쑤시지 마."

[가능성이 왜 없어, 인마?]

"다시 말하지만 갠 날 싫어하거든! 거의 혐오 수준이라고."

[그렇게 혐오하는 이유가 뭔데? 네가 잘나서?]

"……바람둥이래."

[바람둥이?!]

지상은 말도 안 되는 소리에 거의 비명을 질렀다. 그가 보기에 준현은 건전한 연애를 즐기는 건강한 남자일 뿐이었다. 모르긴 몰라도 지금까지도 총각 딱지를 떼지 못했을 듯. 그런 준현일 바람둥이라고? 큭. 생긴 게 워낙 잘빠져 바람둥이라고 오해했나 보다.

[쯧쯧쯧.]

도대체 준현은 어쩌자고 그런 오해를 받고도 아무런 조치도 취하지 않은 걸까? 자기가 좋아하는 여자가 자신을 오해하면 당장 오해를 불식시켜 줘야 하지 않나? 그건 지상의 상식으로 아주 당연한 일이었다. 정말 이상한 커플이로고.

"그만 좀 하시죠."

녀석이 이를 악물고 지상을 윽박질렀다.

[좋아, 좋아. 알겠어. 그러니까 그 여자는 널 바람둥이라고 여기고 죽어라 미워하고 있다, 이거지?]

"나만 보면 못 잡아먹어서 안달이지."

[그런 여자한테 넌 사족을 못 쓰고?]

"미쳤어?"

[미치긴. 그 여자 좋아하는 거 아니었어?]

"그럼 어째야 하는데? 날 못 잡아먹어서 안달인 여자한테 꽃다발에 세레나데라도 바치란 말이야?"

[필요하다면 해야지.]

"걘 날 싫어한다니까."

준현은 휴— 긴 한숨을 내쉬었다. 마음이 진정되지 않았다. 준현은 멍하게 천장을 보며 중얼거렸다.

"잊어보려고 했어. 거의 십 년이나 안 보고 살았다고. 성공한 것 같았어. 걜 안 봐도 별로 보고 싶지 않았거든. 잘살아졌어. 나름대로. 그런데…… 새로 옮긴 회사에서 강린일 봤어. 딱 마주친 그 순간, 깨달았지. 내가 뭔가 착각하고 있었다는 걸. 난 강린일 잊고 있었던 게 아니었어. 잊었다고 생각하고 있었을 뿐이지."

[보자마자…… 심장이 뛰었구나.]

"죽을 것 같아."

핏, 전화기 너머로 지상의 웃음소리가 들렸다. 어느새 조용히 준현의 말을 경청하고 있던 지상은 일부러 대수롭지 않은 듯 가벼운 말투로 말해주었다.

[죽긴 왜 죽어? 사랑한다고 고백을 해야지.]

"웃기지 마. 걔가 날 얼마나 싫어하는데. 내가 고백하면 아마 걘……."

[스톱! 예상은 금물. 넘겨짚지 마. 그냥 가서 말해.]

"거절할 거야. 웃음거리만 될 거라고."

[백준현······.]

이런 불쌍한 놈이 다 있나. 겁을 잔뜩 먹었군. 쯧쯧, 지상은
고개를 좌우로 흔들며 준현을 향해 혀를 찼다. 사랑을 얻기 위
해선 용기가 필요하다는 걸 준현은 모르고 있었다. 바보 같은
놈. 머리만 좋으면 뭐 하나, 만고의 진리도 모르는데.

[말해. 네 마음을, 네 진심을. 그게 최선이야.]

"두려워, 상처받게 될까 봐."

준현이 망설이듯 대답했다. 지상은 씩 웃었다. 그리고 자신의
경험을 떠올렸다. 아내를 얻기 위해 모든 걸 걸었던 그, 그리고
드디어 그녀를 얻었을 때의 환희와 감격.

[그 여잘 사랑한다면 그깟 상처쯤은 견딜 수 있을 거다.]

준현은 천천히 허리를 일으켜 세웠다.

[그만큼 가치있는 여자잖아. 안 그래?]

"······."

[행운을 빈다.]

뚜뚜뚜— 왔던 것만큼이나 갑자기, 전화가 끊겼다. 준현은 멍
하게 수화기를 내려다보았다. 사촌형이 방금 했던 말을 천천히
곱씹으며.

제11장
너 죽고, 나 살자

딥키스의 여파는 실로 대단했다. 강린이 월요일을 저주하게 만들었고, 제발 아침이 돌아오지 않기를 바라고 바라고 또 바라게 만들었고, 결국엔 그녀로 하여금 평소에 절대 하지 않던 지각을 하게 했다.

근무 시간인 아홉 시를 겨우 오 분 남겨두고도 강린은 천천히 움직이고 있었다. 발이 무거워서다. 도저히 발길이 떨어지지 않았다. 일단 회사로 들어가면 준현과 마주하게 될 것이며, 사람들 앞에서는 그와 연인 모드가 되어 헤벌레 웃어줘야 하니 당연했다. 백준현은 분명, 그녀더러 '진짜인 줄 알았냐'며 해죽거릴 게 뻔했다. 십 년 전에도 그랬다. 술에 취해 그녀에게 좋아한다고 고백해 놓고—수많은 구경꾼들 앞에서 버젓이! 경악할 일이다—다음 날 그는 그게 모두 장난이었다고 선언했다. 진짜로 알아들은, 특히나 긍정적인 대답을 준비해 놓고 있었던 그녀는 그 자리에서 완전히 바보가 되어버렸다.

"나쁜 놈."

그렇다. 백준현은 나쁜 놈이었다. 동시에 그녀의 숙적이기도 했다. 대한민국 최고의 바람둥이에, 여자를 알기를 자기 발바닥 때만도 못하게 여기는 마초놈. 출신이 어디일지 궁금하게 만드는 싹퉁머리 제로의 오만불손 꼴통. 녀석이 그녀를 보고 웃으면 머리통을 한 대 날려 버리고 싶은 충동이 일고, 녀석이 다른 여자애들과 만나 즐거워하면 가랑이 사이를 한 대 걷어차 주고 싶었다. 그녀의 볼을 만질 때는 어디 군부대 총기라도 털어 놈의 머리통을 쏴버리고 싶을 정도로 강렬한 살기를 느꼈었다. 그녀는 잘나고 잘나신 백준현이 너무나 싫었다. 아니, 그렇다고 생각하고 있었다. 지난 토요일까지는.

지난 토요일, 그녀는 그의 키스를 받아들였다. 간절한 눈으로 키스하고 싶다고 할 때, 그녀는 그를 밀어내지 않았다. 물컹한 혓바닥을 들이밀며 입 안을 유린해도 밀어내지 않았다. 오히려 그의 목을 껴안고 더해달라 보챘다. 미치지 않고서, 어떻게 그랬을 수가 있었는지. 아무리 생각하고 또 생각해도 강린은 자기 자신을 이해할 수가 없었다.

"후!"

입 안이 바짝 타 들어가는 기분으로 강린은 입김을 불어 앞머리를 넘겼다. 갑자기 준현을 맞닥뜨릴 생각을 하니 철렁, 심장이 바닥으로 뚝 떨어졌다. 맥박이 팔딱팔딱 뛰기 시작했다. 괜스레 오그라드는 심장으로 인해 안절부절못하며 강린은 초조하게 콧잔등을 긁었다. 강린은 두근두근 줄기차게 뛰어대는 가슴을 가까스로 진정시키며 막 도착한 승강기에 올라탔다.

Longing For You, Waiting For You~

전화벨이 울린 건 그때였다. 강린은 후줄근한 베이지 색 면바지를 더듬어 휴대전화를 꺼냈다.

〈밥맛그놈.〉

백준현이다. 훅, 급히 숨을 들이마시며 강린은 제 손으로 입술을 틀어막았다. 이름만 봐도 비명이 절로 나올 것 같았다. 간신히 당황한 마음을 추스른 뒤 강린은 전화기 슬라이더를 밀어 올렸다.

"여보세……."

[어디야? 아홉 시가 넘었는데.]

뭐가 그리 급한지, 준현은 그녀가 대답도 채 하기 전에 대뜸 물어왔다. 참으로 대단한 백준현이 아닐 수 없다. 그런 일이 있고서도 이렇게나 태연할 수 있다니 존경스러울 수밖에. 짐짓 거칠어질 것 같은 숨을 간신히 고르며 강린은 사무적인 어조로 대답했다.

"미안. 곧 도착할 거야."

[어디냐고, 그러니까.]

"엘리베이터 안. 사층이야."

엘리베이터 숫자판을 흘끔 올려다보며 그녀는 덧붙였다.

[그럼 옥상으로 올라가 있어.]

"뭐?"

웬 옥상?

[설마 왜냐고 묻는 건 아니겠지?]

물으면 어때서?

[직원들한텐 늦을 거라고 미리 말해뒀어. 아프다고 했으니까 그리 알아.]

"……?"

[듣고 있어?]

"난 별로 할 말 없는데."

[내가 있어.]

"듣고 싶지 않아."

[곧 갈게. 조금 있다 보자.]

"야! 어, 어, 어!? 야! 백준현!"

어이없게 전화가 끊겼다. 강린은 황당한 얼굴로 끊어진 전화기를 노려보았다. 도대체 이놈의 안하무인은 어디가 끝인 거야? 듣고 싶지 않다는데, 굳이 그녀를 불러서 하겠다는 말이 대체 뭐냐고? 허! 기가 차서 강린은 헛웃음을 칠 수밖에 없었다.

"뻔하지. 날 어떻게든 엿 먹이려는 자식이니까."

이렇게까지 나올지는 몰랐는데. 정말 백준현, 치사한 놈이다. 좋다 이거야. 이에는 이, 눈에는 눈. 한번 해보자고.

강린은 대단한 결심으로 앙다문 입술을 옆으로 비틀며 두 눈을 앙칼지게 빛냈다.

옥상에 올라온 준현의 눈에 가장 먼저 들어온 것은 강린의 뒷모습이었다. 평소와 다름없이 낮은 로퍼와 일자 면바지, 간편해 보이는 면블라우스 차림이었다. 지난 토요일에 입었던, 어깨를 거의 다 드러내고 가슴 굴곡이 강조된 옷과는 달리 수수하고 얌전한 디자인이었다. 쓸데없는 만족감으로 씨익 미소를 지으며 준현은 주머니에 손을 집어넣었다.

"문강린."

생각에 잠겨 있었던 듯, 강린이 펄쩍 뛰며 뒤를 돌았다. 키스 사건 이후 처음 그녀와 대면하는 순간이었다.

"어…… 왔어?"

강린의 얼굴 근육이 어색하게 굳었다. 준현을 향해 밝게 웃어 주며 아무렇지도 않은 듯 토요일의 일을 언급해 줄 생각이었지만 막상 실제로 그를 마주 대하니 쉽사리 웃음이 안 나왔다. 이런 짓을 서슴없이, 버릇처럼, 밥 먹듯이 하는—할 게 뻔한—백준현은 정말 대단하다는 생각이다. 정말 웬만큼 낯짝 두껍지 않고

서는 사람의 감정을 가지고 장난치는 그런 짓, 못하는구나 생각
하니 감탄사가 절로 나왔다.

"할 말이 있어서 불렀어."

"어, 그래……. 아까 말했잖아, 그렇다고."

강린은 아주 중요한 일이라도 되는 듯 신중히 한 손을 들어
올려 머리카락을 쓸었다. 전혀 아무렇지도 않는 것처럼 방긋방
긋 미소를 입에 달기도 했다. 자, 이제 한번 시작해 볼까? 너도
당해봐, 백준현. 얼마나 무참하고 자존심 상하는 일인지.

"토요일엔……."

그가 입을 열었다. 강린은 지체하지 않고 계획했던 말을 떠벌
리기 시작했다.

"아!! 그거!! 그날 일 말하려고 불렀구나?"

준현의 말이 다 끝나지도 않았는데, 갑자기 강린이 커다란 목
소리로 소리를 질렀다. 여전히 밝고 맑은 미소를 지은 채로. 준
현은 두 눈을 가늘게 뜨고 그녀를 째려봤다. 이건 또 뭐야?

"하하하하! 야, 그거 미안해할 필요 없어."

강린은 준현의 팔을 툭 치며 우렁차게 말했다.

"실수인 거 다 알아. 사실 우리 둘, 술 때문에 해롱해롱했잖
아. 처음엔 좀 황당했는데 그럴 수도 있겠다 싶더라. 술에 취했
었으니까."

"그게 무슨 말이야?"

준현의 얼굴이 험악하게 일그러졌다. 강린은 딱 숨을 멈추고

손을 들어 올려 콧구멍 밑을 휙휙 쓸었다.

"술 때문에 벌인 실수로 왈가왈부한다는 거, 사실 조금 우습
잖아. 그깟 키……."

키스라고 말하자니 목이 메어 말이 안 나왔다. 강린은 꽉 막
힌 목구멍에 공기 뭉치를 꾸역꾸역 밀어 넣고 다음 말을 이어나
갔다.

"뽀뽀 말이야. 뭐, 별 의미가 있는 것도 아니었고……. 네가
나한테 정말 딴 마음을 품어서 그랬을 리는 절대 없잖아. 안 그
래? 그래서 말인데, 난 그냥 없었던 일로 하고 싶어. 계속 마음
에 담아두면서 어색하게 지내느니 그게 낫지 않을까 생각하는
데, 너도 그렇지? 솔직히 말해서 부담되는 건 사실이잖아. 술 취
해서 아무 생각 없이 한 행동 때문에 괜히 이렇게 분위기 이상
해지는 거."

"무던히도 생각했구나."

표정 없이 강린을 응시하던 준현의 눈썹이 조금씩 씰룩거리
는가 싶더니 낮고 음울한 목소리로 그가 말했다. 그러자 강린은
당연하다는 듯 어깨를 으쓱했다. 마음에 안 드는 가벼운 말투를
여전히 고수하며.

"에이, 친구 좋다는 게 뭐니. 네 마음, 다 이해해."

강린은 부글부글 썩을 것 같은 속내를 감추며 쾌활하게 중얼
거렸다. 왜 이렇게 기분이 처참하고 속상한지는 생각할 여력도
없었다. 단지 빨리 이 상황에서 벗어났으면 좋겠다는 생각뿐이

었다. 강린은 준현의 어깨에 턱, 손을 올리고 다독거리기까지 했다. 약간 오버성이 강한 행동이었지만, 이미 그녀는 '알 게 뭐람' 모드였다.

"……."

준현도 끓어오르는 분노를 삭이려 노력하는 중이었다. 도대체 문강린이 왜 이러는지 알 수가 없었다. 그녀는 정말 그가 술에 취해 아무 여자나 붙들고 키스나 하는 그런 무뢰배로 여기고 있었다. 그러나 그는 술에 취하는 일도 극히 드물뿐더러 술에 취하면 극도로 예민해지는 경향이 있어서 오히려 신체적 접촉을 꺼려하는 편이었다. 토요일, 유미의 치근거림을 참아 넘겼던 건 오직 강린 때문이었다. 더 이상 둘에 대한 소문이 퍼지지 않길 바라는 강린 때문에 꾹 참고 있었던 것뿐이다. 다른 건 몰라도 유미의 존재가 소문을 잠재우는 데엔 효과가 좋았다.

핫! 그런데 뭐라고? 후, 준현은 한숨을 터뜨리며 눈을 감았다.

"돌았냐? 친구 좋다는 게 뭐냐고?"

이윽고 말문을 연 그는 잔뜩 날이 선 목소리였다. 강린은 섬뜩한 기분에 두 눈을 홉뜨고 급하게 숨을 들이마셨다. 강린은 꿀꺽 긴장된 침을 삼켰다. 이를 악문 그는 척 보기에도 위험수위였다. 강린은 쭈뼛쭈뼛 조심스럽게 입을 열었다.

"내 말은, 그 일은 그냥 잊어버리라고. 난 장난으로 받아들이고 있으니까."

"넌 친구들하고, 다 그렇게 키스해?"

"뭐, 뭐?"

"친구면 다 그렇게 혓바닥을 내줘? 넌 그래?"

"……!"

너무나 충격적인 말에 강린은 숨이 멎은 듯 꼼짝도 할 수가 없었다. 저 미친놈 좀 보게! 혀, 혓바닥을 내주냐니! 이렇게 저질스럽고 변태 같은 표현은 태어나서 처음 듣는 강린이었다.

"우진이랑도 했겠네, 그럼?"

"너 무슨 말을 그렇게 하니?!"

"됐어. 이번 일, 유야무야 넘어가고 싶어서 이런다는 거 대충 알 것 같으니까. 하지만 화가 나는 건 어쩔 수 없다."

"네가 왜 화가 나는데? 화낼 사람은 나야."

"왜? 넌 왜 화가 나는데?"

"정말 왠지 몰라서 묻는 거야, 너?"

강린은 황당하고 어처구니가 없어 말이 안 나왔다. 키스한 게 누군데 지금! 뭐, 물론 그녀도 좋아라 하며 받아들였던 건 맞지만 먼저 시작한 사람은 백준현 아니었던가. 강린은 하고 싶은 적도, 하려고 생각해 본 적도 없었단 말이다. 이 자식이 정말!

"문강린. 우리, 좀 더 어른스럽게 대처하자."

"그게 무슨, 개 풀 뜯어먹는 소리셔."

눈을 잔뜩 치뜨며 강린은 이를 악물었다.

"우린 키스했어. 서로 즐겼다고. 어정쩡하게 넘어갈 문제가 아니란 말이야."

"뭐, 뭐, 뭐⋯⋯."

너무 직설적인 말에, 할 말을 잃고 그녀는 말을 더듬었다. 입
이 절로 벌어지면서 숨이 턱턱 막혀왔다. 누가 저놈의 입을 좀
막아줬으면 소원이 없겠다 싶었다.

"부인하고 싶어? 아니라고 말하고 싶으면, 지금 말해. 한 번
더 해보게."

"뭘 해보겠다고?!"

제 귀를 탁탁 쳐보고 싶은 충동이 일어 강린은 눈살을 찌푸렸
다. 그러니까 이놈은, 다시 한 번 키스에 도전해 볼 용의가 있
다? 이놈이 지금 제정신인가?

"키스."

"허어."

할 말을 잃고 강린은 턱주가리를 늘어뜨리며 멍하게 준현을
올려다봤다. 손목이 저절로 움직여 동그라미를 반복적으로 그
렸다. 백준현, 너 돌았니?

"넌 없었던 일로 할 수 있다고 말하지만 난 아니야. 내가 보기
엔 너도 그리 못해. 네가 그렇게 쿨한 애로는 안 보이거든."

백준현의 싸늘한 빈정거림에 강린은 발끈했다.

"뭐, 뭐야?"

"사태를 제대로 봐. 너와 난, 이제 예전의 관계로 돌아갈 수
없어. 왜냐하면 난 네 입술을 맛봤고, 너도 내 입술을 알게 되었

으니까. 그 키스는 단순한 입맞춤이 아니었어. 너도 느꼈겠지만 그 쾌감은……."

"입 안 다물래!"

강린은 소리를 버럭 내질렀다. 준현이 뭐라고 할지, 내심 두려웠던 거다. 그러나 거침없는 그의 입을 막을 수는 없었다.

"섹스보다도 더한 거였어."

"으, 이 자식……."

나쁜 자식, 추잡한 자식, 못되고 또 못된 자식!!

강린은 홍당무보다도 더 빨개진 얼굴로 신음했다. 두 주먹은 당장이라도 튀어나가 백준현의 안면을 강타할 준비를 하고 있었다. 그녀를 작정하고 괴롭히는 놈이 죽도록 싫었다. 인정하기 싫은 일을 인정하라고 강요하는 녀석이 정말로 미웠다.

'난 백준현이 싫어. 싫어. 싫어!'

십사 년 동안 줄곧 미워해 왔던 존재에 대한 육체적 욕망이기 때문일까. 그녀는 아이러니 상태로 빠져들었다. 그녀의 이성은 그를 여전히 바람둥이에 정나미 떨어지는 놈이라 말하는데, 본능은 자꾸 아니라 하는 것이다. 이 녀석에게 안겼던 그젯밤이 자꾸만 잊히지 않고 떠올랐다. 뇌는 '백준현 싫어'를 외치면서 녀석의 키스는 자꾸 떠오른다니 정말 미치고 팔딱 뛸 일이었다.

"시간을 줄게. 조금 있다가 다시 이야기하자."

"시간은 무슨 시간?"

"생각할 시간. 내 말을 받아들일 시간."

"백준현······!"

"천천히 내려와."

머릿속 복잡해 정신이 하나도 없는 강린을 두고 준현이 휙, 몸을 돌렸다. 성큼성큼 옥상을 빠져나가는 녀석은 확신에 차 있었다. 그녀와의 키스가 그에게는 그만큼 확고한 것이었을까? 왜? 그들은 똑같이 서로를 미워하며 으르렁거렸던 원수였다. 그런데 이 사태에, 왜 준현은 저렇게 멀쩡할 수가 있지? 그녀는 이렇게 혼란스러운데. 정말 알 수 없는 일이었다.

딱! 소리와 함께 비상구 문이 닫히자 강린은 다리에 힘이 풀려 풀썩 그 자리에 주저앉아 버렸다. 멍— 하게 입을 벌리고 앉은 그녀는 텅 빈 머리를 어떻게든 굴려보려고 애를 써보았다.

백준현, 연극, 키스, 백준현, 연극, 키스.

'아! 머리가 터질 것 같아.'

복잡한 마음을 뒤로하고, 강린이 사무실에 복귀한 건 열한 시쯤.

사무실은 시즌 마무리 때문에 정신이 없었다. 강린은 동료들의 눈치를 살피며 터벅터벅 방으로 들어갔다. 동료들이 눈코 뜰 새 없이 바쁘게 발까지 동동 굴러가며 일하고 있을 때, 혼자 옥상에서 별 시답지 않은 일로 골머리를 썩였다는 사실에 죄책감이 들었다. 강희의 오묘한 시선이 뒤통수를 때렸지만 강린은 그조차 신경 쓸 정신적 여유가 없었다. 하도 생각을 많이 했더니

기운이 쭉 빠지고 식은땀마저 났다.

탁.

문을 닫고 사무실로 들어온 강린은 한숨을 쉬며 자리에 앉았다. 며칠 동안 준비 중이었던 자료들이 책상 위로 수북이 쌓여 있었다. 지난 주말, 회사에서 일하다가 급하게 나가느라 제대로 정리하지 못했던 책상이었다. 강린은 블라우스의 소매를 걷어 붙이고 주섬주섬 서류들을 주어 이리저리 정리해 나갔다. 흘깃, 저도 모르게 눈길이 가는 방. 조용했다.

"나쁜 놈."

실장실은 노려보며 강린은 습관 같은 욕을 했다. 팔은 기계적으로 움직여 책상을 치우면서도 눈은 계속 실장실을 째려봤다. 놈이 저 방문 너머에 있다고 생각하니, 괜히 약이 올랐다. 그녀를 그토록 골치 아프게 만들어놓고, 그는 태연히 일에 몰두해 있으리라. 어떻게 혼자만 저렇게 멀쩡할 수 있어? 어떻게 흔들림 한 점 없냐고. 처음부터 그리 생각해 왔던 사람처럼.

똑똑.

중얼중얼 놈을 욕하며 분주하게 책상을 치우고 있을 때, 노크 소리가 들렸다. 누구냐 묻기도 전에 상대가 문을 열고 들어왔다. 강린의 대답을 기다리지도 않고 불쑥 쳐들어온 이는 다름 아닌 강희였다.

"헤이!"

강희는 밝은 모습으로 한쪽 손을 흔들며 인사를 건네왔다.

"뭐야? 안 바빠?"

"바쁘지. 다음 시즌 준비하느라 지금 정신없어."

"디자인은 잘 나왔어?"

"뭐, 그럭저럭."

"네 입에서 그럭저럭이란 말이 나온 걸 보니, 이번에도 대박인가 보다."

능력있는 강희가 부러운 마음에 강린은 한숨을 내쉬었다. 누군 해외에서 상까지 받고 회사에서 없어서는 안 될 위치에 서 있는데, 누군 꼴 뵈기 싫은 동창생 밑에서 비서 노릇이나 하고 있어야 하다니. 한심한 팔자였다. 그런데도 뭐가 잘나서 키스타령이나 하고 앉아 있는지. 그런 거에 쓸 정신이 있으면 일이나 좀 열심히 해보지? 강린은 신랄한 비꼼을 스스로에게 날리며 흠, 한숨을 내쉬었다.

"내 디자인이야 뭐, 두말하면 잔소리지."

"자신감 충천? 부럽다."

"무슨 소리. 난 네가 더 부러운데."

엥? 뭐야, 이 음습한 목소린? 강린은 바지런히 움직이던 팔 동작을 딱 멈추고 강희를 쳐다봤다. 깜빡깜빡. 설명을 요구하는 눈빛으로 그녀를 바라봤지만 강희는 뜻 모를 애매한 미소만 지을 뿐, 말이 없었다. 강린은 얼굴을 찌푸리며 쩝쩝 입맛을 다셨다.

"괜히 찌르지 마. 나올 거 없어."

"왜 이래? 내 코가 개코야."

강희는 은밀한 눈빛을 비스듬히 강린에게 보내며 눈썹을 씰룩거렸다. 그녀는 몇 시간 전, 백준현이 사무실을 잠깐 나갔다 들어왔을 때부터 찌르르 왔던 느낌을 믿었다. 분명 둘 사이에 뭔가가 있었다. 여자의 직감이 자꾸만 삐뽀삐뽀 경보를 울려댔다. 강린이 오늘 회사에 늦게 나온 건, 준현과 관계가 있는 게 틀림없었다.

"백 실장이랑 무슨 일 있었지?"

"뭐, 뭐야?"

흐흐. 당황하는 문강린. 좋습니다. 이겁니다.

"잤어?"

"헉!"

강린이 얼굴을 붉히며 놀란다.

"무, 문강희 너…… 미쳤어?"

앞부분은 거의 벼락처럼 커다랗게, 뒷부분은 개미 하품 소리만큼 작게 강린이 외쳤다. 눈동자를 실장실 문 쪽으로 희번덕거리는 것이 준현이 들을까 봐 전전긍긍하는 것 같았다. 스읏, 잔건 아닌 것 같고. 그럼…….

"키스?"

"……!!"

흰자가 보일 정도로 휘둥그레 치뜬 눈. 숨이 토해지는 걸 막기 위해 꽉 다물린 입. 강희는 씩 웃었다. 강린은 입도 벙긋하지

않았지만 표정으로 다~ 말하고 있었다. 순진한 것. 겨우 키스
한 것 가지고 유난을 떨긴.

"기습이었어?"

대답 없는 강린. 여전히 놀란 눈이다. 킥킥, 웃고 싶은 걸 겨
우 참고 강희는 태연히 질문을 이어나갔다. 순진한 것들, 놀려
먹는 건 정말 언제라도 재미있다니까.

"아니면 사람들 다 보는 데서? 공공장소에서의 프렌치키스였
나?"

"……."

꿀꺽, 강린은 침을 삼켰다. 생각해 보니 화장실 앞도 공공장
소나 마찬가지였던 거다. 새삼 자신이 한 짓이 얼마나 대단한(?)
것인지 강린은 깨닫고 있었다.

"설마 입술만 갖다 댄 건 아니겠고. 그럼 좀 심심하지. 백 실
장처럼 허우대 멀쩡한 사람이 그렇게 심심하면 안 되잖아? 어디
까지 갔어?"

뭘 어디까지 가? 키스가 키스지. 강린은 얼굴로 찰랑찰랑 피
가 끓어오르는 걸 느끼며 속으로 중얼거렸다. 제발 문강희가 꺼
져 주길 기도하는 것도 잊지 않았다.

"앞니? 어금니?"

"무슨 소리야?"

"아니면…… 목젖?"

쿨럭! 강희가 무슨 소릴 하는 건지 깨달은 건, 바로 이 대목이

었다. 목젖! 강희의 목소리 톤이 갑자기 낮고 은밀해졌다. 확 얼굴이 달아오르면서 그때의 기억이 불쑥 떠올랐다. 백준현의 적극적이고도 화끈한 혀는 분명히 목젖까지 훑고도 남음이 있었다.

"오, 예……. 역시 백 실장은 나를 실망시키지 않았어."

버터를 삼킨 듯 느끼한 목소리로 강희가 말했다. 그녀는 붉게 상기된 강린의 얼굴에 자신의 얼굴을 가까이 들이대며 살랑살랑 미소를 지었다.

"발빠른 행동력. 화끈한 대시. 화려한 실력. 최고야, 최고. 네가 지금까지 만나던 남자 친구들 중에선 단연 독보적이다."

"문강희, 제발. 왜 이래?"

"다 유부의 직감이란다. 백준현 실장, 확실한 대어야. 꽉 잡아."

"꽉 잡긴 뭘 꽉 잡아. 잊었어? 개랑 난 소문 때문에 억지로 사귀는 척만 하는 거라고."

목소리를 확 낮춰 강린은 두 주먹을 꽉 쥐고 고개를 흔들었다. 성격 같아선 확 소리를 질러주고 싶겠지만 강린은 준현의 눈치를 보고 있었다. 준현의 눈치를 본다는 건, 확실히 키스의 위력이 대단하다는 건데. 강희는 그 광경을 눈으로 확인하지 못한 게 너무 아까웠다.

"그럼 키스도 연기였어?"

"그건……."

"바보야. 백 실장이 너한테 키스를 했다는 건, 너를 마음에 두고 있다는 뜻이야."

"그럴 리 없거든?"

"그럼 왜 했다고 생각하는데? 심심해서? 바람둥이라서? 아니지. 심심한 바람둥이는 너 같은 여자 안 건드리지. 주희 씨나 민희 씨 같은 늘씬하고 파릇파릇한 여자들도 많은데, 널 왜 건드리겠어. 안 그래?"

"준현인 그날, 술에 취해 있었어."

"술 취한 남자는 눈도 없다니?"

"문강희!"

"아! 스톱. 릴렉스, 릴렉스."

이를 악물며 버럭 소리치는 강린을 향해 강희는 두 손을 펴 백기를 보였다.

"네가 수준 미달이라는 말이 아니라, 술 취한 남자들에게도 취향은 있다는 뜻이었어."

"그게 그거거든."

강린이 아랫입술을 잘근잘근 씹으며 날카롭게 대응했다. 하지만 머리로는 강희가 한 말이 아주 말이 안 되는 건 아니라고 생각하는 중이었다.

"어떻게 그게 그거니. 백 실장은 술 때문에 너한테 실수한 게 아니라 술기운을 빌어서 네게 대시한 거야, 얘."

조금, 아주 조금 신빙성이 있었다. 그날 동창회 모임에는 늘

썬하고 육감적인 유미가 있었고, 그녀는 준현을 작정하고 유혹하고 있었다. 보통의 남자라면 강린보다는 유미에게 더 끌렸을 것이다. 키스 상대로도 유미 쪽이 훨씬 더 구미에 당기는 상대였다. 그렇다면 정말로……? 에잇, 그럴 리가 없잖아! 강린은 봉뜬 머리를 쥐어뜯으며 팔꿈치를 책상에 댔다.

"말도 안 되는 소리 좀 그만 해. 백준현이 들으면 기절하겠어."

"말이 안 되긴 왜 안 돼. 참~ 이상한 애네. 아니, 왜 목젖을 뽑아버릴 것처럼 키스하는 남자를 두고 고민하니? 나 같으면 덥석 물어버리겠구만."

"내가 거지냐? 아무거나 덥석 물게? 그리고 그 목젖 얘기, 그만 좀 할 수 없어?"

강린은 찌릿 강희를 째려봤다. 제발 좀 나가줘!

"백 실장이 아무거나냐? 목젖, 아무나 못 뽑는다. 응?"

"문. 강. 희!"

그만 못 둬?! 귀신같이 음산한 목소리로 강린이 그녀를 불렀다. 딱딱 음절을 끊어 말하는 그녀의 말투에 강희는 화들짝 놀라며 뒷걸음질을 쳤다.

"어머! 알았어, 알았어, 야. 그만 할게."

"한 번만 더 그 얘기 해봐. 가만 안 둘 거야."

"알았다니까. 아우, 예민하긴."

터지는 웃음을 참으며 강희는 곱게 눈을 흘겼다. 고뇌에 찬

강린의 모습이 너무나 웃겼다. 본인은 고민하느라 죽을 맛이겠지만, 강희 눈에는 다 쓸데없는 고민처럼 보였다. 하지만 저때는 누구라도 갈등하게 마련이라는 걸 그녀도 알았다. 혼기가 찬 미혼여성이라면 누구나, 새로 다가오는 이성에 대해 두려움을 갖게 마련이다. 상대가 평생을 함께할 반려여야 한다는 강박관념이 있어서일 테다. 하지만 결혼 육 년 차, 유부녀 강희의 눈엔 다 부질없게만 보였다.

능력 좋아, 성격 괜찮아, 잘생겼어, 거기다 키스까지 잘해. 뭐가 문젠가? 쯧쯧, 뭘 몰라도 한참을 모른다니까.

"자, 이거나 백 실장한테 전해줘."

강린의 철없는 고민을 비웃으며 강희는 척! 손에 들고 있던 서류철을 강린의 코앞에 들이밀었다.

"뭐야, 이게?"

"겨울신상 디자인 콘셉트. 오전에 결제 올리라고 해서 부리나케 작성했지."

"이, 이걸 왜 나한테 전해달래? 네가 직접 들어가."

강린은 고개를 살래살래 흔들었다. 안 그래도 백준현 볼 생각만 해도 짜증이 솟구치는데, 그녀더러 서류를 가지고 들어가라니. 절대 그러고 싶지 않았다.

"너무 급하게 만들어서 완전 허접하단 말이야. 욕먹을 것 같아."

"그렇게 허접한 걸 왜 나더러 갖고 들어가래?"

"너도 기획실 직원이잖아. 왜 이래?"

정말 왠지 모르는 거냐? 강희는 음흉한 기운이 넘실거리는 미소를 씩 지으며 눈썹을 씰룩거렸다.

"디자인기획팀 일이잖아. 난 업무기획팀이라고."

"좀 도와주면 어때서 그래?"

"내가 왜 네가 먹을 욕을 대신 먹어야 하는데?"

"백 실장이 너한테는 차마 화를 못 낼 거 아니야."

당연하다는 듯 강희가 말하자 강린은 '뭐라고?' 하며 반문했다.

"실장이랑 키스까지 한 사이면서. 좋은 자리에 있을 때 좀 봐 줘라. 응?"

"아, 진짜! 문강희!"

강희의 말뜻을 그제야 알아챈 강린은 험악하게 인상을 구기며 벌떡 자리에서 일어났다. 안 그래도 준현 밑에서 일하면서 자존심 팍팍 구겨지고 있는 그녀에게 어찌 이런 망발을! 강희는 일부러 작정한 듯 놀리고 있었다. 에잇, 짜증나!

"키스 얘기 다시는 안 한다고 약속했지?!"

"그냥 실장이랑 네가 키스를 했다, 뭐, 그런 말이었잖아. 사실을 사실대로 말하는 것뿐인데 뭘 그리 팔짝 뛰어?"

"그게 그거 아니야?"

"겨우 키스 가지고 유난을 떨긴. 키스만 해도 임신이 되는 줄 아는 꼬맹이들도 아니고. 네 나이에 너무 부끄러워하는 것도 흉이야."

"너 계속 그렇게 뺀질거릴래?"

이를 악물고 나직이 말하는 강린은 힐끗 실장실의 동태를 살폈다. 아직 실장실에는 별다른 기미가 보이질 않았다. 바깥이 소란스러운 걸 눈치 채지 못한 걸까? 아님, 눈치를 챘어도 모르는 척하는 걸까?

"난 이렇게 정색하는 네가 더 수상해. 백 실장한텐 아무런 미련도 없다는 애가, 키스 얘기만 나오면 기겁을 하잖아."

"수상쩍긴 뭐가 수상쩍다는 거야? 내가…… 그 녀석을 좋아하기라도 한다는 거야, 뭐야?"

"그럴 수도 있지. 자기 마음을 인정 못하는 것일 수도 있잖아. 워낙 웬수로 살아온 세월이 길어서 네 마음이 바뀌는 걸 인정하지 못하는 거지. 적응할 시간이 필요할 거야."

"적응은 무슨 적응?"

강린은 콧구멍 평수를 넓히며 으르렁거렸다.

"백 실장을 받아들이기 위한 적응. 원래 처음에, 여자가 남자를 받아들이기 위해선 적응할 시간이 넉넉하게 필요해. 그걸 할 때도 그렇거든."

"그거라니?"

"그거 몰라, 그거?"

"그게 뭔데?"

여전히 인상을 쓰고 강린이 물었다. 강희는 한숨을 푹 쉬며 한심스럽다는 듯 강린을 쳐다봤다. 쯧쯧! 순진한 건지, 바보 같은 건지. 그 흔한 로맨스 소설도 못 읽어봤나. 어떻게 이런 말도 못 알아먹나. 애가 둘인 강희의 관점에서 봤을 때, 강린은 나이만 서른셋이지 실은 아직도 한참 커야 하는 '애' 였다.

"에휴! 너한테 이런 말을 하는 내가 붕이지."

"……?"

"백 실장도 참 불쌍하다. 너 같은 여자 만나서 얼마나 답답하겠니."

"설마…… 너!"

강린의 눈이 순식간에 커다래졌다. 저 형광등. 이제 겨우 알아먹나 보네. 살래살래 고개를 흔들며 강희는 쯧쯧쯧쯧, 짧고 빠른 박자로 혀를 찼다.

"저, 저질……."

저질은 무슨. 너도 결혼해 봐라, 이 어린 처자야.

"한 가지만 충고할게. 빨리 결정해. 여자들에겐 적응할 시간이 필요하지만, 그사이에 기다리는 남자는 죽어."

이번엔 제대로 알아들었는지, 강린의 얼굴이 급속도로 '이보다 더 빨개질 수 없다' 가 어떤 것인지 증명해 보이기 시작했다. 그녀의 머리 위로 적응하기 위해 노력하는 여자와 여자를 기다리며 죽을 것처럼 신음하는 남자의 영상이 두둥실 떠다니는 듯했다. 순진한 것 같으니라고. 강린이 뭘 상상하는지 뻔히 보여 강희는 비어져 나오는 웃음을 꾹 눌러 참느라 고개를 비틀었다.

그때였다. 무겁게 닫혀 있던 실장실 문이 덜컹 소리를 내며 뻔뻔스럽게 열렸다. 조심스러워한다는 느낌이 전혀 없는 너무나도 당당한 열림에 강린도, 강희도 화들짝 놀랐다. 설마 그들의 이야길 백준현이 들은 건 아니겠지?

"어머, 실장님! 안녕하세요?"

강희가 활짝 웃으며 인사를 건네자 그는 까딱 고개를 끄덕였다. 강린은 바짝 긴장했다. 왜 얼굴을 내미는 건데? 무슨 용건으로? 설마…… 아까 하던 얘기, 다시 하려는 건 아니겠지?

"강 팀장님, 보고는 나중에 들을까요?"

윽! 하려나 보다. 강린은 흠칫 놀라 두 눈을 휘둥그레 치떴다. 몸은 각목 수준으로 뻣뻣해지기 시작했다. 키스 사건을 또 끄집어내 얘기한다는 건 고문이나 다름이 없었다. 어쩌라고. 어쩌라는 거야, 그러니까! 그 키스라면 아무것도 생각하기 싫었다. 왜 그가 키스했는지, 그 키스에 왜 자신이 미친 듯이 반응했는지. 다, 모두 다 생각하기 싫었다.

"예?"

강희는 난데없는 실장의 말에 어색하게 웃음을 지었다. 말은 강희에게 하고 있지만, 그의 두 눈은 강린을 향해 있었다. 강린과 해결해야 할 일이 있다는 듯 노골적인 그 시선에 강희는 알 만하다는 듯 은밀한 미소를 지었다.

"그러죠 뭐. 오후에 찾아뵙겠습니다."

준현이 형식적으로 고개를 끄덕이는 모습을 확인하고, 강희는 자리를 뜰 채비를 했다. 몸을 출입구 쪽으로 돌며 슥, 강린의 표정을 훑어보니 가관이 아니었다. 벌게진 얼굴에 초점을 잃고 방황하는 눈동자, 잘근잘근 씹히고 있는 입술. 키스 한 방으로 인생의 커다란 획을 긋고 있는 강린이었다. 강희는 두 눈으로 파이팅을 외쳐 주며 방문을 빠져나갔다.

탁, 방문이 닫히는 소리와 함께 유일한 방패였던 강희가 사라지자 강린은 눈알을 굴리며 입술을 깨물었다. 안절부절. 심장이 거세게 뛰고, 손바닥에 진득한 땀이 고여 강린은 버티고 서 있는 것만으로도 힘이 들 지경이었다. 그는 강린을 물끄러미 바라보고 있었다. 일 초, 이 초……. 얼마나 지났을까. 준현의 명령이 떨어졌다.

"들어와."

으흠. 신음을 삼키며 강린은 두 눈을 질끈 감았다. 마지막까지 아니길 바랐는데, 정말 키스 얘길 하려나 보다. 뭐라고 하지? 뭐라고 하냐고!!

강린은 두 손을 불끈 쥐고 천천히 그의 방으로 들어갔다. 그는 이미 제자리로 돌아가 책상 근처에 엉덩이를 대고 비스듬한 자세로 서 있었다. 평소와는 달리 눈은 진지했고 어두웠다. 마음 같아선 '무게 좀 그만 잡으시지?'라고 쏴붙여 주고 싶었지만 꾹 참고, 강린은 공손히 고개를 숙였다.

"부르셨습니까?"

"이렇게 하자."

인사하고 고개도 채 들기도 전에 그가 대뜸 말했다. 강린은 말뜻을 못 알아들은 사람처럼 벙찐 얼굴이 되어 그를 올려다봤다.

"세 번만 해보는 거야."

"세 번? 뭘?"

이 자식이 또 무슨 소릴 하려고? 살짝 겁이 나려고 했지만 강린은 꾹 참고 물었다. 방금 전 강희로부터 들은 야시꾸리한 음담패설로 인해 머릿속이 후끈 달아올랐다. 설마 그, 그, 그……! 잔뜩 긴장하고 놈의 입술만 계속 노려보던 강린. 그녀의 눈을 뚫어져라 바라보는 준현의 입술이 천천히 움직였다.

"키스."

제12장

아직도 진행 중

"실험이라고?"

말도 안 되는 그의 제안을 듣고 맨 처음 그녀가 한 행동은 멍하게 입을 벌린 거였다. 맨정신으로도 좋은 기분이 되는지, 실험 삼아 키스를 해보자는 말은 강린이 태어나서 처음 듣는 소리였다. 어찌 보면, 이런 얼토당토않은 말에 놀라고 흥분하고 있다는 것 자체가 웃기는 일이었다.

"하!"

어이가 너무 없어 할 말도 잃어버리고 그녀는 한참이나 사무실 안을 빙빙 돌아다녔다. 그런 그녀를 그는 조용히 지켜보기만 했다. 불을 질러놓고 느긋이 불구경하는 놈이나 진배없었다. 비열한 놈…….

"엿이나 먹어라."

강린은 모욕감에 절어 부르르 떨며 말해주었다. 코앞에 이마를 들이밀고 치열하게 그를 노려봐 주면서.

"좀 신중히 생각하고 대답하시지."

코밑에 달라붙어 욕설을 내뱉는 강린을 깔아보며 말하는 준현의 목소리는 아주 덤덤했다. 강린이 약이 바짝 오를 정도로.

"신중? 방금 너 신중이라고 했냐?"

"이성적으로 생각하라는 거야. 무조건 싫다고만 말하지 말고."

"나, 지금 코도 막히고 귀도 막혔거든? 더 이상 웃기는 소리 말아라. 응?"

"왜? 자신이 없어?"

뻔뻔스러운 놈. 저런 말을 하면서도 얼굴색 하나 안 바꾼다. 오히려 희미하게 미소를 짓기까지. 물론 비웃음이겠지만. 도대체 저놈 머릿속엔 무슨 생각이 들어 있는 걸까? 뇌 속을 개봉해 들여다보고 싶을 지경이다. 강린은 오기가 창창한 얼굴로 잔뜩 놈을 꼬나봤다.

"자신이 없긴 왜 없어. 나, 너 하나도 안 무섭거든? 지금 당장 키스해도 너한테 흔들리지 않을 자신 있다고."

"그 말은, 제안을 받아들이겠다는 뜻이냐?"

"웃기지 마셔. 돌았냐, 내가? 너랑 키…… 를 하게?"

"이미 한 번 했어. 세 번 더 한다고 달라질 것 없잖아. 안 그래?"

하! 뭐라고?

"미친 자식."

아드득, 이를 갈며 강린은 씹어뱉듯 말했다. 할 수만 있다면 이 녀석을 그냥 뼈째로 갈아 훌훌 마셔 버리고 싶었다. 도대체 어떻게 되어먹은 놈이길래, 저런 얘길 아무렇지도 않게 할 수 있는지 정말 죽이고 싶도록 미웠다. 강린은 녀석의 눈을 똑바로 노려보며 딱 잘라 말했다.

"잘 들어. 나 지금 지극히 이성적이거든? 근데 싫어. 너랑은 한 번이고 두 번이고 간에, 싫다고."

"왜 싫은데?"

"당연한 거 아니야? 너도 나 싫잖아. 나도 너 싫어. 싫은 사람들끼리 왜 그딴 걸 해야 하는데?"

"이미 말했잖아."

"아, 그 웃기지도 않은 실험?"

"웃기는지 웃기지 않는지는 해봐야 알아."

"됐어. 난 싫어."

강린은 뒤를 돌아가려고 했다. 백준현과는 한시도 같은 공간에 서 있기 싫었기에 서둘러 방 안을 나가고 싶었다. 하지만 몸을 돌리는 찰나, 그의 손에 팔목이 잡혔다. 서둘러 잡아 빼려 했지만 그는 쉽게 놓아주지 않으려는 듯 그는 강린의 손목을 꽉 그러쥐었다.

"또 주특기 나왔네."

"뭐?"

"도망 말이야. 내빼는 거. 줄행랑."

어휴, 이걸 그냥 콱! 강린은 욱한 얼굴로 그를 쏘아봐 주었다.

"도망가긴 누가 도망간다고 그래!"

"내 눈엔 도망가는 걸로 보여. 뭐가 무서운 거냐?"

"무서워서 이러는 거 아니거든? 왜 같은 말 여러 번 하게 만
드니? 싫어, 싫다고! 난 그냥 네가 싫은 것뿐이라고."

입가에 비릿한 미소를 그리더니 그는 그녀의 귓가에 입술을
갖다 댔다. 동시에 그의 다른 쪽 손이 다가와 그녀의 얼굴을 감
싸고 움직이는 고개를 고정시켰다. 강린은 갑작스런 그의 행동
에 깜짝 놀라 두 눈을 동그랗게 홉떴다.

백준현, 이 개자식! 이게 무슨 민망한 자세야?!

너무나 놀라 비명이 나올 것만 같아 강린은 재빨리 입술을 깨
물었다. 경악하는 그녀와는 반대로 너무나 태연한 그는 강린의
귓가에 남성적 체취를 불어넣었다.

"확실해?"

"……!"

매우 낮으면서도 굵고 그윽한 음성으로 그가 속삭였다. 여자
의 가슴 밑바닥까지 훑고 올라오는, 경이로울 정도의 달콤함에
강린은 저도 모르게 숨 쉬기를 멈추었다.

"무서워하지 않는다는 걸 증명해 보라고 하면, 어쩔 거야?"

"증명…… 할 필요성 못 느껴."

간신히 쥐어짜듯 강린은 대답했다. 헐떡이지 않으려고 숨을 쉬지 않은 상태로 겨우겨우 한 말이었다.

"정말? 하긴, 원래부터 넌 겁쟁이였지. 겉으론 활달하고 명랑했지만."

"하고 싶은 말이 뭐야?"

"글쎄."

"장난해?"

고개를 비틀며 강린은 쏘아붙였다. 그러나 힘껏 움직인 고개는 여전히 그의 손에 갇혀 있었다. 그의 얼굴이 들려졌다. 강린의 시야로 그의 속내 모를 까마득한 눈동자가 들어찼다.

"장난 아니야. 장난이 아니니까 이러는 거라고."

장난이 아니라는 그의 말은 진짜였다. 그의 눈이 그가 정말 진지하다고 말하고 있었다. 일순, 머리끝까지 치솟던 화가 조금씩 가라앉기 시작했다. 물론 그렇다고 녀석의 제안이 정상적으로 들린다는 건 아니다. 여전히 그의 키스 삼세번은 미친 짓으로 들렸고, 그녀로선 그의 생각을 따라잡기에 역부족이었다. 그러나 조금씩 적응은 되고 있었다. 그와 다시 키스할 생각이 든 건 아니었으나 그 문제에 대해 화를 내지 않으며 대화할 자세가 된 것이다. 뭐, 그렇다고 마음에도 없는 웃음을 짓고 싶은 생각은 없다. 여전히 가시 돋친 말투로 강린은 쏘아붙였다.

"그래서 어쩌자는 건데? 그…… 웃기지도 않는 실험을 하면 뭐가 달라져?"

"많은 게 달라지겠지."

"그러니까 그게 뭐냐고?"

"알고 싶으면 말만 해. 직접 체득하게 해줄 테니까."

"키스 세 번?"

강린은 어처구니없다는 듯 비웃었다. 코웃음까지 쳐주었건만 백준현은 별로 기분 나쁘지 않은 듯 눈썹을 치켜뜨며 피식거렸다. 강린의 말에 보충 설명까지 해주면서 말이다.

"맨정신으로."

"우웩!"

"나도 좋아서 이러는 거 아니야. 싫다는 여자 붙들고 키스해 보자고 달려들 정도로 굶주리진 않았다고."

"그러시겠지. 어련해?"

흥. 삐딱하게 말하고 강린은 코웃음을 쳐주었다. 동창회 모임 때가 떠올랐기 때문이다. 그때 준현에게 관심을 보였던 유미의 눈빛과 몸짓은 딱 '백준현은 내 거야'였다. 원래도 인기가 많았던 준현이었는데, 거기에 재벌 2세네 뭐네 하는 요상한 소문이 들러붙어 더욱 여자들의 관심 타깃이 되어버린 느낌이었다. 유부녀들이 수두룩한 동창 모임 때도 그랬는데, 보통 사교 모임에선 오죽하겠나 싶으니 괜스레 삐딱해지는 강린이었다.

"왜 너 좋다고 쫓아다니는 여자들 다 놔두고 나한테 이러실까? 진짜 궁금하네."

"좋았으니까. 그 키스, 네 입술, 네 혀. 말했잖아."

"미친……!"

직설적인 그의 대답에 강린은 거칠게 숨을 들이쉬었다. 정말 구제불능이다, 백준현. 저런 얘긴 좀 에둘러 말해도 되지 않나? 충분히 근사하고 낭만적으로 들릴 수 있는 말을 저렇게나 천박하게 말하냐고. 변태 자식 같으니라고.

"나도 내가 미쳤다고 생각해."

준현은 선선히 그녀의 비난을 받아들이며 몸을 돌렸다. 유연하게 허리를 비틀며 몸을 움직이는 그는 계획했던 일을 마무리 지은 듯 느긋했다.

"아무튼 난 싫어."

"좀 더 생각해 보고 대답해. 시간은 많으니까."

"해보나마나야."

"결정은 신중히."

"시간 낭비라고."

"삼 일 시간 줄게."

"됐다니까!"

그놈의 시간은 만날 주겠다지. 하지만 강린에겐 필요없었다. 백날을 생각해 봐도 결과는 같을 거니까 말이다. 그와는 다시 키스하지 않을 거다. 녀석의 입술에 다시는 휘둘리고 싶지 않았다.

"나가봐."

"야, 이……!"

썩을 놈아!

"강 팀장 들어오라 그러고."

"아니, 지금 대답한다니까. 싫다고, 난!"

그는 대꾸하지 않고 책상을 천천히 돌아 커다란 회전의자에 풀썩 몸을 뉘었다. 조금은 부드러운 미소를 입가에 건 채, 그는 두 손을 차분하게 움직여 깍지를 끼고 그녀를 그윽하게 바라봤다.

"이번엔 안 돼. 그런 식으로 도망가게 하지 않을 거다."

"내가 무슨! 도망가는 게 아니라니까!"

"그래, 도망가지 마. 나도 비겁하게 물러서지 않을 테니까, 이번엔."

이번엔? 강린은 '이번엔'이란 단어가 숨기고 있는 의미를 빠르게 알아챘다.

"그게…… 무슨 소리야?"

멍하게 묻는 강린을 향해 피식, 그가 웃었다. 각종 의문으로 머리가 복잡해진 강린에게 그는 전혀 그녀의 궁금증을 풀어줄 의사가 없음을 밝혔다. 고집스러움이 서린 미소로.

"알고 싶으면 삼 일 뒤, 내가 원하는 대답을 가져와."

"나더러 삼 일을 기다리란 말이야?"

"너만 기다리는 게 아니니까 너무 분해하지 말고."

"그냥 말해줘. 지금."

이유는 알 수 없지만 강린은 다급해졌다. 지금 당장 그의 대답을 듣고 싶어졌다. 그녀의 생각대로, 정말 그가 어떠한 일에 직면해 비겁하게 도망친 적이 있었단 말일까? 늘 거칠 것 없이 당당해 보이는 백준현이? 뭣 때문에? 혹 그게 자신과 연관이 있었던 건지, 강린은 궁금했다. 그리고 찌릿찌릿 피부가 아릴 정도로 강렬하게 그녀를 바라보는 그의 시선이 왠지 모를 기대감을 갖게 했다. 뭘 기대하는 거니, 문강린?

"해답은 삼 일 뒤."

입술을 깨물며 강린은 생각에 빠졌다. 저 자물쇠처럼 꼭 다물린 입을 어떻게 하면 열 수 있을까? 약이 올랐다.

"네가 바란다는 그 대답이 뭔데?"

"위험한 질문인데, 그건."

"그 정도는 말해줄 수 있잖아. 어차피 선택은 내 몫인데."

피식, 그가 미소를 지었다.

"네가 원하는 거."

"……?"

"진심으로 네가 원하는 거. 그게 내가 원하는 대답이야."

"아까 내가 한 대답은 진심이 아니라는 거야?"

머릿속이 뒤죽박죽이었다. 백준현과 대화라는 걸 하게 되면 늘 이렇지만, 오늘은 더욱더 복잡했다. 뇌 속에서 실들이 얽혀 서로를 팽팽히 잡아당기고 있는 것만 같았다. 백준현 머리에 뭐가 들어 있는지, 녀석의 생각을 읽고 싶었다.

"아마도."

"날 잘 알지도 못하면서 어떻게 그런 말을 해?"

"잘 알고 있는지, 모르고 있는지는 삼 일 뒤에 밝혀지겠지."

"그러니까 삼 일 뒤에 무슨 일이 일어나느냐고!"

"미리 알려주면 재미가 없잖아?"

준현은 스스로 생각해도 끈질긴 그녀의 질문에 시종일관 느긋한 태도를 취하며 전화 수화기를 들었다. 인터폰으로 강희를 부르는 듯했다. 즉시 오겠다는 강희의 대답이 이어지고 그가 수화기를 내려놓을 때까지 강린은 꾹 입을 다물었다. 그리고 이윽고, 달칵 수화기가 내려지는 소리가 나자마자 강린은 빠르게 하고 싶은 말을 쏟아냈다.

"네가 하는 말, 하나도 못 알아듣겠어. 도대체 무슨 생각인 거야? 나더러 도망치지 말라는 말은 뭐며, 이번엔 너도 물러서지 않겠다고 한 건 무슨 뜻이야? 뭘 물러서지 않겠다는 거야? 과거, 언젠가 나에 대해 물러섰었다는 뜻으로 받아들여도 되는 거야? 삼 일 뒤엔 뭐가 달라져? 그게 키스 세 번이랑은 무슨 상관인데? 내가 원하는 걸 말해야 된다니. 나도 잘 모르는 날, 네가 어떻게 안다는 거야?"

"잠깐! 숨이나 쉬고 말해."

재미있어하며 그가 말했다. 그런 그를 향해 강린은 다그치듯 물었다.

"말해봐. 네 생각이 뭔지 궁금해. 어쩔 작정이야?"

"글쎄다, 말하기 애매한데. 나도 확신이 있어서 시작한 게임이 아니라서 말이야."

"결국 말 안 해주겠다는 말이잖아!"

눈을 부라리며 강린은 더욱 다그쳤다. 하지만 그는 전혀 흔들림이 없었다. 모든 상황에 초연한 듯한 표정으로 눈썹을 살짝 치떴을 뿐이었다.

"안 해주는 게 아니라, 못해주는 거야. 나로서도 결과를 예측할 수 없으니까."

"내가 어떻게 나오느냐에 따라 결과가 달라진다는 뜻이야?"

"그 비슷해. 나로선 모험인 셈이지."

"키스 세 번을 두고 무슨 모험?"

모든 게 점점 미궁으로 빨려 들어가는 기분으로 강린은 얼굴을 찡그린 채 준현을 비스듬한 각도로 노려보았다.

"네가 그 제안을 받아들이지 않는다면, 난……."

다른 방법을 강구해야 하니까. 밖으로 내뱉는 대신 준현은 속으로 중얼거렸다. 그가 뜸을 들인다고 오인했는지 강린이 더욱 두 눈을 부라렸다.

"너, 뭐?"

초조한 모습. 좋은 징조였다. 적어도 준현의 시각에선. 준현은 어깨를 으쓱하며 가볍게 대응했다. 자신의 이런 모습이 강린에겐 더욱 큰 자극이 된다는 사실에 묘한 흥분이 일었다.

문강린, 넌 날 좋아하고 있어…….

"삼 일 뒤."

"야, 백준……!"

똑똑. 약이 바짝 오른 강린이 고함을 지르려는 찰나, 노크 소리가 들렸다. 강희임이 틀림없었다. 강린은 A와 C로 된 욕설을 중얼거리며 뒤를 돌아보았다. 준현은 떠오르는 미소를 억지로 숨기며 무심히―실은, 무심한 척―서류를 들었다.

"들어와요."

"백준현, 너 정말 이러기야?"

달칵. 준현이 뭐라 대답하기도 전에 문이 열렸다. 그는 예의 바른 미소를 띠고 강린에게 고개를 끄덕이며 말했다.

"수고했어요. 가봐요."

천연덕스러운 준현의 태도에 분한 듯 강린은 입술을 앙다물고 그를 째려보았다.

"다른 할 말이 있는 겁니까?"

"아니요."

달리 뭐라 하겠는가. 강린은 끓는 화를 참아내며 뒤를 돌아나갔다. 강희의 호기심 어린 눈이 자신의 얼굴부터 발끝까지 훑는 게 느껴지자 강린은 짜증이 있는 대로 솟구쳤다. 뭔지 모르지만 준현에게 된통 당하고 말았다는 느낌이었다.

대체 뭘까? 뭐지? 백준현이 왜 갑자기 저렇게 편안해진 거냐고. 이유는 모르지만 확실한 건, 백준현의 편안함에 자신이 일

조했다는 거였다. 괴롭고 불편한 건 그래서였다. 자신이 준현에게 어떤 실수를 했는지, 무얼 내보였는지 알 수가 없었다.

"문강린 씨."

낮고 조용한 음성이 그녀의 뒤통수를 잡아챘다. 강린은 생각을 멈추고 걸음 또한 멈추었다. 뒤를 돌아보지 않았지만 준현의 뜨거운 시선을 뚜렷이 느낄 수가 있었다. 강희가 '오호, 특종감이야' 표 눈으로 둘 사이에 흐르는 홧홧한 기류에 쫑긋 귀를 기울이고 있다는 걸 그들은 의식하지 못하고 있었다.

"삼 일입니다."

무슨 말이지? 강희는 눈동자만 이리저리 움직이며 준현과 강린을 번갈아 보았다. 암호처럼 둘만 아는 단어를 쓰자 그녀의 호기심은 더욱 증폭되었다.

"잊지 않을 테니 걱정 마시죠, 실.장.님."

강린의 약간 반항적인 말투에 준현은 피어오르는 미소를 억누를 길이 없었다. 강린이 저럴 땐 감당이 안 될 만큼 즐거워지는 그였다. 준현은 한쪽 입꼬리를 끌어 올리며 즐거운 눈빛으로 한쪽 손을 움직여 턱을 괴었다. 언제나 봐도 끌어안고 싶은 충동을 던져 주는 강린의 뒤태.

즐거운 마음에 씩, 미소를 지으며 그는 말했다.

"나가봐요."

그리곤 그는 강희에게 나머지 손을 내밀었다. 여전히 눈은 강린의 **빳빳하게** 굳은 뒤태에 시선을 박고 있었다. 가지고 온 서류를 내놓으라는 그의 간단한 제스처에 강희는 서둘러 들고 있던 서류를 고쳐 들었다.

"아, 예. 여기……."

준현은 강희가 두 손으로 건네는 서류철을 받아 들고서야 비로소 강린에게서 시선을 뗄 수 있었다.

잠시 후, 탁 소리와 함께 강린이 방에서 나갔고 그 후로 한참, 서류에 휘갈기듯 사인을 남기고 그걸 다시 강희에게 건네주었을 때야 비로소 준현은 깨달았다. 자신이 여전히 미소 짓고 있다는 걸. 그리고 강희가 자신을 쭉 지켜보고 있었다는 걸. 강희는 특유의 집요한 시선으로 준현을 뚫어져라 바라보고 있었다. 그의 속내를 파악하기 위함이렷다. 어색한 마음에 준현은 큼, 목소리를 가다듬으며 묻는 듯한 그녀의 시선을 무시했다.

✳

준현이 유미의 전화를 받지 않은 건 당연한 이치였다. 동창 모임에서의 행동으로 보아 유미는 그에게 개인적인 관심을 가지고 있었고, 그는 그것이 전혀 달갑지 않았다. 그날, 그가 그녀의 유혹을 꾹 참고 견뎠던 건 순전히 문강린 때문이었다. 그녀가 하도 소문에 신경 쓰니, 같은 소문의 주인공으로서 협조를 하지 않을 수가 없었다. 이런 말을 하면 문강린은 '그게 무슨 나 때문이야, 네가 좋아서 그랬던 거지'라며 팔짝 뛸 테지만 사실이었다. 순수하게, 정말로, 그는 강린을 돕고 싶었다. 그 역시 이런저런 소문에 시달리는 게 싫기도 했었고. 다행히 유미의 유혹을 거절하지 않음으로써 그들은 소문의 올가미에서 풀려 나올 수 있었다.

하지만 조유미는 뭔가 단단히 오인한 듯했다. 모임 다음날인 일요일, 잘 들어갔었냐는 문자를 보내는가 하면 오늘은 직접 전화를 걸어오기까지 했다. 일요일 아침엔 예의상 답문자를 날려 주긴 했으나, 오늘의 전화는 받을 수 없었다. 예쁘고 섹시하긴 했지만 부담스러운 게 사실이니까.

유미는 그의 타입이 아니었다. 그 사실은 대학 때 이미 숙지했던 사실이다. 사심없이 밝고 건강하며 테디베어처럼 귀여운 여자에게 꽂힌 그에게 노골적으로 돈과 섹스를 밝히는 조유미는 전혀 매력적인 존재가 아니었다. 사실 토요일에도, 너무 육탄적으로 나오는 바람에 초반부터 기분이 확 잡쳤던 그였다. 거기다가 우상그룹 로열패밀리가 맞냐는 질문까지 날아오자 준현의 기분은 급속도로 떨어졌다. 그 순간 욱하는 성미를 꾹 참고 술 마시기에 전념했던 스스로가 뿌듯할 지경이었다.

아무튼 유미와의 일은 전화를 받지 않은 것으로 끝을 맺는가 싶었다. 방금 전, 골칫덩이 비서의 뾰로통한 목소리를 듣기 전까지는.

[거기 계세요, 실장님?]

"……듣고 있어."

[아, 전 대답이 한참이나 없으시길래 어디 가셨나 했어요.]

"걱정 마. 연기가 되어 꺼지는 일은 없을 테니까."

[걱정은요, 무슨. 그나저나, 아까 제가 여쭌 말씀은 기억하고 계시죠?]

잔뜩 꼬인 말투로 강린이 물었다. 말만 존대어지, 어조에 섞인 억양은 전혀 존대스럽지 않았다. 준현은 이 문제를 어떻게 처리해야 할지 심란해 잠깐 뜸을 들였다. 조유미가 회사에까지 전화를 걸어올지 그는 상상도 못했었다. 전화를 받지 않으면 대충 그쪽에서 알아들을 줄 알았지, 이렇게 끈질기게 굴 줄은 정말 몰랐었다. 워낙 대학 때 이미지가 쿨해서, 여전히 그런 줄 알았던 거다.

[기억 못하신다면 다시 여쭐 수도 있습니다.]

"없다고 해."

깊게 숨을 들이쉬었다 내쉬며 그는 답했다.

[왜?]

즉시 강린이 반문했다. 이해하지 못하겠다는 투로, 예상 밖의 반응이라는 투로. 도대체 뭘 예상했던 건데? 묻고 싶었지만 그는 정중히 대답했다.

"전화 받기 싫으니까."

[그러니까 왜 싫은 건데?]

준현은 인상을 찌푸리며 수화기를 잠시 내려다봤다. 문강린, 또 왜 이러는 거냐? 한순간도 도발하지 않으면 입 안에 가시라도 돕는 거냐?

"그런 것까지 비서에게 말할 의무는 없다고 보는데."

[비서로서 묻는 게 아니거든요, 지금?]

"문강린 대 백준현으로 물어도 마찬가지야. 이건 내 사생활이라고."

[유미 전화, 받아. 받아서 개한테 키스 세 번만 해보자고 그래. 그러면 좋아라고 달려들 테니까.]

"문강린……!"

어처구니없어 돌아가시겠군. 도대체 문강린이 생각하는 남자 백준현은 어떤 놈인 거야? 아무 여자한테나 찝쩍거리고 키스하는 천하의 불한당? 이 여자 저 여자 가리지 않고 치마만 두르면 다 오케이하는 더러운 족속? 미안하지만, 아니다. 아니란 말이다! 도대체 어째야 문강린의 저 굳혀진 편견을 올바르게 바로잡아 줄 수 있는 걸까?

뭐, 물론 사실 좀 많이 사귀긴 했다. 군대 가기 전까지 대학 생활 일 년 반 동안 서른 명에 육박하는 여자들과 사귀었으니까. 그건 한 여자당 관계가 평균 한 달도 채 가지 않았다는 게 된다. 하지만 그거야 다, 문강린에 대한 반발 심리에 기인한 것이었고 흔히 말하는 원 나잇 스탠드 따위의 가벼운 관계는 단 한 차례도 없었다. 그저 평범한 대학생들이 그렇듯, 데이트가 전부였다.

키스와 가벼운 스킨십, 그 이상은 없었다. 섹스는 그의 데이트 기준을 훨씬 웃도는 수위다. 그나마도 강린이 학교를 졸업하고 없었던 나머지 이 년 동안엔 아예 없었다. 졸업하고 사회인이 되어서야 겨우 두 명 정도 사귀었고, 그 외엔 줄곧 솔로였던 그다. 그런 그가 강린에겐 여전히 바람둥이로 낙인이 찍힌 채라니 억울하고 또 억울했다. 아무래도 키스에 대한 그의 제안 때문에 더욱 저러는 것 같은데…….

사실 말이야 바른말이지. 일단 한 번 해본 키스, 세 번 더해보자는 말이 뭐가 나쁜데? 서로 그토록 정신없이 상대의 입술을 탐하고 몰입했다면 단순한 욕망 이외에 뭐가 더 있다는 생각, 들지 않을까? 준현은 그랬다. 그는 강린과 자신의 사이에 단순한 육욕으로 정의 내릴 수 없는 감정적 무언가가 존재하고 있다고 생각했다. 비록 어렴풋하더라도 강린 역시 깨닫고 있었고, 그래서 그녀는 그와의 키스를 두려워하는 것이었다. 현실을 받아들이는 것이 쉽지만은 않았음으로.

여하튼, 이제 그는 동전 하나에 모든 걸 걸었다. 동전을 튕겨 나오는 면의 종류에 따라 운명이 결정되듯, 그는 강린의 결정에 자신을 걸었다. 그의 키스실험 제안을 그녀가 받아들인다면 그녀는 준현을 받아들일 준비를 나름대로 마친 후라고 봐야 했다. 그건 자신이 준현을 좋아하고 있음을 스스로 인정한 것을 의미했다. 준현에겐 최고의 결과다. 하지만 그녀가 그 반대의 선택을 하게 된다면 모든 건 원점으로 되돌아가게 된다. 그녀의 철부지적 기억을 분쇄시켜 버릴 색다른 방법을 모색해야 할 밖에.

누구 말대로, 원시적이면서도 그에게는 전적으로 불리한 방법—단도직입적인 사랑 고백—을 고려해 봐야 할지도 몰랐다.

"키스 건은 조유미랑 상관없는 일이잖아. 왜 이야길 거기다 갖다 붙여?"

썩 좋은 기분이 아닌 준현은 지끈거리는 머리를 한 손으로 짚고는 끓는 심정을 가라앉혔다.

[먼저 갖다 붙인 건 너잖아. 유미처럼 널 원츄하는 애들이 수두룩한데 왜 그런 애들 놔두고 날 걸고넘어지는 거야? 키스는 왜 하재?]

"그 문제는 얘기 끝났을 텐데."

[궁금해서 그래.]

"네 키스가 좋았다고 말했잖아. 그거 말고 다른 이유가 필요해?"

[왜 좋았는데? 난 별로 잘하지도 못한다고.]

"낸들 알아? 그걸 모르니까 다시 해보자는 거지."

[조유미 강추다.]

"안 받는다고 해라."

준현은 강린의 말을 못 들은 척 무시하며 말했다.

[곧 점심시간이잖아. 당장이라도 들이닥칠 기세야. 뭐라고 핑계 대라는 거야?]

"핑계 댈 거 없어. 그냥 안 받는다고 해."

[오호라! 너, 그런 식으로 여자를 떼는구나.]

푸후— 한숨이 절로 나오는 반응이다. 여자를 떼긴 뭘 뗀다는 거냐, 문강린. 준현은 비서실과 통하는 문을 째려보며 똑똑똑, 손가락으로 책상을 초조하게 찍었다.

"뗀다는 표현, 좀 남성우월주의자적이지 않아?"

[너 같은 족속들이 많이 쓰지.]

"이런, 미안해서 어쩌나. 떼는 게 아니라서. 조유미랑 나랑은 붙었던 적도 없어놔서 말이야."

[붙었던 적이 없다? 흥. 토요일 모임 때 조유미 옆에 붙어 있던 남자가 누구였더라? 막 찐 찹쌀떡처럼 끈적~끈적하게 찰싹 달라붙어 있던 남자 말이야. 응?]

"말 좀 정직하게 할 수 없냐? 내가 유미한테 붙은 게 아니라 걔가 나한테 붙은 거지."

[어느 쪽에서 붙었든, 붙은 건 붙은 거잖아.]

"엄연히 달라."

[다르긴 뭐가 달라. 그게 그거지.]

"왜? 그래서 질투났었냐?"

[뭐, 뭐야?!]

질투가 났던 건 사실 그였다. 우진의 옆에서 웃는 강린을 보며 어찌나 속이 부글부글 끓던지. 특히나 우진이 강린의 볼을 만졌을 때 느꼈던 분노는 상상 초월이었다. 치미는 폭력성을 꽉 눌러 참느라 온몸이 사리로 꽉 들어찰 뻔하지 않았던가.

"유미를 내 옆에서 떼내고 싶었다면, 그게 질투일 거다. 문

강린."

그는 우진을 강린의 옆에서 떼내 버리고 싶었었다.

[웃기지 마! 내가 무슨 너를 질투해? 헛, 진짜 이 불치병 환자……]

"유미가 싫고 밉고, 유미 옆에 있던 나까지 미웠다면 그게 바로 질투야."

우진이 싫고 미웠다. 우진 옆에 있던 강린까지 미웠더랬다.

[그만 하라고 했다.]

이를 딱 붙이고 입술만 놀리는지 말의 뉘앙스에는 억하심정이 심하게 배겨 있었다. 할 수만 있다면 그를 씹어버리고 싶은 모양이다. 정말 질투했던 건가?

"질투는 나쁜 감정이 아니야. 받아들일 수만 있으면, 꽤 스릴 넘치는 거거든. 긍정적으로 생각해 보면 그건……."

뚜뚜뚜……. 통화가 끊겼다. 갑작스런 끊김에 놀라 준현은 통화가 끊어진 수화기를 빤히 내려다보았다. 그러나 당황스러움은 잠시, 쿡쿡 웃음이 터져 나왔다. 이거, 이거 진짜 질투하는 거 아니야? 늘상 그녀에게 질투하느냐고 물어봤었지만 진짜로 질투하고 있을 거라고 생각해 본 적은 한 번도 없었는데, 왠지 기분이 이상했다. 정말 그녀가 유미를 질투했다면 그건 키스 때문이 아닐 것이다. 키스와 유미는 전혀 다른 문제였고, 시간으로 따지면 키스는 모든 사건의 맨 나중이었다. 그렇다면 그 전부터 강린은 준현을 좋아하고 있었다는 뜻이었다.

"정말로······?"

준현은 점점 더 크게 옆으로 째지는 입을 손등으로 막으며 눈을 반짝였다. 만약 그의 생각대로라면 그가 이 게임에서 이길 확률은 엄청나게 높아지는 거다. 십여 년이란 귀중한 세월을 허비했다는 자괴감만 빼면 최고의 결과다.

✳

부르르. 두 주먹을 불끈 쥐고 강린은 실장실을 노려봤다. 꽉 닫힌 실장실 문은 마치 그녀를 비웃는 듯 견고하게 닫혀 있었다. 후— 앞머리를 입김으로 넘기곤 윗니로 아랫입술을 꽉 깨문 그녀는 '안녕하십니까? 일성어패럴입니다' 와 같은 형식적이고 사무적인 멘트를 내보내고 있는 전화기를 귀에 대고 꾹 버튼을 눌렀다.

"여보세요?"

[어, 나야. 오래 걸렸네?]

참을성 많은 유미. 아직도 유미는 수화기를 들고 있었다. 강린이었다면 못 참고 당장 수화기를 내동댕이쳐 버렸을 텐데. 아쉽긴 많이 아쉬운 모양이다. 도대체 백준현의 어디가 그리 좋아서?

"응. 미안. 준현이가 사무실에 있는 줄 알았는데 없어서. 지금 어디 있는지 섭외 좀 하느라고."

[아, 그래? 어디…… 있는데?]

빤히 보이는 거짓말에 역시나, 의혹이 잔뜩 낀 목소리로 유미
가 물었다. 진땀을 흘리며 강린은 숨을 골랐다. 거짓말을 하려
니 참, 어이없게도 심장이 떨렸다.

"회의 들어갔나 봐. 곧 나올 거야. 밥은 먹겠지 뭐."

[그래?]

"으, 응."

[날 피하는 건 아니고?]

"응?"

[백준현 말이야. 걔, 은근히 까다롭더라고. 뭐 그럴 만하지
만.]

그런데 너, 이혼하지 않았니? 묻고 싶은 걸 꾹 참고 강린은
한숨을 내쉬었다.

"좀 밥맛이지?"

[원래 그런 부류들이 좀 밥맛이지. 그래도 뭐, 그런 것쯤은 감
수해야지. 그만큼 조건이 되니까 그러는 건데.]

"그런가?"

무슨 조건? 뭐가 얼마나 대단하기에? 설마 얘, 진짜 준현이
재벌 2세쯤 되는 줄 아는 거야? 푸하하하! 웃음밖에 안 나온다.

[오늘은 내가 널 봐서 속아준다.]

"뭐?"

[네가 무슨 죄니. 비서가 시키는 대로 하는 거지.]

역시 조유미다. 그녀는 강린의 말을 눈곱만큼도 안 믿는 눈치였다. 눈치도 빨라.

[그럼, 조만간 보자.]

"으, 응…… 응?"

뚝. 전화가 끊겼다. 입술 근처 근육을 쭉 아래로 늘어뜨리며 강린은 전화 수화기를 내려다봤다. 조만간 보자는 말은 대체 뭐야?

"점심 안 먹어요?"

수화기를 들고 인상을 팍 쓰며 머리통을 열심히 굴리고 있는데, 문이 열렸다. 유주희가 파릇파릇한 미소를 지으며 고개를 쑥 내밀고 있었다.

"엉? 어, 먹어야지. 왜? 네가 한턱 쏘려고?"

"실은 오늘이 김 대리님 생일이래요. 그래서 기분 좋게 한턱 쏘신다는데요?"

"오! 그래? 그럼 당연히 나도 가야지!"

강린은 반색하며 자리에서 일어나 서둘러 가방을 주섬주섬 챙겼다. 오늘은 어떻게든 백준현과 부딪치지 않으려고 거의 슈퍼맨 수준으로 손을 놀렸다.

"실장님께도 여쭤봐야죠."

"아, 뭐 실장님은 자기가 알아서 먹겠지."

"예?"

유주희의 의심스러운 질문과 함께 신나게 움직이던 강린의 손이 그 자리에서 딱 멈추었다. 아차, 닭살커플 흉내! 자신이 실수했다는 사실을 강린은 뒤늦게 깨달았다.

"아, 아니…… 오늘은 무슨 약속이 있다고 한 것 같아서."

"이번에도 여자 동창?"

유주희가 장난스럽게 물었다. 눈치 채지 못한 듯. 휴, 다행이다.

"아, 뭐 그런가 봐. 부탁할 게 있다나, 어쩐다나."

"아쉽다. 실장님도 같이 갔으면 좋았을 텐데."

진짜 아쉬운 듯 얼굴에 서운함을 가득 담고 주희가 얼굴을 찌푸렸다. 강린은 통이 넓은 빅백을 어깨에 둘러메고 주희를 빤히 바라봤다. 뭐가 아쉽다는 거지? 설마 아직도 준현을 짝사랑하고 있는 건 아니겠지? 그는 이미 강린과 사귀는 사이라고 소문이 짜하게 퍼져 있는데, 그런데도 준현을 잊지 못하고 있는 걸까?

사실 주희가 누굴 좋아하든 그건 그녀의 사정이고, 실제로는 준현과 아무 사이도 아니니 강린은 그저 모르는 척 넘어가야 했다. 그런데 굉장히 기분이 나빠졌다. 급격히. 욕 나올 정도로 감정이 과격해졌다. 당장 주희의 어깨를 붙들고 흔들며, 남의 남자 넘보면 큰 코 다친다고 소리쳐 주고 싶었다.

"뭐가 아쉽다고요?"

덜컹. 실장실 문이 열리고 백준현이 나오며 끼어들었다. 뒤돌아 녀석을 보니, 멀끔하게 잘 차려입은 양복이 여자들이라면 누구나 군침을 질질 흘릴 정도로 멋들어지게 잘 어울렸다. 이제

보니 일성어패럴 디자인이잖아? 명품의 꽃, 라르헨은 어디다 쑤셔박아 놓고 국산 양복을? 괜히 삐딱해지는 기분으로 말없이 강린은 의자와 책상을 돌아 나왔다.

"점심 약속 있으시다면서요. 우린 김 대리님이 생일기념으로 점심 쏘신다고 그래서, 거기 가려고 하거든요."

친절한 주희 씨. 상냥도 하게 설명해 주신다. 강린은 가자미 눈으로 흘낏 준현의 눈치를 살폈다. 그는 점심 약속 따위 없었음에도 불구하고 아무 반박도 하지 않았다. 대신 다 알고 있다는 듯한, 기분 나쁜 표정으로 강린을 돌아보았을 뿐. 휙, 강린은 저도 모르게 그의 시선을 피했다. 이런 걸 도둑이 제 발 저린다고 하지.

"김 대리님 생일인가요?"

"네. 요 앞에 새로 생긴 샤브샤브 집에서 거하게 쏘신다고 했거든요? 문 대리님도 간다고 해서 전 실장님도 가실 줄 알았어요."

"약속이 있지만…… 이거 안 갈 수가 없겠는데요?"

녀석이 백만불짜리 미소를 씩 입에 걸자, 유주희가 기쁨에 헐떡거렸다.

"어머, 가시게요!"

두 손까지 마주 잡고 좋아하는 주희를 보며 강린은 속에서 요따만한 불덩이가 치미는 기분을 느꼈다. 이것들이 지금 뭐 하는 거야?

"김 대리님 생일인데 빠질 수가 있나요."

"약속 펑크 내시면 안 되잖아요."

걱정해 주는 척 말하며 몸을 살짝 꼬는 유주희. 속에서 불길이 화르륵 치솟는 기분으로 강린은 숨을 멈추었다. 지금 유주희, 강린 앞에서 이러면 안 되는 거였다. 강린은 엄연히 준현의 애인 자격으로 여기 서 있는 건데, 어디 감히 그녀를 두고 수줍은 듯 몸을 비비 꼬는 것인가? 게다가 준현, 강린이 뻔히 옆에 있는데 그 범죄에 가까운 섹시미소를 아무에게나 날리는 건 대체 무슨 심보? 연극을 계속하겠다는 거야, 말겠다는 거야?

"괜찮습니다. 저녁으로 미루죠 뭐."

"진짜요? ……너무 멋지시다. 직원 생일도 다 챙기시고."

멋지긴 개뿔이 멋지냐? 분노게이지가 넘실넘실 위험수위를 넘나들자 강린은 콧구멍을 벌렁거리며 준현을 노려봤다. 너, 쟤가 아직도 너 좋아하는 거 아니? 모르니? 그렇게 웃으면 안 되는 거 알아? 몰라? 멍청한 놈.

"이제 그만 나가자. 밖에서들 기다리겠다."

분을 삭이느라 목이 졸린 듯한 목소리가 되어 강린은 주희를 향해 마주 웃어주었다. 아~무렇지도 않은 듯 연기하고 있었지만 속에서 천불이 올라오는 건 어쩔 수 없는 일이었다.

'대체 왜?!'

답은, '주희가 계속 정신 못 차리고 준현이 같은 놈한테 빠져

있기 때문이다' 다. 놈의 말대로 질투는 아니다. 진짜 진짜 질투
는 아니다. 그저 준현이 얼마나 나쁜 놈인지 못 알아보는 주희
가 답답해서 이러는 거다. 그렇게 우기는 게 제일 속이 편한 강
린이었다.

"자자자, 어서 나가자."

그녀는 주희의 등을 떠밀며 사무실에서 나가기를 종용했다.
그 뒤를 강린이, 강린의 뒤를 준현이 따랐다. 그러나 한 발자국
걷다 말고 주희가 혹한 얼굴로 준현을 돌아보며 샤방하게 웃자
강린은 욱, 성미가 끓어올라 주희의 머리통을 갈겨 버리고 싶은
충동을 잠재우느라 애를 써야 했다. 이 머저리! 남자 보는 눈을
좀 키우라고!

"어? 두 분도 가시는 겁니까?"

밖으로 나오자 기획실 식구들이 주희를 기다리느라 모두 서
있었다. 주희의 뒤로 강린과 준현을 발견한 오늘의 주인공 김은
혁 대리는 뜻밖이라는 듯 물어왔다. 아무래도 강린과 준현은 빠
질 거라 생각했나 보다. 아니, 왜?

"아우, 당근 가야죠. 김 대리님 생일 턱이라는데. 오늘이 아니
면 또 언제 김 대리님한테 점심을 얻어먹겠어요?"

강린은 김 대리의 어깨를 어깨로 툭 밀며 농담을 건넸다. 평
소 지갑 열기를 두려워하는 노총각 김 대리는 사내에서 알아주
는 재테크맨이었다. 좀 쫀쫀한 면은 있어도 사람은 나쁘지 않아
강린은 김 대리와 종종 장난을 치고는 했었다.

"에이, 난 또 둘만의 오붓한 시간을 즐기려는 줄 알았지잉. 한창 때잖아."

김 대리도 장난 삼아 강린을 툭 몸으로 밀며 말한다.

"누가 들으면 나이, 한 쉰은 되는 줄 알겠어어— 같이 늙어가는 처지에 무슨. 어여 장가나 가."

또다시 강린이 김 대리를 툭.

"이거 왜 이래. 나도 나름 준비 빵빵하게 해놓았다고. 비록 전세지만 24평 아파트에, 빚도 하나 없고, 둘째 아들에, 내년이면 천오백만 원짜리 적금도 탄다고. 이만하면 건실하지 않아?"

"오~ 급 땡겨주시네. 친구 하나 소개해 드릴까?"

"강린 씨 같은 귀염둥이면, 난 언제든지 오케이."

김 대리가 상체를 들이밀며 강린의 옆구리를 툭, 건드릴 찰나였다. 강린의 몸이 휙, 누군가에 의해 옆으로 젖혀졌다. 당사자인 강린도 김 대리도, 깜짝 놀라 준현을 바라봤다. 그의 한쪽 팔이 강린의 허리를 감고 있었다. 갑자기 일어난 상황에, 대여섯 남짓한 직원들마저도 강린과 준현을 주시했다.

슬쩍, 준현이 전혀 기뻐 보이지 않은 미소를 지었다. 냉기가 짜르르 흐르는 얼굴에 한쪽 입꼬리만 희미하게 올라간 모습이었다.

"미안합니다, 김 대리님. 제가 좀 질투가 심해서요."

헉!! 숨을 커헉 들이쉰 채로 강린은 호흡을 멈추었다. 사무실 내에도 약 일 초간의 침묵이 흐르고, 준현이 그런 말을 했다는 게 믿기지 않는 듯 직원들은 꼼짝도 하지 않고 서 있었다. 그리고 일 년 같은 일 초가 지나간 직후, 꺄아아─ 하는 여직원들의 비명 소리가 이어졌다. 김민희와 강은영이 서로의 몸을 붙들고 호들갑을 떨고 있었다.

"우욱! 대패 갖고 와!"

김 대리는 오버스러운 몸동작을 하며 '웩웩'을 연방 읊어댔다. 강린은 얼이 빠진 얼굴로 준현을 쨰려봤다. '너, 이거 뭐야? 정말 이렇게 나올 거야?!'의 의미로다가. 그녀의 눈짓이 먹혔는지 준현은 답례로 두 눈을 가늘게 뜨고 비열한 웃음을 지어 보였다. 그리곤 강린의 귓가에 입술을 갖다 댔다. 웁스!

"연극은 아직 끝나지 않았어."

속삭임은 곧 직원들의 환호에 묻혔지만 강린은 똑똑히 들을 수 있었다. 그리고 곧 그의 말대로 연극이 아직 끝나지 않았음을 뼈저리게 느껴야 했다. 직원들의 열화와 같은 성화에 못 이겨 그녀는 준현과 팔짱을 끼어야 했고, 준현이 손으로 그녀의 이마에 흘러내리는 머리카락을 다정히─물론 이것도 연기의 일환─쓸어 넘길 때에도 꾹 참고 있어야 했던 것이다. 얼굴에 황홀이라는 표딱지를 붙이고 웃어주기까지 했다는. 오호, 통재라! 이 연극은 대체 언제 끝이 나는 거야?!

그리고 회사 정문 앞. 이제는 그가 그녀의 허리를 감고 바짝 끌어안은 에로에로스러운, 강린에게는 무척이나 거북살스러운 포즈를 취한 채로 엘리베이터를 나와 넓은 로비를 가로지르기 시작할 무렵이었다. 억지웃음을 얼굴에 달고 진땀을 빼고 있는 강린의 눈에 낯익은 얼굴이 쏙 들어왔다. 휴대폰을 들고 초조하게 서 있는 사람은 다름 아닌 김우진.

'쟤가 여긴 웬일이지?'

꽈악, 허리를 쥐고 있는 준현의 손에 힘이 들어갔다. 그도 우진을 알아봤다는 신호였다.

"우, 우진아……."

"어? 강린아! 너, 왜 전화 안 받아? 어? 백준현!"

우진이 활짝 웃으며 다가왔다. 그에겐 준현과 절대 사귀는 사이가 아니라고 했었는데! 다행히 아직 그는 준현의 손이 어디에 있는지 눈치 채지 못한 것 같았다. 강린은 어떻게 한 번 수습해볼까 싶어, 조심스레 준현의 손을 허리에서 떼어내려 했다. 눈은 우진에게 맞추고.

"하하하! 여긴 어쩐 일이니? 설마 나 만나려고 온 건 아닐 거고."

떨어져, 떨어지라고. 제발! 허리에 얹힌 준현의 손이 어쩐 일인지 안 떨어졌다. 강린은 우진 쪽으로 고개를 고정시키고 방긋 웃은 채로 준현을 째려보았다. 준현은 무표정한 얼굴로 다가오는 우진을 바라보고 있었다. 이 자식, 대체 어쩌려고?!

"물론 너 보려고 왔지. 점심도 할 겸. 준현이랑 함께 나오는 중이었네?"

우진이 꽤 가까이 다가왔다. 준현의 손이 강린의 허리를 쥐고 있다는 걸 알아챌 수 있을 정도였다. 하지만 강린은 어떻게든 우진의 시선을 붙들고 놔주지 않으려고 기를 썼다. 준현의 팔도 떼보려고 갖은 애를 쓰는 가운데. 그러나 역시 준현의 힘은 셌다. 그의 손은 꼼짝도 하지 않고 그 자리를 지키고 있는 것에 더해, 강린의 골반을 타고 쑤욱 앞쪽으로 나와 자신의 존재감을 더욱 확고히 했다. 아! 젠장. 그리고 그와 동시에 우진의 시선이 준현의 손을 향해 박혔다.

"어…… 두 사람……."

"여긴 어쩐 일이냐?"

준현의 빈정거리는 듯한 목소리가 우진의 고개를 끌어 올렸다. 우진은 얼이 빠진 얼굴로 준현과 강린을 번갈아 보았다. 영역표시라도 하는 듯 의기양양한 백준현과 홍당무처럼 얼굴이 시뻘게진 문강린. 두 사람이 사귀고 있다는 소문이, 둘은 아니라고 잡아뗐지만 사실은 진실임이 판명되고 있는 순간이었다. 그렇다면! 우진은 두 눈을 더욱 크게 뜨고 숨을 헐떡였다.

"아, 아니. 강린이한테 할 말이 있어서."

오늘 우진은 마지막 가능성이라도 붙들고 싶은 마음에 강린을 찾아왔다. 그나마 그와 같은 사무실에서 근무하고 있으니 좀더 접근이 용이할 거라 생각해 강린을 구워삶을 생각이었다. 사실 청탁은 당사자인 준현에게 넣어야 가장 빠르고 정확할 터지만 준현은 현재 우상과는 아무 상관이 없다고 딱 잡아떼고 있어서 로비가 불가능한 상태였다. 아버지의 부품회사가 우상전자에 다시 납품만 할 수 있다면 우진은 무슨 짓이라도 할 것 같았다. 그래서 마지막 남은 자존심을 내팽개치고 무작정 강린을 찾아온 것이었다.

그런데 할렐루야! 이건 의외의 수확이지 뭔가? 두 사람이 진짜 사귄다면 우진에겐 '이보다 더 좋을 순 없다'였다. 이도 안 들어가는 백준현에게도 약점이 생긴다는 것이니 우진으로선 춤이라도 추고 싶은 심정이었다. 강린을 찾아오길 잘했다는 생각이 머릿속으로 샬랄라~ 피어올라 덩실덩실 춤을 추었다.

"할 말? 그게 뭔데?"

준현이 얼굴을 찌푸리며 우진에게 날카롭게 쏘아 물었다. 그러자 강린이 발끈하고 나섰다.

"우진이는 '나'한테 할 말이 있댔거던? 넌 좀 빠지시지?"

준현을 위아래로 훑어보며 톡 쏘는 폼이, 문강린 아닌 것 같았다. 평소 우진이 알아왔던 강린은 다정다감하고 인정이 넘치는 애였는데 어째 좀 표독한 것이……. 둘이 싸웠나? 하여튼 준현은 그를 공개적으로 무시하는 강린을 불쾌감에 절인 표정으로 노려보고 있었다.

"실장님! 문 대리님! 뭐 하세요?"

저쪽에서 직원들 한 무리가 이쪽을 향해 외쳤다. 그들에게 강린은 '곧 가요!'라며 소리를 지르고는 준현을 돌아봤다.

"난 우진이 때문에 못 가겠다. 네가 가서 말 좀 잘해줘."

준현의 잘생긴 얼굴이 험악하게 일그러졌다. 강린은 달콤한
미소를 지으며 준현의 팔뚝을 그녀의 허리에서 떼어냈다.

"가봐."

제13장

알 수 없는 게 여자 마음

"제가 문강린 맞는데요."

낯선 전화번호가 전화기에 찍힐 때는, 주로 전화를 받지 않는 강린에게 오늘은 약간 이례적인 날이다. 엊그제 인터넷 쇼핑몰에서 클렌징크림과 아이크림—이 나이의 필수품—을 주문했던 터라, 혹시 그쪽 상점에서 전화가 온 게 아닐까 싶었던 거다. 예전에 그런 확인 전화를 받지 않아 큰 낭패를 본 경험이 있던 그녀인지라 낯선 번호가 뜨는 걸 보고도 냉큼 전화를 받고 말았다. 그런데 전화를 건 사람은 웬 아주머니. 그것도 좀 이상한.

[아가씨가 문강린 씨, 본인인가요?]

말투로 보아 쇼핑몰 직원은 분명히 아니었다. 중년 여성의 어조는 꽤나 고상하고 차분했으며 호기심이 잔뜩 어려 있었다.

"네, 맞는데요. 누구시죠?"

[아! 아니에요. 잘못 걸었어요.]

"잘못? 아니, 저한테 전화 건 거 아니세요?"

뚜뚜뚜— 순식간에 통화가 끊어졌다. 대체 무슨 이런 경우가 다 있지? 문강린이냐고 물어서, 그렇다고 했더니 잘못 걸었다며 끊다니. 이런 경우는 처음이었다. 괜히 이상한 기분이 되어 핸드폰을 째려보는데, 덜컹 비서실 문이 열렸다.

"야, 너 뭐 해?"

강희다. 퇴근하자는 건가? 강린은 무의식중에 책상 위의 시계를 확인했다.

"어, 왔어?"

"왔긴 뭐가 와. 배뱅이냐?"

비서실로 불쑥 들어서며 강희는 강린을 윽박지르듯 툭 쏘아붙였다. 강린은 얼굴을 찡그리며 쩝쩝 입맛을 다셨다. 이상한 전화 때문에 자꾸 뒤가 찝찝해서다. 뿌루퉁 나온 입으로 그녀는 말했다.

"왜 또 그래? 퇴근 시간 되려면 아직도 삼십 분이나 남았구만."

"지금 한가하게 전화기나 붙들고 있을 때가 아니라고."

팔짱을 끼고 조금은 고압적인 표정의 강희. 핸드폰을 들고 있는 강린을 한심하게 바라봤다. 갑자기 또 왜 이러시나? 강린은 핸드폰을 옆으로 치우며 강희를 빤히 바라보았다.

"무슨 소리야? 알아듣게 좀 얘기해."

"백 실장 말이야."

"그놈이 뭐?"

어휴! 앓는 소리를 내며 강희가 한숨을 푹 내쉰다. 그러더니 영문 모르고 멀뚱하게 자신을 바라보고 있는 강린을 향해 고개를 좌우로 흔들며 쯧쯧 혀를 찼다.

"너 아까 점심 때 백 실장 앞에서 다른 남자 따라 나갔어?"

"다른 남자?"

우진을 말하는 모양이었다.

"아! 응, 동창이 찾아왔었어. 왜?"

"그때 백 실장이 엄청 화냈다며. 둘이 싸운 것 같다던데."

"누가 그래?"

"같이 밥 먹으러 갔던 사람들이."

이 인간이. 잘 좀 말하라니까. 강린은 속으로 준현을 탓하며 얼굴을 찌푸렸다.

"싸운 건 아니었어. 그냥 좀……."

우진은 사실상 준현을 만나러 온 것이었다. 표면상으론 그녀를 만나러 온 것이지만 실은 준현에게 뭔가 커다란 부탁을 하고 싶어하는 듯했다. 그리고 그걸 강린이 도와줬으면 했다. 아니, 무슨 힘으로? 강린은 준현에게 아무런 영향력도 행사할 수 없는 사람이었다. 하지만 아까 준현의 심술궂은 '허리 붙들기' 기술로 인해 우진은 그녀가 준현의 애인인 게 확실하다고 여기는 듯했고, 같은 이유로 그녀는 준현의 애인이 아니라고 딱 잘라 말할 수가 없었다.

대신 그가 찔러주는 빳빳한 봉투는 고사했다. 콘도 이용권이라며 작은 성의이니 받아달라는데, 그런 건 받을 수가 없다고 뿌리쳤다. 그건 준현의 애인이든 아니든 상관없이 받아서는 안 되는 거였으니까. 하지만 말은 해주겠다고 약속했다. 들을지 안 들을지 확신은 못하겠다고. 우진은 그 말 한마디에 엄청 안도하는 듯, 밝게 웃으며 자리를 떴다.

자신에게 흑심이 있어서 찾아온 게 아니라는 점이, 좀 씁쓸하긴 하지만 청탁 받는 분위기여서 그런지 나름 기분 좋았던 점심이었다. 그런데 그게 뭐 어때서?

"진짜 한심하다 한심해. 어째 넌 자기 밥그릇 하나도 제대로 못 챙기냐, 그 나이에. 다 된 밥, 숟가락으로 떠서 입에다 넣어주리?"

"왜 또? 뭐가 어쨌게?"

에휴, 하고 또 한숨을 쉬며 강희는 머리통을 제 손으로 툭 쳐댔다.

"유주희가 사고 치러 갔어. 백 실장한테 고백한대."

"뭐?"

사고를 치러 가? 무슨 사고? 무슨 고백?!

"백 실장이 아까 사장실 올라갔잖아. 내려오는 길목을 지켜서 확 덮칠 거란다."

"누가 그래?"

그런 황당한 짓거리를 한다고 누가 그러냐고?

"누가 그러긴, 은영 씨가 얘기해 주더라. 아까 그러겠다면서
백 실장 뒤를 밟으러 나갔대. 유주희가 비밀로 해달라고 했는
데, 차마 그럴 수 없었대."

"걔, 미친 거 아니야? 백준현인 나랑 사귀고 있잖아!"

정확히 말하면 사귀고 있는 척만 하는 거지만. 아무튼 유주희
는 그렇게 알고 있었다.

"너랑 싸운 것 같다면서 이 기회를 놓치지 않을 거라고 했
대."

"걔, 완전히 돌았구나?"

아니면 백준현을, 여자 친구와의 다툼 한 번으로도 쉽게 흔들
리는 바람둥이로 봤던지. 그건 제대로 봤네.

"그러게, 좀 잘해보지. 둘이 사귀는 분위기 만들어줄 때 확 잡
았어야 하잖아."

"무슨 소리야, 지금? 그게 내 잘못이라는 거야?"

"네 잘못도 있지. 네 연기가 오죽 허접했으면 걔가 그랬겠
냐?"

하긴, 딴에는.

"어떻게 하지? 아, 뭐 이건 내가 어떻게 할 계제가 아니구나."

혼잣말로 구시렁거리며 강린은 어깨를 으쓱했다. 좀 담대해

보이려나? 별다른 영향 받지 않은 듯 의연스러우려나? 하지만 강린은 자신의 손끝이 미세하게 떨리고 있다는 걸 깨닫지 못하고 있었다. 그건 강희도 마찬가지. 강희는 너무 아무렇지도 않은 것 같은 강린이 답답해 소리를 쳤다.

"지금 말이라고 하니?! 당장 가서 현장을 포착해야지. 주희 붙들고 족쳐. 다시는 그런 여우짓 못하도록."

"내가 왜?"

"뭐라고?"

"내가 왜 그래야 하는데? 주희는 제 감정에 충실한 죄밖에 없잖아. 내가 나서서 이래라저래라 할 권리 없어."

"제정신이니? 얘가, 얘가 아주 큰일날 소릴 하네. 네 남자는 네가 지켜야지! 무슨 소리야?"

강희의 팔짱 낀 팔에 힘이 빠져 스르르 내려오고 입이 떡 벌어졌다. 그녀는 뭔가 착각하고 있는 듯했다. 문강린이 진짜 준현의 애인인 줄로. 강린은 바짝 오그라들다가 부들부들 떨리는 것 같은 심장을 진정시키기 위해 심호흡을 했다.

왜 이러지, 내가?

"주희가 고백을 하든 말든 내가 왈가왈부할 권리 없다고, 내 말은. 그리고 백준현이 주희의 고백을 받아들이든 안 받아들이든, 그것도 그 녀석이 결정할 문제야."

"애인이면 애인답게 굴어. 넌 지금 백 실장 애인이잖아."

"가짜 애인이지."

더 이상 신경 쓰지 않기 위해 강린은 컴퓨터 모니터 쪽으로
몸을 움직였다. 하지만 그 내용이 머릿속에 들어올 리 만무했
다. 절로 입술이 깨물려졌다. 강희의 예리한 눈이 그 모습을 단
숨에 포착했다. 그녀는 두 눈을 가늘게 좁혀 뜨며 강린을 부추
겼다.

"본때를 보여줘. 주희 걔, 은근히 대담하다. 오죽하면 막 부임
한 상사한테 대놓고 애인 있냐 물었을까. 너라면 절대 못할 짓
이다."

"……."

"너 이러다 후회해! 백 실장이 넘어가기라도 하면 어쩌려고
그래."

"강희야……."

신경 긁는 소리만 골라가면서 해대는 강희 때문에 강린은 참
을 수가 없었다. 제발. 제발이지 사라져 줬으면 소원이 없겠다,
문강희.

"주희 걔가 백 실장을 덮쳐 버려서, 그래서 백 실장이 그 유혹
에 홀랑 넘어가 버리면 넌 어떻게 되는지 알아? 닭 쫓던 개 지붕
쳐다보는 격이라고."

"문강희, 너는 지금!!"

쾅! 두 주먹으로 강린은 책상을 있는 힘껏 내려쳤다. 더 이상
은 불쾌해서 들어줄 수가 없었다. 아무리 서른셋, 능력도 없고
나이만 먹은 노처녀라지만 이런 식의 발언은 받아들일 수가 없

었다. 노처녀는, 능력도 없고 몸매는 곰인형만한 뚱땡이는 밸도 없는 줄 아나? 자존심도 없는 줄 아는 거냐고!

'어떻게 이런 말을!'

울고 싶었다. 비참했다. 다른 이가 아닌 가족 같고 친구 같은 강희에게서 이런 소릴 들으니 더욱 그랬다. 마치 이 상황을 이용해 백준현을 가져라, 이런 뜻 같아서 속상하고 우울해졌다. 이런 상황이 아니라면 백준현처럼 잘나가는 남자를 네가 어디 가서 구하냐는 듯한 뉘앙스에 좌절감이 느껴졌다. 물론 그게 현실이라는 걸 모르진 않는다. 하지만 그걸 직접적으로 들었을 땐……. 강린은 서글픔에 푹 고개를 숙이고 팔꿈치 꺾인 팔을 책상 위로 올려 두 손바닥으로 이마를 짚었다.

"휴! 알았어. 알았으니까 이제 그만 좀 해."

"아…… 내가 좀 오버한 것 같다. 미안. 내 말은 그런 뜻이 아니라……."

"좀 나가줄래? 생각할 게 좀 있어서."

"저기 저……."

"네 말 뜻 다 알겠다고. 다 날 위한 거라는 것도 다 알고. 그러니까 좀……."

나가줘.

"알았어. ……미안해. 근데 내 마음은 그게 아니었다는 걸 좀 알아줘라. 난 그저 백 실장이랑 네가 잘되길 바라는 마음에서…… 그렇다고 네가 백 실장에 비해 빠진다는 말은 아니었어.

원래 달콤한 케이크에는 파리들이 잘 꼬이는 법이잖아. 내 남자
가 잘났으면 그만큼 대비를 해야 한다, 뭐 그런 의미로다가 한
소리야. 그렇잖니? 백 실장이 우리 남편처럼 못생기고 배 나왔
으면 내가 이런 소리도 안 한다고. 다 잘나서, 그래서 네가 걱정
되어서. 그래서 그런 거라고. 그러니까 이해해 주라. 응? 응??"

머뭇머뭇, 그러면서도 할 말은 다 한다. 문강희, 최고. 자기
신랑까지 팔아먹으면서 강린의 마음을 풀어주려 하다니. '이럴
거면서 왜 함부로 입을 놀렸어?' 라며 버럭 화를 내주고 싶었지
만 강린은 한숨을 푹 내쉬며 고개를 들었다.

"괜찮아. 사실인데 뭘."

"야아⋯⋯."

"백준현, 잘난 놈인 것도 나, 막장인생이라는 것도 다 사실인
데 뭘. 화내는 것도 우습지."

"그렇게 말하면 내 마음이 불편하지."

"불편하라고 하는 소리야."

컴퓨터 앞으로 몸을 갖다 대며 강린은 스륵 앞머리를 쓸어 넘
겼다. 남은 삼십 분, 미친 듯이 몰입해 일하고 여섯 시 땡 하자
마자 부리나케 퇴근해야 할 성싶었다. 이런 기분으로 백준현을
대하기는 정말 싫었다.

"강린아."

시무룩하게 강희가 그녀를 불렀다. 지은 죄는 알아가지고. 강
린은 쓱 '반성' 이라 써져 있는 강희의 얼굴을 훑어보며 자판 위

의 손가락을 마구 놀려댔다. 타다다닥⋯⋯. 기획 중인 서류파일 위로 글자가 한자한자 빠르게 박혔다.

"백준현이 최고인 건 알겠는데, 난 수긍 못하거든?"

자판 두들기는 소리를 배경음으로 강린은 제법 당찬 음성으로 말했다.

"바람둥이잖아. 일 잘하고 얼굴 잘났으면 뭐 해. 난 나만 사랑해 주는, 그런 남자를 원한다고. 내 이 불쌍할 정도로 처참한 신세도 창피해하지 않고, 이 오동통한 몸매도 사랑해 주고, 내가 무슨 실수를 해도 비웃지 않고, 격려해 주는 그런 사람. 나도, 이 문강린이도 그런 남자 만나서 행복해질 권리는 충분히 있지 않아?"

"강린아⋯⋯."

"걱정 마. 백준현이 유주희한테 홀딱 넘어가도 난 상관없어. 어차피 실제 애인도 아니었는데 뭘. 뭐, 기회가 좋네. 이 기회에 가짜 연극도 끝내고 각자 갈 길을 가는 것도 좋고."

"⋯⋯."

강희는 강린의 옆모습을 바라보며 아무 말도 할 수가 없었다. 밝고 당당하게 말하는 강린의 옆모습은 정말 연약해 보였다. 조금이라도 건들면 부서질 것 같은, 그런 느낌이랄까. 감정적으로 약해진 상태인 게 분명했다. 본인은 아니라고 부득부득 우기고 있지만, 실은 많이 놀라고 당황한 것이다. 아니라고 자꾸 괜찮다고 말하는 모습이 더 안돼 보였다. 내 이 방자한 유주희를 확 그냥!

"내 이걸."

휙, 순식간에 몸을 돌려 강희가 비서실을 나갔다. 그녀가 중 얼거리는 소릴 들은 강린은 잠시 얼이 빠진 듯 삐걱거리고 있는 비서실 문을 바라봤다. 분명 '내 이걸'이라고 했겠다? '내'는 강희일 테고, '이걸'은 누구? 설마…….

"유주희?"

꽈당! 강린은 벌떡 자리에서 일어나 강희의 뒤를 쫓았다. 아 이고, 이게 무슨 망신이냐. 문강희, 왜 시키지도 않은 일을 하면 서 이 난리를 피우냐고. 만약 진짜 강희가 백준현과 주희가 만 나는 자리를 찾아가 깽판을 놓는다면! 윽, 그 결과는 정말 생각 하기도 싫었다.

서둘러 비서실을 나와 강린은 기획실로 들어섰다. 따로 문이 없이 툭 터진 공간을 가로지르며 달려가는 강희의 뒷모습이 보 였다.

"강…… 문 팀장님!"

보는 눈이 있어 강희라고는 못하고, 강린은 강희를 큰 소리로 불렀다. 그러나 강희는 뒤도 안 돌아보고 달려가 버렸다. 입술 을 질끈 깨물고 서둘러 강희의 뒤를 따르기 위해 강린은 아랫배 에 힘을 주었다. 그리고 그때였다.

복도로 통하는 기획실 문이 휙 열리고, 유주희가 안으로 들어 왔다. 빠른 걸음으로 서둘러 들어오는 그녀의 얼굴은…….

"어머, 주희 씨. 울었어?"

털썩 제자리에 앉는 주희에게 옆 자리에 앉은 민희가 걱정스런 표정으로 묻는다. 강희와 강린은 서로 먼발치에 서서 시선을 교환했다. 도대체 이게 무슨 일이야?

"저 먼저…… 퇴근할래요."

통통 부은 얼굴의 주희는 책상 위에 늘어져 있는 소지품을 대강 챙겨 가방에 넣고는 자리에서 일어났다. 고개도 높이 들지 않는 그녀의 상태는 목소리만 들어도 쉽사리 알 수 있었다. 엄청 울었구나. 목소리가 쉴 정도로. 저게 다 준현 때문에? 그렇다면…….

퍼뜩 든 생각에 고개를 드니 강희의 희희낙락한 얼굴이 눈에 들어왔다. 쌤통이라는 듯, 자기 옆을 지나가는 주희를 향해 상큼한 미소를 날리며 그녀는 강린을 향해 OK 사인을 해댔다.

으흠, 강린은 신음을 흘렸다. 주희가 우니 마음이 좋지 않았다. 실제로 애인도 아닌데, 그런 자신 때문에 주희가 상처를 받았다고 생각하니 괜히 찔렸다. 휴, 이놈의 연극. 빨리 끝내든지 어쩌든지 해야지. 그나저나 백준현은 어디에 있담?

롱잉 포유~ 웨이팅 포유~ 안 좋은 마음으로 비서실로 되돌아온 강린을 반긴 건 휴대폰 벨소리였다. 그 아줌마인가? 아까 받은 이상한 전화를 떠올리며 강린은 휴대폰을 들었다. 액정에 〈밥맛그놈〉이 떴다.

"어디야?"

목소리를 낮추고 나무라듯 강린이 속삭였다.

[회사 밖이야. 가방 좀 갖고 나와라.]

"뭐? 왜 안 들어오고."

[들어가기 싫어. 곧바로 퇴근할 거야. 빨리 나와.]

"니가 와서 갖고 가. 왜 나더러 심부름하래?"

조금은 부드러워진 목소리로 강린은 말했다. 다른 때와 다름없이 퉁명스럽게 대꾸한 거지만 분명 좀 더 나긋한 음성이다.

[같이 퇴근하자는 소리야. 빨리 갖고 나와.]

"아직 퇴근 시간 안 됐는데."

[내가 네 상사야. 내가 퇴근하라면 퇴근하는 거라고. 얼른 튀어나와.]

"야, 너."

뚜— 전화가 끊겼다.

강린은 핸드폰 액정이 무례하기 짝이 없는 '밥맛그놈'인 양 액정을 향해 콧잔등을 찡그리며 주먹을 휘둘렀다. 같은 말이라도 꼭, 저리 하고 싶을까? 예뻐해 주려야 해줄 수가 없는 놈이다. 뭐, 오늘은 조금 예뻐해 줄 수도 있겠군. 간만에 조금 마음에 드는 짓, 해주었으니.

그렇다. 아무리 연극상의 애인이지만, 그래도 애인은 애인. 유주희가 준현에게 고백하러 나갔다는 소릴 듣고, 말은 안 했지만 무척 놀라고 당황스러웠던 그녀였다. 강희 말대로 주희의 적극적인 태도에 슬쩍 넘어갈 수도 있다는 생각이 들었고, 그녀가 아는 바람둥이 준현은 오는 여자 안 막고, 가는 여자 안 말리는 재수없는 놈이기에 걱정스러워졌다. 하지만 결국 녀석은 나이 어리고 제법 예쁜 유주희를 받아들이는 대신, 강린의 명예를 지켜주었다. 주희의 발칙함을 회사 사람들이 대충 알게 된 지금, 수치스러워하는 이는 강린이 아니라 주희였으니까. 주희에게 조금 미안하긴 했지만.

어쩌면 백준현, 그녀가 생각하고 있는 것만큼 파렴치한 놈이 아닐 수도 있겠다는 생각이 살짝 들었다. 아주 조금, 아주 살짝.

왜 안도감이 드는지 모르는 채, 강린은 퇴근 준비를 서둘렀다.

✳

"하루 남았다."

차에 올라타자마자 그가 한 말을 듣고 강린은 좀비처럼 폐인틱한 얼굴로 빤히, 그를 쳐다봤다. 아침부터 집 앞까지 마중 나와 그녀를 기함하게 하더니 겨우 한다는 말이 뭐라? 이틀 남아?

"말 안 해줘도 알거든."

"아, 난 또 모르고 있을까 봐."

"쓸데없는 걱정 마셔. 달력은 우리 집에도 있으니까."

텅! 차 문을 큰 소리를 내며 닫혔다. 운전석에 앉아 있던 준현은 앞유리 쪽으로 몸을 기울이며 그녀가 살고 있는 아파트를 올려다보았다. 허름하니, 지은 지 꽤 된 보통의 서민아파트다. 볼품없는 아파트를 쓱 한번 훑어보더니 준현은 안전벨트를 매고 있는 강린을 돌아봤다.

"혼자 사냐?"

"응."

"진짜?"

준현의 목소리에 기대감이 섞였다고 느껴지자 강린은 코웃음을 쳤다.

"지금은 우리 엄마, 시골에서 올라와 계시거든."

"아……! 이참에 인사나 드릴까?"

"네가 왜?"

"네 애인이잖아, 나."

"흥. 기도 안 차. 얼른 운전이나 하시죠, 미스터 프린스보틀 (Prince Bottle). 이제 하도 들어서 화도 안 나니까."

강린은 킥킥거리는 준현을 향해 콧방귀를 뀌어주었다. 오늘 아침, 어머니 김금설 여사로부터 듣기 싫은 소릴 몇 마디 들어서 강린은 좀 짜증스러운 상태였다. 평소 오래 있어봤자 일주일 정도 머물다가 귀경하는 김 여사였는데 이번엔 체류 기간이 좀 더 길었다. 일주일하고도 이틀이 지난 오늘까지 내려갈 꿈도 꾸지 않았다. 이상하다 싶었지만, 그러려니 생각해 왔었는데 오늘 드디어 김 여사가 자신의 속내를 드러냈다.

"강린아, 아빠가 올라오시려나 보더라."

"왜? 무슨 일 있으시대?"

"아니, 그게 아니고. 너 말이야. 그 남자 친구……. 네가 헤어지겠다면서 술 마시고 주정했다고 그랬거든."

"그걸 아빠한테 말했단 말이야?!"

"그럼 어떡하니. 네가 걱정되어서 죽겠는데. 선을 보려면, 일단 아버지가 이 일을 아셔야 하잖니."

"서, 선은 무슨!"

"바람둥이 남자 친구랑 헤어지고 선 보기로 나랑 약속했잖아."

"어, 언제?!"

"술 먹고 그랬잖아. 기억 안 나?"

"……."

그렇게 된 것이다. 생각만 해도 머릿골이 지끈지끈. 정말 이러다가 아버지가 올라오고 준현을 만나게 해달라고 하면 어찌해야 할지 대책이 안 섰다. 모르겠다고 뻗대 봤자 준현이 일성의 직원이라는 걸 이미 알고 있는 문 원장에겐 아무 소용도 없을 것이다.

준현에게 도움을 청해? 아! 안 돼. 키스 세 번을 해봐야 자기 마음을 안다, 어쩐다 하는 놈에게 이런 부탁을 하는 건 미친 짓이다. 그렇다면 그냥 사실대로 말해 버려? 준현과는 그냥 친구 사이이고……. 오, 노! 그거야말로 미친 짓이다. 다리몽둥이 또 깍 부러지지나 않으면 다행이지. 준현은 아마 그녀의 아버지에게 맞아죽을 것이다.

'대체 언제까지 이 짓을 해야 할까? 휴.'

한숨 나오는 현실이다. 오라질.

"그나저나 아침부터 뭐야? 왜 왔어?"

"사람들이 우릴 의심하는 것 같아서. 출근도 같이 하면 의심이 좀 덜할까 봐."

전방을 주시하며 그가 팔을 크게 움직였다. 핸들도 같이 움직였고 차가 한번 덜컹거렸다. 유주희의 일이 혹 떠올랐지만 강린은 그 일을 입에 올릴 생각이 없었다. 백준현이 주희의 일을 지금껏 한 번도 언급하지 않았기 때문이다. 그녀는 당연히, 준현이 주희에게 뭐라고 말해서 울게 만들었을까 궁금했지만 그렇다고 먼저 아는 체를 할 순 없었다.

"너 때문이야. 그제 점심때 짜증 부렸다며."

"그게 어떻게 나 때문이냐? 너 때문이지."

"뭐?"

"직원들 다 보는 앞에서 딴 남자랑 희희낙락 사라져 버렸잖아."

"그거야 걔가 나한테 할 말이 있다고 해서……. 그렇다고 밥 먹으면서 짜증을 내냐? 쪼잔하게."

"그건 내 연기가 출중하다는 증거야. 자기 애인이 딴 남자랑 밥 먹으러 갔는데 어떤 놈이 좋아해?"

"아하! 그래서 그렇게 화를 냈구나. 사람들이 싸운 줄 알게?"

강린이 신랄하게 말했다.

"몇 번을 말해, 안 싸우는 게 더 이상하다고. 내 말 믿어. 그 부분에 대해선 너보단 내가 더 잘 아니까."

"오죽하겠어. 그쪽엔 거의 전문가시니."

기분 나쁠 만도 하련만. 그는 비꼬는 강린의 말에도 씩 웃었다.

"그래, 우진이가 뭐라던?"

"일찍도 물어본다."

"어젠 대화 자체가 없었잖아. 너도 어색해서 말 못 꺼낸 거 아니야?"

그건 그랬다. 주희가 하루 결근을 했고, 덕분에 사무실 분위기는 살얼음판을 걷는 듯 아슬아슬했다. 다들 그와 강린의 눈치를 보느라 정신이 없었고, 그런 분위기 속에서는 아무리 강린이라도 웃고 떠들 수 없었다. 강린은 내내 사무적으로 준현을 대했고, 준현도 그런 강린의 기분을 맞춰주느라 별다른 말을 할 수가 없었다.

"어젠 어쩔 수가 없었어. 주희 씨가……."

"유주희 씨 이야긴 안 할 수 없냐? 듣기 거북한데."

"……."

왜 거북할까? 그 애랑 무슨 일 있었던 거야? 묻고 싶은 말들이 머릿속에서 서로 먼저 그녀의 입 밖으로 나가기 위해 우왕좌왕 다퉜다. 하지만 강린은 차마 입을 열 수가 없었다.

"우진이 얘기나 해봐. 너한테 무슨 말을 그렇게 꼭! 하고 싶었대?"

그가 삐딱하게 물었다. 강린은 유주희 생각일랑 집어넣고 으쓱, 어깨를 움직였다.

"별말없었어. 무슨 헛소리만 잔뜩 늘어놓더라."

"무슨 헛소리?"

추궁하듯 그가 물었다.

"그게 왜 궁금한데? 우진이랑 내 얘긴데."

"궁금하니까 궁금하지."

흥, 핏. 논리에도 맞지 않은 우격다짐에 강린은 고개를 가로저었다. 저럴 땐 꼭 애 같다니까.

"뭐야? 뭐래? 무슨 부탁이래?"

정말 궁금한가 보다. 자꾸 캐묻는 것이. 별걸 다, 쯧쯧. 강린은 한심스러운 듯 녀석을 바라보며 혀를 찼다. 이상한 것에 집착하네.

"걔 말이, 네가 재벌집 아들이란다."

안면근육이 움찔, 눈썹이 꿈틀. 준현은 뜨끔한 한쪽 가슴을 문지르고 싶은 충동을 누르며 쭉— 앞쪽을 주시했다. 다행히 강린도 앞만 보고 있어 그의 흔들림을 눈치 채지 못했다.

"나더러 널 좀 설득해 달래."

그러면서 강린은 우진이 했다는 말을 줄줄 읊었다. 그녀의 억양에는 우진에 대한 안쓰러움이 배어 있었다. 준현으로선 심히 기분 나쁜 일이다. 여자의 동정심은 충분히 애정으로 발전할 가능성이 있으니 절대 무시 못할 반응이었다. 물론 우진이 강린에게 사심이 있어서 찾아온 게 아니란 건 기쁘다. 준현이 강린의 허리를 감고 '강린은 내 여자야' 뻘나는 눈빛을 찌릿찌릿 빛내주었으니 우진은 아마 스리슬쩍 생겼던 마음도 마저 접고 절대로 드러내지 않았을 것이다.

　다행스러운 건, 우진의 말을 강린은 믿지 않고 있다는 것이다. 준현이 진짜 재벌과 연관이 있을 가능성은 단 0.1%의 가능성도 없다는 듯 강린은 말했다. 그건 그가 원하는 바였다. 그는 아직 집안에 대해 말하고 싶은 생각이 없었다. 지금도 충분히 혼란스러운 강린을 더욱 복잡하게 만들고 싶지 않았다. 그런 부수적인 건 나중에 알려도 늦지 않았다. 강린의 마음이 확실히 그에게 기울어진 후. 그때까지 아무도 강린에게 접근하지 않아야 할 텐데.

　"혹시 근래에 낯선 사람이 전화하거나 찾아온 적 있어?"

　뜬금없이 그가 물었다. 한창 우진에 대해 이야기를 하던 강린은 무슨 소리냐며 그를 돌아봤다.

　"오더라도 전화 받지 마. 찾아와도 만나지 말고."

　"왜?"

　"키스에 방해되니까."

밑도 끝도 없이 무슨? 강린은 머리가 살짝 돈 게 아니냐며 녀석을 위아래로 훑었다. 떫은 감 씹은 표정으로.

"하루 남은 거 알지?"

"아이고, 그만 좀 하시지. 고장난 시계처럼 계속 알람 때리지 않아도 기한이 내일까지라는 건 잘 알고 있다고. 대답할 거야. 정확히 내일."

"기다리는 쪽은 힘들거든."

"뭐?"

기다리는 쪽은 힘들다는 말은, 강희가 남녀 간의 운우지정에 대해 이러쿵저러쿵할 때 썼던 말이었다. 처음 할 때, 여자는 받아들이는 게 쉽지 않아 시간이 필요하고, 남자는 그 시간 동안 기다려 주어야 하지만 그 순간이 기다리는 사람에게는 엄청 힘이 든다며……. 설마, 이 녀석 그때 그 얘기들 다 들었던 거야?

강린은 숨을 멈추고 녀석을 돌아봤다. 빙긋, 녀석이 웃으며 한쪽 눈을 찡긋 감았다. 허억— 경악하는 그녀에게 그가 몇 마디 덧붙였다.

"그래도 난 잘해줄 자신 있어. 원래 난 기다리는 데에 익숙하거든."

✳

"미쳤어. 미쳤어."

점심시간이 막 끝나고 오후 업무가 시작될 무렵, 강린은 제 머리통을 퍽퍽 치며 괴로워하고 있었다. 아무리 이렇게 쳐대도 머릿속을 꽉 채우고 있는 준현의 미소를 지울 수가 없다는 사실을 알기 때문이었다. 난 잘해줄 자신이 있다면서 섹시하게 웃는 그 미소가 자꾸만 그녀의 뇌를 어지럽혔다. 그러면서 키스, 그거 해봐도 되지 않을까 하는 미친 생각이 불쑥불쑥 쳐들었다. 고작 이틀 만에 녀석의 마수에 포섭되고 말았다고 생각하니 강린은 죽을 것 같았다.

　하지만 출근하면서 보여줬던 퍼포먼스는?

　그건 정말 감동이었다. 주희 앞에서 커피를 뽑아다 주고, 그녀의 관자놀이에 뽀뽀를 찍어준 건 명백히 그녀의 자존심을 살려주는 행동이었다. 그 덕에 회사 사람들도 둘의 닭살행각에 보통 때처럼 호응해 주게 되었고, 자연스레 주희의 일은 철없는 부하직원의 철없는 '어리광' 정도로 인식되며 잊히는 듯했다.

　그가 한 일련의 행위들에서 그녀는 배려를 느꼈다. 어쩌면 오버일 수도 있었으나 그가 고마워지는 건 어쩔 수 없었다. 결과적으로 그는 그녀가 어깨를 펴고 당당할 수 있게끔 도와준 것이니까. 그런 데다 그는 점심을 마치고 나서, 그녀의 책상 위에 캔 음료를 놓아주었다. 물론 때를 놓치지 않고 '내일이야' 라고 말하긴 했어도, 그녀로 하여금 다시 키스를 떠올리게 만들기 충분했다.

　키스. 그와의 키스. 짙고 설레던 그와의 키스.

'다시 해보는 것도 나쁘지 않잖아.'

그와 나누었던, 그녀 일생에서 가장 무모했던 키스를 떠오르자 그녀 마음속 본능이 속삭였다. 세 번만 해보는 건데 어떠냐고. 그냥 해보는 건데 뭐 어떠냐고. 달라질 건 없다고. 키스만 해보고 말면 되는 거라고.

"안 돼. 안 돼! 미쳤어!"

머리통을 탁탁 부산스럽게 내려치며 강린은 으흠…… 괴로운 신음을 흘렸다. 요 며칠 새에 하도 이상한 일을 많이 당해서 머리가 어떻게 된 거다 싶었다. 그러지 않고서야 자신이, 그냥, 아무 이유 없이—아니, 실험이라는 말도 안 되는 이유가 있었구나—키스를 다시 해보자는 백준현의 제안에 군침을 흘리고 있을 수는 없었다. 당기는 구미를 잡아떼어 쓰레기통에 퍽퍽 집어넣으며 강린은 바퀴 달린 의자를 굴려 책상 앞으로 바짝 다가앉았다.

일. 일을 해야겠다.

하지만 일에 집중한 지 세 시간 만에, 강린은 일찍이 느끼지 못한 대혼란에 빠져들게 되었다. 불청객이…… 찾아온 것이다.

제14장

Oh, Jealousy

평소 그의 생각은 그랬다. 여자의 옷차림까지 간섭하는 건 남자답지 못하다고. 여자에게도 자신만이 추구하는 패션 스타일이 있고 남자가 그걸 간섭하는 건 민주적이지 못한 구세대적인 행태라고. 그래서 이해를 못했다. 주위의 남자들이 자신의 여자들의 옷차림이나 화장법에 이래라저래라 간섭해 대는 것들을.

주위의 남자들, 즉 사촌형들은 좀 심한 축에 속한다. 그나마 지상은 좀 덜한 편이지만—형수가 워낙 구닥다리 정장들을 즐겨 입는 편이라—준상은 그런 면에서 심한 편이다. 치마 길이는 반드시 무릎 아래여야 하고, 화장은 색조가 없어야 하며, 상의는 절대 살이 비치면 안 되고…… 등등. 옆에서 보는 준현까지도 숨이 막힐 정도로 준상은 권위적인 스타일이다. 준상 옆에 붙어 사는 형수, 혜인이 불쌍해 보이기까지 했다. 그래서 준현은 내 여자가 남들 눈에도 섹시하고 아름다워 보인다면, 더 좋은 거 아니냐고 종종 반박해 주기도 했었다.

그랬던 준현이 드디어 사촌형들을 이해했다. 지난 모임 때의 강린을 보고. 준현은 자신이 강린의 옷차림에 화를 낼 거라고는 상상도 못했었다. 하지만 정말로, 어깨가 다 드러나는 그 섹시 의상에는 눈이 휙 돌아갔다. 다른 놈들의 눈에도 강린이 섹시하게 보일 거라 생각하니 당장 강린을 데리고 카페를 나오고 싶은 생각뿐이었다. 그녀 옆에서 헤헤거리는 우진의 목을 졸라 버리고 싶은 충동에 괴로울 지경이었다. 언제고 강린이 그런 옷을 입겠다고 고집한다면 절대 안 된다고 못 박아줄 생각이었다.

그리고 지금, 준현은 놀라고 있었다. 모임 때 강린이 입은 옷보다도 더 하늘하늘하고 살갗도 더 드러낸 옷을 입은 여자를 보고도 아무 느낌이 안 나서 말이다. 심지어 순수한 남성적 욕구마저도 들지 않았다. 유혹적인 몸짓과 고혹적인 눈매, 섹시한 입술이 다가와도 그는 무덤덤한 기분이었다. 스스로 자신이 남자 맞는지 의심스러울 만큼이나.

"네가 아는지 모르겠지만, 나 꽤 잘해."

대담하고 도발적으로 유미가 말했다. 그녀는 거의 속옷이 다 드러날 정도로 짧은 원피스에 하얗고 긴 다리를 드러내며 어슬렁어슬렁 이쪽으로 걸어오고 있었다. 번들거리는 옷감을 바라보며 준현은 아무 말도 하지 않았다.

"못해서 이혼당한 게 아니라, 잘해서 이혼당한 거야. 사실은."

"……."

"내 전남편은 거의 불능이었거든. 날 만족시켜 주질 못했어."

그녀는 의도적으로 사타구니 쪽으로 흘러내리는 옷자락을 슬쩍 매만졌다.

"난 그 남자가 주는 돈 때문에 이 년을 버텼지. 뭐, 더 오래 버틸 수도 있었어. 내가 다니는 수영장에 역삼각형 몸매를 가진 젊은 코치가 들어오기 전까진. 바람? 피웠어. 남편도 날 이해해 주더라. 그럴 만도 하지. 한 번도 날 만족시켜 주지 못했으니까. 그렇지만 더 이상의 결혼 생활은 안 되겠다고 하더라. 그게 남자의 자존심이라대. 흥! 그깟 자존심."

책상 앞에 얌전히 앉은 채로 그는 유미를 바라보았다. 이대로 유미를 끌어내고 싶은 마음은 굴뚝같았지만, 직원들 앞에서 그런 추태는 벌이고 싶지 않았다. 강린이 알게 하고 싶은 마음도 물론 없었다. 유미가 이런 목적으로 찾아온 건지 전혀 모르고 있을 그녀. 그녀와 문 하나만을 사이에 두고 있다는 사실을 생각하면 소름이 찌르르 돋았다. 그는 최대한 유미를 조용히, 빨리 내보내고 싶을 뿐이었다.

"나, 돈 많아. 바람피운 아내라도 위자료는 주더라고. 육층짜

리 건물을 받았는데, 다달이 세만 받아도 충분히 먹고 살 정도
야. 그러니까 내 말은, 네 돈을 보고 접근한 건 아니라는 거지."

그렇다고 찌질이들과 만나고 싶은 마음도 없겠지. 원래 허영
심이 많은 너니까. 훗, 비웃음이 절로 나왔다. 준현은 손목을 들
어 시간을 확인했다.

"미안하지만, 용건만 빨리 말하지 그래. 십 분 후에 중요한 회
의가 있어서."

냉정한 말투였지만 유미는 전혀 개의치 않는 듯했다.

"십 분. 나쁘지 않네. 우리가 뭔가를 할 수 있는 시간으로는
충분하지 않아?"

야릇한 눈동자를 그에게 박고 그녀는 천천히 다가왔다. 마치
먹잇감을 앞에 둔 승냥이처럼 그 움직임은 야심차고 노련했다.
책상을 돌아오는 그녀를 향해 준현은 경고의 눈빛을 날렸다.

"제안하는 거냐?"

"유혹하는 거야."

준현은 두 눈을 가늘게 좁혔다. 특유의 자신만만함이 유미에
게는 있었다. 남자에게 거절당해 본 역사가 없다는 듯, 당연히
준현을 유혹할 수 있을 거라는 듯. 이런 여자는 자신의 목표물
을 쉽게 포기하지 않는다. 자신의 매력이 상대에게 통하지 않는
다는 사실을 쉽게 인정하지 못하기 때문이다. 그래서 지속적으
로 들이대면 남자가 넘어올 거라 생각한다.

준현은 쯧쯧, 속으로 혀를 찼다. 아직도 자신의 주제를 파악

하지 못했다니 실망인 걸, 조유미. 대학 때 잠깐 사귀다가 헤어질 때도 말했지만, 유미는 그의 타입이 아니었다. 넌 푹신하고 부드럽고 통통 튀는 여자가 아니잖아.

"자신하는구나."

"그래."

"뭘 믿고?"

"우린 스무 살이 아니니까. 그땐, 너도 나도 나름 순진했잖아. 특히 넌 그쪽 면으론 상당히 금욕적이었지. 생긴 것과는 다르게. 그래서 더 매력적이었고."

"그쪽은 지금도 별로야."

그가 무표정한 얼굴로 대답하자 유미는 즐거운 듯 빙긋 웃었다. 준현의 저런 심드렁한 태도는 여자의 욕구를 부추기는 묘한 힘이 있었다. 지금도 별로라니, 믿을 소릴 해야지. 남자 나이로는 한창인 서른셋에 우상그룹 로열패밀리다. 거기에 생김새까지 바람둥이의 삼박자를 고루 갖추고 있는 준현이 섹시하고 자유분방한 유부녀의 유혹에 아무 감각을 느끼지 못한다니. 말이 안 되었다. 유미는 준현을 정복하고픈 욕구가 마구 샘솟는 걸 느꼈다. 저 거부의 말이 신음 소리로 바뀌게 해주겠어.

"정말 그럴까?"

유미는 골반 근처에 올려져 있던 손을 스르르 움직여 더 아래쪽으로 내려 보냈다. 한쪽 다리를 살짝 옆으로 벌리고 벌어진 골짜기 안으로 희디흰 손을 밀어 넣었다. 짧은 미니스커트가 위로 올라가고 검붉은 색 레이스가 모습을 드러냈다.

"어때? 관심이 생겨?"

새치름하게 치켜뜬 눈으로 그녀가 물었다. 명백한 초대. 준현은 굳은 표정으로 그녀의 눈을 빤히 응시했다. 그녀의 팔이, 손가락이 속옷 안에서 움직이고 있다는 걸 알았지만 그는 그녀의 눈동자를 뚫어지게 바라봤다.

"네가 해주면 더 즐거울 텐데."

거칠어진 호흡 속에서 유미가 말했다. 벌렸던 한쪽 다리를 오므리는가 싶더니 그녀의 팔이 더욱 빠르게 움직였다. 급격히 다운되는 기분을 느끼며 준현은 인상을 찌푸렸다. 여자의 자위를 코앞에서 목도하는 건, 그다지 즐거운 경험이 아니었다. 빨리 쫓아내 버려야겠다는 생각을 막 하던 찰나, 바깥쪽에서 인기척이 났다. 혹시 누가 찾아온 건가? 재빨리 문 쪽을 살폈지만 유미의 몸에 가려져 온전히 다 보이질 않았다.

"너에 대한 기대가 커, 백준현."

유미가 속삭이듯 중얼거리나 싶더니 한달음에 다가와 회전의자를 움직였다. 앉아 있는 준현을 두 팔로 가두듯 서서 그녀는 도발적으로 입술을 핥았다. 그리고 순식간에 그를 덮쳐 왔다. 얼굴을 들이밀며 그녀는 키스를 시도했다. 동시에 두 팔은 그의 양복 단추를 풀었고 한쪽 다리는 의자 팔걸이 위로 올라왔다. 짧고 느슨한 치맛자락이 허리까지 올라가며 레이스 팬티 속에 가둬진 탱탱한 엉덩이가 적나라하게 드러났다.

"탐나."

흐느끼듯 속삭이며 그녀는 준현의 딱 다물린 입술을 혓바닥으로 핥았다. 남자에 굶주린 유미에게 이보다 먹음직스러운 먹잇감은 없었다. 꽤 오랫동안 내연 관계였던 수영강사만큼은 아니어도 충분히 만족할 수 있을 거라 여기며 유미는 다급히 그의 드레스셔츠 단추를 더듬었다. 이미 심각할 정도로 흥분해 있었던 그녀는 준현의 탄탄한 가슴 근육과 복근을 허벅지 살과 가슴으로 느끼자 참을 수 없는 갈증을 느꼈다.

온몸을 딱딱하게 굳힌 준현의 기분은 전혀 생각하지 못하고 그녀는 더욱 적극적으로 몸을 움직였다. 남자라면, 이 순간 도망치지 못한다는 걸 그녀는 잘 알고 있었기 때문이다. 아무리 고매한 남자라도 그녀의 몸을 한 번만 느끼게 해주면, 끝이었다. 이성을 잃게 마련이었다. 그녀는 그렇게 생각했다. 준현도 다른 남자와 다를 것이 없다고. 허리를 아래로 내리며 몸을 위아래로 문지르기 시작할 무렵까지는, 정말로 자신있었다.

꽈당.

"아앗!"

다음 순간, 유미는 경악한 얼굴로 준현을 올려다보았다. 강철처럼 차가운 눈으로 그는 유미를 굽어보고 있었다. 그제야 유미는 자신이 추한 모습으로 바닥에 나뒹굴고 있다는 걸 깨달았다. 그가 자리에서 벌떡 일어난 바람에 떠밀려 뒹굴게 된 것이었다. 너무나 놀란 나머지 그녀는 옷자락을 추스를 생각도 못하고 준현을 바라보고 있었다. 그는 흔들림 없는 자세로 조용히 주머니에서 손수건을 꺼내 입술을 닦았다. 더러운 것이라도 되는 양 섬세하고 치밀하게 닦아내는 그 움직임에 유미는 입만 벙긋거렸다.

"너, 너······."

"넌 내 취향이 아니야."

건조하게 그가 중얼거렸다.

"불능이니, 너?"

"어쩌면."

"허!"

준현은 차갑게 유미를 응시하며 손수건을 주머니에 넣었다.

"시간낭비 하지 말고 돌아가. 난 널 보면 싸늘히 식어버리니까."

"재수없어. 하필 불능이 뭐야?"

기막히고 자존심 상한 얼굴로 유미는 자리에서 빨딱 일어났다. 그녀의 움직임에 따라 번들거리는 은회색 천조각이 흐늘흐늘 흔들렸다. 아슬아슬한 옷차림이 티끌 없이 하얀 살결 위에서 유혹적으로 움직였다. 하지만 지저스, 진정으로 흥분되지 않습니다. 조금도. 준현은 속으로 중얼거리며 위로 올라간 스커트를 내리는 유미를 바라봤다. 수치심으로 손이 부들부들 떨림에도 불구하고 그녀는 척 고개를 위로 쳐들었다.

"고맙다. 너 때문에 많은 걸 알았어. 남자, 겉만 봐선 모른다는 거."

"다행이다. 뭘 좀 터득했다니."

"네가 불능이라는 거, 아무도 모를 거야? 그치?"

"협박?"

준현은 한쪽 눈썹을 휙 끌어 올리며 물었다.

"내 자존심을 밟은 대가지."

의기양양, 그녀가 말했다.

"조금이라도 자존심이 회복되길 바라."

비릿한 웃음으로 그는 그녀를 배웅했다. 유미의 안면근육이 부들부들 떨렸다. 협박까지 했는데도 느물느물 느긋한 녀석이 마음에 안 들었다. 그가 불능이라는 게 믿어지지 않아서일까? 불능이라는 게 죄는 아닌데, 왜 이렇게 분한 마음이 드는지. 유미는 의자 위에서 바닥으로 떨어지며 부딪친 엉덩이가 아픈 줄도 모르고 휙, 격한 동작으로 몸을 돌렸다. 또각또각. 동창들 사이에 소문을 쫙 내버리겠다는 유치한 결심을 하며 그녀는 거칠게 실장실 문을 열었다.

'어라?'

아까까지 얌전히 책상 앞에 앉아 있던 또 다른 동창, 문강린이 보이질 않았다. 강린은 동창들 사이에서 마당발이기로 소문난 허미연의 가장 친한 친구였다. 강린에게 준현의 불능 사실을 알리면 소문은 금세 퍼지게 되어 있었다. 그런데 이 촌닭, 어디로 갔지? 유미는 눈살을 찌푸리며 강린의 비어 있는 의자를 노려보았다. 기분이 참 묘했다. 뭔지 모르지만 찜찜한 것이…….

'혹시 두 사람…….'

사귄다거나 뭐 그런 건 아니겠지? 유미는 자신이 있는 힘껏 닫고 나온 실장실 문을 뒤돌아봤다. 여전히 굳건히 닫혀 있는 문. 한참을 그녀는 그 문을 노려봤다.

'아니야, 둘이 그럴 리가 없어. 너무 예민해진 탓이야.'

유미는 고개를 좌우로 흔들며 비서실 문을 열었다. 자신이 생각해도 방금 전 생각은 터무니없었다. 백준현과 문강린이라니. 그 둘은 원수 중에서도 상원수다. 최악의 파트너였다. 아니야, 아닐 거야. 중얼거리며 유미는 쏟아지는 기획실 직원들의 시선 사이를 유유히 걸어 회사를 나왔다.

그 시각, 강린은 회사 옥상 위에 올라와 있었다. 방금 전까지 강렬한 질투심과 혼란스러운 마음으로 어찌할 바를 모르고 있다가 결국 이곳으로 도피해 온 것이었다. 문제의 발단은 언제나 그렇듯 호기심 때문이었다. 참을 수 없는 호기심으로 빠끔히 고개를 내밀고 실장실을 훔쳐본 게 화근이었다.

하필 그녀가 막 문을 열었을 때, 조유미는 백준현 앞에서 치마를 들어 올리고 있었다. 그의 표정은 볼 수 없었지만 그녀의 추잡스러운 행동에 강린은 당황하고 놀라고 분노했다. 하는 유미와 그걸 보고 있는 준현, 둘 다에게 화가 났다. 이를 악물고 오기로, 강린은 그들이 하는 짓거리를 훔쳐봤다. 예상대로 조유미는 더욱 대담하게 백준현의 사타구니 위로 올라탔다. 비명이 터져 나올 것만 같아 그녀는 다급하게 주먹을 입속으로 밀어 넣어야 했다. 왠지 모를 배신감과 아릴 듯 쓰라린 가슴앓이가 눈가를 시큰거리게 했다. 부들부들 손까지 떨어가며 꾸역꾸역 그들의 행위를 훔쳐보던 그녀가 놀란 건, 그 다음 장면 때문이었다.

백준현이 정말 인정사정없이 유미를 내동댕이쳤다. 의자에서 일어난 준현의 표정은 굳어 있었으나 살벌했고 무척 화가 난 것처럼 보였다. 한 번도, 강린에게는 보여주지 않았던 표정이었다. 오싹할 만큼 공포스러운 그 표정으로 입술을 닦아내는 그를 보자, 강린의 심장은 거의 미칠 듯이 뛰기 시작했다. 광년 널뛰듯 팔딱거리는 심장은 옥상으로 도망쳐 온 지금도 여전히 뛰고 있었다.

백준현이…… 그 순간 정말 멋져 보였다. 절대 여자의 유혹을 떨치지 못할 것 같던, 바람둥이의 이미지 백준현이 유미를 내치는 모습은 강린의 가슴에 강한 파문을 일으켰다. 유미의 입술이 닿았던 곳을 손수건으로 꼼꼼히 닦아내는 모습이, 토요일 그녀에게 키스하던 그의 모습과 겹쳐지면서 더욱 그랬다. 조유미가, 그녀의 유혹을 멀뚱히 구경만 하고 있던 백준현이 정말 죽도록 미웠었는데…… 마지막 그의 행동은 그 질투심에 대한 보상처럼 느껴졌다. 속이 다 시원했다. 다른 여자를 거절하는 그의 모습은 정말 멋졌다.

"이래도 되는 거야? 아—"

머리카락을 쥐어뜯으며 강린은 그 자리에서 주저앉았다. 그녀에겐 언제나 싫은 녀석, 미운 놈, 철천지원수였던 백준현이었다. 달콤한 키스를 나누었지만 결코 그를 좋아하게 되는 일은 없을 거라고 쭉 생각해 왔던 강린이었다. 하지만 지금은 확신할 수가 없었다. 정말 그를 싫어하는지, 좋아하는지조차 모르겠다. 단지 그녀가 아는 건, 그가 다른 여자를 내치는 모습을 보며 자신이 안도하고 있다는 거다. 유주희 때도 그렇고, 유미 때도 그랬다.

이거…… 정말 누구 말대로 미운 정 든 거 아니야?

"문강린, 잘 생각해 봐. 원래 애정이 없으면 미움도 없는 거야."

어머니가 엊그제 한 말이 떠올랐다. 아흐— 강린은 비명을 지르며 머리를 쥐어뜯었다.

일곱 시. 정식 퇴근 시간이 한 시간이나 지난 시각이 되어서야 강린은 어슬렁어슬렁 옥상에서 내려왔다. 아직도 조금은 혼란스러운 상태였지만 대충 마음의 준비를 했다고나 할까.

서서히 인정하고 있었다. 자신이 백준현을 미워하고 있는 게 아님을. 어느 순간인지 모르겠지만, 그녀는 그가 자신을 바라봐 주길 바라고 있었다. 그게 십여 년 전인지, 둘이 키스를 하고부 터인지, 그가 유주희의 고백을 거절하면서부터인지, 그건 알 수 없었다. 가랑비에 옷이 젖듯 자연스럽게 그렇게 되어버린 것 같 았다. 어쩌면 그를 좋아하는 것인지도 몰랐다. 확실한 건, 그가 멋져 보인다는 거였다. 그녀의 '멋져 보임'은 외모의 차원이 아 니었다. 얼굴이야, 늘 그렇듯 잘생긴 백준현이지만 멋져 보이는 건 얼굴이 아니었다. 그가, 백준현이라는 남자 자체로 멋져 보 였다.

그런 의미에서, 어쩌면 그가 제안한 키스 세 번을 승낙하게 될지도 몰랐다. 지금으로선 그럴 가능성이 농후했다. 이미 그녀 의 눈엔 백준현이 '괜찮은' 놈이니까.

사무실로 들어서서 가방을 집어 올리는데, 문이 열렸다.

"상사 몰래 땡땡이치는 건 좀 곤란한데. 아무리 사장 조카라 도."

귓전을 때리는 그의 목소리. 백준현, 아직 퇴근하지 않고 있 었나 보다. 그녀를 기다린 것일까? 별것도 아닌 일에 감동이 밀 려와 강린은 휙, 고개를 돌려 그를 봤다. 준현은 장난기 가득한 얼굴로 강린을 보고 있었다. 팔뚝을 걷어붙인 와이셔츠 차림이 지금껏 일에 열중하고 있었던 모양이었다.

"아직 퇴근 안 했네."

"넌 어디 가서 돌아오지도 않는데, 나 혼자 퇴근 시간 되었다고 좋아라 퇴근할 순 없잖아."

"상사가 부하 눈치도 봐주네. 황공해라."

"잊었어? 우린 출퇴근도 같이 하는 연인 사이야."

"어, 그렇지 참. 미안."

톡 쏘는 날카로움이 없는 강린의 말투는 왠지 시무룩했다. 어쩐 일로 고분고분한 태도에 준현은 살짝 긴장했다. 강린을 유미의 방문 이후부터 통 볼 수가 없었기 때문에 걱정스러웠다. 혹여 유미와의 불쾌했던 장면을 그녀가 보았을까. 그래서 오해라도 했나 싶어서. 본래 이런 일은 꼭 불리한 장면만 목격당하게 되어 있는 법이지 않는가.

"뭐가 미안해?"

"나 때문에 퇴근이 늦어졌잖아."

"알면 됐어."

"……"

정말 기분이 이상했다. 왜 저렇게 조용하지? 너무 조용해서 괜스레 불길해지는 기분이었다. 강린한테 무시당한 세월이 쌓이고 쌓이다 보니 이젠 너무 고분고분해도 이상하게 느껴지는 그다. 준현은 실장실로 들어가려다 말고 조심스럽게 물었다.

"어디 갔다 왔냐? 전화기도 안 가지고."

"응? 어, 생각할 게 좀 있어서."

"뭐. 키스?"

놀려볼까 싶어 툭 건드려 봤다. 그런데 날아온 대답은 역시나 진지 모드.

"아, 뭐…… 그런 것도 있고."

"그런 것도 있어? 그럼 다른 것도 있다는 말이네."

"어, 몇 가지."

이상하지? 강린은 내내 그의 시선을 피하고 있었다.

"언제 나갔던 거냐? 유미 나간 거 봤어?"

"어? ……아, 아니."

말을 더듬었다. 또 그를 여전히 마주 쳐다보지 못하고 있었다. 그렇다면 뭔가 민망한 광경을 목격했을 가능성이 농후했다. 그의 예상대로 혹 그 이상한 장면만 목격하고 오해한 건 아니겠지? 준현은 얼굴을 잔뜩 일그러뜨렸다. 아무래도 기나긴 이야기를 나눠야 할 것 같았다. 차 안이 가장 적합할 것 같군.

"기다려. 서류 챙겨 가지고 나올게. 같이 퇴근하자."

"응? 어, 그럼 난 먼저 밖에 나가 있을게."

쭈뼛쭈뼛 움직여 가방을 챙기며 강린이 말했다. 왠지 도망갈 구멍을 찾는 듯한 느낌에, 준현은 싱긋 웃으며 덧붙였다.

"먼저 가기 없다. 난 널 한 시간이나 기다려 줬다고."

"알았어."

웃는 준현을 곁눈으로 바라보며 강린은 수줍게 말했다. 참 귀여운 구석이 많은 준현이다, 다시 보니. 녀석이 여자들에게 인기있는 것도 무리가 아닌 게, 사실 매너는 좋았다. 예의도 발랐고, 성적도 우수했으며 마스크도 따라줬다. 운동도 꽤 했었고.

그러고 보니 만능인가. 아무튼 준현과 한 번이라도 사귀어봤던 애들은 죄다 후한 점수를 줬었다. 일단 데리고 다니면 뿌듯하다 나 뭐라나.

그런데 강린은 왜 그렇게 죽어라고 백준현을 미워했을까. 여자들을 죄다 울렸으니까? 그녀만 보면 테디베어라고 놀려대서? 물론 틀린 말은 아니지만, 보다 근본적인 이유는 따로 있었다.

'질투.'

그렇다. 질투 때문이었다. 모든 걸 다 잘하는 녀석. 머리도 좋고, 인기도 많고, 성격도 모나지 않은 백준현한테 일종의 질투를 느꼈었다. 순수한 인간적인 질투. 물론, 그건 처음 녀석을 알게 되었을 때의 느낌이다. 시간이 지날수록 여자애들과 허물없이 지내고 많은 여자들을 단시일에 갈아치우는 그를 보면서 바람둥이라며 격분했지만, 사실 그 분노의 밑바닥에는 짙은 질투가 깔려 있었다. 그걸 강린은 이제야 깨달았다. 내내 자신이 준현에게 가졌던 감정의 본질이 허무하게도 질투였다는 것을.

정말 맥 빠지는 일이 아닐 수 없었다.

비서실 문을 열고 나간 강린은 기획실을 빠져나와 회사 복도로 들어섰다. 긴 복도를 돌아 엘리베이터까지 가 그를 기다리고 있을 생각이었다. 강린은 푹, 한숨을 내쉬며 복도를 반듯이 걸어갔다. 앞으로 어떤 식으로 준현에게 자신의 마음을 고백할지 고민스러웠다. 허구한 날 눈만 뜨면 그를 헐뜯던 강린이 자신을 좋아한다고 고백하면, 준현은 어떤 반응을 보일까? 설마 장난하

냐며 마구 비웃어대는 건 아니겠지? 그렇다면 정말 죽고 싶을
것 같은데.

"헙!"

강린은 순간, 퍼뜩 떠오르는 한 가지 깨달음에 너무 놀라 숨
을 과하게 들이쉬었다. 자신이 전에 그에게 했던 행동이 떠오른
것이다. 그들이 나누었던 격렬한 키스에 대해, 그녀는 마구 큰
소리로 과장되게 웃으며 없었던 일로 하자고 말했다.

"에이, 친구 좋다는 게 뭐니. 난 다 이해해. 내 말은, 그 일은
그냥 잊어버리라고. 난 장난으로 받아들일 거라고."

그래서 그가 뭐라 그랬더라? '넌 친구들하고 다 그렇게 키스
해?' 라고 했던가. 순간이었지만 꽤나 빈정이 상한 듯해 보였다.
그땐 그가 왜 그렇게 기분 나빠하는지 이해를 못했었다. 녀석
은 과거, 비슷한 상황에서 장난이었다며 빠져나갔던 전적이 있
었고, 그랬기 때문에 당연히 이번에도 그럴 줄 알았다. 뭐, 그땐
'고백' 이었고 이번엔 '키스' 였다는 차이점이 있었지만. 그녀를
괴롭히는 묘한 취미를 갖고 있는 녀석이니, 당근 이번에도 그럴
줄 알았었다.

하지만 막상 장난으로 생각하자는 그녀의 제안에 녀석은 심
히 기분 나쁜 듯해 보였고, 실제로 그녀에게 뜻밖의 충고까지
했다. 그 키스는 절대 그냥 넘어갈 수 없는 것이니, 현실을 똑바

로 보라고. 설마 그 녀석도 그녀를 좋아했던 걸까?

"대리님."

막 모퉁이를 도는 그녀에게 누군가 말을 걸었다. 길바닥에 코를 박고 걸으며 깊은 생각에 잠겨 있던 강린은 번쩍 고개를 들었다. 얼굴을 긁적이며 시선을 흩뜨리는 강린 앞에 유주희가 서 있었다. 번쩍이는 악어가죽 핸드백을 옆구리에 메고 반듯한 자세로 서 있는 그녀는 마치 강린이 오길 기다리며 길목을 지킨 듯해 보였다. 이 시간에 웬일이지?

"어! 주희야, 아직 안 갔어?"

"예."

조그맣게 대답하는 그녀는 입술을 질끈 깨물고 있었다. 뭔가 강린에게 할 말이 있는 것 같았다. 강린은 그녀의 눈치를 살피며 조심스럽게 물었다.

"나 기다렸던 거야?"

"……네. 할 말이 있어서……."

"뭔데?"

"……."

쉽게 꺼낼 수 없는 말인 듯 유주희는 심히 머뭇거렸다. 강린은 혹, 입김으로 앞머리를 불어 올리며 살짝 뒤를 돌아보았다. 반투명 기획실 문 쪽은 아무런 낌새가 없었다. 하지만 준현은 오래 지나지 않아 나타날 것이다. 간단한 이야기라면 몰라도 긴 이야기라면 곤란했다. 이 자리에선. 그리고 주희의 표정으로 보아, 그녀가 꺼낼 이야기는 그다지 짧을 것 같지 않았다. 결심한 듯 강린은 말했다.

"무슨 이야기인지는 모르겠지만 여기선 좀 그렇다. 다음에 시간 내서 다시 이야기해. 지금은……."

주희는 그녀의 말문을 막았다.

"회피하지 마세요."

"뭐?"

회피하지 말라고?

"대리님, 실장님 좋아하지 않죠?"

주희가 거의 울상이 된 얼굴로 징징거렸다. 무슨 이게 개구리 뒷다리 긁는 소리야?

"대리님, 실장님 진심으로 좋아하는 거 아니잖아요."

"무슨 소리니, 너. 나, 실장님 좋아해. 애인이잖아."

"거짓말 마요. 제 눈에는 다 보이거든요? 실장님을 바라보는 대리님 눈, 전혀 행복해 보이지 않았어요. 어쩔 땐 짜증스러워 보일 때도 있고, 웃는 것도 가식적이었다고요."

캑! 당돌한 주희의 말에 당황한 나머지 침마저 목구멍에 걸렸다. 체할 것 같은 얼굴로 강린은 주희를 보았다. 부인할 수도, 그렇다고 수긍할 수도 없는 상황에 할 말을 잃어버렸다. 사실 쭉 그를 미워하고 있다고 생각했었지만 지금은 그게 아님을, 준현을 좋아하고 있음을 깨달은 직후가 아닌가. 뭐라고 해야, 모든 걸 단번에 설명해야 할지 감이 안 섰다.

"처음엔 믿었어요. 물론 잠깐 의심이 들긴 했지만요. 식당에서의 사건도 있었고, 실장님이 여자한테 그렇게 잘해주는 건 처음 보는 거라 정말 진짜 같았거든요."

식당에서의 사건. 꿀꺽, 강린은 저도 모르게 입 안에 도는 침을 삼켰다. 그때 그러니까, 그녀는 준현의 거기를……. 미쳤어, 안 돼! 휙휙, 고개를 내저으며 강린은 스멀스멀 치미는 딴생각을 가차없이 내쳤다.

"그런데 점점 이상했어요. 특히 대리님은 우리 앞에서만 웃고, 뒤돌아서면 곧바로 싸늘해지는 것 같았어요. 실장님 쪽은 좀 덜 의심스럽긴 했지만……. 그런데 지난번엔, 진짜 두 분이 싸우신 것 같더라고요. 대리님은 다른 남자를 만나러 가고, 실장님은 화를 내시고."

우진이 찾아왔을 때의 이야기인 모양이다. 그날 혼자 회식 자리에 낀 준현이 되게 저기압이었다고 했다.

"그때 알았어요, 두 분 사이에 균열이 생겼다는 거. 어쩌면 사랑으로 결합된 사이가 아니라는 생각도 들었고요."

"뭐?"

헉! 설마 눈치 챈 건 아니겠지?

"대리님, 실장님 조건만 보고 선택한 거죠?"

"무슨 말도 안 되는 소리니?"

"그동안 내내 실장님한테 별로였잖아요, 대리님. 실장님은 대리님한테 굉장히 끔찍한데. 저, 그거 느꼈거든요."

그건 강린의 연기가 별로였다는 소리다. 윽.

"물론 지금 생각해 보니까 실장님이 그랬던 건 당연한 것 같아요."

또 무슨 얘길 하려고? 이제 주희의 입이 무서웠다. 물성 모르는 애가 거침없이 던지는 말 몇 마디는 강린의 가슴에 비수가 되어 팍팍 꽂혔다. 정말 자신이 그랬던가 싶어서, 굉장히 마음이 불편해졌다.

"대리님, 사장님 조카잖아요. 모르긴 몰라도 실장님 역시 대리님의 배경 때문에 만나고 있을 거예요."

어라…… 이거 점점 기분 나빠지는걸. 어눌한 말투라, 대든다거나 비꼰다는 느낌은 전혀 들지 않았으나 그래도 은근히 기분이 상했다. 강린은 눈살을 찌푸리며 주희를 훑어보았다. 뭐라고 타일러 줘야 하지?

"주희야, 너 뭔가 단단히 착각하고 있는 것 같은데……."

"대리님이 먼저 놓아주세요. 그 말 하려고 기다렸어요. 실장님처럼 야망 많은 분이 먼저 대리님한테 헤어지자고 할 리 없으니까, 대리님이 먼저 나서서 헤어져야 옳다고 생각해요."

"놓아줘?"

너 드라마 쓰니? 황당한 말에 반문하고 싶은 걸 강린은 꾹 참았다.

"서로 어울리지도 않잖아요. 사랑하는 것도 아니고. 헤어지는 게 맞다고 봐요."

"……야. 너, 자꾸 우리가 서로 사랑하지 않는다고 하는데. 네가 어떻게 알아, 우리 마음을? 아닐 수도 있잖아. 왜 이렇게 확신해?"

"실장님이 다른 여잘 만나잖아요. 대리님도 그런 것 같고."

"여자?"

"오늘 오후에 잠깐 들렀던 여자 말이에요."

유미를 말하는 건가?

"그 여자, 실장님한테 개인적인 볼일이 있어서 온 거 아니에요? 그런 차림으로 왔다는 건 뻔한 거죠. 회사 사람들이 죄다 쑥덕거렸어요. 아마 거의 대부분 실장님과 대리님 사이를 눈치 챘을걸요?"

당돌하면서도 확고한 주희의 말투에 코웃음이 나왔다.

"우리 사이가 어떤 사이인데?"

"그야, 서로 사랑하지도 않으면서 만나는 관계죠."

"점 집 차렸냐? 참 잘도 안다, 나도 모르는 내 마음을."

강린이 살짝 비꼰 말이었다. 참아보려고 노력했지만 기분이 계속 점점 더 나빠져 이마의 골이 저절로 깊어졌다. 그런데 유주희는 그녀의 비아냥댐을 느끼지 못했나 보다. 자랑스러움과 뿌듯함이 그녀의 얼굴이 떠올랐다.

"오래 못 갈 거예요, 두 사람."

악담을 해라, 아주.

"제 말대로 하세……."

"근데 말이야, 이건 실장님과 내 일이거든? 사적인 일이라고. 네가 나서서 이래라저래라할 문제가 아니라고 보는데. 어떻게 생각하니?"

주희의 말을 가로막고 강린은 조용히, 차분하게 말했다. 속에선 오기가 불끈불끈 솟구치려고 했지만 잘 눌러 참고 있는 중이었다. 유주희는 스물일곱, 아직 애라면 애라고. 상황파악 잘 안 될 수도 있다고 스스로를 다독였다. 왜, 스타에 열중하는 어린 애들처럼 너무 백준현에 몰입한 나머지 이성이 잠깐 외출한 게 틀림없었다.

"나, 실장님 좋아해요. 좋아하니까 자격 된다고 생각해요."

"좋아하니까 이런 말 해도 된다고?"

얘, 정말 심각하네.

"대리님만 아니면 실장님도 저 좋아할 거예요."

주희는 어눌하고 순진한 척하면서, 하고 싶은 말은 다 하고 있었다. 한쪽 눈매를 팍 찌그러뜨리며 강린은 물었다.

"내가 실장님을 차면, 네가 걸어가겠다? 실장님이 그러길 원할 것 같니?"

"대리님보다는 제가 더 낫죠. 솔직히."

스스로 말해놓고도 뻘쭘했는지, 고개를 삐쭉삐쭉 움직이는 주희. 정말 대책이 안 서는구나. 이 자신만만함과 공주병은 어디에서 오는 것일까? 강린은 어처구니없는 얼굴로 고개를 갸웃거렸다.

"상식적으로, 실장님 같은 분이 대리님처럼 나이 들고 뚱뚱한 여자를 좋아할 리는 없잖아요."

헛뜨! 혈압 급상승. 뒷골 팍 땡겨주신다.

"뚱뚱?"

물론 158㎝에 56㎏이 솔직히 날씬한 축에 속한다고는 말할 수 없다. 세인의 눈에는 좀 뚱뚱해 보일지도 모른다. 특히 165㎝에 47㎏의 늘씬한 몸매를 가지고 있는 유주희에게는. 하지만 그렇다고 대놓고 뚱뚱하다고 말하는 건 좀 너무하지 않아? 포동포동하다고 말하면 어디가 덧나?

'얘, 정말 가만히 놔두면 안 되겠네. 본때를 한번 보여줘?'

솔직히 사람 좋다는 소리 자주 듣는 강린이지만 한 번 아니다 싶은 사람에겐 가차없는 그녀다. 그래서 준현과도 십 몇 년을 원수로 지내지 않았던가. 강린의 안에 있던 복수 본능이 부르르 타올랐다. 아무리 사악한 백준현 놈도 그녀더러 뚱뚱하다는 말은 한 적 없었다. 대신 테디베어 닮았다는 말은 했지만, 적어도 대놓고는 안 했다.

"성격도 그다지 좋은 편 아니잖아요."

"뭐라고?"

"실장님한테 하는 거 보면 대리님 살짝 까칠해요."

그 정도였나? 티가 나도 너무 났나 보다. 아니면 주희가 그렇게 보려고 생각해서 더욱 그리 보였던 것일 수도 있고.

"네가 잘못 본 거야. 나, 실장님 무진장 좋아해."

강린은 무진장에 강한 악센트를 넣으며 대답했다. 그러나 주희는 별로 믿지 않는 것 같았다. 여전히 뚱한 얼굴로 입술을 삐죽거리며 불만스럽게 말했다.

"실장님의 능력을 좋아하는 거겠죠. 실장님은 대리님의 배경을 좋아하는 거고."

"내 배경?"

"아무리 생각해도 두 분은 정말 아니에요. 제발, 헤어지세요. 대리님이 실장님을 놔드리라고요. 네?"

"그럼 네가 대시하겠다? 나만 물러나면 실장님을 네가 차지할 수 있을 것 같아?"

한심한 것 같으니라고. 백준현은 절대 그럴 위인은 아니다. 다른 건 몰라도 백준현의 그런 점은 강린이 잘 알았다. 정말 유주희가 마음에 들었다면 연극이고 뭐고 간에, 유주희를 차지했을 거라는 거. 개가 그런 애다, 아그야. 뭘 좀 알고 들이대라고.

"자신있어요. 실장님은 대리님을 사랑하는 게 아니라, 대리님의 배경을 보고……."

"그렇게 생각하다니 유감이네."

순간, 굵고 묵직한 목소리가 주희의 말을 끊었다. 두 눈을 가늘게 뜨고 주희가 하는 행태를 예의 주시하며 어떻게 반격해 줄까 곰곰이 생각하고 있던 강린은 깜짝 놀라 뒤를 돌아보았다. 텅 빈 모퉁이. 그러나 목소리의 주인공은 곧 반대편 벽면을 따라 천천히 모습을 드러내었다. 예상대로 그였다. 백준현. 아니,

언제부터 듣고 있었던 거지?

"실장님!"

주희도 그의 갑작스런 등장에 당황한 듯 놀라며 얼굴을 붉게 물들였다. 쌤통이다.

"전 퇴근하신 줄 알고."

"전에도 알아듣게 얘기한 걸로 아는데. 내 말을 믿지 않았 군."

턱, 무거운 그의 손이 강린의 한쪽 어깨로 떨어졌다.

"어, 저, 꼭 그런 건 아닌데요……."

"주희 씨의 생각은 틀렸다고 분명히 말했습니다. 난 내 뜻이 충분히 전달된 걸로 생각했는데 그게 아니었나 보군요."

새빨개진 얼굴을 푹 숙이고 있는 주희는 마치 선생님의 훈계를 듣는 아이 같았다. 강린은 조용히 그를 올려다봤다. 화난 것 같지도, 기분 나쁜 것 같지도 않은 그냥 평범한 표정이었다. 그런데 이 손, 왜 이렇게 따뜻하게 느껴지는 걸까?

"한 번 더 얘기해 드릴까요? 유주희 씨가 원한다면 다시 한 번 확인해 드릴 용의가 있습니다만."

"……."

주희는 옷자락을 꽉 잡고 두 손을 부르르 떨고 있었다. 터지는 울음을 꾹 참고 있는 듯했다. 안쓰럽다는 생각도 들었지만 강린은 잠자코 있었다. 안됐다고 마냥 받아주다가는 큰일낼 애라는 걸 이미 느꼈기 때문이다.

"사랑합니다. 난 문강린이란 여자 이외에 다른 누구도 사랑해본 적 없습니다."

아무 생각 없이 서 있던 강린은 다음 순간, 멍해지고 말았다. 사랑……! 그가 한 말이 정말 사랑 맞아? 잘못 들은 거 아니야?

"아앗!"

뇌를 가격한 충격을 채 추스를 새도 없이 강린의 몸은 거센 힘에 의해 흔들렸다. 준현의 강한 팔이 그녀의 어깨를 끌어당긴 것이다. 뜻밖의 행동에 놀란 그녀의 입술을 그가 훔쳤다. 살짝 벌어진 그의 입술이 그녀의 것을 물고 빨더니, 순식간에 멀어져 갔다.

비록 일 초쯤 되는 짧은 시간이지만…… 강린은 그의 부드러운 입술을 충분히 느낄 수 있었다. 순간, 너무나 짜릿한 그 느낌에 눈앞이 어질어질 핑— 도는 기분까지 맛보았다. 가슴을 훑고 지나가는 강렬한 통증에 소름이 쫙 돋고 머리가 아찔했다. 심장은 두말할 것 없이 뛰었고.

강린은 벅차오르는 가슴으로 할짝할짝 숨을 짧게 내쉬며 그를 올려다봤다. 그는 욕구로 그득 찬—음흉한 놈!—눈동자로 마치 강린을 집어삼킬 것처럼 강렬하게 응시하고 있었다. 가슴이 더욱 빠르게 뛰기 시작했다.

이거다. 이게 바로 그가 강린을 사랑하고 있다는 증거다. 이 키스와 이 눈동자와 이 시선이 모두 그녀를 사랑한다고 말하고 있었다. 강린은 벅차오르는 감격으로 마음이 뿌듯해지는 걸 느껐다.

"그래도……."

주희는 입술을 깨물며 이쪽을 보고 있었다. 약간 놀란 듯했지만 여전히 그를 놓치고 싶지 않은 듯 눈빛에 힘이 들어가 있었다. 뭐냐? 이 정도의 키스는 키스도 아니라는 거냐? 정말 요즘 애들이란.

"대리님은 실장님 안 좋아해요."

부들부들 떨리는 음성으로 주희가 말했다. 고집스럽기도 하다. 아니, 눈이 삐었나? 강린은 어처구니가 없어서 말이 안 나왔다. 이렇게 떨리는데, 이렇게 짜릿하고 이렇게 두 다리가 후들거리는데. 백준현을 좋아하지 않으면 이럴 리가 없잖아. 오늘은 술도 안 취한 맨정신에, 키스의 농염도도 아주 낮은 뽀뽀 수준의 것임에도 이렇지 않냐고. 강린은 답답하기 짝이 없었다. 아무래도 주희는 과대망상증 중증이 아닌가 싶었다.

강린은 그의 타액이 묻은 입술을 할짝거리며 주희를 똑바로 보았다. 그녀의 고집스러운 눈에 시선을 맞추고 강린은 웃으며 말했다.

"미안해서 어쩌니. 나도 실장님을 되게되게 좋아하는데."

그리곤 뒤도 돌아보지 않고 준현에게 덤볐다. 여기가 회사 복도이며 아직 퇴근하지 않은 직원도 간혹 몇 있을 거라는 거, 또 주희라는 반갑지 않은 구경꾼이 바로 옆에 있다는 사실을 모두 인지하고 있었지만. 에잇, 모르겠다 하는 심정으로 그녀는 준현의 높은 어깨에 팔을 걸었다. 이게 그녀의 마지막 남은 기회인지도 모른다는 절박한 마음이 깔려 있었다.

갑작스러운 도발에 준현이 당황한 듯 두 눈을 크게 떴다. 녀석이 이렇게 놀란 건 일찍이 본 적이 없는지라 강린은 흥미가 상당히 동하는 기분이었다. 움핫핫핫— 강린은 속으로 호쾌하게 웃으며 준현의 건장한 상체를 끌어당겨 그의 입술에 그녀의 입술을 터프하게 포갰다. 서로 딱 붙어 있는 그의 입술 조각 위를 제 입술 끝으로 부드럽게 감싸며 강린은 그의 목을 꽉 끌어안았다. 그의 커다란 몸이 아주 순순히 딸려왔다.

순한 양이로고. 어여쁜 놈. 앞으로 많이 많이 귀애해 주리니.

"알았어요……."

새된 주희의 목소리가 들렸다. 알았으니 이제 그만 하란 소리였다. 하지만 예기치 않게 준현의 입이 뻐끔 벌어지자 머릿속이 하얗게 비어져 갔다. 따뜻한 입김이 훅 입 안으로 전달되어졌다. 습한 그 느낌은 그녀를 자극하는 무언가가 있었다. 다리가 저절로 꼬이는 기분을 느끼며 강린은 저돌적으로 혓바닥을 그의 입 안으로 밀어 넣었다. 낮고도 거친 신음이 그의 벌어진 입술 사이로 흘러나왔다. 아래로 늘어뜨려졌던 그의 팔이 순식간에 그녀의 좁은 어깨를 붙당겼고 강린은 그의 품으로 빨려 들어갔다.

"아, 알았으니까 이제 좀 그만 하세요."

주희가 빨개지다 못해 검붉어진 얼굴을 두 손으로 감싸며 외쳤지만 이미 준현과 강린의 귀에는 들리지 않았다. 주희는 서둘러 그 자리를 떴다. 자기 눈으로 목격한 두 사람은 그동안 자신이 생각했던 것과는 판이하게 달랐다. 순진해서 일 외엔 아무것도 못할 것 같았던 강린이, 예쁜 여자만 밝힐 것 같은 바람둥이 이미지의 백 실장이, 저럴 줄은 정말 몰랐던 것이다. 비상구로 달려가는 주희는 자신이 뭔가 단단히 잘못 생각했다는 걸 드디어 인정하고 있었다.

"숨 좀 쉬자."

겨우 입술을 뗀 강린이 고개를 젖히고 숨을 몰아쉬며 말했다. 그들은 비상구 계단 입구에 매우 친밀한(?) 동작으로 얽혀 서 있었다. 주희에게 증명해 보이기 위해 시작한 키스가 걷잡을 수 없이 격해지자 그들은 바닥을 치고 있던 자제력을 최대한 끌어 모아 이곳으로 숨어들었다. 비상구 계단은 완전히 오픈된 복도보다 백배 나은 곳으로, 다행히 아무도 그들을 목격한 것 같진 않았다. 뭐, 목격했어도 둘은 몰랐겠지만. 그녀의 다리 사이로 허벅지를 밀어 넣은 미묘한 자세로 서 있던 준현은 붉게 충혈된 눈으로 속삭였다.

"흔들리지 않을 자신이 있다고 했던 것 같은데, 문강린."

기분 좋은 헐떡임을 입에 달고 그가 물었다.

"처음부터 그럴 생각이었다면 그렇게 했을 거야."

강린이 대답했다. 벽에 머리를 기댄 채 눈을 감고 있는 그녀는 지쳐 보였다. 심하게 부은 입술과 구겨질 대로 구겨진 옷가

지가 방금 전 키스가 얼마나 깊고 격렬했는지 짐작케 했다. 자신 때문에 엉망이 된 여자를 바라볼 때, 남자들은 뿌듯함과 동시에 흥분한다는 사실을 새삼 준현은 깨닫고 있었다. 지금의 강린은 준현이 여태까지 본 여자들 중 가장 섹시했다.

그녀는 알까? 당장이라도 그녀를 가지고 싶어 죽을 것 같다는 사실. 그의 상태는 이미 단단해졌고, 아늑하고 촉촉한 자궁 속을 그리며 아우성치고 있다는 사실.

"그게 무슨 말이야? 하고 싶었단 말이야?"

그는 다시금 일어나는 키스에의 충동을 꾹 눌러 참으며 장난스럽게 물었다. 그러자 그녀가 천천히 눈을 떴다. 여전히 고개를 뒤로 젖힌 상태라 반쯤 떠진 상태가 되었다. 강린은 아랫배를 뻐근하게 자극해 오던 그의 몸을 밀어내었다.

"응."

그가 그녀에게서 떨어지는 순간 그녀가 말했다. 이 말은……!

"그래서 일부러 덮친 거냐?"

그의 가슴이 무섭게 떨리기 시작했다. 아무렇지도 않은 척 히죽거렸으나 속내는 전혀 멀쩡하지 않았다. 그녀가 자신을 원하는 것일 수도 있다는, 적은 가능성 하나만으로도 그는 긴장했다. 평정심이 서서히 깨져 갔다.

"처음부터 작정했던 건 아니야. 하지만 보여주고 싶었어, 주희한테. 내 마음을."

강린은 담백하게 자신의 마음을 표현하기로 했다. 가감없이 솔직하게 털어놓고 싶었다. 가능하다면.

"나…… 너 좋아하는 것 같아."

웃고 있던 준현의 안면이 순식간에 굳어버렸다. 놀란 그는 다음 삼 초 동안 꼼짝도 하지 못했다. 강린은 반듯한 자세로 그를 응시했다. 이번에야말로, 자신이 비겁하지 않다는 걸 증명할 기회였다. 어른스럽게, 당당하고 의연하게 자기의 감정을 감정 그대로 인식하고 받아들일 것이다.

"너, 장난치는 거 아니지?"

삼 년 같은 삼 초가 지나가고, 이윽고 그가 입을 열었다. 의심이 잔뜩 묻어 있었다. 강린은 씩 웃었다. 성공. 그녀는 바보처럼 도망치지 않고 그에게 자신의 마음을 전달한 것이다. 뿌듯한 마음에 야호를 외치고 싶었다. 활짝 웃으며 그녀는 준현에게 물었다.

"장난이었으면 좋겠냐?"

"하지 마."

단박에 그의 눈빛이 변했다. 장난이라면 여기서 그만두라는 경고였다. 강린은 괜히 즐거워져 어깨를 으쓱했다.

"사실은 나……."

"하지 말라고 했다. 하지 마."

"내가 무슨 말을 할 거라고 이래?"

"하지 마. 됐어. 안 들어도 돼."

"왜? 듣기 싫어?"

"됐다니까."

그가 휙 몸을 돌려 계단을 내려가려고 했다. 짜아식— 은근히 귀엽네. 강린은 덩치에 안 맞게 삐친 듯 서둘러 자리를 피하는 준현을 바라보며 킥킥거렸다. 그러다가 터벅터벅, 몇 계단 걸어 내려가는 그의 등을 향해 소리쳤다.

"널 좋아해! 정말로. 어쩌면……."

그가 걸음을 멈추었다. 경직된 그의 등을 바라보며 강린은 크게 숨을 들이쉬었다. 그가 그녀의 마음을 받아줄지 어쩔지는 모르지만, 지금은 솔직하고 싶었다. 지금 이 순간만큼은 진짜.

인생을 살면서, 정말로 잘한 일 하나쯤은 있어야 하지 않을까.

그가 잠시 머뭇거리나 싶더니 뒤를 돌아보았다. 한 올씩 삐쭉삐쭉 곤두선 머리카락에 어느새 풀어진 와이셔츠 단추와 늘어진 넥타이. 절대 평소의 백준현 실장답지 않은 모습이었으나 그는 여전히 멋있었다. 강린은 그를 보며 부드럽게 미소 지었다.

"사랑인지도 모르겠어."

제15장

잘못 낀 단추는 다시 잠그면 된다

대학 1학년 가을.

강린은 전날 폭음으로 인해 띵— 한 머리를 휙휙 흔들며 교정을 막 들어서고 있었다. 아스피린을 두 알이나 삼켰어도 가라앉지 않는 두통으로 인해 그녀의 심기는 극도로 예민한 상태였다. 하지만 숙취로 고생하는 그녀도 어젯밤 무슨 일이 있었는지 정도는 기억하고 있었다. 정말 대단한 하루였다. 입학하고부터 줄곧 사귀어왔던 유철로부터 헤어지자는, 넌 여자로 느껴지지 않으니 그냥 오빠 동생으로 지내자는, 정말로 어처구니없는 말을 들은 이후로 '대단한' 일들이 줄을 이었던 어제였다.

'유철 선배……'

그를 생각하니 코끝이 찡해졌다. 유철은 그녀의 첫 번째 남자 친구였다. 이성 친구로 사귀었던 첫 남자였기에 그는 그녀에게 각별한 존재였다. 그랬기 때문에 그가 넉넉지 못한 집안 사정으로 인해 학교를 쉬고, 동아리방에서 몰래 숙식하며 공사판이나 과외 등을 하며 학비를 버느라 여념이 없었을 때에도 그녀는 별로 개의치 않았다. 하지만 그는 아니었나 보다. 부담스럽단다. 누군가를 사귀는 것도, 자신에게는 사치라고 했다. 곧 그들이 만난 지 삼백 일이 다가오고 있었는데…….

강린은 매달렸다. 만나주지 않아도 된다고, 기념일 같은 거 안 챙겨도 되고, 데이트 같은 거 안 해도 된다고. 하지만 그는 부드럽게 웃으며 이렇게 말했다.

"넌 나중에 훨씬 더 괜찮은 남자를 만나야 해. 나 말고. 너 이러는 거, 사랑 아니야. 동정심을 사랑이라고 착각하는 거야. 난 슬프지 않아. 만약 이게 사랑이라면, 우린 언젠가 다시 만나 사랑하게 될 거니까."

그렇게 하염없이 우는 그녀를 두고 그는 떠나갔다. 언제 복학할지 모르는 그는 내일모레 어느 부잣집에 입주 가정교사로 들어간다고 했다. 드디어 동아리실에서 벗어난 건 축하할 일이지만, 이젠 그를 볼 수 없다는 사실이 그녀를 더욱 힘들게 했다. 어찌 됐든 그녀에겐 첫사랑, 첫 남자였으니까. 그에 대한 안타까움, 자기 연민이 그녀를 괴롭혔다.

그래서 술을 마셨다.

처음 그녀를 위로해 준답시고 몇 명의 동기들이 모여, 조촐한 술자리를 벌인 게 발단이었다. 때 아닌 비도 추적추적 내리고, 파전에 동동주 생각이 간절한 여러 선배들이 하나둘 모이기 시작했을 땐 이미 술자리의 의미가 퇴색되고 만 후였다.

강린은 젓가락을 두드리며 오래된 트로트 가락을 구성지게 불러재꼈다. 다들 환호성을 내질러 열렬히 호응했고, 뭐 그런 분위기에 젖어 유철에게 차였다는 사실조차 그녀는 까맣게 잊어버렸다. 그녀의 트로트는, 미연의 '아파트'로 이어졌고 '아파트'는 호철의 '찬찬찬'으로 이어졌다. '찬찬찬'은 진석 선배의 '모나리자'로 가연의 '붉은 노을'로 그 바통을 이어갔다. 끝 간 데 없이 계속 이어지던 노래가 어느덧 잦아지고, 술기운에 흐느적거리던 강린은 문득 누군가가 자신에 대해 이야기하고 있음을 깨달았다. 유철과 헤어졌다는. 그녀의 친구들 중 누군가가 술김에 발설하고 있는 것이라고 그녀는 생각했다. 취중에, 그녀는 웃었다. 어차피 다들 알게 될 일, 까짓것 창피할 것도 없다 싶으니 웃음밖에 안 나왔다. 유철과 사귀기 시작할 땐 다들 어마어마하게 놀라고, 환호하고, 축하해 줬었는데…….

헤어졌다고 말하니 순식간에 좌중이 썰렁해졌다. 강린은 탁자 위에 팔을 괴고 눈을 감은 채로 흐느적거리는 몸을 움직였다. 아마도 은연중에 빨리 자리를 떠야겠다고 생각했던 것 같다.

"문강린."

열심히 몸을 가누려고 노력하는 중, 누군가가 그녀를 불렀다. 눈까풀을 들어 상대를 쳐다보려고 노력했지만 그게 쉽지가 않았다. 이미 그녀는 술에 잔뜩 취해 있었기 때문에 눈동자의 초점도 흔들렸다.

"날 봐, 문강린."

"보고 싶은데……."

눈이 안 떠져, 라고 말하려고 했지만 꼬인 혀는 마비된 듯 꼼짝도 하지 않았다. 상대가 누군지도 확인이 안 되었다. 누구지? 하얀 얼굴에 까만 눈이 하나, 둘. 남자인 것 같긴 한데…….

"너한테 하고 싶은 말이 있어. 꼭 해야 해, 지금."

"누구?"

누군지 보려고 정말 있는 힘껏 눈까풀을 들어 올렸다. 고개가 땅으로 떨어지려는 걸 겨우 가누며 강린은 힘껏 숨을 들이쉬었다. 술 냄새가 역하게 올라왔다. 미간을 찡그리며 강린은 마른 코를 훌쩍거렸다. 그러니까 이 녀석이 누구더라……?

"널 좋아해."

잉? 조, 좋아해? 어처구니없게도, 그 순간 내내 흐렸던 눈의 초점이 가운데로 확 모아졌다. 덕분에 상대가 누군지 정도는 가늠할 수 있게 되었다. 당연히 시야는 여전히 흔들흔들했다.

"배, 백…… 준현?"

믿을 수 없는 일이 벌어지자 좌중은 더욱 싸해졌다. 다른 이도 아닌 백준현이 강린에게 좋아한다고 고백하고 있었다. 아무도 숨을 쉬지 않는 듯했다. 그녀의 절친한 친구, 허미연은 입에 깍두기를 넣고 젓가락을 채 빼지도 못한 채로 굳어 있었다. 소은은 아예 들고 있던 젓가락을 떨어뜨렸다. 턱주가리가 빠질 듯이 입을 쩍 벌리고서 말이다. 선배들은 백 초당 한 스텝씩 움직이는 달팽이마냥 안주를 씹었다. 물론 혼이 쏙 빠진 채였다. 강린은 준현의 눈을 마주 보고 멍하게 앉아 있었다. 이리 기울, 저리 기울 하던 몸은 군기 바짝 든 신입처럼 잔뜩 굳어 있었다.

"뭐라고? 다시 말해봐."

혀의 꼬임도 어느새 없어졌다. 그녀가 받은 충격의 강도가 얼마나 큰지 증명해 주는 대목이겠다.

"널 좋아해. 처음 봤을 때부터 쭉. 너랑…… 키스하고 싶어."

그의 말이 떨어지는 순간, 귀청이 터질 것 같은 함성이 한꺼번에 터졌다. 그야말로 난리가 났다. 백준현이, 그녀를 좋아하다니. 다른 애도 아니고 백준현이. 강린과는 천적이자 맞수인 그 백준현이 강린을 처음 봤을 때부터 쭉 좋아하고 싶었다니! 놀라지 않을 수 없었던 것이다. 게다가 이 많은 사람들 앞에서, 키스하고 싶다는 대담성까지 발휘하는 그. 비명과 환호가 터지지 않는다면, 그것이 오히려 더 이상한 일이었다.

강린은 그 자리를 박차고 일어났다. 그리고 뒤도 안 돌아보고 줄행랑을 놓았다. 그처럼 놀라운 상황에 마주쳤을 때 그녀가 대처할 수 있는 유일한 방법이었다. 그녀는 겨우 스무 살짜리 풋

내기 여대생이었고, 하루가 멀다 하고 싸우는 녀석으로부터의 프러포즈에 대한 올바른 대처법에 대해선 완전히 무지했다. 왜냐……? 일 년 내내 그 녀석을 싫어한다고 생각했었는데, 갑자기 녀석의 진지한 프러포즈 한 방에 가슴이 두근거렸던 것이다. 너무나 놀라고 당황한 강린은 거절의 말조차 할 수가 없었다.

집으로 돌아온 강린은 밤새도록 잠을 이루지 못했다. 녀석의 눈빛. 까맣고 깊었던, 한없이 진지하고 애달팠던 그 눈동자가 잊혀지지 않아, 계속해서 뒤척였다. 눈을 감아도 떠오르고 또 떠오르는 그의 눈. 귀를 막아도 그의 고백이 자꾸만 환청처럼 들려왔다. 결국 강린은 뜬눈으로 밤을 새버렸다. 빨개진 눈으로 침대에서 일어나 아침 햇살을 받는 그녀에게, 어제저녁 유철 선배로부터 받았던 상처와 아픔 따윈 없었다.

멀리 백준현의 뒷모습이 보이자 강린은 이어왔던 생각을 접었다. 걸음이 저절로 느려지는데도 숨이 가빠왔다. 녀석이 어젯밤에 했던 말이 떠오르자, 강린은 잘근잘근 입술을 깨물었다. 초조해지고 설레어 가슴이 마구 쿵쾅쿵쾅 뛰었다. 그 녀석이 자신을 볼 때마다 키스를 생각했다는 게 믿어지지 않았다. 그리고 녀석의 말 한마디에 이렇게 설레는 자신의 마음도 이해불능이었다. 하지만 사랑은 이렇게 찾아오는 것……. 유철은 그녀의 영원한 짝이 아니었던 거다. 이렇게 진정한 사랑이 따로 있었던 거다.

"준현아."

강린은 환한 미소와 벅찬 가슴, 부푼 설렘을 안고 그를 불렀다. 학과 동기가 아닌 친구 둘과 이야기를 나누고 있던 그가 고개를 돌렸다. 그리고 그 순간, 강린은 그의 입가에 떠오른 비웃음을 발견했다. 강린의 미소는 빠르게 얼어붙어 갔다.

"어, 왔냐?"

냉랭한 목소리였다. 친구들에게 양해를 구하고 서서히 이쪽으로 다가오는 그의 눈동자에서, 어제의 깊이를 느낄 수가 없었다. 무언가 된통 잘못되었다는 생각이 빠르게 뇌리를 스쳤다. 하지만 강린은 그 자리를 벗어날 수 없었다. 강린은 심호흡으로 마음을 가라앉혔다.

"일찍 왔네. 어제 술을 잔뜩 마시는 것 같더니."

"……어, 어제 말이야……."

그가 계속해 보라는 듯, 눈썹을 치켜떴다. 예사롭지 않은 태도. 아니, 예사롭기 때문에 예사롭지 않다고 해야 하나? 평소 때와 다름없이 그는 그녀에게 적대적이고 냉소적이었다. 어제와 같은 분위기가 절대 아니었다.

"어제 네가 나한테 했던 말……."

준비해 놓았던 말을 꺼내야 하는데 입이 떨어지지 않았다. 나도 너 좋다고, 한번 사귀어보자고 말하고는 싶은데, 자꾸만 불길한 기분이 드는 것이다. 괜히 그리 말했다가 녀석의 놀림감이 되어버리는 거 아닐까?

"아! 그거."

그녀가 우물쭈물거리고 있을 때, 드디어 그가 아는 체를 했다. 여전히 불길한 예감에 사로잡혀 강린은 녀석을 빤히 마주 보았다. 녀석의 입술이 천천히 움직였다. 아주 천천히. 마치 슬로비디오처럼 느리게. 그의 입술이 그녀의 동공 속으로 커다랗게 와 박혔다.

"설마 너, 그걸 믿었냐?"

"……."

잠시 현실 감각이 사라져 버린 강린. 바로 다음 순간 그녀는 외쳤다.

"야! 백준현!! 너 죽어!"

＊

"정신 차려."

몽롱하게 서서 준현을 바라보고 있던 강린은 퍼뜩 정신을 차렸다. 하지만 아직도 그녀는 방금 들은 말들이 믿어지지 않았다. 아니, 믿을 수가 없었다. 백준현이 뭐? 뭐가 어째? 강린은 자신의 청력이 의심스러워 귀까지 툭툭 쳐댔다.

"뭐 하는 거냐?"

그가 무덤덤한 얼굴로 강린을 내려다보고 있었다. 아니, 이 자식은 이런 핵폭탄보다 더 무섭고 놀라운 말폭탄을 터뜨려 놓고 어떻게 저렇게 멀쩡할 수가 있어? 정말 강적이시다. 하긴, 십 몇 년 동안이나 그런 비밀을 간직하고 있었다는 것 자체가 강적이지. 강린은 너무나 멀쩡해서 어이없는 녀석을 올려다보며 혀를 내둘렀다.

"귀가 고장난 게 아닌가 하고."

"못 믿는다는 거냐?"

살짝 인상을 찌푸려 주시는 준현. 기분이 좀 상한 듯. 준현은 정말 그녀가 자기 말을 믿길 바라는 모양이다. 믿을 수 있는 말을 해야 믿지. 참나.

방금 준현은 십여 년 전 자신이 저질렀던 악행(?)의 전모를 털어놓았다. 그의 말에 의하면, 십여 년 전의 취중허담 사건이 사실은 취중진담이었고, 다음날 아침 그녀를 만난 그가 '그 말을 믿었냐'며 빼질거렸던 건 모두 그녀에게 거절당할 게 두려워서였다는 거다. 백준현이, 천하에 두려울 게 없을 것 같던 백준현이 사랑 앞에 겁먹고 도망쳤다는 사실은 도무지 믿기지 않는 일이었다. 그때 이후로 백준현을 정말 변태 사이코로 취급했다는 사실을 굳이 떠올리지 않아도.

"솔직히 좀 그렇잖아. 급조한 티 팍팍 나고. 거짓말 아니야?"

일부러 가벼운 말투로 그녀는 물었다. 준현은 찌푸린 인상을 더욱 찌푸렸다.

"거짓말?"

"그래, 거짓말."

"내가 왜 거짓말을 해? 이런 걸 두고."

"멋있어 보이려고."

"뭐?"

강린은 킥킥거렸다. 초승달 모양으로 휘어진 그녀의 눈꼬리와 찡그려진 콧잔등을 뚱하게 바라보고 있던 준현은 뭔가 느낀 듯 헛웃음을 쳤다. 그녀가 농담하고 있다는 걸 이제야 안 것이었다.

"아주 날 갖고 노네, 이제."

두 손을 바지 호주머니에 쑥 집어넣으며 준현은 말했다.

"그동안 날 잘도 속였잖아."

"속인 게 아니지. 엄밀히 말하면."

"좋아했으면서 아니라고 말했잖아. 그게 속인 거지 뭐냐?"

"안 한 게 아니라, 못한 거지. 고백이란 게 그렇게 쉬워? 넌 쉽던?"

"뭐…… 특별히 어렵지는 않았습니다만."

강린은 뒷짐을 진 채로 고개를 새침하게 틀었다. 준현은 팔짱을 끼고 고개를 슬쩍 뒤로 젖히고 서서 씩 미소를 지었다.

"결정적일 때마다 매번 도망쳤던 게 누군데. 사귀는 척하자고 먼저 말했던 사람도, 키스해 보자고 했던 사람도 나야."

"그거야 고백할 때를 기다린 거지."

"네 마음, 너도 몰랐던 거 아니고?"

"그거야……."

그건 그렇다. 그에 대한 마음이 다른 사람들과 확연히 달랐다는 건 그때도 알았지만, 그게 사랑이고 질투였다는 건 전혀 깨닫지 못하고 있었다.

"그럼 너, 처음부터 작정하고 우리 회사에 들어온 거였어?"

"우연이었어, 그건."

"사귀는 척해야 한다고 말할 때도?"

"그때만 해도, 너랑 다시 잘해봐야겠다는 생각은 없었어. 너에 관한 나의 감정은 이미 과거 속에 잘 묻어두었었다고 생각했거든."

"그런데?"

눈을 동그랗게 뜨고 그녀가 물었다. 들으면 들을수록 신기하고 흥미진진했다. 백준현이 그녀, 문강린을 좋아하고 있었다니. 처음 봤을 때부터! 아무리 생각해도 이건 해외토픽감이다. 아니, 해외토픽까지는 아니더라도 동창 모임에서는 엄청난 이슈가 될 거였다. 유미가 들으면 뭐라고 할까? 갑자기 궁금해졌다.

"엿 먹었지 뭐."

"킥!"

"보자마자 되살아나더라. 빌어먹게도."

먹음직스러운 그 볼이 그 자리 그대로 있을 줄 누가 알았겠는가. 십여 년 만에 다시 그녀를 만나게 되었을 때의 기억을 준현은 잊을 수가 없었다. 번개를 맞은 듯 충격적이었던 그 순간부터 그녀에 대한 열망은 계속 이어져 왔다.

"그래서 필요도 없는 비서 자리를 만들어 데려다 놓고, 가짜로라도 사귀어보려고 발악을 하지 않았을까 싶어. 그땐 비록 그렇게 생각하지 않았지만, 지금 생각해 보면 그게 그런 의미였던 것 같아."

"동창회 모임 때 했던 키스는 그럼, 의도적이었던 거네?"

"뭐, 꼭 그런 건 아니야. 질투 때문에 정신이 없었거든. 앞뒤 생각하지 않고 그냥 확 저질러 버린 거지."

"유미랑 내내 붙어 있었으면서 무슨."

삐친 척 고개를 틀며 입술을 삐죽거렸지만 기분이 좋은 건 어쩔 수 없었다. 이런 듬직한 녀석을 왜 바람둥이 마초라고 생각했던 걸까? 솔직히 한 여자를 십 년 넘게 마음속에 간직해 왔던 남자를 바람둥이라고 매도할 수는 없었다.

"그걸 구차하게 설명해야 해?"

"어쩔 수 없었다는 건 인정. 하지만 다음부터 조심해. 괜히 오해해서 회사까지 찾아오도록 하지 말라고."

"앞으론 그런 일 없을 거야."

"물론 그러시겠죠, 백 실장님. 내가 유미래도 안 찾아올걸. 그렇게 확 밀어버렸으니 원. 꼬리뼈 안 상했나 몰라."

부드러운 미소를 달고 있던 준현이 한쪽 눈썹을 찡그렸다.

"너, 봤어?"

"봤지 그럼. 아주 시원~ 하게 나뒹굴더구만."

그걸 다 보다니! 크— 소리를 내며 준현은 콧잔등을 찡그리며 한 손에 얼굴을 묻었다. 폭소가 그의 뱃가죽을 간질거렸다. 대체 강린의 매력의 끝은 어디인가. 영화에서 자주 나오는, 여자의 쓸데없는 오해 때문에 이야기가 꼬인다는 위기설정 따위 문 강린에게는 통하지 않은 모양이다. 서른셋이나 먹은 여자가 이렇게 귀여워도 되는 거야?

"그래, 멋진 장면 감상한 기분은?"

"속이 시원하더라. 푼수데기처럼 싫다는 남자한테 꼬리를 치더니만. 여자 얼굴에 먹칠을 해도 유분수지. 내가 언제 한번 만나서 교육을 단단히 시켜야겠어."

강린은 유미에겐 감정이 좀 남아 있는 듯 심술궂게 말했다.

"뭐라고?"

"임자 있는 남자는 빼라고."

그에게 강린이라는 임자가 있을 줄은 물론 몰랐을 테지만. 쿡쿡, 강린은 웃으며 준현을 올려다봤다. 그리고 어깨를 으쓱하며 말했다.

"나, 걔 안 미워할래. 걔 때문에 너에 대해 확신하게 됐거든. 유미 아니었으면 아직도 넌 웬수였을 거야."

"알지, 알아. 밥맛없고 짜증나는 바람둥이 웬수. 그게 네가 생각하는 백준현이었지. 내가 뭘 어쨌다고."

심드렁하게 그가 대꾸했다. 바람둥이나 웬수라는 말은 하도 들어서 이젠 면역이 되었을 법도 하건만, 언제나 들어도 기분 나빴다. 특히나 강린이 그런 말을 할 때는 정말 뱃가죽을 찢어발겨 속마음을 좀 보여주고 싶을 지경이었다. 그렇게 할 수 없음에 짜증이 나고 그래서 강린에게 악담을 퍼붓고, 그럼 강린은 준현을 더욱 비난하고. 뭐, 이런 식의 악순환이었다. 물론 이젠 모든 게 달라지겠지만.

"미안해."

"······?"

자신의 귀를 의심하며 그는 천천히 그녀를 내려다봤다. 아직까지 식지 않은 열기로 인해 발그레해진 두 볼이 눈 안에 쏙 들어왔다. 총명하게 빛나는 두 눈을 반짝반짝 빛내며 그를 올려다보는 강린은 살포시 웃고 있기까지 했다.

"미안하다고. 괜히 잘 모르면서 너에 대해 선입견을 갖고 소문 내고 그랬던 거."

"너······."

뜻밖의 말에 굳어버린 준현은 너무나 놀란 나머지 말을 잇지 못했다. 미안하다는 말이 그렇게 심하게 충격적인 말인가? 어색해진 강린은 양쪽 볼에 불룩불룩 바람을 집어넣으며 한숨을 내쉬었다. 어떻게든 되겠지.

"지금 생각해 보면 너만큼 이성교제 하는 애들은 주위에도 많았던 것 같아. 잘은 모르지만 넌 이중플레이 한 적도 없었던 것 같고, 사기꾼 같은 놈도 아니었던 것 같고."

"사기꾼?"

"왜 있잖아. 쓴물단물 다 빨아먹고 내버리는 파렴치한 같은 놈들."

"아, 이럴 수가……."

준현은 커다란 손으로 머리를 감싸 쥐며 고개를 푹 수그렸다. 그녀가 자신을 그동안 그렇게 생각하고 있었다고 생각하니, 억울하고 또 억울했다. 정말 이제라도 십여 년 동안 오해받은 거, 보상 받아야 하는 거 아닐까?

"근데 오늘 너 하는 거 보고 깨달았어. 너…… 꽤 쓸 만한 녀석 같아."

"쓸 데도 많으니까 앞으로 많이 부려먹어라."

준현은 사람 좋은 얼굴로 배시시 웃었다. 반쯤 풀린 듯한 눈이 나른하게 빛났다. 강린은 콩콩 뛰는 심장박동을 느끼며 그를 마주 보았다. 앞니로 아랫니를 깨물고 눈썹을 휙 치켜뜨니, 준현의 눈이 부릅떠졌다.

"우선 키스 세 번부터 채워야 하지 않을까? 두 번밖에 안 했잖아."

강린이 호기심천국 버전으로 물어왔다. 반짝반짝 탐구 정신이 투철한 눈이었다. 준현은 물밀듯 밀려드는 기쁨과 흥분으로 가슴이 벅차오르는 걸 느꼈다.

"내가 또…… 할까?"

오, 하느님. 백준현을 굽어 살피소서. 전혀 도발적이지 않은 대사에, 전혀 도발적이지 않은 표정으로 묻는 강린은 완전히 취약이었다. 막 씻어놓은 자두 알처럼 탱글탱글하고 먹음직스러운 강린. 입 안에 침이 고였다. 준현은 급격히 치솟는 열정을 실어 강린의 뒤통수를 붙들어 당겼다. 그리고 거칠고 낮은 음성으로 속삭였다.

"이번엔 내가 해."

그의 입술이 강린의 입술로 겹쳐졌다. 그 순간만큼은 짤랑짤랑 울리는 휴대폰 벨소리도, 상큼한 문자메시지 알림 벨소리도 들리지 않았다. 그들이 퇴근하길, 건물에서 빠져나오길 간절히 바라는 사람이 둘이나 있다는 걸 알 리가 없었으니 그럴 수밖에 없다. 그들에겐 아주 바람직한 상황이 기다리고 있었다.

믿거나 말거나.

✳

"전화를 왜 이렇게 안 받지?"

곱고 우아하게 틀어 올린 머리를 매만지며 한 중년 여성이 건물을 나오기 위해 몸을 틀었다. 건물 경비의 따가운 시선이 등에 꽂히자 그녀는 허리를 꼿꼿이 세우고 전화기에 귀를 기울였다. 휴대폰으로 세 번이나 연락을 취했지만 아들은 전화를 받지 않고 있었다. 사무실로 연락을 취했지만 결과는 마찬가지. 시간으로 봐선 퇴근했을 가능성도 있지만, 그건 확실히 아니었다. 그녀는 두 시간 전부터 건물 로비에서 아들을 기다렸지만 아들의 코빼기도 볼 수 없었다. 물론 로비 경비도 준현이 퇴근하는 걸 보지 못했다고 했다. 사무실에도 없어, 그렇다고 퇴근한 것도 아니야. 그럼 대체 건물 어디에서 뭘 하고 있는 걸까? 이럴 줄 알았으면 미리 연락하고 올 걸, 후회가 일었다.

사실 애초 그녀의 계획은 아들의 퇴근길을 몰래 숨어 지켜보는 거였다. 분명 사귄다는 아가씨와 함께 퇴근할 것이고, 그렇다면 먼발치에서 녀석의 그 소중한 '짝사랑'을 훔쳐볼 수 있을 테였다. 그래서 퇴근 시간 한 시간 전부터 도착해 망을 보고 있는 중인데, 도무지 아들은 퇴근할 기미를 보이지 않고 있었다.

"혹시 기획실 문강린이라는 직원은 퇴근했나요?"

아들 준현과의 통화를 포기하고 이은실은 예의 그 경비에게 다가가 물었다. 혹시 하는 마음에 물은 것이었으나 역시나, 경비는 어깨를 으쓱했다.

"한꺼번에 나가는 직원들 얼굴을 다 기억해 내기는 조금 힘들어서요. 사장님이랑 문 팀장님은 함께 나가시는 걸 봤는데…….전무님은 아주 일찍 나가셨고, 작은 팀장님도 한 삼십 분 전에 퇴근하셨고. 근데 조카님은……."

경비는 문강린을 조카님이라 부르는 모양이다. 사장의 조카이기 때문일 테다. 문 팀장이라 하면 문강희 디자인 팀장을 말하는 것일 것이고 전무는 문강희의 동생 문강훈을, 작은 팀장은 강훈의 동생 문강혁을 뜻한다는 것임을 은실은 잘 알았다. 그녀는 일성어패럴에 관한 거라면 사업규모, 부채, 가계도 등등 중요한 대부분의 정보들을 머릿속에 담고 있었다. 아들의 혼사와 직결되는 문제였으니 이 일을 그룹 차원으로 인식하지 않을 수 없었던 것이다. 물론 준현이 알면 기겁을 할 게 뻔하다. 하지만 비난받을 때 받더라도, 은실은 어머니 입장과 회사 중역의 입장에서 문강린이란 아가씨에 대해 아주 꼼꼼하고도 철저하게 조사를 했었다.

준현과 나란히 걸어가는 사진과 함께 전달된 문강린의 정체는 생각 외로 평범했다. 준상댁처럼 엄청 뼈대 있는 가문 출신이라든지, 지상댁처럼 사회적 능력을 인정받은 커리어우먼이라든지, 하다못해 미모라도 출중하다든지. 뭐 한 가지라도 특별히 내세울 게 있어야 하는데 전혀 그렇지 못해 사실, 처음 문강린의 프로파일을 받아보고 은실은 대실망을 했더랬다. 우리나라에선 내로라하는 집안의 외손자인 준현이 겨우 이런 여자에게 넋을 빼앗겼다 싶으니 속도 상했다. 반대하고 뜯어말리고 싶은 마음이 하늘을 찔렀더랬다. 하지만 남편인 문 국장의 말을 듣고 그녀는 마음을 달리 먹기로 했다.

"이은실 씨, 당신은 내 얼굴 보고 사랑하셨습니까? 집안 보고 사랑하셨나요? 아니지 않습니까?"

그렇다. 아들 준현에게 문강린은 십수 년을 마음에 두었던 안타까운 사랑이었다. 그토록 오랫동안 사랑했던 아가씨와 이제라도 잘되어가는 걸 어머니로서 축복해 줘야 옳은 것이었다. 이런 경우, 부모로서의 욕심과 잣대를 자식을 위해서 잠시 접어둬야 한다는 걸 이미 수십 년 전 그녀는 자신의 부모님으로부터 배웠었다.

"흠! 누굴 탓해. 지 어미를 닮아 사랑에 목숨을 건다는데."

혼잣말을 중얼거리며 이은실은 핏 웃었다. 자신을 빤히 바라보는 경비원에게 사무적인 미소와 인사를 건네고 은실은 몸을 돌렸다. 오늘은 꼭 그 아가씨를 직접 만나보고 싶었는데…….몰래 보기가 안 되면 아들을 통해서라도 좀 만나봐야 직성이 풀릴 것 같았다. 이미 전화 목소리로 확인해 본 문강린은 꽤나 상냥하고 부드러웠다. 실제로도 그런지 알고 싶어 은실은 아주 애가 닳았다. 그런데 이렇게 일이 꼬이다니.

그녀는 휴대폰을 내려다보았다. 왜 전화를 안 받니, 백준현?

'혹시 집으로 연락하지 않았을까?'

늦을 거라는 둥, 야근이라는 둥의 메시지를 남겼을 수도 있었다. 그렇다면 이렇게 마냥 기다릴 수 없는 일. 아쉽지만 오늘은 철수해야 한다. 은실은 휴대폰 0번을 길게 눌러 남편과의 통화를 시도했다.

그때였다. 웬 중년 남자의 목소리가 그녀의 주위를 끌었다. 양복을 잘 차려입은 남자는 낙낙하고 정감 가는 인상이었지만 어딘지 모르게 깐깐한 구석이 있어 뵈기도 했다. 거침없이 로비를 통과한 그는 은실을 지나쳐 곧바로 안내데스크의 경비원에게 다가갔다.

"수고하십니다. 기획실 문강린 대리 만나러 왔습니다

만……."

문강린? 은실은 저도 모르게 교양머리없이 휙, 고개를 돌려 그 중년 남자의 뒷모습을 빤히 바라보았다.

"내가 그 애 아버지 되는 사람인데, 지금 전화통화가 안 되어서요. 혹시 아직 퇴근하지 않고 회사에 남아 있는지 좀 알아봐 주시겠습니까?"

은실의 눈이 휘둥그레지는 순간이었다. 은실은 냉큼 들고 있던 휴대전화를 탁 소리 나게 닫아버리고 씩 웃었다. 이제부터 아주 흥미로운, 아들과 며느릿감을 만나보는 것보다 더 흥미진진한 경험을 하게 될 것 같은 예감이 온몸을 짜릿하게 했다.

'어디 한번 만나볼까?'

사실 웨딩드레스는, 여자들이라면 누구나 가지고 있는 로망 중 하나다. 새하얀 드레스를 차려입고 많은 사람들의 축복을 받으며 사랑하는 사람에게 한 걸음 한 걸음 다소곳이 걸어가는 장면이 영화나 드라마에서 자주 나오는 것도 아마 그게 여성의 로망을 자극하는 방법 중 하나이기 때문일 것이다. 아름답고 성스러운 결혼식과 순백의 아름다운 웨딩드레스, 그들을 축복하는 많은 하객, 그 완벽한 순간의 주인공이 바로 자신이길 바라는 건 여느 여자든 마찬가지일 것이다. 강린 역시 그 순간을 늘 꿈

꿔왔었다.

하지만 그 완벽한 순간에 웨딩드레스의 옆구리가 터진다면? 실밥이 우두둑 뜯어지고 지퍼가 찌직 내려간다면? 강린이 꿈꿨던 웨딩드레스 로망은 언제나 오동통한 몸매에 대한 콤플렉스가 그 대미를 장식해 왔었다. 터질 것 같은 몸매를 드레스 안에 꾸역꾸역 끼워 넣는 장면은 거의 공포에 가까웠다. 한 걸음 옮길 때마다 실밥에 무리가 가는 듯 우둑우둑 소리가 나는 상상은 언제나 그녀를 괴롭혀 왔다. 이 드레스에 대한 공포심 때문에 아직까지 결혼을 못했을 수도 있다는, 말도 안 되는 생각까지 했었으니 말 다 했다.

이 공포심은 아무도 이해 못할 그녀만의 작은 콤플렉스였다. 날씬한 것들은 절대 모를 것이다. 고개를 숙이면 처지는 볼 때문에 무게중심이 앞으로 확 쏠리는 걸 경험해 보지 못한 여자들은 절대 모르는 것이다. 물론 준현도 알 리 없다.

"장난하는 거냐?"

"할 수 있어. 할 수 있다고."

불굴의 의지를 다시 한 번 강조하며 강린은 두 눈을 부라렸다. 휘잉~ 회사 옥상에서 꽤나 매서운 바람에 그대로 노출되어 있는 탓에 부르르, 몸을 떨면서도 눈빛만큼은 결연했다. 그런 강린이 도무지 이해되지 않는 듯 준현은 뜨악한 얼굴로 그녀를 내려다보고 있었다.

"그게 그렇게 쉬운 건 줄 알아? 하루 이틀에 해낼 수 있는 게 아니라고."

"그쯤은 나도 알아."

"알아? 알면서도 다이어트 이전엔 절대 결혼 못한단 소릴 한단 말이야? 제정신이니? 결혼을 하겠다는 거냐, 말겠다는 거냐?"

"넌 결혼이 중요해?"

"결혼이 안 중요하단 소리냐, 그럼?"

"그렇다는 건 아니지만, 이렇게 하는 결혼은 의미가 없어. 적어도 내게는."

준현은 어이가 없는 얼굴로 강린을 멍하니 내려다봤다. 살다 살다 이런 황당한 소린 처음 들어보는 그였다. 강린이 보통 여자들과 다르다는 건 알고 있었지만 이렇게 어이없는 생각을 하고 있을 줄 어디 상상이나 했겠는가? 보기엔 멀쩡한데, 설마 머리가 어떻게 된 건 아니겠지? 준현은 참다못해 강린의 머리를 한 손으로 쥐고 이마에 손을 올려 열을 체크했다.

"뭐 하는 거야?"

"가만히 있어봐. 열은 없는데."

짜증스럽게 머리를 흔드는 강린을 꽉 붙들고 준현은 중얼거렸다. 열은 없는데 애 상태는 왜 이래?

"뭐야? 내가 미쳤다는 거야?"

"정상은 아니지."

준현은 여전히 강린의 이마를 이리저리 옮겨 다니며 짚어댔다. 강린은 두 눈을 위로 치켜뜬 채 퉁명스레 중얼거렸다.

"웃기지 마. 난 지극히 정상이라고."

"다이어트하기 전엔 절대 결혼 못한다고 말하는 게 정상이냐?"

"난 똥배 나온 신부는 되고 싶지 않아. 그게 왜 비정상인데?"

"넌 나한테 프러포즈를 받았어. 부모님들도 상견례를 마친 상태야. 결혼식 날짜만 잡으면 된다고. 그런데 무슨 난데없는 다이어트냐?"

"기억 못하는 모양인데, 난 네 프러포즈에 대답 안 했거든? 그리고 상견례는 부모님들이 알아서 만난 거고. 무슨 말인지 알겠니? 그건 내 의사가 전혀 반영되지 않았다는 뜻이야."

"우린 연인이야. 벌써 정식으로 사귄 지 육 개월이나 지났다고."

강린의 머리를 앞뒤로 붙들고 있는 자세 그대로, 준현이 이를 갈며 말했다.

"그게 뭐? 육 개월 지나면 결혼해야 한다는 법이라도 있어?"

"날 사랑하잖아. 사랑한다며! 너도 나랑 결혼하고 싶은 거 아니었어?"

준현은 이해를 못하겠다는 듯 얼굴을 찌푸렸다. 대체 여자들 속내는 알 수가 없었다. 알 것 같다가도 모르겠고, 모르는 것 같다가는 더 모르겠다. 내내 잘 사귀었는데, 결혼하자니까 갑자기 다이어트를 한다는 괴상한 핑계를 대며 튕기는 건 대체 무슨 심보람. 섹스불가 딱지라도 떼어주면 혹 몰라. 결혼 전엔 절대 키스 이외엔 아무것도 허락할 수 없다면서. 사람 피 말려 죽일 일 있나. 이기적인 여자 같으니라고.

"그건 그렇지만, 그게 프러포즈의 답이 될 순 없어."

"사랑은 하지만 결혼은 안 할 수도 있다, 뭐 이런 소리야?"

"문제의 본질을 흐리지 마."

"본질이 뭔데? 다이어트?"

준현의 비꼬는 말을 들으며 강린은 한숨을 푹 쉬었다. 남자는 어쩔 수 없는 남자인가. 아무리 머리가 좋아도 남자들 머리론 여자의 심리를 이해 못하는 모양이었다. 아니, 어느 여자가 남자의 프러포즈에 냉큼 좋다고 대답하느냐고. 적어도 며칠은 튕겨야지!

"또 그 승질 나온다. 내가 말했지? 다시는 그런 비꼬는 말투 쓰지 말라고."

강린은 두 눈을 잔뜩 치켜뜨고 퉁명스레 경고했다. 준현은 여전히 그 큰 손으로 그녀의 이마를 덮은 채 떨떠름한 표정을 지으며 맞불을 놓았다.

"나도 말했다. 이유없이 무작정 우기는 거 하지 말라고."

"우기는 거 아니야. 이유가 없긴 왜 없어?"

"뱃살 얘기 한 번만 더 해라. 마구 웃어버릴 거니까."

"난 진지해."

"어련하시겠어."

"다이어트할 거야."

고집스레 같은 말만 반복하는 강린. 준현은 하늘을 째려보며 한숨을 푹 쉬었다. 이젠 완전히 포기할까 보다, 싶었다. 까짓것, 십 년도 기다렸는데 그깟 몇 달 못 기다리겠나. 강린을 볼 때마다 욱신거리는 아랫놈만 아니면, 십 년을 더 기다리라 해도 자신있었다. 하지만 그놈의 다이어트라는 게 애매했다. 대체 몇 킬로그램을 빼겠다는 거야? 빼려다가 못 빼면, 결혼은 어쩔 건데? 안 할 건가?

"차라리 수술을 하지?"

준현은 마지막 카드를 빼냈다. 뭐, 불과 일 초 만에 열렬한 반박을 당했지만.

"뭐? 미쳤어? 돈이 얼만데?"

"뱃살만 빼면 되잖아. 그 돈, 내가 줄게."

"돌았니? 생각이 있어, 없어? 이 몸에 뱃살만 빼면 되겠어? 자연스럽게 전체적으로 골고루 빠져야지. 그리고 네가 재벌이냐? 남의 성형 비용을 대주겠다고 하고."

"나, 재벌 맞거든? 우상그룹……."

척. 채 말을 다 마치기도 전에 강린의 손가락이 준현의 입술에 척하니 가서 붙었다. 준현은 눈살을 잔뜩 찌푸리며 그녀의 손가락에 짓눌린 입술 사이로 신음을 흘렸다. 으흠…….

"우상그룹 회장님의 동생의 아들? 그거 그만 좀 써먹지? 그런 식으로 따지면 누군들 재벌 아니니? 우리나라 사람들 일곱

다리만 건너면 다 아는 사람이라는 거, 몰라?"

"난 친척이라고."

강린의 손가락 힘에 짓눌려 그의 입술이 간신히 중얼거렸다. 짓눌린 채로 말을 하니 벌어진 입속으로 그녀의 손가락이 들어왔다. 준현은 이마를 짚고 있던 손을 스윽 내려 강린의 볼을 쓸어내렸다.

"어찌 됐든 넌 우리 큰아버지 회사에 빌붙어 있잖아. 그게 무슨 재벌이냐?"

"빌붙은 거 아니거든?"

속삭이듯 조용히 말하며 준현은 강린의 손가락을 덥석 입에 물었다. 입속으로 강린의 손가락 두 개가 쏙 들어왔다. 준현은 씩 웃으며 손가락을 입 안에서 굴리며 조심스럽게 빨았다.

"흡!"

강린의 가슴이 크게 들썩였다. 휘잉~ 쌀랑한 바람이 다시금 불어왔다.

"있다고…… 재기는."

강린이 겨우 말을 마치고 다시 헐떡이듯 숨을 거세게 몰아쉬었다. 온몸의 피가 아래쪽 한 곳으로 몽땅 몰리는 기분이었다. 사악한 자식. 분명 계획된 것이다. 그녀가 그의 키스를 상당히 좋아한다는 걸 이용해 자기가 원하는 대답을 들으려는 거였다. 강린은 간지러워 움찔거리는 신체 한 부위를 애써 무시하며 과감하게 반대쪽 손을 움직여 그를 공격했다. 다음 순간, 준현은 헉, 하며 입을 벌렸다.

"자식, 내가 아직도 네 밥인 줄 아니? 어림없어."

그녀의 손은 준현의 거기에 가 있었다. 강린은 준현의 입 안에 갇혀 있던 손가락을 유유히 빼며 여유있게 미소를 지었다.

"너무하는 거 아니냐? 이건…… 성추행이야."

잔인하리만치 강력한 쾌감을 동반한 고통으로 인해 준현이 이를 악물었다.

"웃기시네. 아까 네가 한 거는?"

"정도가 좀 심하잖아."

"그거나 이거나, 어차피 같아."

"뭐가 같아?"

"아무튼 난 할 거야, 다이어트. 그런 줄 알아."

얼굴을 위로 쳐들고 싸한 미소를 지으며, 강린은 여전사처럼 당당하고 거만하게 속삭여 주었다. 일그러질 대로 일그러진 준현의 표정을 보니 통쾌함이 밀려왔다. 강린은 준현의 바지 앞섶을 다시금 한 번 꾹 눌러주고는 휙 몸을 돌렸다. 으흑, 거의 울 것 같은 신음 소리가 귓전으로 날아들었다. 어지간히 자극 받은 듯 준현은 등 뒤에서 헐떡였다.

"어디 가?"

"사무실. 일할 시간이야."

점심시간이 거의 다 끝나가고 있었다. 슬슬 사무실로 복귀해야 할 때. 지난주부터 강린은 온전히 기획실 직원으로 일을 하고 있었다. 최근 새 직원을 충원해 준현은 이제 싱싱하고 말 잘 듣는 새 비서와 일하는 중이었다. 하루 종일 같이 일하는 특혜는 이제 없어졌지만, 직업인으로서의 만족감은 당연히 더욱 커졌다. 누군가의 보조가 아니라 독자적인 일꾼이 되었다는 기분이랄까. 그래서 일이 더욱 재미있어지는 요즘이었다.

"깐깐하게 굴지 마. 넌 벌써 서른넷이라고. 격식 따지고 자시고 할 시간이 없단 말이야!"

걷는 강린의 뒤에서 눈치없이 준현이 외쳐 댔다. 강린은 두 눈을 크게 뜨고 고개를 가로저었다. 아니야, 아니야……. 저건 정말 그녀가 듣고자 했던 말이 아니다. 눈치없는 자식.

"하루라도 더 빨리 널 갖고 싶어. 내 마음 모르겠어? 이젠 더 못 참는다고."

쯧쯧. 속으로 혀까지 차게 되는 그녀였다.

"제발 강린아, 나 좀 살려주라."

애원에도 불구하고 강린은 걸음을 멈추지 않았다. 준현은 입술을 깨물고 머리카락을 쥐어뜯었다. 대체 뭐야, 저거? 진짜 이대로 가버릴 건가? 정말 다이어트 따위로 결혼을 미룰 거란 거야?

"말도 안 돼……."

아무리 생각해도 준현은 몇 달이 소요될지 모르는 다이어트 기간을 참고 견딜 자신이 없었다. 왜 그래야 하는지 이해할 수도, 이해하고 싶은 마음도 없었다. 그 귀여운 볼살을 빼려고 하

다니, 푹신푹신한 허릿살이 둥실둥실 얼마나 포근하고 귀여운
데. 그걸 왜 빼려고 하는 거냐고, 글쎄. 대체 무슨 바람이 분 거
야?

준현은 절박한 마음으로 크게 소리쳤다.

"다이어트, 그딴 거 다 필요 없단 말이야, 이 맹추야!"

멈칫. 강린이 걸음을 멈추었다. 준현은 흘러내린 머리카락을
뒤로 쓸어 넘기며 계속 소리쳤다.

"볼살 빠지면 알아서 해, 너. 분명히 경고했다. 살 빼지 마!"

강린이 뒤를 돌아봤다. 그가 이해 안 된다는 듯 깜빡깜빡 두
눈을 깜빡였다. 준현은 흥분으로 인해 붉어진 얼굴을 손바닥으
로 문지르며 다시 한 번 못을 박듯 말했다.

"뱃살이 걱정이면 부케로 가려."

강린의 입가가 꿈틀거렸다.

"그걸로 부족하다 싶으면, 결혼식장에 나랑 같이 들어가자.
내가 허리 감아줄게."

쿡, 상상만 해도 우스운지 강린이 웃어버렸다. 그러더니 짐짓
진지한 얼굴로 물었다.

"옆구리 터지면?"

"뭐?"

무슨 소리야, 이건 또?

"드레스 말이야. 그 많은 사람들 앞에서 웨딩드레스 옆구리가
터지면 어떡해?"

숙제다, 이건. 직감적으로 준현은 알 수 있었다. 강린이 자신에게 숙제를 낸 거라는 걸. 그가 얼마나 대답을 잘하느냐에 따라 그녀의 생각이 바뀔 수도, 안 바뀔 수도 있었다. 일단 시간은 번 셈. 준현은 강린의 얼굴을 빤히 바라보며 곰곰이 생각했다. 강린의 표정 위로 슥 지나가는 두려움을 본 것은 그때였다. 머리 좋은 그는 즉각, 문제가 뭔지 감을 잡았다.

"그건 말이야……."

일순 강린이 긴장했다. 준현은 피식 웃으며 어깨를 으쓱했다. 그리곤 대수롭지 않다는 듯 입술까지 삐죽거리며 대꾸했다.

"넉넉한 드레스를 입으면 되지."

사랑하는 데엔 몸의 치수가 중요하지 않다. 준현은 드레스가 터질 만큼 꽉 조이는 옷을 입힐 생각도 없었고, 강린에게 그런 마른 몸매를 바라지도 않았다. 지금의 몸매로도 그녀는 준현의 품 안으로 쏙 들어왔다. 그가 원하는 건 강린의 날씬한 몸이나 화려한 외모가 아니었다. 그저 강린이면 됐다. 잠들 때, 눈을 떴을 때, 행복할 때, 슬플 때, 강린과 함께하고 싶은 마음뿐이었다. 그냥 내 여자를 마음껏 사랑하고 싶다는데, 그게 그렇게 큰 욕심인가? 누구나 결혼하면 얻게 되는 특권이 아닌가?

"뭐가 걱정이야? 네 옆에 항상 내가 있을 텐데."

강린의 입가가 옆으로 조금씩 찢어졌다. 준현은 빈손을 옆으로 내보였다.

"영원히 말이야."

다음 순간, 준현의 품으로 강린이 달려왔다. 오, 하느님. 드디어 결혼하게 되는 건가요? 준현은 강린을 꽉 부둥켜안고 안도의 한숨을 내쉬었다. 총각으로 늙어죽을 일은 이제 없다!

에필로그

"**애,** 넌 안 불안하냐? 남편이 그렇게 젊고 예쁜 비서랑 함께 일하는데 질투도 안 나?"

"아휴, 귀에 딱지 붙겠다. 그만 좀 해."

컴퓨터 화면을 뚫어져라 바라보며 강린은 옆에서 자꾸 귀찮게 구는 강희의 얼굴을 피해 휙휙 고개를 흔들었다. 마우스 쥔 손을 척척 이리저리 움직이다가 다닥다닥 자판을 신나게 두들기는 강린은 채팅 프로그램을 이용해 고객과 실시간 상담을 진행 중에 있었다. 일하다가 농땡이 치고 싶을 때 종종 찾아와 강린을 방해하는 게 취미인 강희는 강린의 어깨에 턱을 계속해서 올려놓고 깐죽거렸다.

"하긴, 백 실장이 엄청 순정파이긴 하지. 불능이라고 쫙~ 소문이 났을 정도였으니."

맞다. 결혼 전, 그런 소문이 동창들 사이에서 잠깐 나돌았던 사실이 있었다. 하지만 그가 강린과 결혼한다는 소식이 전해지면서 그 소문은 금세 시들었고 소문을 퍼뜨린 장본인은 매우 허탈해했다고 한다. 전혀 예기치 못한 상대로부터 어퍼컷을 얻어맞은 권투선수 심정이었다나 어쨌다나. 뭐, 그들의 결혼 소식에 놀라지 않은 애들이 없었지만. 동창들은 대부분 그들이 실은 사귀면서 아닌 척 내숭 떤 줄 알고 대단히 분해했다. 그렇다고 두 사람의 결합을 축복해 주지 않은 건 아니었다. 다들 진심으로 둘의 결혼을 축복해 주었다. 그중 가장 열렬히 환호한 이는 바로 우진이었는데, 그는 자진해서 함재비와 결혼식 사회를 맡아 하면서 준현의 마음을 움직이기 위해 애를 썼다. 결국 그는 준현의 결혼식 때 우상그룹의 회장인 준상과 안면을 익혔고, 그것을 인연으로 지금은 우상전자와 우상아이테크에 부품을 납품하고 있다. 학교를 그만두고 아버지 대신 회사 일에 전념하고 있다는 그는 지금도 준현과 강린의 강력한 정신적 조력자였다.

소문을 퍼뜨린 장본인, 유미는 그 뒤로 마음을 잡고 의류 사업을 시작했다. 그동안 그 좋은 머리를 갖고 남편 내조나 하며 지냈으니 얼마나 갑갑했을까 싶을 정도로 지금은 왕성한 사회 활동을 벌이는 중이다. 여전히 육체파 남자들과 데이트를 즐긴다고 하니, 정말 멋진 독신 여성으로서의 삶을 즐기고 있는 듯했다. 가끔 강린과 사업적으로 거래를 하게 되는 경우 그녀는 늘 말한다.

"재미없는 남자, 잘 있니?"

한눈도 안 팔고 한 여자만 죽자사자 바라보는 남자, 재미없다나? 말은 그렇게 하지만 그 말속에 부러움이 깔려 있다는 걸 강린은 잘 알았다. 그래서 웃으며 대답해 준다.

"적어도 한 가지는 재미있게 잘해."

그 한 가지가 뭔지 말하지 않아도 잘 아는 듯 유미는 킥킥거리며 엄지손가락을 치켜세웠다.

여전히 쿨한 유미를 떠올리며 강린은 씩 웃었다. 여전히 강희는 깐죽거리며 그녀의 약을 바짝 올리고 있었다.

"근데 불능인 건 어떻게 알았을까 몰라? 그 소문 낸 사람, 백실장이랑 해봤대?"

"시끄럽거든요? 입 닥치셈."

"미연 씨가 말하길……."

그러면 그렇지. 강희가 어떻게 해서 불능 사건에 대해 알게 되었는지 이상하다 했더니만. 역시 그랬다. 동업자 중 한 명인 친구, 미연.

"사무실 안 들어가 봐도 되는 거야? 좀 사라져 줘, 좀!"

"흐흐. 알잖니? 나 사장 딸. 잘릴 염려 전혀 없거든."

뻔뻔스런 소리는 곧잘 하지요. 강린은 어처구니없는 얼굴로 강희를 돌아봤다.

"너 큰아버지한테 다 말해 버린다. 농땡이 피운다고."

"그래 봤자 어쩔 건데? 딸인데. 미연 씨가 그러는데⋯⋯."

"어우! 말끝마다 미연, 미연."

강희와 미연은 '장소팔, 고춘자', '남철, 남성남'과 '서수남, 하청일'에 이은 최고의 콤비였다. 어찌나 잘 통하는지, 옆에서 보고 있으면 전생에 부부가 아니었을까 의심이 들 정도다. 그 때문에 강린은 사무실을 다른 건물로 옮겨야 하지 않을까 심각하게 고민을 하고 있는 중이었다. 돈이 없어서 큰아버지 회사 건물에 빌붙어 사업을 시작한 게 이렇게 후회스러울 수가 없다.

한 일 년 전쯤, 결혼과 더불어 강린은 빅사이즈 의류전문 인터넷쇼핑몰 '백문이 불여일견'이란 사이트를 열었다. 결혼 자금으로 모아둔 돈이 고스란히 남아—백준현이 숟가락만 들고 오라고 해서—그 돈으로 뭔가 할 수 있는 사업이 없을까 고민하다가 시작한 것으로, 쇼핑몰의 타이틀은 백준현의 '백'과 문강린의 '문'을 따서 만들었다.

처음엔 회사를 다니면서 남는 시간에 취미 삼아 일을 했다. 모델에게 옷을 입히고 사진을 찍어 홈페이지에 업데이트하는 건 친구 소은의 도움을 받았고, 도매시장을 뒤져 좋은 디자인의 옷을 사고 괜찮은 거래처를 뚫는 일은 강희와 미연으로부터 도움을 받았다. 지금은 입소문이 많이 나고 유력 포털사이트에 파워링크까지 되어 눈코 뜰 새 없이 바빠졌지만 시작은 아주 미미했다고 할 수 있었다. 뭐, 어찌 됐든 덕분에 소은과 미연, 강린은 다니던 직장을 그만두고 쇼핑몰 일에 매진하고 있었다.

"나도 회사 그만두고 네 밑으로나 들어갈까 싶어. 응? 사업도 잘되는데, 나 어때?"

"미쳤어? 널 데려다가 어디다 쓰라고?"

"나 능력 좋잖아. 세계 디자인 대회 입상. 응?"

"널 쓰느니 알바를 쓰겠다."

강린은 퉁명스럽게 대꾸하고 자판 위의 손가락을 후다다닥 놀렸다. 채팅 창에 들어온 고객이 신상품의 사이즈에 대해 질문하고 있었다. 어쩜 저렇게 강린과 사이즈가 똑같은지. 강린은 꼼꼼하고 정중한 대답과 함께 웃는 얼굴 이모티콘도 센스있게 넣어 툭, 엔터키를 눌렀다.

"너무한 거 아니냐, 너? 솔직히 너, 이렇게 팔자 좋게 사는 거 내 덕분이잖아."

"뭐?"

이건 또 무슨 박명수 흑채 뿌리는 소리냐?

"재벌 사모님 들으면서 자기 사업도 하고. 어휴! 이럴 줄 알았으면, 백 실장을 '내'가 어떻게 해보는 건데."

"어쭈? 지금 너 상사 부인 앞에서 상사를 유혹하시고 싶다고 말하는 거냐?"

"하하! 그건 아니고……."

"큼!"

경고 차원으로 강린은 목에 빡 힘을 주었다.

"그래도 내가 네 결혼의 일등공신이라는 건 틀린 말 아니잖아. 한국의 레밍턴 스틸, 문강희. 확실히 한 건 한 거 아니냐고."

"아하! 그래, 대책도 없이 마구 일을 저질러 놓는 건 레밍턴 스틸 같다."

"솔직해져라, 문강린. 백 실장이랑 너, 그 저질러 놓은 일 수습하다가 눈이 맞은 거잖아. 내가 그때 백 실장 등을 떠밀지 않았다면 아마 두 사람, 아직도 그러고 있을걸? 답답하게 말이야. 짝사랑이 뭐냐? 그것도 십 년도 넘게. 어우, 토 나와."

"진짜 사무실 안 들어가도 되냐, 너?"

"나, 사장 딸."

어우, 저 뻔순이. 강린은 뺀질거리는 강희를 무시하며 컴퓨터 화면에 집중했다. 이 손님, 굉장히 집요했다. 자꾸만 대답하기 껄끄러운 질문을 해서 사람을 당황하게 했다. 강린은 방금 전 날아온 질문을 빤히 바라봤다.

"뭐야? 남편이, 벗기기 불편하대요? 이 손님, 왜 이래?"

손님의 메시지를 강희가 흘끔 어깨 너머로 넘겨다보고는 얼굴을 찌푸렸다.

"후크가 앞에 붙은 브래지어 좀 갖다 놓으래."

"아무리 남편이 그랬기로 이런 말까지 남에게 하냐? 참."

세상 말세네 어쩌네 중얼거리는 강희. 하지만 강린은 풋, 웃으며 한 손으로 얼굴을 마구 쓸었다. 이 말은 준현이 늘 투덜거리던 말이었다. 내 이 인간을……. 강린은 벌떡 자리에서 일어났다.

"왜 그래?"

강희가 앉은 자세 그대로 강린을 올려다보며 물었다. 물론 강희는 모르고 있다. 한 시간 내내 강린에게 이 질문, 저 질문을 퍼부어대어 다른 일은 아무것도 못하게 만든 사람이 다름 아닌 준현이었다는 사실을 알 리가 없었다. 당사자인 강린도 겨우 이제 알아챈 걸 어찌 알리오. 아무리 레밍턴 스틸이라도 모를 거다.

'흠. 이런 식으로 복수를 하시겠다? 속 좁은 인간 같으니.'

어젯밤 강린과 준현은 시댁에 일이 있어 갔다가 너무 늦은 관계로 그곳에서 하룻밤을 보내야 했었다. 장소가 시댁이었고 부엌일을 하느라 피곤했던 관계로 그녀는 부득이하게—정말이다—남편의 뜨거운 눈길을 외면할 수밖에 없었는데. 그걸로 준현은 계속 꽁한 것 같았다. 아침에도 입이 톡 튀어나와 잔뜩 부어 있더니만. 이건 확실히 끝장을 보겠다는 뜻이었다.

"휴!"

내 팔자야, 가 꾸역 입 밖으로 나올 것 같아 강린은 꽉 입을 다물었다. 누가 들으면 정열적인 남편 때문에 행복한 비명을 지르고 있다고 할 게 뻔하다. 뭐, 정열적인 거야 강린도 싫지 않지만…… 이 남자가 자꾸만 시댁이나 친정에 갔을 때 그걸 하자고 하니 문제다. 식구들이 들으면 어쩌려고!

"나 잠깐 나갔다 와."

"어디 가세요?"

"어디 가나, 상담하다 말고?"

새로운 직원 희수와 소은이 그녀를 보며 묻는다. 강린은 어깨를 으쓱하며 잠깐이면 된다고 말했다. 사무실 문을 닫고 나서는데 뒤에서 킥킥거리며 웃는다. 대략 눈치를 챘다는 건가? 준현의 유난스러움이야 이 회사 빌딩의 모든 사람들이 다 아는 것이니 그럴 만도 하지만. 강린은 고개를 설레설레 저으며 주머니에서 휴대폰을 꺼내 들었다.

"여보삼. 나삼."

준현이 전화를 받자 강린은 목소리를 내리깔며 특유의 통화법으로 대꾸했다.

[어, 문 사장! 어쩐 일이야?]

그가 느긋하게 물어왔다. 이리 될 줄 다 알고 있었다는 듯. 강린은 두 눈을 이리저리 굴리며 입술을 핥았다. 사람들이 듣거나 보면 절대 안 되겠기에. 강린은 서둘러 폐쇄된 지 육 개월이나 된 한 사무실로 쏙 들어갔다. 푹 안도의 한숨을 내쉬며 그녀는 마음 놓고 섹시한 신음 소리를 냈다. 하아……!

"나와. 소원대로 한 판 뜨자고."

작가후기

　항상 느끼는 거지만, 글을 마무리할 때는 왜 이렇게 내 글이 재미가 없는지. 왜 이런 재미없는 글을 썼는지 스스로에게 반문하게 됩니다. 초고를 쓸 때는 스스로도 만족하며 재미있게, 재미있다고 자부하면서 신나게 썼었는데. 왜 그럴까요? 아무리 생각해도 풀리지 않는 미스터리입니다. 저만 그런지, 다른 작가님들도 그런지 궁금하기까지 합니다.

　『바람직한 그 녀석』도 사실 저로선 신나게 재미있게 써 내려갔던 글이었습니다. 건강이 좋질 않아 병원 신세를 지고, 결국 하던 일까지 관둬야 했을 정도로 컨디션 난조를 보였던 시기에 썼음에도 최단 기간(개인적으로)에 완성을 했던 건, 제 스스로 즐기며 썼기 때문인 것 같습니다. 그랬기에, 주인공인 백 군과 문 양은 제게 많은 의미가 있습니다. 이들은 초창기 제 소설의 주인공들인 우성&정서, 민형&진리, 인후&채정, 성율&래희와 조금 다른 분위기의 캐릭터들입니다. 스스로 만들어 스스로를 가둔, 저만의 틀을 조금은 깼다고나 할까요? 그 미묘한 차이점을 느끼시는 분이라면 저에 대해 아주 잘 아시는 분일 겁니다(웃음).

　하여튼, 이번 글의 끝도 자학이네요. 그러나 더 잘, 더 재미있는 글을 쓰지 못했다는 자괴감은 더 나은 지점으로 향하는 지름길이라 내심 자위해 봅니다.

　마음속으로 응원해 주시는 많은 분들, 많이 고맙고 로맨스트리 회원 여러분들, 동료 작가님들, 옆에 있어주셔서 감사합니다. 큰 힘이 되고 있어요.

　관리자님, 지난번 불미스러운 일로 걱정 끼쳐 드린 점 미안하고 여러 가지로 신경 써주셔서 고마워요. 그런 일을 겪은 이후 지금까지도 로맨스 소설을 쓰고 있는 저는 정말 로맨스 소설을 좋아하나 봅니다.

　마지막으로, 부족한 저에게 재미있다 용기 주시고 여러 가지로 배려해 주신 청어람 편집부께 심심한 감사의 말씀 드립니다.

　저는 더 좋은 글로 지면을 통해 다시 찾아뵙겠습니다.

　감사합니다.

2007년 11월.

―홍윤정.